AS PUPILAS DO SENHOR REITOR

COLEÇÃO A OBRA-PRIMA DE CADA AUTOR

AS PUPILAS DO SENHOR REITOR

Júlio Dinis

MARTIN CLARET

DIREÇÃO	Martin Claret
PRODUÇÃO EDITORIAL	Carolina Marani Lima Mayara Zucheli
DIREÇÃO DE ARTE E CAPA	José Duarte T. de Castro
DIAGRAMAÇÃO	Giovana Gatti Leonardo
ILUSTRAÇÃO DA CAPA	Darii-s / Shutterstock
REVISÃO	Patrícia Murari
IMPRESSÃO E ACABAMENTO	Renovagraf

Este livro segue o novo Acordo Ortográfico da Língua Portuguesa.

Dados Internacionais de Catalogação na Publicação (CIP)
(Câmara Brasileira do Livro, SP, Brasil)

Diniz, Júlio, 1839-1871.
As pupilas do Senhor Reitor / Júlio Dinis; 2. ed. — São Paulo: Martin Claret, 2015. — (Coleção a obra-prima de cada autor; 265)

Texto integral
ISBN 978-85-7232-744-2

1. Romance português. I. Título II. Série.

15-07943 CDD-869.3

Índices para catálogo sistemático:

1. Romances: Literatura portuguesa 869.3

EDITORA MARTIN CLARET LTDA.
Rua Alegrete, 62 – Bairro Sumaré – CEP: 01254-010 – São Paulo, SP
Tel.: (11) 3672-8144
www.martinclaret.com.br
2ª reimpressão – 2016

SUMÁRIO

APRESENTAÇÃO

AS PUPILAS DO SENHOR REITOR: O SUCESSO DA NARRATIVA MORALIZANTE NO AMBIENTE CAMPESTRE.

DAIANA RODRIGUES*

Júlio Dinis, pseudônimo de Joaquim Guilherme Gomes Coelho, nasceu no Porto em 1839. Filho de um médico, Joaquim Gomes Coelho, e de Ana Constança Potter Gomes Coelho (de ascendência irlandesa e britânica), seguiu os passos do pai na profissão, tendo se formado na Escola Médico-Cirúrgica do Porto, em 1861. Prestou concurso por duas vezes, na mesma escola de sua formação, para demonstrador da Seção Médica (professor universitário). Na primeira tentativa, foi obrigado a abandonar as provas por motivos de saúde, sendo aprovado posteriormente em um segundo exame para a mesma função. Lecionou por pouco tempo, devido à necessidade de se deslocar constantemente para outras cidades como Ovar, Ilha da Madeira, entre outros lugares, buscando recuperar a saúde em virtude da tuberculose.[1] A terrível doença o acometeria aos 32 anos de idade, em 12 de setembro de 1971, na cidade do Porto.

---

* Mestre em Língua Portuguesa pela Pontifícia Universidade Católica de São Paulo.

[1] A mãe do autor e mais dois irmãos foram vítimas da mesma doença.

Apesar da morte prematura, deixou como herança uma considerável produção literária, a saber: na dramaturgia, *Teatro Inédito* (1946-1947); nos versos, *Poesias* (1873 – 1874); também em contos, *Serões da Província* (1870); e nos romances, *As Pupilas do Senhor Reitor* (1867), *A Morgadinha dos Canaviais* (1868), *Uma Família Inglesa* (1868), e *Os Fidalgos da Casa Mourisca* (1871). Nos romances, tem lugar de destaque, ao lado de Camilo Castelo Branco, como um dos grandes nomes da literatura romântica portuguesa.

Diferentemente do autor de *Amor de Perdição*, os romances de Júlio Dinis distanciam-se da estética oitocentista, em que as "razões do coração" levavam os heróis e heroínas dos romances a extremos das "punições sociais", como o retiro no convento, o suicídio ou até mesmo a loucura. "Em lugar da obsedante paixão camiliana, o romancista coloca o amor, sentimento mais da alma que dos sentidos, condicionado sempre pela ideia do dever; amor comedido, que encerra possibilidades de sublimes venturas ou de pungentes infelicidades, mas que não enlouquece, e nunca abandona seus sólidos alicerces morais."[2]

Como romancista, tem lugar entre os escritores da terceira geração romântica. Mas diferentemente dos demais autores deste período, seus romances são classificados como de "transição" para a escola realista. Isto porque o ficcionista ainda mantém o processo de composição parecido com a escola vigente, que gira em torno do tema amor-ligado-ao-casamento, o campo como cenário dos pares românticos e responsável pela regeneração daqueles que foram "corrompidos" pelos costumes e vícios da cidade. Ao mesmo tempo, faz uma cuidadosa observação da realidade exterior e apresenta, na narrativa, suas personagens sob a análise psicológica, características da nova escola.

---

[2] Introdução da Profa. Berta Waldman-Villá, da Universidade de São Paulo, na edição das *Pupilas do Senhor Reitor*, distribuída pela Cultrix, São Paulo (sem data).

Para além das questões literárias, à época do escritor, Portugal viveu um período de efervescência política, econômica e literária, que com maior ou menor destaque estão colocadas nas obras de Júlio Dinis que têm como pano de fundo o campo.[3] No plano socioeconômico, por exemplo, instauraram-se as medidas de proteção e dignificação da atividade agrícola, durante a regência de D. Pedro IV, além da eliminação do imposto de sisa de modo a proteger o homem do campo. Há uma ascensão da burguesia rural em detrimento da estratificação da classe urbana. Na filosofia, as ideias de Jean-Jacques Rousseau, iluminista e percursor do Romantismo, trazem à tona a exaltação do homem natural, aquele que não possui os vícios e as ambições do indivíduo civilizado e que, portanto, é generoso e ingênuo.

Segundo Antônio José Saraiva, "este sincronismo com ideais e crenças dominantes na burguesia da sua época e até esta superficialidade explicam em parte o extraordinário êxito de Júlio Dinis. Mas esse êxito vem sobretudo da sua arte de constituir romances combinando com sucesso notavelmente feliz os múltiplos fatores que concorrem neste gênero literário."[4] De fato, apesar de já ter divulgado alguns contos no *Jornal do Porto*, o autor começou a ganhar notoriedade com a publicação do romance *As Pupilas do Senhor Reitor* (1867), em folhetim no mesmo periódico[5].

As Pupilas é um romance de costumes de um evidente e profundo realismo que se diferencia das publicações de sua época, mas ainda romântico pelo desfecho rápido e

---

[3] A única obra do escritor que não se passa em cenário campestre é *Uma Família Inglesa*, que retrata a burguesia comercial inglesa da cidade do Porto.

[4] Antônio José Saraiva. *História da Literatura Portuguesa*. Editora: Europa-América, 1949.

[5] *As Pupilas do Senhor Reitor* é seu primeiro romance publicado, mas o segundo escrito; o primeiro foi *A Família Inglesa*, publicado no ano seguinte (1968).

contorno moralizante. As personagens-tipo (o médico da cidade, o novo médico, o lavrador, a beata, o merceeiro, entre outros), retratadas ao longo da história, foram inspiradas nas pessoas com as quais o ficcionista conviveu no tempo em que esteve na cidade de Ovar. Uma das figuras dramáticas da obra, o médico Daniel, filho de José das Dornas, segundo estudo de Egas Moniz (1946), trata-se do próprio autor retratado na narrativa.[6] Em carta remetida ao amigo Custódio Passos, o romancista afirma que "entre os males que traz a civilização consigo, um deles é, a meu ver, a deterioração dos tipos clássicos", e continua comprovando a influência de Ovar em sua obra:

"(...) Em Ovar não é assim. (...) O médico é ainda aqui o antigo médico que se denuncia às primeiras palavras; o merceeiro apresenta todos os caracteres próprios da espécie; o padre é o padre-tipo; o doutor em direito, ao qual se reserva aqui o nome de bacharel, conserva ilesa a sua bacharelice. (...)"[7]

A partir do retrato fiel destas personagens-tipo e tendo como pano de fundo o cenário campestre, Júlio Dinis estrutura a sua obra de maior alcance.[8] A narrativa tem como escopo a história de amor de dois pares românticos: Clara e Pedro, Margarida e Daniel. *A Crônica da Aldeia*[9] retratará os namorados desde a infância até atingirem a mocidade, este último período o mais importante, pois nele é que

---

[6] Egas Moniz. *Júlio Dinis e sua obra*. Livraria Civilização – Editora, 1946. Trata-se de um estudo biográfico indispensável para aqueles que desejam conhecer mais a respeito do romancista e suas obras.

[7] Egas Moniz. *Júlio Dinis e sua obra*. Livraria Civilização – Editora, 1946.

[8] *As Pupilas* é a obra mais lida na cidade Ovar, que foi a grande fonte de inspiração do autor. Há inclusive um museu que leva o nome de Júlio Dinis e no qual há comemorações anuais com diversas atividades em homenagem ao escritor.

[9] *Crônica da Aldeia* faz parte título das Pupilas e geralmente é colocado entre parênteses abaixo do nome principal.

acontecerão os principais eventos e numa curta passagem tempo a resolução de todos eles, seguido da regeneração daqueles que estavam trilhando por caminhos perigosos que afrontavam a moral e os bons costumes do lugarejo.

Além dos protagonistas, já citados, há outras figuras que são de relevada importância e corroboram com a tese moralizante e religiosa da obra, tomando uma grande parte da história para descrever essas pessoas de bem que são capazes de sacrifícios pessoais em nome da caridade. João Semana, por exemplo, o médico da aldeia, mesmo com oitenta e poucos anos é retratado com um indivíduo forte e dedicado, que atende com a mesma presteza as famílias abastadas da região e os pobres que mal têm como pôr a comida na mesa. Muitas vezes, as moedas recebidas pelos serviços prestados eram redistribuídas para os pacientes em situação de extrema miséria. Era o único médico da região, conservador e nacionalista, até a chegada de Daniel que acabara de se formar na cidade do Porto e retorna cheio de ideias sobre a medicina moderna.

A religião é retratada por meio do Senhor Reitor, o pároco local, que passa uma parte da narrativa a fazer caridade e outra a encaminhar suas pupilas para aquele que considerava o caminho do bem. Quando do falecimento da mãe de Clara e madrasta de Margarida, o religioso foi designado para ser o tutor das meninas até que estas se casassem. O reitor tinha suas pupilas em grande estima, sabia da bondade e do juízo de Margarida, mas se preocupava com certa leviandade de Clara, desvio que levará ao ponto de maior tensão na trama e envolverá os dois filhos de José das Dornas.

O rico lavrador José das Dornas é pai de Daniel e Pedro, este último muito parecido com ele, homem sadio e robusto, feito para trabalhar no campo. A preocupação do patriarca é com o caçula Daniel que, segundo o próprio lavrador, puxou para a mãe (falecida há muitos anos) e não possuía o tipo físico necessário para os trabalhos pesados que a lavoura exigia. Pensou em fazer do filho um religioso, mas logo este se mostrou sem vocação para servir a Deus, principalmente quando o reitor descobre seu "namorico" de infância com Margarida. Então, por ideia do próprio reitor, o lavrador, zelando pelo futuro do filho, manda Daniel à cidade do Porto para estudar Medicina.

Há outras personagens secundárias, como por exemplo, o João da Esquina, merceeiro que, juntamente com a família, é responsável por compartilhar as fofocas locais com os frequentadores de seu estabelecimento. O comerciante faz parte, ao lado de outros nomes, do núcleo negativo do folhetim, que pouco ou nada influencia o conflito central da trama, exceto por conta do envolvimento de Daniel com sua filha Francisca. Ao saber que o rapaz apenas flertara com sua filha, mas sem intenções mais sérias, rompe com a família dos Dornas de maneira irreconciliável. Esta é uma das confusões que se dá com a o retorno de Daniel à aldeia.

O ponto de desequilíbrio das relações sociais está em Daniel. Tudo caminhava harmonicamente no povoado até a chegada do jovem médico. Ele se esquece de Guida (Margarida), seu amor de infância, o que causa grande tristeza na pupila mais melancólica do folhetim. Seduz e desilude a filha do merceeiro, provocando o rompimento da amizade entre as famílias. Por último e a mais grave de suas atitudes impulsivas, vê-se atraído pela noiva do irmão, Clara (a irmã mais nova de Margarida), que acaba correspondendo às investidas do rapaz, mas a tempo percebe a imoralidade de sua atitude e tenta consertá-la a todo custo. A redenção de Daniel e Clara vêm pelas mãos da bondosa Margarida, que coloca a sua reputação à prova para a defesa da irmã e de seu grande amor da meninice, mas também sua maior decepção. Desfeitos os mal-entendidos, a harmonia é restabelecida na aldeia.

Assim como outros românticos, Júlio Dinis trabalha com a oposição durante toda da narrativa: o amor e o desejo; a medicina moderna e a tradicional; a cidade e o campo; a alegria e a tristeza; entre outros. É a escolha entre um e outro, sempre do ponto de vista moral, que leva o leitor a tirar uma lição com os erros de seus heróis, ao final de sua construção romanesca.

Sem esquecer daquele que nos conduziu por toda a história, o narrador deste folhetim não faz parte dela, mas, em muitas passagens, não somente conta o que vê/viu, como também julga condutas, sentimentos, e aquilo que deve ser, ou não, contado para o leitor. Registra-se a isto também momentos de interlocução:

"(...) O leitor concordará comigo, decerto, em que será melhor deixar passar estes momentos de expansões e retirarmo-nos, discretamente, como hóspedes importunos sempre nestas cenas de santa alegria doméstica. (...)"

Em outros episódios, conhecendo o seu massivo público, dirige-se exclusivamente às leitoras:

"Mas, ainda que sob o risco de indispor o ânimo das leitoras contra uma das principais personagens desta singelíssima história, farei aqui a desagradável, mas conscienciosa declaração, de que a imagem de Margarida andava, por aquele tempo, tão desvanecida já na memória de Daniel, que nem o nome, pelo qual fora sempre designada na terra a família da rapariga, lhe pôde avivar os traços".

A relação de proximidade com o leitor ou leitora demonstra o notável entendimento de Júlio Dinis sobre a técnica romanesca, na qual equilibra com maestria as peculiaridades humanas e estéticas, deixando, em cada capítulo divulgado no *Jornal do Porto*, uma ação em suspense para o ansioso público não deixar de adquirir o capítulo seguinte. O sucesso das Pupilas foi tamanho que a primeira edição do livro se esgotou em apenas um mês.

A crítica, no entanto, divide-se entre a exaltação do sucesso deste escritor português e o apontamento da evidente neutralidade em sua obra. Eça de Queirós,[10]

---

[10] Apesar da crítica de Eça de Queirós, Massaud Moisés registra que a tese de Júlio Dinis é retomada pelo próprio autor no livro *A Cidade e as Serras*, "ainda que com outro colorido e intenção".

citado por Saraiva e Lopes,[11] reduz sua opinião à síntese "Júlio Dinis viveu leve, escreveu leve, morreu leve". Ainda Saraiva e Lopes complementam: "(...) É um estilo intencionalmente neutro, embora elegante, que evita exclamação e a retórica romântica, e em geral todo o excesso, onde se sente certo pudor sentimental e onde o autor se esconde atrás de um humorismo também discreto e benevolente". Já Massaud Moisés[12] ressalta que "as obras de Júlio Dinis contêm aspectos de conteúdo que não envelheceram, a par dum lirismo comovido e duma autêntica vocação de romancista, aos quais o leitor não pode, em sã consciência, ficar indiferente".

Os romances de Júlio Dinis andaram na contramão dos excessos da escola romântica. Não há arroubos, mas o amor dos corações puros e/ou regenerados. Não há conflitos irreparáveis, mas a harmonia universal capaz de resolver as contradições e anular as desigualdades. Não há morte, mas a vida sacramentada pelo casamento dos enamorados. O ficcionista defendeu a tese de que a plenitude existencial somente poderia ser alcançada por meio do amor fundamentado em sólidas bases morais e no caminho do bem. Talvez o segredo do seu sucesso esteja justamente na escolha do público, cansado dos excessos fantasiosos do Romantismo, pela neutralidade realista.

---

[11] António José Saraiva e Óscar Lopes. *História da Literatura Portuguesa*. Porto Editora. 17ª edição.

[12] Massaud Moisés. *A literatura portuguesa*. Editora Cultrix, 1997.

AS PUPILAS DO SENHOR REITOR

CAPÍTULO I

José das Dornas era um lavrador abastado, sadio, e de uma tão feliz disposição de gênio, que tudo levava a rir; mas desse rir natural, sincero e despreocupado, que lhe fazia bem, e não do rir dos Demócritos de todos os tempos — rir cético, forçado, desconsolador, que é mil vezes pior do que o chorar.

Em negócio de lavoura dava, como se costuma dizer, sota e ás ao mais pintado. Até o Sr. Morais Soares teria que aprender com ele. Apesar dos seus sessenta anos, desafiava em robustez e atividade qualquer rapaz de vinte. Era-lhe familiar o canto matinal do galo, e o amanhecer já não tinha para ele segredos não revelados. O sol encontrava-o sempre de pé, e em pé o deixava ao esconder-se.

Estas qualidades, juntas a uma longa experiência adquirida à custa de muito sol e muita chuva em campo descoberto, faziam dele um lavrador consumado, o que, diga-se a verdade, era confessado por todos, sem estorvo de malquerenças e murmurações.

Diz-se que quem mais faz menos merece, e que mais vale quem Deus ajuda do que quem muito madruga, e não sei o que mais; será assim; mas desta vez parecia que se desmentira o ditado ou pelo menos que o fato das madrugadas não excluíra o auxílio providencial, porque José das Dornas prosperava a olhos vistos. Ali por fins de agosto era um tal entrar de carros de milho pelas portas do quinteiro dentro! São Miguel mais farto poucos se gabavam de ter. Que abundância por aquela casa! Ninguém era pobre com ele; louvado Deus!

Como homem de família, não havia também que pôr a boca em José das Dornas. Em perfeita e exemplar harmonia vivera vinte anos com sua mulher, e então, como depois que viuvara, manifestou sempre pelos filhos uma solicitude, não revelada por meiguices — que lhe não estavam no gênio — mas que, nas ocasiões, se denunciava por sacrifícios de fazerem hesitar os mais extremosos.

Eram dois estes filhos — Pedro e Daniel. Pedro, que era o mais velho, não podia negar a paternidade. Ver o pai era vê-lo a ele; a mesma expressão de franqueza no rosto, a mesma robustez de compleição, a mesma excelência de musculatura, o mesmo tipo, apenas um pouco mais elegante, porque a idade não viera ainda exagerar a curvatura de certos contornos e ampliar-lhe as dimensões transversais, como já no pai acontecia. Conservava-se ainda correto aquele vivo exemplar do Hércules escultural.

Pedro era, de fato, o tipo da beleza masculina, como a compreendiam os antigos. O gosto moderno tem-se modificado, ao que parece, exigindo nos seus tipos de adoção o que quer que seja franzino e delicado, que não foi por certo o característico dos mais perfeitos homens de outras eras.

A organização talhara Pedro para a vida de lavrador e parecia apontá-lo para suceder ao pai no amanho das terras e na direção dos trabalhos agrícolas.

Assim o entendera José das Dornas, que foi amestrando o seu primogênito e preparando-o para um dia abdicar nele a enxada, a foice, a vara, a rabiça e confiar-lhe a chave do cabanal, tão repleto em ocasiões de colheita.

Daniel já tinha condições físicas e morais muito diferentes. Era o avesso do irmão e por isso incapaz de tomar o mesmo rumo de vida.

Possuía uma constituição quase de mulher. Era alvo e louro, de voz efeminada, mãos estreitas e saúde vacilante.

O sangue materno girava-lhe mais abundante nas veias, do que o sangue, cheio de força e vida, ao qual José das Dornas e Pedro deviam aquela invejável construção.

Votar Daniel à vida dos campos seria sacrificá-lo. Apertava-se o coração do pobre pai, ao lembrar-se que os sóis ardentes de julho ou os tufões regelados de dezembro haviam de encontrar sem abrigo aquela débil criança, que mais se dissera nascida e criada em berços almofadados e sob cortinados de cambraia, do que no leito de pinho e na grosseira enxerga aldeã.

E desde então, desde que pensou nisso, uma ideia fixa principiou a laborar no cérebro daquele pai extremoso e a monopolizar-lhe as poucas horas que o trabalho não absorvia.

De vez em quando o encontravam os amigos deveras preocupado, o que, sendo nele para estranhar, excitava curiosidades e receios e desafiava interrogações.

O reitor foi um dos que mais se importou com a preocupação do nosso homem.

Era este reitor um padre velho e dado, que há muito conseguira na paróquia transformar em amigos todos os fregueses. Tinha o Evangelho no coração — o que vale muito mais ainda do que tê-lo na cabeça.

A qualidade de egresso não tolhia o ser liberal de convicção. Era-o como poucos.

— Ó homem de Deus — disse pois o reitor um dia, resolvido deveras a sondar as profundezas daquele mistério —, que tens tu há tempos a esta parte? Que empresa é essa em que me andas a cismar há tantos dias?

— Que quer, Sr. Padre Antônio? Um homem de família tem sempre em que cuidar; tem a sua vida e tem a dos filhos.

Foi a resposta que obteve.

— Ora essa! — insistiu o padre. — Bem alegre te via eu, e em tempos mais azados para tristezas, e bem alegres vejo muitos com bem outras razões para o contrário. Mas tu! Que mais queres? Tens bons haveres para deixares a teus filhos; mas, quando os não tivesses, sempre eram dois rapazes; e deixa lá, José; um homem é outra coisa que não é uma mulher; onde quer se arranja; toda a terra é sua; em toda a parte encontra que fazer e qualquer trabalho lhe está bem. Agora os pobres que vejo por aí com um rancho de raparigas, coitadinhas, que ficam mesmo ao desamparo de todo, se a sorte lhes roubar o pai... esses, sim, é que não sei como podem ter um momento de alegria; e, contudo, encontrá-los nas festas, que é um louvar a Deus.

— É assim, Sr. Reitor, eu sei que os há por aí mais infelizes do que eu, mas...

— Mas então, quem tem saúde e a quem Deus não falta com o pão nosso cotidiano, só deve erguer as mãos ao céu, para lhe tecer louvores. Mareia tu a tua vida, que teus filhos não são nenhuns aleijados para precisarem de pedir esmola.

— Graças a Deus que não são, Sr. Reitor. O Pedro, sobretudo, não me dá cuidados. O Senhor fê-lo robusto e fero; é um homem para o trabalho; e quem pode trabalhar não precisa de outra herança. Pelo trabalho, e com a ajuda de Deus, fiz eu esta minha casa, que não é das piores, vamos; ele, com menos custo, a pode agora aumentar, se quiser. Mas o Daniel já não é assim. Aquilo é outra mãe — o Senhor a chame lá. Um dia de ceifa é bastante para mo matar. É a sorte dele que me dá cuidado.

— Então é só isso? Ora valha-te Deus! É verdade. O pequeno é fraquito e decerto não pode com o trabalho do campo, mas... para que queres tu o dinheiro, José? Acaso não terás alguns centos de mil-réis ao canto da caixa para pôr o rapaz nos estudos? Não podes fazer dele um lavrador? Fá-lo padre, letrado, ou médico, que não ficarás pobre com a despesa.

José das Dornas, ao ouvir assim formulado o conselho do reitor, sorriu com a visível satisfação que sempre experimentamos vendo que um dos nossos pensamentos favoritos merece a aprovação de alguém, antes de lho revelarmos.

— Nisso mesmo pensava eu. Já me lembrou mandá-lo estudar, mas tinha cá certos escrúpulos.

— Escrúpulos! Valha-te não sei que diga! Pois ainda és desses tempos? Que escrúpulos podes ter em mandar ensinar teus filhos? Fazes-me lembrar um tio meu, que nunca permitiu que as filhas aprendessem a ler; como se pela leitura se perdesse mais gente do que pela ignorância.

— Não é isso, Sr. Padre Antônio, não é isso o que eu quero dizer; mas custa-me dar a meus filhos uma educação desigual. Vê vossa senhoria? São irmãos e, mais tarde, o que tomar melhor carreira e se elevar pelo estudo há de desprezar o que seguir a vida do pai, a ponto de que os filhos de um e de outro quase nem se conhecerão: é o que mais vezes se vê. Não é uma injustiça que faço a Pedro a educação que der a Daniel?

— Homem de Deus, não há desigualdade verdadeira, senão a que separa o homem honrado do criminoso e mau. Essa sim, que é estabelecida por Deus, que, na hora solene, extremará os eleitos dos réprobos. Educa bem os teus filhos em qualquer carreira em que os encaminhes; educa-os segundo os princípios da virtude e da honra, e não os distanciarás, acredita: porque, cumprindo cada um com o seu dever, serão ambos dignos um do outro e prontos apertarão as mãos, onde quer que se encontrem. E no sentido mundano, julgas tu que fazes mais feliz Daniel, por o elevares a uma classe social acima da tua! Ai, homem, como vives enganado! O quinhão de dores e de provações foi indistintamente repartido por todas as classes, sem privilégio de nenhuma. Há infortúnios e misérias que causam o tormento dos grandes e poderosos e que os pobres e humildes nem experimentam, nem imaginam sequer. Grande nau, grande tormenta: hás de ter ouvido dizer. Sabes que mais, José? — concluiu o reitor — manda-me o rapaz lá por casa, que eu lhe irei ensinando o pouco que sei do latim, e deixa-te de malucar.

Com estas e idênticas razões foi o bom do padre convencendo José das Dornas, que nada mais veementemente desejava do que ser convencido — e, decorridos oito dias, via-se já Daniel passar, com os livros debaixo do braço, a caminho da casa do reitor.

CAPÍTULO II

— Ó ti' Tomásia — dizia, ao vê-lo passar, uma velha que, sentada ao soalheiro, fiava, rezava padre-nossos e cabeceava com sono —, o pequeno do José das Dornas anda agora nos estudos?

— Pois não sabe que o pai o quer pôr a padre? — respondeu a vizinha da porta de cima, ao passo que desenredava uma meada e fazia soltar à dobadoura os mais inarmônicos gemidos.

— Toma que te dou eu! A coisa vai de grande então!

— Bem se diz: mais anda quem tem bom vento, do que quem muito rema. Verá você, ti' Custódia, que o Pedro, que se mata com trabalho, há de ter sempre vida de galés, sem nunca levantar cabeça; e o pelém do irmão é que há de pimpar de senhor e dar leis em casa.

— Uma coisa assim! Já agora havia mister de um senhor abade ou cônego na família! Ora este mundo sempre está!

— E então veja que padre aquele! A mim não me engana a pinta. É de boa raça. Não tem dúvida nenhuma.

— Sai ao lado da mãe, vizinha. Lembra-se do tio dele? O Joaquim do Morgado. Que menino!

A inflexão com que este — que menino! — foi pronunciado era altamente significativa. É de crer que o referido Joaquim do Morgado, cunhado de José das Dornas, deixasse indeléveis recordações entre as mulheres da sua época.

— Se me lembra! Aquilo era uma coisa por maior. Bastava dar-lhe um bocado de trela, que ele aí estava! Nanja eu, comigo nunca ele fez farinha.

E, dizendo isto, desviava a cara e abaixava-se para apanhar o novelo que deixara cair, enquanto a vizinha fazia um gesto e resmoneava um aparte ininteligível, que ambos pareciam contrariar a última asserção da velha e pôr em dúvida a sua apregoada isenção de outros tempos.

— Nem comigo, ti' Tomásia — disse, em tom já elevado, esta do aparte —, nem comigo, que ele bem sabia com quem se metia.

Desta vez, gesto e aparte pertenceram à outra interlocutora e tinham a mesma significação.

É certo porém que o Daniel ia andando com o seu latim e, dentro em pouco tempo, já papagueava os substantivos e os adjetivos com incrível e surpreendente velocidade.

José das Dornas divertia-se excessivamente a ouvi-lo. As declinações ditas pelo filho em voz alta "lá lhe caíam no goto", como ele dizia; e já procurava imitá-lo nas suas horas de bom humor, que, segundo já afirmamos, eram numerosas.

— Dize lá, rapaz, dize lá. Então como é? Como é? *Altrotoro, altrotoro, altrotoro. Ó tranca, ó tranca, ó trinque, ai diabos, diabos, diabos*. Ah! ah! ah! Ora dize lá, rapaz, dize lá.

E Daniel principiava a repetir as lições, acompanhado das gargalhadas de José das Dornas, que, sem o saber, ia demonstrando com o exemplo um grande preceito de instrução, tantas vezes recomendado: — o de vencer, pelo estímulo do agradável, o fastio que acompanha o estudo. De fato, a facilidade com que Daniel retinha já as enfadonhas lições da arte do Padre Pereira era em parte devida à maneira por que lhas amenizavam estes gracejos do pai; quanto mais arrevesados eram os nomes, com mais vontade os decorava Daniel, para despertar com eles a estranheza e hilaridade paternas.

Que estrondosas gargalhadas se não deram na noite em que Daniel repetia em voz alta a declinação do relativo *Qui* e seus compostos.

— Ora essa! — dizia José das Dornas — Que vem cá a ser isso? *Qui, qui, qui, qui*... Ai que o Sr. Reitor quer ensinar-me ao filho a língua dos cevados!

E toda a família desatava a rir, e Daniel mais que todos.

E assim procedia o menino Daniel nos seus estudos com grande aprazimento do reitor, que muita vez dizia ao pai, em tom confidencial:

— Sabes que mais, José? O rapaz é esperto e era até um pecado desviá-lo do estudo, para que tem tanta queda. Olha que me estudou as linguagens em oito dias!

José das Dornas não podia avaliar ao certo o gênero e grau de dificuldade que vencera o filho; mas entendeu, lá de si para si, que fora alguma coisa de heroico e nesse dia não pôde deixar de olhar para o rapaz como se ele tivesse no rosto o que quer que fosse estranho — a auréola dos predestinados para grandes coisas.

— E então, Sr. Reitor — perguntou ele um dia ao mestre —, o pequeno vai bem?

— Otimamente. O Sulpício para ele é já como uma água de unto. Qualquer dia passo-o para o Eutrópio, e dentro em pouco para o Cornélio.

Estas sucessivas passagens do Sulpício para o Eutrópio e do Eutrópio para o Cornélio impressionaram profundamente José das Dornas.

Lá lhe pareceu aquilo uma façanha ginástica admirável.

— Faremos dele um padre, Sr. Reitor?

— Que dúvida! E um padre às direitas.

Ora aqui é que o bom do pároco se enganava, como, pouco tempo depois, ele próprio reconheceu.

Foi o caso que, aí por volta de um ano depois que o Daniel principiara os estudos — tinha ele então doze para treze anos —, começou o reitor a observar que o rapaz lhe vinha um pouco mais tarde para a lição. Ao princípio, eram cinco, dez minutos, um quarto de hora de diferença. Depois cresceu a demora a vinte, vinte e cinco minutos, meia hora, e o padre pôs-se a parafusar.

— Já me não vai parecendo bem a história. Dar-se-á caso que o rapaz me ande por aí a garotar? Se eu o sei! E então que ia tão bem! Deixa-o vir, que eu sempre hei de querer saber o que isto é. Nada, não vamos assim à minha vontade. Deixa-o vir.

Se bem o pensou, melhor o fez. Chegou o pequeno, todo ofegante e suado, como quem viera às carreiras, e o reitor, fitando-o com olhar severo e penetrante, disse-lhe, antes de lhe dar as bênçãos, que ele, de chapéu na mão, lhe pedia:

— Olha cá, Daniel; donde vens tu a estas horas?

O rapaz fez-se vermelho como um lacre, e não atinou com a resposta. Ficou-se a coçar na cabeça, a encolher-se, a engolir em seco, a rosnar não sei o quê, e... mais nada.

— Anda, que eu desconfio que me vais saindo garoto e, se assim é, tens que ver comigo. *Grandessíssimo* brejeiro! Teu pai manda-te para o estudo ou para andares jogando a pedra com a outra canalha?

— Eu não andei jogando a pedra, não senhor! — exclamou Daniel, com tão eloquente vivacidade que, sem possível ilusão, atestava que ele não mentia.

— Então que fez vossemecê até estas horas?

Nova confusão do rapaz.

— Eu hei de saber; hei de mandá-lo vigiar, e depois direi a seu pai.

Nos quinze dias que se seguiram a esta cena, Daniel foi pontual às horas da escola. O reitor estava satisfeito com a emenda do rapaz e lisonjeado, lá muito para si, com o seu poder persuasivo e a conversão que operara com uma simples admoestação.

Ao fim das duas semanas encontrou-se por acaso com José das Dornas e já se não lembrava até de lhe fazer queixa do filho, que assim entrara obediente no bom caminho do dever. José das Dornas, porém, é que se mostrava preocupado. Quanto mais o padre lhe gabava a habilidade de Daniel, tanto mais o bom do homem parecia constrangido, limitando-se a soltar uns ininteligíveis monossílabos em sinal de aprovação.

— Que tens tu, José? A modo que te estou estranhando! — exclamou o reitor, já um pouco impaciente.

— É que, Sr. Padre Antônio, eu... a falar a verdade... queria dizer-lhe uma coisa.

— Pois dize, homem; dize para aí. Então deste agora em fazer cerimônias comigo?

— Eu sei o grande favor que o Sr. Reitor me faz, ensinando o pequeno...

— Bem, bem, adiante. Deixemo-nos agora disso. Se eu o ensino, é porque quero e gosto. O que estimo é que ele aproveite, como de fato aproveita; o mais são histórias.

— Pois muito agradecido. Mas dizia eu... sim... custa-me a explicar...

— Com São Pedro! Fala, homem, dize lá o que tens a dizer.

— É que o rapaz a modo que é fraquito, e então...

— E então, o quê?

— Tenho medo que, estudando demais, me adoeça por aí, e...

— Mas ele estuda demais?

— Não, senhor; mas... sim... queria eu dizer, que talvez fosse bom que o Sr. Reitor o demorasse menos na aula. Digo eu isto, mas se vir que...

— Sim, sim, mas então... vamos a saber, então ele demora-se muito?

— Não digo que seja muito. Tudo é necessário. Bem sei; mas... quero eu dizer... Para quem é fraco, como ele... Como sai às duas horas e vem só às trindades... e às vezes é noite fechada...

O reitor ficou como se lhe caíra o coração aos pés, ficou... — diga-se a frase, visto que a autorizou quem podia — ficou desapontado. Das duas horas às trindades, e à noite cerrada às vezes, quando ele lhe entrava em casa às três e lhe saía pouco depois das cinco! Tinha assim o padre de modificar duplamente o seu juízo — enquanto ao rapaz e enquanto a si —, descrendo da conversão do primeiro e do seu próprio poder de catequese. Este sacrifício, em duplicado, custou-lhe e conservou-o por algum tempo mudo. Esteve para contar ao pai a história toda, mas calou-se. Tinha um coração generoso afinal de contas, e compreendeu que a revelação iria afligir o velho.

— Tens razão, homem — limitou-se, pois, a dizer. — Tens razão. O rapaz há de sair mais cedo. Eu olharei por isso. Mais alguns dias só, para chegar cá a um ponto que eu quero, e depois será como dizes.

E lá consigo dizia o bom do padre:

— Deixa estar, meu Danielzinho, que eu hei de saber para onde tu me vais, depois que te mando embora. Deixa estar, deixa, que me não tornas a enganar, meu menino.

E foi para casa com firme resolução de elucidar este negócio.

CAPÍTULO III

No dia seguinte deu Daniel a lição do costume, e às cinco horas recebeu ordem de se retirar — ordem, cuja execução, como era natural, não se fez esperar muito.

Ele a voltar costas, e o reitor a pôr o chapéu na cabeça para lhe ir na pista.

A tarefa não era fácil; basta lembrarmo-nos da agilidade de Daniel, natural à sua idade, e compará-la com os já trôpegos movimentos do velho padre, que, com a pressa que levava, impelia diante de si todas as pedras soltas do caminho.

Foi seguindo direito pelas ruas que o conduziam a casa de José das Dornas, e perguntando a quantos conhecidos encontrava, sentados pelas portas ou debruçados nas janelas, se tinham visto passar o pequeno. Por muito tempo foram as respostas afirmativas, o que satisfazia o reitor, pois indicavam-lhe que, até àquele ponto, o rapaz não se havia extraviado, deixando de seguir o caminho de casa.

Chegou, porém, a um largo, onde desembocavam diferentes ruas e azinhagas, e as coisas mudaram então de face.

O reitor, continuando a seguir o seu sistema de indagações, tomou a direção que devia mais prontamente conduzir o pequeno Daniel aos lares paternos.

À porta de uma casa térrea, que havia na esquina, dobava uma velha, a qual, ao ver aproximar-se o reitor, ergueu-se, com toda a cortesia, da cadeira em que estava sentada.

— Muito boas tardes, tia Bernarda. Diga-me, viu passar por aqui o pequenito do José das Dornas?

— Nosso Senhor venha na companhia de V. Sa. Pois nada, não senhor, Sr. Reitor. O rapazito passava dantes por aqui todas as tardes; mas haverá coisa de quinze dias, ou três semanas, que já o não tenho visto.

O reitor pôs-se a coçar na orelha. O delito principiava a fazer-se evidente.

— Esta agora! — murmurava ele deveras zangado, e depois acrescentou mais alto: — E eu que me esqueci de lhe dar um recado para o pai! Diacho!

— Se V. Sa. quer, eu mando lá a minha neta.

— Nada, não; obrigado. A coisa também tem tempo. Fique-se com Deus, tia Bernarda, e agradecido.

— Nanja por isso, meu senhor. — E a velha fez nova reverência.

— Temos história — dizia o reitor franzindo o sobrolho e tomando por outro dos caminhos que comunicavam com o largo. — Perguntemos aqui — e parou junto de um alpendre rústico, debaixo do qual estava sentado um velho quase paralítico, que procurava nos raios do sol o calor que lhe escasseava nos membros, já regelados pela idade.

— Boas tardes, tio Bonifácio — disse o reitor, elevando a voz e parando defronte dele.

— Sr. Padre Antônio, um criado de V. Rev.mª.

— Sabe-me dizer, tio Bonifácio, se o pequeno do José das Dornas passou há pouco tempo por aqui?

O velho, já meio surdo, fez repetir a pergunta em tom mais elevado, e, depois de um momento de silêncio, durante o qual pareceu interrogar a memória, já perra e enfraquecida:

— Sim, senhor, vi — respondeu, acenando afirmativamente com a cabeça. — Vi, Sim, senhor. Passou aqui com os bois, há meia hora.

— Com os bois!... Ai, esse é o Pedro. Falo no pequeno, no Daniel.

— Ah!... nada... esse... ah! sim, sim... um que anda nos estudos?

— Esse mesmo.

— Sim, pelos modos que... agora neste instante passou ele, a correr, para o lado dos açudes.

— Obrigado, tio Bonifácio.

— O mafarrico do rapaz que terá que fazer para o lado dos açudes? — dizia o padre consigo, tomando a direção indicada. Efetivamente, pelo novo caminho que seguia, iam-lhe dando informações de Daniel, acrescentando de mais a mais que, havia coisa de duas semanas, era ele certo por ali todas as tardes.

O reitor dava-se a perros, para atinar com o motivo de semelhante rodeio.

— Em nome do Padre, do Filho e do Espírito Santo! Para que virá o rapaz dar esta esquisita volta!

De certo ponto por diante falharam-lhe as informações, porque o sítio tornava-se quase despovoado.

A tarde ainda estava longe do seu fim; mas umas nevoazitas começavam a levantar-se dos campos e lameiros e o reitor, que tinha o seu reumático a atender, já ia perdendo grande parte daquele fogo com que encetara a pesquisa.

No meio de um estreito e alagado caminho, que seguia tortuosamente por entre dois campos de centeio, parou e entrou a refletir:

— O rapaz sumiu-se. Para o ir procurar assim à toa e a estas horas do dia, não estou eu. Vão lá atrás do homem da capa preta. Quem sabe onde o diabrete foi dar agora consigo? O pai que o procure, que tem obrigação disso. O melhor é retirar em boa ordem, antes que venha o frio da noite.

Já se preparava para seguir o prudente conselho, que a si próprio acabava de dar, quando lhe despertou a atenção um assobiar agudo e vibrante, cujo timbre lhe era tão conhecido como a toada da cantiga que executava.

— Olá! — disse o reitor, parando equilibrado sobre duas alpondras no meio do lamaçal do caminho. — Mouros na costa, ou eu me engano muito!

Pôs-se a escutar de novo e cada vez mais parecia confirmar suas suspeitas, acabando de se convencer de todo quando, ao assobiar, sucedeu uma voz infantil que ele logo reconheceu por a do discípulo, cantando, ainda na mesma toada, que era de uma música popular, as seguintes coplas:

Morena, morena,
Dos olhos castanhos,
Quem te deu, morena,
Encantos tamanhos?

Encantos tamanhos
Não vi nunca assim.
Morena, morena,
Tem pena de mim.

Morena, morena,
Dos olhos rasgados,
Teus olhos, morena,
São os meus pecados.

São os meus pecados
Uns olhos assim.
Morena, morena,
Tem pena de mim.

Morena, morena,
Dos olhos galantes,
Teus olhos, morena,
São dois diamantes.

São dois diamantes
Olhando-me assim.
Morena, morena,
Tem pena de mim.

Morena, morena,
Dos olhos morenos,
O olhar desses olhos
Concede-me ao menos.

Concede-me ao menos,
Não sejas assim.
Morena, morena,
Tem pena de mim.

— Temos o homem — disse o reitor, depois de ouvir a cantiga, e enfiou resoluto pela rua adiante. Mas, tendo dado alguns passos mais, parou como se mudasse de tenção. — Nada, não convém que me veja. É preciso espiá-lo sem que ele dê por isso.

Feita esta reflexão, passou um rápido exame ao terreno e retrocedeu. Dobrou novamente a esquina da viela em que se introduzira; costeou o campo do lado direito, até se lhe deparar uma cancela rústica, que não lhe opôs a mínima resistência, e, oculto pelo centeio, caminhou, o mais prudentemente que pôde, até ao lugar correspondente àquele de onde partia a voz e daí por diante até descobrir a caça que procurava. Não levou muito tempo a realizar o seu intento.

Eis a cena que viu o reitor, acocorado entre o centeio, com a bengala fixa no chão, mãos apoiadas na bengala, o queixo apoiado nas mãos.

CAPÍTULO IV

Defronte do campo, donde, com as melhores intenções deste mundo, o reitor estava espionando, e separado apenas dele pela estreita e úmida rua, de que já falamos, estendia-se um trato de terreno inculto, muito coberto de tojo e de giestas e dessa espontânea vegetação alpestre, que, no nosso clima, enflora ainda os montes mais áridos e bravios.

Dispersas por toda a extensão deste pasto, erravam as ovelhas e cabras de um numeroso rebanho, de que eram únicos guardadores um enorme e respeitável cão de pastor e uma rapariguita de, quando muito, doze anos de idade.

Até aqui nada de notável para o reverendo pároco.

Mas o que o maravilhou foi o grupo que formavam, naquele momento, a pequena zagala, o cão e o nosso conhecido Daniel, por via de quem o bom padre empreendera tão trabalhosa excursão.

A pequena, sentada junto de uma pedra informe e musgosa, folheava com atenção um livro, dirigindo, de tempos a tempos, meios sorrisos para Daniel, que, deitado aos pés dela, de bruços, com os cotovelos fincados no chão, e o queixo pousado nas mãos, parecia, ao contemplar embevecido os olhos da engraçada criança, estar divisando neles todos os dotes mencionados na canção da *morena*, que lhe ouvimos cantar.

Jaziam ao lado dos dois uma roca espiada e os livros de Daniel.

Completava o grupo o cão, enroscado junto do pequeno estudante com desassombrada familiaridade e denunciando assim que o conhecimento entre eles, e por conseguinte de Daniel com a pastora, não era já de muito recente data.

Este grupo, apesar de toda a sua beleza artística, realçada pelas meias-tintas do crepúsculo e por o fundo alaranjado do céu, sobre que se desenhavam os rendados das árvores ao longe, não agradou de maneira alguma ao reitor, que, com um franzir de sobrolho, mostrou claramente a contrariedade que ele lhe fazia experimentar.

Esteve para surgir de entre o centeio e mostrar-se, aos enlevados personagens deste idílio infantil, severo e terrível, como o vulto gigante do Adamastor, nas estâncias do grande épico.

Pôde, porém, conter-se e constrangeu-se a observar a cena, com mal reprimido desagrado.

A pequena, que estivera por muito tempo inclinada sobre o livro, como a lutar com alguma dificuldade de leitura, que procurava vencer por si, acabou por fazer um gesto de impaciência, e, apontando com o dedo a palavra da dúvida, colocou a página diante dos olhos de Daniel, perguntando-lhe:

— Isto que quer dizer?

Daniel olhou por algum tempo para o livro, e afinal respondeu:

— *Cataclismo*.

— E que vem a ser cataclismo?

Daniel ficou embaraçado. A falar verdade, ele não sabia bem o que era cataclismo. Não teve coragem para o dizer francamente e titubeou:

— Cataclismo... sim... cataclismo é... sim... Eu sei o que é... agora para to dizer é que... Cataclismo!...

O reitor, apesar da posição crítica em que estava, não deixou de se zangar lá consigo, ao ver um discípulo seu não poder desenredar-se de tais dificuldades filológicas.

Margarida, que era este o nome da pequena, adivinhou a causa da hesitação de Daniel e delicadamente lhe pôs fim, olhando outra vez para o livro e continuando a estudar em silêncio.

Daí a pouco voltou, porém, a consultar o seu pequeno mestre.

— E isto? Como se lê?

— *Metempsicose* — foi a resposta de Daniel.

— E o que vem a ser?

Desta vez ainda o embaraço de Daniel era maior. Nunca ele soubera o que fosse metempsicose, e, como pela segunda vez se via pilhado em falso, perdeu a paciência. Saiu dos apertos, como alguns professores em casos análogos.

— Ora! Isso é uma coisa que leva muito tempo a explicar.

Margarida resignou-se a não entender.

Uma terceira interrogação. Desta vez foi a palavra *pragmática* que a originou.

Daniel estava em maré de infelicidades. Esta acabou de o impacientar. Tirando o livro comprometedor das mãos da discípula, disse com certo despeito mal encoberto:

— Deixa-te de estudar, Margarida; não estou agora para isso.

— Mas depois... amanhã...

— Amanhã! Que tem? Sossega que não te castigo. E demais ainda tens muito tempo. Não vês que eu só venho de tarde?

— Mas...

— Mas... agora não quero que estudes, quero que cantes.

— Ora cantar! Que hei de eu cantar?

— A cantiga da *morena*.

— Eu não gosto dela.

— Não?

— Eu, não.

— Então de qual gostas mais, Guida? — perguntou Daniel, dando à pergunta, e sobretudo àquela familiar alteração do nome de Margarida, uma música de afetuoso galanteio, que não deixaria ficar mal ninguém.

— A da *Cabreira* é muito mais bonita.

— Já me não lembra bem. Pois então canta a da *Cabreira*.

— Agora não.

— Agora sim; e por que a não hás de cantar agora?

— A minha irmã Clara é que a sabe cantar bem, eu não.

— Ora adeus, ela é ainda uma criança — disse Daniel com um soberbo gesto de homem. — Eu quero-a ouvir a ti.

— Eu julgo que nem a sei.

— Sabes, sabes, ora vamos a ver.

— Olhe... eu canto, mas...

E Margarida pôs-se então a cantar e com a voz tão sonora e agradavelmente infantil, que, se o reitor estivesse despreocupado, numa posição mais cômoda e disposto a julgar com imparcialidade, confessaria que era excelente. Mas, na ausência destas condições de juízo desapaixonado, foi um crítico como quase todos.

Aí vai o que ela cantava, em uma dessas singelas e monótonas melopeias de quase todas as nossas xácaras populares:

Andava a pobre cabreira
O seu rebanho a guardar,
Desde que rompia o dia
Até a noite fechar.

De pequenina nos montes
Não tivera outro brincar,
Nas canseiras do trabalho
Seus dias vira passar.

— Assim como tu — disse Daniel.

Margarida sorriu, fazendo com a cabeça um movimento afirmativo, e continuou:

Sentada no alto da serra,
Pôs-se a cabreira a chorar.
Por que chorava a cabreira,
Ides agora escutar:

"Ai! Que triste a sina minha,
Ai! Que triste o meu penar,
Que não sei de pai nem mãe,
Nem irmãos, a quem amar.

De pequenina nos montes
Nunca tive outro brincar
Nos canseiras do trabalho
Meus dias vejo passar".

Mas, ao desviar os olhos,
Viu coisa que a fez pasmar.
Uma cabra toda branca
Se lhe fora aos pés deitar.

— Assim, pouco mais ou menos — disse Daniel, pousando a cabeça nos braços encruzados sobre as urzes do chão.

Margarida prosseguiu:

Branca toda, como a neve,
Que nem se deixa fitar,
Coberta de finas sedas,
Que era coisa singular!

E, maliciosamente, com um sorriso de travessura infantil, passou os dedos por entre os cabelos de Daniel.

Nunca a tinha visto antes
No seu rebanho a pastar,
E foi a fazer-lhe festa...
E foi para a afagar...

E continuava a correr as mãos pela cabeça do seu jovem companheiro, que sorria.

Eis vai a cabra fugindo
Pelos vales sem parar;
Ia a cabreira atrás dela,
Mas não a pôde alcançar.

E andaram assim três dias,
E três noites, sempre a andar!
Até que às portas de uns paços
Afinal foram parar.

Chorava o rei e a rainha
Há dez anos, sem cessar,
Que lhe roubaram a filha
Numa noite de luar.

E dez anos são passados
Sem mais dela ouvir falar.
Eis chega a cabreira à porta,
À porta se foi sentar.

"Ai que bonita cabreira..."

E Margarida, ao cantar este verso, não pôde conservar-se séria, vendo Daniel levantar os olhos para ela.

"Que lá embaixo vejo estar!
E uma cabra toda branca,
Que nem se deixa fitar.

Meus criados e escudeiros,
Ide a cabreira buscar."
Isto dizia a rainha,
Este foi o seu mandar.

Foram buscar a cabreira
E a cabra de a acompanhar
Até às salas dos paços
Onde o rei as viu chegar.

"Pela minha c'roa de ouro
Eu quero agora apostar
Que é esta a filha roubada
Numa noite de luar."

Milagre! Quem tal diria!
Quem tal pudera contar!
A cabrinha toda branca
Ali se pôs a falar.

A seguinte quadra foi cantada também por Daniel, e sem ofensa da harmonia:

"Esta é a filha roubada
Numa noite de luar,
Andou sete anos no monte
Quem nasceu para reinar!"

O resultado da intervenção de Daniel foi acabarem os dois a rir, com grande risco de deixarem incompleta a cantiga.

A rogos do seu companheiro, Margarida, passados alguns momentos, concluiu:

Que alegrias vão nos paços,
E que festas sem cessar!
A filha há tanto perdida,
No trono os pais vão sentar.

E vêm damas p'ra vesti-la.
E vêm damas p'ra calçar.
E as mais prendadas de todas
Para as tranças lh'enfeitar.

Vão procurar a cabrinha...
Ninguém a pôde encontrar;
Mas...

Foi olhando para Daniel que a pequena Guida terminou:

Mas um anjo de asas brancas
Viram aos céus a voar.

E assim acabou a última quadra da xácara e, por algum tempo, as duas crianças se conservaram caladas, como se quisessem seguir ainda, até às derradeiras vibrações, as notas melodiosas daquela voz, ao desvanecerem-se no espaço.

Daniel foi o primeiro a romper o silêncio.

— Então vês como a soubeste até ao fim? E cantaste-a tão bem!

— Ora!

— Mas é noite, Guida. Repara. Olha que são horas de tu ires juntando o gado.

E acrescentou, suspirando melancolicamente:

— Daqui a pouco estou eu de volta com o meu latim! E que lição tamanha me marcou o padre para amanhã!

— Então de que tamanho é?

— Olha; vai vendo — disse Daniel, abrindo a Seleta e mostrando a Margarida as folhas que o reitor lhe marcara para estudar. — É esta lauda... e esta... e esta, até aqui.

— E então isso que diz?

— Conta a vida lá de uns generais antigos, que fizeram guerras e mortes e que quase sempre se matavam a si, quando os não matavam a eles.

— E para que é preciso que saiba essas histórias quem quer ser padre?

— Eu sei lá. Mas que estás tu a dizer? Padre! Padre! Não me fales em ser padre, Guida. Eles cuidam que eu quero mesmo ser padre. Estou querendo.

— Então?

— Ora, quando chegar a ocasião eu lhas cantarei. Ainda está por nascer o barbeiro que me há de abrir a coroa. O tio João das Bichas disse-me no outro dia — a rir, já se sabe — que já tinha em casa uma navalha afiada para isso; eu fui-lhe dizendo que bem deixava então navalha para o barbearem em morto.

— Mas o seu pai mata-o!

— Meu pai? Deixa-te disso. Meu pai não há de querer fazer-me padre à força.

— Mas o Sr. Reitor?

— O Sr. Reitor não é cá chamado. Que se meta com a sua vida. Ora é muito boa!

— E por que não quer ser padre, Danielzinho?

— Olhem que pergunta! Não quero ser padre, porque não quero, porque gosto de ti e porque, afinal de contas, hei de vir a casar contigo.

— Ora!

— Hei de sim. Verás.

E, dizendo isso, passou familiarmente o braço pelo pescoço da pequena Guida, e pousou-lhe na fronte um beijo, que ainda nem sequer a fazia corar.

O reitor estava escandalizado e estupefato por quanto vira e ouvira.

Tivesse assistido, em pessoa, ao aparecimento do Anticristo, que não se maravilhara tanto.

Esta cena inofensiva, esta écloga entre duas crianças, parecia-lhe mais abominável, do que a outro qualquer as mais impudicas aventuras daquele herói, que Byron imortalizou com o nome de D. Juan, nome, já antes dele, de pouco austera memória.

Ao chegar a seus atônitos ouvidos a vibração sonora do beijo, que terminou o diálogo, o padre estremeceu como se acabasse de escutar um silvo de serpente cascavel, e não pôde reprimir uma interjeição desaprovadora, bastante audível, para ser percebida por todos os personagens da cena que descrevemos.

— Não ouviste, Guida? Que foi aquilo? — disse Daniel, já meio erguido, e olhando com certa inquietação ao redor de si.

— Não é nada — respondeu esta, com pouco mais frieza de ânimo.

Mas, neste tempo, já o cão se havia levantado e ladrava furiosamente na direção do lugar onde o reitor estava escondido.

— Aqui, Gigante, aqui! — bradava-lhe em vão Margarida.

— O que estará acolá no centeio, para o cão ladrar assim? — perguntou Daniel, já sem pinta de sangue.

E o cão ladrava cada vez mais, e parecia pronto para arremeter contra um inimigo oculto.

O reitor, como é de prever, começava a achar-se muito pouco à vontade.

— Aqui, Gigante — continuava a pequena, já cansada de bradar. Mas Daniel, assustado, valeu-se do cão, como instrumento de exploração e defesa, e soltou uma palavra imprudente:

— Busca, Gigante, pega!

Não foi preciso mais nada.

O Gigante galgou de um salto o estreito caminho, que o separava do campo, onde o reitor cada vez suava mais com a iminência do perigo, e, rompendo por entre o centeio, veio pousar triunfantemente as patas dianteiras sobre os ombros do pobre velho, que julgou ver a morte na figura deste monstruoso cão.

Como esses bonecos, que fazem as delícias dos pequenos feirantes do São Miguel e do São Lázaro, no Porto, e que, ao abrir-se a caixa, que os contém, são repentinamente expelidos por uma mola interior, o pároco, ao toque mágico do agigantado quadrúpede, ergueu-se de súbito sobre os calcanhares, e meio sufocado pelo susto, e com as faces enfiadas, bradou para Daniel:

— Chama este cão, rapaz endemoninhado! Ele mata-me!

Daniel é que não lhe podia valer, tão embasbacado ficou com a inesperada aparição do mestre. A mulher de Ló por certo não se conservou tão imóvel, depois do fatal momento em que cedeu à sua irresistível curiosidade.

A pequena Margarida é que salvou a situação — como me parece que se costuma dizer em política. Armou-se da maior severidade que lhe era possível, e com inflexão de voz imperiosa, pronunciou um "aqui Gigante!" que foi prontamente obedecido.

O reitor estava salvo, mas ainda não senhor seu, e deveras chufado com as circunstâncias ridículas que acompanharam a sua descoberta. Ora, como sempre acontece, estas circunstâncias inabilitavam-no para assumir o caráter severo, grave e pedagógico, necessário a quem se propõe a dar uma repreensão, ou a fazer uma prática de moral.

Com muito bom senso renunciou, pois, o reitor a este projeto, e, sem dar palavra, virou costas e abandonou o lugar desta aventura, interiormente quase tão pouco satisfeito consigo como com o seu discípulo.

Daniel, passados alguns momentos mais de silencioso pasmo, desatou a rir, a rir, a rir, desse expansivo e contagioso rir de criança, que não tem outro igual. Esqueceu o que para ele havia de estranho e sério em tudo aquilo, e as consequências que poderia ter, para só se lembrar da carantonha que fazia o reitor, a gritar que lhe acudissem, do susto que apanhara, do aspecto sorumbático que levava ao partir, e por isso tudo ria a bandeiras despregadas.

Vejam lá se o padre não fez bem em adiar o sermão para ocasião mais oportuna.

Porém, Margarida? Essa é que se não ria. Certo instinto de delicadeza, inato em quase todas as mulheres, não sei que vaga presciência de infortúnio, que algumas, de criança, possuem, parecia-lhe estar dizendo que tudo aquilo, sem saber por que, lhe poderia vir a ser funesto.

E enquanto Daniel ria, ela, coitada, não se pôde conter, e começou a chorar.

— Que tens tu, Guida? Isso que é? — perguntou-lhe Daniel, já sério e meio sensibilizado. — Por que choras assim?

— Deixe-me. Não sei bem... mas sinto uma tristeza... e tamanha... tamanha!... Vamos. É tarde, vou juntar o gado.

— E eu ajudo-te.

— Não. Vá para casa e corra bem, antes que o Sr. Reitor chegue lá primeiro.

— Pois ele irá?

— Ande... corra.

Foi então que Daniel reconheceu que Margarida podia ter alguma razão em não levar o caso a rir, e que não devia ser para ele uma coisa de todo insignificante a aparição do padre ali. Por isso disse adeus à sua companheira, e deitou a correr para casa.

CAPÍTULO V

No dia seguinte, que era um domingo, vestia-se o reitor na sacristia, para celebrar a missa conventual. Entre as diversas pessoas que assistiam a este ato, avistou ele o nosso conhecido José das Dornas, e a lembrança do ocorrido na véspera surgiu-lhe outra vez ao espírito, acompanhada de todas as circunstâncias desagradáveis que se deram então. Durante a noite, havia o padre, a sós com o travesseiro, tomado uma resolução. Foi pensando nela que, no momento em que José das Dornas se aproximou mais do lugar, em que ele se aparamentava, lhe disse:

— Logo, depois da missa, espera-me lá fora, no adro, que temos que conversar.

José das Dornas fez um sinal de assentimento, e entrou para a capela.

Nada ocorreu durante a missa, que exija especial referência. Foi dita pelo reitor com todas as formalidades do ritual, e escutada pelo auditório, e principalmente por José das Dornas, com respeitosa atenção.

Acabada ela, formaram-se diferentes grupos pelo adro, do qual uma frondosa alameda fazia, naquela época do ano, um dos lugares mais apetecíveis da terra; José das Dornas trocou meia dúzia de palavras com alguns conhecidos seus. Falou no tempo, no aspecto das searas, nas mudanças da lua, e, pouco a pouco, foi ficando cada vez mais desacompanhado, porque os aldeões iam dispersando, atraídos pela lembrança do jantar, que os esperava.

Finalmente achou-se de todo só e pôs-se, de mãos nos bolsos, a passear no adro. No entretanto ia fazendo suas conjeturas sobre os motivos que levariam o reitor a mandá-lo esperar, e sobre a natureza da conversação que ia ter com ele.

Estas conjeturas porém não lhe ofereciam solução que o satisfizesse e, muito razoavelmente, acabou o homem por se decidir a esperá-la do entretenimento que não podia tardar.

De fato não tardou. O reitor saiu afinal da sacristia, e dirigiu-se imediatamente para José das Dornas, que se descobriu ao avistá-lo.

— Está à vontade, José, está à vontade. Ora... nós temos que falar a respeito do teu pequeno.

— Então é preciso comprar-lhe mais alguns livros? O que V. Sa. vir que...

— Nada, nada. A coisa agora é muito diferente.

— Então?

— É que... Ora escuta, José. Lembras-te de que eu te disse, aqui há tempos, que o rapaz havia de ser padre?

— Se lembra? Muito bem. E eu disse...

— Bem, bem. Pois... se queres que te fale a verdade... parece que o melhor... é dar-lhe outra arrumação.

José das Dornas parou e pôs-se a olhar boquiaberto para o reitor.

— Então... o pequeno não tem memória para os estudos?

— Tem, tem, e até demais. Mas... ouve cá: esta vida de sacerdote quer vocações decididas. Não as havendo, é um grande erro abraçá-la, e um grande pecado constranger alguém a segui-la contra vontade.

— Credo! Pois quem diz menos disso? Mas então, acha o Sr. Reitor que o rapaz não terá queda?...

— Hum, hum... — murmurou o reitor. — Parece-me que não tem grande queda, não.

— Valha-me Deus, mas... por que julga V. Sa. isso? E queira perdoar se sou confiado em perguntar.

— Cá por certas coisas.

— E eu que até me parecia que o pequeno fora mesmo talhado para a vida!

— Também eu o julgava.

— O seu gosto era ajudar à missa.

— Olha lá se o vês agora?

— Até pelos seus brinquedos. Olhe que não havia para ele como armar igrejinhas e pregar sermões.

— Isso agora... enquanto a gostos e brinquedos... parece-me que houve sua mudança ultimamente.

— Então?

O reitor hesitava em revelar a verdade inteira a José das Dornas; por isso, a esta pergunta, começou ainda a titubear, e respondeu evasivamente:

— Sim... creio que já se não entretém muito com igrejinhas...

— Ah! Pois sim... mas... é que agora tem já outras canseiras... Os estudos...

— Ah!... Os estudos... É o que me lembra.

— Olhe, Sr. Reitor — continuava José das Dornas, um tanto incrédulo a respeito da mudança de inclinação do filho —, eu, finalmente... sim... como o outro que diz... não sei lá as razões que tem V. Sa. para pensar dessa forma... mas a mim, está-me a parecer que V. Sa. se engana.

O reitor tinha atingido os limites da sua grande paciência. Esta dúvida de José das Dornas, ainda que formulada a medo, acabou de resolvê-lo a ser mais explícito.

— E se eu te disser, José das Dornas — exclamou ele, parando e voltando-se para o seu interlocutor —, se eu te disser que o teu filho Daniel, apesar dos seus doze, ou treze anos, que será a idade dele, tem já na aldeia a sua conversada?

José das Dornas parou como fulminado.

O reitor continuou o seu caminho.

— Que diz, Sr. Reitor?! — exclamou afinal José das Dornas, atrasado já uns cinco ou seis passos, e na mesma posição em que o deixara a revelação.

— O que sei! — respondeu o reitor, com eloquente laconismo.

— Em nome do Padre, do Filho e do Espírito Santo! Está o mundo roto! Pois o rapaz... Ó Sr. Reitor, palavra, que, se fosse outra pessoa que mo dissesse, eu não acreditava.

— E se eu te afirmar que vi, com os meus olhos, o teu Daniel, sentado no monte ao pé da rapariga, cantando juntos, lendo juntos, e afirmando-lhe o rapaz que nunca há de ser padre, pois queria casar com ela?

— Ora, ora, Sr. Reitor, essa é demais. Há de perdoar, mas essa...

— E se eu te disser que ele lhe deu um beijo — acrescentou o padre, em tom confidencial.

— Um beijo!

— E se eu te disser que ele, todos os dias, me sai da aula às cinco horas, e passa o resto da santa tarde junto da pequena?

— Ora o rapazinho!

— Então já vês que não convém fazê-lo padre. Para dar maus exemplos, temos cá infelizmente bastantes. E quando o pano é assim em amostra, que fará a peça inteira!

— Mas que lhe havemos de fazer agora?

— Se te guiares pelos meus conselhos, aí tens um plano: deixa-te de ordenar o rapaz. Pega nele e remete-mo quanto antes para um colégio, onde lhe não deixem pôr o pé em ramo verde. Fá-lo depois médico... advogado... o que quiseres e que a ele não repugne...

— Então quer dizer que o mande para Coimbra?

— Para Coimbra?... Eu sei?... Homem, a falar a verdade, semente desta em Coimbra, é para dar uns frutos por aí além. Para o Porto, onde ele possa estar sob as vistas dos parentes que lá tens, vai muito melhor. Põe-mo a cirurgião. Eles, hoje, dizem que saem de lá como de Coimbra, e olha que é uma boa carreira. O nosso João Semana está velho, e, morrendo ele, não temos por aqui mais ninguém. Mas é preciso tratar já disso. Impõe-me o rapaz daqui para fora, se queres fazer dele alguma coisa de jeito.

— Mas, ó Sr. Reitor, e quem era a cachopa?

— Isso agora é que já não é da tua conta. Faze o que eu te digo, e deixa o resto.

E, nestes termos, se separaram os dois, tomando cada um a direção da casa.

José das Dornas ainda esteve por algum tempo impressionado com o que lhe acabara de dizer o reitor.

Há notícias de uma digestão demorada e laboriosa, como a de certos alimentos.

Enquanto ela dura, o espírito não se acha à vontade e como que se agita sob a influência de uma incômoda sensação; mas, pouco a pouco, opera-se um íntimo trabalho assimilador, acalma-se a espécie de febre digestiva, que acompanhara aquela elaboração mental, e tudo entra na ordem. A notícia, que nos impressionara, perde enfim quanto se nos havia figurado ter de estranho; sentimo-nos mais livres, e em mais felizes disposições para encararmos os fatos.

Assim aconteceu com José das Dornas: o que, ao princípio, lhe avultara como calamidade, acabou por se transformar em uma coisa naturalíssima e engraçada até; o que lhe parecera desmoronamento de um belo edifício em construção, convenceu-se em pouco tempo que não passava de uma reforma preparatória para futuro melhor; e de carrancudo e pesaroso que ficara ao princípio, acabou por se tornar prazenteiro e quase risonho.

— O rapaz sai-me da pele do diabo! Com que, já tinha também a sua conversada! Havia mister! Ah! ah! ah! E o reitor atrapalhado! Ah! ah! ah! Agora é que eu lhe acho graça! E como ele soube dizer que não havia de ser padre, porque queria casar! Ora o rapazinho! Esperto é ele! Olá! Mas como diabo o ouviu o reitor? A falar a verdade... o pequeno tem razão. Eu, que tão bem me dei com aquela santa, que está no céu, como havia de obrigar um filho meu a não gozar de uma felicidade como a minha! Deixar o rapaz... Quer casar?... Faz ele muito bem. Deus lhe depare uma boa cachopa, que seja mulher de casa... Mas quem seria a tal? Isso é que o padre não diz. Pois hei de sabê-lo. Sempre mandarei o pequeno para o Porto... E que dúvida? Nas terras grandes é que se fazem os homens... Há de ser cirurgião, se quiser. O reitor lá nisso diz bem. O João Semana está acabado... Padres não faltam... e, com a esperteza do Daniel, era uma pena não fazer dele outra coisa... Ai o rapazinho que é os meus pecados! Ah! ah! ah! Sume-te! Já tem o sangue na guelra. Madruga!

E, com este monólogo e as mais fagueiras disposições de ânimo, chegou José das Dornas a casa, e jantou com apetite. À mesa lançava, às furtadelas, maliciosos olhares para o filho mais novo, o qual, sentindo-se sob iminente pronúncia, não levantava os seus. O pai a custo podia suster o riso, ao observá-lo.

CAPÍTULO VI

E ainda bem não tinha decorrido uma semana, depois do que referimos, já o pequeno Daniel era transportado para o Porto na melhor égua da casa, em conformidade com o plano traçado pelo reitor.

O rapaz chorou muito ao partir. O pai sensibilizou-se, mas foi dominando a sua emoção conforme pôde.

Daniel entrou na cidade invicta com poucas disposições de se lhe afeiçoar. Matavam-no saudades da terra, da família, e mais que todas as da sua pequena Guida, de quem nem ao menos lhe tinha sido possível despedir-se, pois nem para isso lhe haviam dado ensejo.

Desde a tarde, em que fora surpreendido pelo reitor no inocente colóquio, que tanto escandalizou o bom do pároco, nunca mais a tornara a ver, nem dela ouvira falar. Somente, ao despedir-se do seu mestre, este lhe disse, afagando-o nas faces, e sorrindo afavelmente: "Vai, que eu continuarei com a lição da tua discípula". Daniel não pôde responder e partiu. Mas, ao ver sumirem-se atrás de si as copas das árvores, a cuja sombra o esperava talvez Margarida, borbulhavam-lhe as lágrimas dos olhos. Pobre criança!

E Margarida?... Essa mais pungentes sentia ainda as saudades. Sempre assim acontece. Em todas as separações, tem mais amargo quinhão de dores, o que fica, do que o que vai partir. A este esperam-no novos lugares, novas cenas, novas pessoas; sobretudo espera-o o atrativo do desconhecido, que de antemão lhe absorve quase todos os pensamentos. Vai experimentar outras sensações, e, à força de distrair os sentidos, é raro que não acabe por distrair o coração. Mas ao que fica... lá estão todos os objetos que vê a recordarem-lhe as venturas que perdeu; ali, as flores que colheram juntos, para as trocar depois; acolá, a árvore, a cuja sombra se sentaram; além, o ribeiro, que arrebatou na corrente as pétalas, desfolhadas um dia, ao bem-me-quer fatídico, que os amantes interrogam; o tronco, onde se gravaram unidas as iniciais de dois nomes; o canto dos pássaros, que tantas vezes escutaram; o ponto da perspectiva, mais procurado pelas vistas de ambos... Oh! Há bem mais alimentos para as saudades assim! E depois, o que se ausenta vai esperançado nisto mesmo, em que a afeição, que deixa, lhe será fielmente mantida até à volta; que evitarão o esquecimento das promessas feitas tantas testemunhas que as presenciaram e que, sem cessar, as recordarão; os que ficam anteveem que, longe de tudo que possa falar-lhes delas, pouco a pouco se varrerão essas promessas da memória do ausente, e, ao dizer o adeus da despedida, um amargo pressentimento lhes segreda que dizem adeus a uma ilusão.

Ora é preciso saber que Margarida se sentia triste, profunda e inconsolavelmente triste, sem que lhe acudisse à ideia tudo quanto havemos dito. Porém, a nós, é-nos lícito analisar aquele tenro coração de criança, afeiçoado para o sentimento, e dotado de delicadíssimos instintos, como o de poucos. Alma votada à melancolia e que se habituara a sentir, sem se estudar!... Não há para mim mais simpática espécie de sofredores! Os mártires que se analisam, e nos fazem resenha e inventário dos seus tormentos; esses que, todos os dias, desenvolvem em estilo imaginoso a fisiologia do próprio coração, indagam a teoria do padecer, que, dizem eles, os tortura, e o fazem, com uma profundeza de vistas, verdadeiramente filosófica... esses mártires...

para falar verdade, não creio muito neles. Quem sofre deveras, tenho eu para mim, acha-se com pouca vontade de esquadrinhar os mistérios do sofrimento e não se põe com grandes filosofias a esse respeito. Eu julgo mais natural e sincero fazer como a pequena Margarida depois da partida de Daniel: subindo todas as tardes ao outeiro silvestre, onde tantas vezes ele se viera sentar também, sentia cerrar-se-lhe o coração de tristeza, e... desatava a chorar. Não sei que moda anda agora de se não considerar o choro, como a mais eloquente expressão do pesar! Eu por mim, é dos sinais em que deposito mais fé.

Era bem justificada esta saudade de Margarida. A curta biografia dela a fará compreender.

Guida era o único fruto do primeiro matrimônio de seu pai, cuja morte recente acabara de a fazer órfã de todo. Entregue ao domínio de uma madrasta, que não desmentia, pela sua parte, a fama que de ordinário acompanha este pouco simpático nome, tivera a experimentar, nos maus tratamentos recebidos e na frieza ou declarada aversão, com que lhe dispensavam os poucos cuidados de que se via objeto, toda a amargura de uma existência sem carinhosas afeições, esse tão necessário alimento ao coração das crianças. Arredada de propósito de casa, e passando dias inteiros nos montes, a acompanhar o gado, habituou-se de pequena à vida da solidão — e é sabido que hábitos de melancolia se adquirem nesta escola. Foi, pouco a pouco, contraindo o caráter triste e sombrio, que é o traço indelével que fica de uma infância, à qual se sufocaram as naturais expansões e folguedos, em que precisa de transbordar a vida exuberante dela. Por isso se afeiçoara a Daniel, o único que a viera procurar à sua solidão, e oferecer-se como o suspirado companheiro das suas horas infantis. Vê-lo desaparecer agora, era assistir ao desvanecimento da mais grata das suas ilusões, da mais intensa das suas alegrias; e a sensibilidade nascente da pobre criança recebia uma nova têmpera nesta separação dolorosa.

CAPÍTULO VII

Mas deixemos as lágrimas, e as íntimas e não ostentosas tristezas de Margarida, e vamos chamar ao primeiro plano da cena uma personagem que, contra os seus direitos de primogenitura, temos até agora deixado oculta na penumbra dos bastidores.

Falemos de Pedro, o filho mais velho de José das Dornas.

Pedro, mais idoso que seu irmão cinco anos, teve uma infância mais trabalhosa que a dele, mas bem menos digna de menção no romance. Votado, como já disse, aos trabalhos da lavoura, as horas que tinha de ociosidade empregava-as a dormir, sono que as fadigas do dia faziam digno de inveja.

Por certo que os leitores não quereriam que eu lhes referisse aqui as pequenas diversões daquela vida de rapaz de aldeia. Seria uma fastidiosa enumeração de jogos e de frequentes lutas com os companheiros, por vários motivos pueris. Isto até quase aos dezessete anos. Enquanto que Daniel estudava o latim e se distraía já da aridez das regras da sintaxe, conversando a sós no monte com Margarida, Pedro trabalhava, dormia ou brincava no terreiro com os rapazes da sua idade, sem sentir outras aspirações, e achando-se até pouco à vontade junto das mulheres, com quem nem sabia conversar.

Não eram porém definitivas estas disposições de espírito em Pedro, como se vai já mostrar. Aos dezoito anos operou-se a revolução.

Isso não quer dizer que a febre da adolescência principiasse a fazer circular nas veias do moço lavrador esse sangue inflamado, que devora como uma oculta labareda; que ele tivesse dessas tristezas súbitas, desses devaneios e não sei que fantasiar mal distintas felicidades, desses arroubamentos, desse amor ideal, sem objeto, que é o mais puro e espontâneo culto do coração humano. Nada disso. A natureza não afinara a alma de Pedro para as sutilíssimas vibrações desta ordem. Esta quinta-essência da sensibilidade não lhe fora concedida. A gente da aldeia não conhece os prenúncios do amor, que os poetas têm apregoado no seu lirismo, a ponto de se acreditar por aí na universal realidade deles; sendo forçoso confessar que muita gente há, que nunca na vida sentiu os tais vagos e erráticos sintomas, a que me refiro, e que contudo amam ou amaram deveras. Se serão os bem, se os mal organizados, não me atreverei a decidir, mas que os há isso sustento eu. E Pedro era dos tais.

Querem saber como principiou nele a transformação a que aludo? Tudo veio naturalmente, sem aquela intensidade de fenômenos precursores, que, à imitação dos médicos, poderíamos talvez chamar críticos.

Um dia foi convidado para um serão. Aceitou contra vontade. Lá divertiu-se mais do que julgou e voltou contente, dormindo a sono solto depois. Daí por diante não faltava a nenhuma dessas assembleias campestres: fiadas, esfolhadas, espadeladas, ripadas; lá ia a todas com a sua viola, traste indispensável aos dândis da localidade.

Habituou-se por lá a conversar com as raparigas e, dentro em pouco, era mestre em trocadilhos e conceitos amorosos. Aventurou-se uma vez a cantar ao desafio; a musa auxiliou-o, e dali em diante foi-lhe concedida a palma nesse gênero de certames.

Com tais predicados não lhe podiam escassear aventuras de amores; e não lhe escassearam.

Mas, em todo este tempo, e apesar de todas as ocorrências, continuava dormindo as suas noites placidamente e de um sono só; dando assim uma excelente lição a esses amantes wertherianos, que, por as mais pequenas coisas, perdem o sono e o apetite. Ele não. Os seus arrufos, as suas contrariedades não chegavam a esses excessos. Com o amor dá-se o mesmo que com o vinho. — Perdoem-me as leitoras o pouco delicado da confrontação; mas bem veem que ambos eles embriagam. É portanto lícito compará-los. — Diz-se de certas pessoas que — *têm o vinho alegre* —, de outras que — *o têm triste* — *estúpido* — *bulhento* —, conforme dá a alguns a embriaguez para a hilaridade, a outros para o sentimentalismo, a outros para a modorra, ou para brigas. Pois com o amor é o mesmo. Amantes há que celebram os seus amores, e até as suas infelicidades amorosas, sempre em estilo de anacreôntica — esses têm o amor alegre; outros que, quando amam, embora sejam ardentemente correspondidos, suspiram, procuram os bosques solitários, que enchem de lamentos, e as praias desertas, onde carpem com o alcião penas imaginárias — têm estes o amor sombrio; a outros serve-lhes o amor de pretexto para espancarem ou esfaquearem quantas pessoas imaginam que podem ser-lhes rivais ou estorvos, e, nesses acessos de fúria, chegam a espancar e esfaquear o objeto amado — são os do amor bulhento e intratável; há-os que emudecem e embasbacam diante da mulher dos seus afetos, que em tudo lhe obedecem, que a seguem como o rafeiro segue o dono, e experimentam um prazer indefinível em adormecer-lhe aos pés — pertencem aos do amor impertinente e estúpido. Poderia ir muito longe esta classificação, se fosse aqui o lugar próprio para ela.

Basta porém que diga que o amor de Pedro das Dornas pertencia à primeira categoria; — tinha de fato ele o amor alegre.

Pedro cantava sempre; tudo lhe servia de tema a uma série de quadras improvisadas, de que fazia uso para alentar-se no trabalho. É verdade que talvez isso fosse porque Pedro não tinha ainda encontrado o verdadeiro amor, aquele que, dizem, uma vez só na vida se experimenta. Em todo o caso, era o que sucedia com ele.

Mas o reitor estava sempre a pregar-lhe:

— Pedro, tu andas-me por aí muito à solta! Vê lá onde vais cair.

— Ó Sr. Padre Antônio, a gente também precisa de se divertir um bocado.

— Pois sim, mas tudo se quer em termos e que não venham depois as lágrimas e os arrependimentos!

— Eu não hei de fazer coisa que...

— Sim, sim... Sabes o que eu te digo? O melhor, rapaz, é procurares o que te faça arranjo, e então que seja deveras. Casa-te e deixa-te de andar desnorteado, e nessa vida airada, que raro dá para bem.

— Ora, Sr. Reitor, ainda tão novo, hei de já tomar canseiras de família?

— Queira Deus que, conservando-te assim como estás, as não acarretes mais pesadas ainda.

Não obstante os conselhos do reitor, Pedro não se sentia com grande vocação matrimonial. Todas as suas afeições eram efêmeras, e daquelas, em cujo futuro o próprio que as sente não acredita, mas — lá vem uma vez que é de vez — diz o ditado; e, com Pedro, não estava esta fórmula de sabedoria popular destinada a ser desmentida.

Vejamos como foi isto. Ia Pedro nos vinte e sete anos já — era então um rapaz vigoroso e sadio, de belas cores e músculos invejáveis. Andava certa manhã ocupado a cortar o milho em um campo, propriedade da casa, o qual ficava situado na margem do pequeno rio, que atravessava a aldeia em continuados meandros.

Próximo, havia uma ponte de pedra de dois arcos, construção já antiga, mas bem conservada ainda; o rio era nesse lugar pouco fundo, e deixava, à flor da água, as maiores das pedras espalhadas pelo seu leito, permitindo assim passagem, a pé enxuto, de uma para outra margem.

De joelhos sobre estas poldras, como por lá lhes chamam, desde o arco até alguma extensão no sentido contrário ao da corrente, um bando de lavadeiras molhava, batia, ensaboava, esfregava e torcia a roupa, ao som de alegres cantigas, interrompidas às vezes por estrepitosas gargalhadas; outras estendiam-na pelos coradouros vizinhos e algumas, mais madrugadoras, principiavam a dobrar a que o sol da manhã havia já secado.

Pedro, do campo onde trabalhava, via estas raparigas, conhecidas suas quase todas, mas sem que o vê-las o distraísse da tarefa em que andava empenhado.

À medida, porém, que, prosseguindo na ceifa, se aproximava mais da beira do campo imediato ao rio, como o adiantado do trabalho lhe concedia mais vagares, pôs-se a reparar com atenção para uma das lavadeiras e a achar certo prazer na contemplação.

Era uma rapariga de cintura estreita, mãos pequenas, formas arredondadas, vivacidade de lavandisca, digna efetivamente das atenções de Pedro e até de outro qualquer, mais exigente do que ele.

As mangas da camisa alvíssima, arregaçadas, deixavam ver uns braços bem modelados, nos quais se fixavam os olhos com insistência significativa. Um largo chapéu de pano abrigava-a do ardor do sol e fazia-lhe realçar o rosto oval e regular de maneira muito vantajosa.

De quando em quando, levantava ela a cabeça e sacudia, com um movimento cheio de graça, a trança mais indomável, que, desprendendo-se-lhe do lenço escarlate que a retinha, parecia vir afagar-lhe as faces animadas, beijar-lhe o canto dos lábios, efetivamente de tentar.

Em um destes movimentos frequentes, reconheceu que era observada, se é que certo instinto, peculiar das mulheres bonitas, lho não fizera já adivinhar. Sabendo-se observada, conjeturou que era admirada também — conjetura que por mulher alguma é feita com indiferença e muito menos por Clara — era o nome da rapariga —, porque, diga-se o que é verdade, tinha um tanto ou quanto de vaidosa.

Lisonjeada, pois, com a descoberta, sentiu Clara desejos de se fazer apreciar mais do que pelos olhos, de cujo conceito ela não podia já duvidar.

Elevou para isso a voz e numa toada conhecida, numa dessas eternas e popularíssimas músicas da nossa província, das que mais espontaneamente entoam as lavadeiras nos ribeiros e as barqueiras aos remos, cantou a seguinte quadra:

Ó rio das águas claras,
Que vais correndo p'ro mar.

Na pausa que, segundo as exigências da música, se faz ao fim dos dois versos, Clara torceu a roupa que estava lavando, e lançou, com disfarce, os olhos para o lugar, onde Pedro a escutava; depois concluiu:

Os tormentos que eu padeço,
Ai, não os vás declarar.

Pedro efetivamente estava recebendo com prazer o timbre agradável daquela voz feminina; sentiu em si comoção estranha, visitou-o a musa rústica, e, atirando-se com vontade ao trabalho, elevou também a voz, já tão conhecida por todos os frequentadores de arraiais e esfolhadas, e respondeu:

Não declara que não pode,
E não tem que declarar.

Na pausa olhou também para o lado onde estava Clara, a qual ria ocultamente com as companheiras, que eram todas ouvidos. A luva fora levantada e principiava o certame. O momento era solene! Pedro terminou:

Pois quem, como tu, é bela,
Não pode ter que penar.

Um murmúrio de aprovação se levantou do conclave feminino.

A reputação de Pedro não fora desmentida desta vez ainda. Mas Clara não era menos repentista. Tinha fama de nunca haver cedido o passo nestas pugnas incruentas, mas renhidas. É verdade que, no caso presente, o contendor era de respeito; ela porém aventurou-se e não fez esperar a resposta:

O que eu peno ninguém sabe,
Ninguém o pode saber,
Porque eu peno e não me queixo,
Em segredo sei sofrer.

Novos sinais de aprovação das mulheres, os quais estimularam a emulação de Pedro. Ele respondeu:

Pois o sofrer em silêncio
É um dobrado sofrer;
Melhor é contarmos tudo
A quem nos possa entender.

Esta quadra ainda produziu mais efeito, do que as precedentes — graças à insinuação que nela se fazia, e tendências que mostrava para dar novo caráter ao desafio.

Clara aceitou a direção que lhe era indicada assim, e respondeu:

A quem me possa entender
Tudo eu quisera contar;
Mas os amigos são raros,
Não sei onde os encontrar.

E logo Pedro:

Encontra-os a cada canto
Quem os quiser procurar;
E um dos mais verdadeiros
Aqui te está a escutar.

Chegadas as coisas a este ponto, o combate prolongou-se por bastante tempo, sustentado de parte a parte com igual denodo e perícia. No entretanto a roupa ia-se lavando e o milho achava-se quase todo ceifado. Os contendores, cada vez mais próximos, pareciam cada vez mais de coração empenhados na luta. Mas tudo tem um fim neste mundo.

Com as respectivas tarefas, terminou a justa, ficando ambos os campeões vencidos um por o outro, pois ambos se reconheciam já seriamente apaixonados.

Pedro passou as canas de milho para o carro, Clara meteu a roupa na canastra e puseram-se a caminho. Encontraram-se na ponte e travaram então um diálogo em prosa, que foi a confirmação de quanto, em verso, tinham dito já. E daí se originou uma afeição mútua, que, desde o princípio, assumiu em Pedro caráter mais grave e prometedor de bons resultados, do que as antecedentes.

O reitor, que andava sempre com os olhos em cima do rapaz, disse-lhe dias depois:

— Lembra-te dos meus conselhos, Pedro. Não vás mais longe. Fica por onde estás, que não ficas mal.

Pedro já não lhe opôs os acostumados argumentos antimatrimoniais. Calou-se. É que desta vez a coisa era mais séria e demais Pedro ia nos vinte e sete anos, e por isso começava a sorrir-lhe mais afavelmente o remanso do matrimônio.

Mas, para justificarmos a opinião do reitor a respeito da nova inclinação de Pedro, digamos quem era esta Clara, que assim de repente pusemos diante do leitor, sem prévia apresentação.

CAPÍTULO VIII

Clara era a filha do segundo matrimônio do pai daquela mesma Margarida ou Guida, cujos amores infantis tanto haviam já dado que entender ao reitor.

O pai de Margarida fora pela primeira vez casado com uma prima, que nada mais lhe havia trazido em dote, além de uma afeição ilimitada e de um coração excelente.

Durante a vida da primeira mulher viveu ele sempre, à custa de muito trabalho, pelo ofício de carpinteiro, não podendo até mandar aprender a ler à filha, único fruto desta primeira união, pois que de pequenina a teve de ocupar no trabalho.

A mãe de Margarida morreu, porém, deixando-a de idade de cinco anos. O pai, como já dissemos, deu-lhe em pouco tempo madrasta, e, na opinião do mundo, fez um ótimo negócio o carpinteiro.

De fato, a sua segunda mulher trouxe-lhe um dote avultado, e, dentro de alguns dias, viam-no abandonar a ferramenta do ofício e entregar-se todo ao fabrico e administração das suas novas terras, tomando-se um dos mais considerados lavradores dos arredores. Mas a próspera fortuna do recente lavrador converteu-se em tormento e desventura para a desamparada criança.

A madrasta, em pouco tempo mãe de uma outra rapariga, ciosa de toda a afeição e carícias paternas, que Margarida pudesse disputar a sua filha, aborrecia-a e procurava sempre pretextos para a trazer por longe.

Daí, a causa daquela solidão em que a fomos encontrar, quando pela primeira vez nos apareceu. Margarida chorava sozinha ou abaixava a cabeça resignada. Tinha um caráter dócil e submisso, e não se atreveria a protestar, nem sequer por uma daquelas espontâneas e irrefletidas revoltas, tão próprias da infância atribulada.

Com a morte do pai agravaram-se ainda mais estas tristes circunstâncias. Livre da única repressão que podia coagir a completa má vontade que tinha à enteada, aquela mulher, de gênio violento, acabou por desprezá-la de todo. A cada passo lhe lançava em rosto a pobreza de condição em que nascera, clamando que o pão que lhe dava a comer era um roubo que fazia a sua própria filha.

Margarida ouvia-a; humilhavam-na estas contínuas e injustas recriminações, mas até as lágrimas procurava ocultar, com medo que dessem causa a novas iras. Limitava-se a rezar muito a Nossa Senhora para que a levasse para si.

A pobrezinha olhava para o futuro e via-o cerrado, sem um único raio de luz em que fitasse os olhos, para atravessar com mais ânimo as trevas completas do presente.

Uma só compensação experimentava a triste e desarrimada criança, em troca de tantas dores e constante suplício: — era a amizade de sua irmã.

Clara não herdara da mãe durezas de coração nem violências de gênio. Afável no meio das suas alegrias de infância, compadecia-se já pelo que via sofrer à irmã, e, admirando aquela resignação de mártir, que ela bem se conhecia incapaz de mostrar em ocasião alguma da vida, principiou a olhar para Margarida com certo respeito, que, pouco a pouco, degenerou em prestígio e lhe cultivou no coração uma veneração sem limites.

Muitas vezes as rudezas da mãe para com Margarida faziam-na chorar também, e, a ocultas, vinha pedir perdão a esta, de um tratamento, de que ela bem percebia ser a causa involuntária.

Margarida, da sua parte, sentia-se grata ao generoso afeto de Clara, e em pouco tempo ficou sendo esse laço o único, pelo qual ela parecia prender-se ainda ao mundo, que tão despovoado destas seduções lhe andara sempre.

Pequenos episódios, na aparência insignificantes, corroboraram, em uma e outra, estes sentimentos e influíram na sorte futura das duas irmãs, que, ainda crianças, se diziam já amigas inseparáveis.

Em uma noite de inverno, a mãe de Clara deitara-se às nove horas com a filha; e por um requinte de crueldade estúpida, obrigara Margarida a conservar-se a pé serandando, até concluir certa tarefa que lhe marcara; e, ao deixá-la só, dirigiu-lhe estas palavras, cheias de humilhação para a pobre rapariga:

— Minha rica, quem veio a este mundo, sem meios de levar melhor a vida, não deve perder o costume de trabalhar, nem ganhar outros, com que, ao depois, não possa. Fica a pé e tem-me essa obra acabada.

Margarida não tentou uma só queixa ou súplica, em seu favor. Calou-se e obedeceu.

Era, como disse, no inverno; fazia um frio excessivo. A lareira estava apagada já; da parede defumada pendia uma candeia, cuja luz bruxuleante era a única a iluminar o recinto. O vento assobiava nas inúmeras fendas da porta da cozinha e entrava em correntes impetuosas pelo tubo da chaminé, indo inteiriçar os membros regelados da desditosa criança, que, só a custo, podia já suster a roca e torcer o fio, para terminar o trabalho. O silêncio da noite era interrompido por mil ruídos sinistros, próprios para amedrontar as imaginações supersticiosas, como sempre, mais ou menos, são as da gente do campo.

Margarida, naquele momento, sentiu mais amarga, que nunca, a sua orfandade e o seu desamparo. Chorou, chorou a ponto de se sufocar, e pediu à Virgem que se compadecesse dela.

Lembrou-se então de quando a mandavam sozinha para o monte, e daquelas raras entreabertas de felicidade que lhe fizera sentir a companhia do pequeno Daniel.

As saudades desses dias nunca mais a deixaram. Com elas vivia sempre, com elas se achava só, quando, olhando para o passado, lhe pedia uma recordação de prazer, em paga de tanta tristeza que, no presente, lhe oferecia a vida, de tantas sombras, com que lhe vinha o futuro.

Nesta noite pensou também em Daniel; pensando nele, e naqueles breves momentos que vivera, esquecida do infortúnio, na solidão dos montes, chegou a iludir-se, a imaginar-se transportada lá; e esqueceu o frio e o medonho da noite — que um e outro lhos fizera desvanecer a vara mágica da fantasia —; e insensivelmente parou-lhe a mão que fiava, descaíram-lhe os braços, vergou a cabeça melancólica, e o pensamento perdeu-se em longa e abstrata contemplação, que, sem transição apreciável, terminou num sono profundo. Encontraram-se e confundiram-se os últimos devaneios da vigília, com os primeiros sonhos em que flutuavam ridentes as mesmas imagens, fantasiadas ou recordadas naquela.

Clara não pudera, porém, adormecer com a ideia do sacrifício, imposto à irmã. Do leito, onde se deitara com a mãe, ouvia o som do soluçar de Margarida, e isto era um martírio para ela. A boa rapariga pedia a Deus que olhasse por a pobre desvalida da irmã, que já não tinha nenhum amparo, e, rezando assim, chorava ainda mais do que ela. Cedo, porém, um alto e pausado respirar deu-lhe a certeza de que a mãe havia já caído no sono.

Clara não hesitou mais.

Com todas as precauções possíveis, deixou-se escorregar de mansinho entre o leito e a parede, colocou sobre os ombros uma capa de baeta que encontrou à mão, e, com muita cautela, passou-se para a cozinha, onde Margarida já tinha adormecido. Clara não a acordou. Depois de a agasalhar com uma manta do leito, agachou-se ao lado dela e, tirando-lhe sutilmente a roca da cinta, pôs-se, por sua vez, a trabalhar.

Eram duas horas da noite e a tarefa estava terminada. Margarida dormia... sonhava ainda.

Neste instante, um som, que julgou partir da alcova, fez recear a Clara que a mãe tivesse acordado; por isso, mal teve tempo de correr a meter-se no leito, procurando não excitar a desconfiança materna, e não pôde chamar a irmã para a mandar deitar.

Passados alguns momentos, Margarida despertou. Ao lembrar-lhe que adormecera com o trabalho mal principiado ainda, apertou-se-lhe o coração, e a pobre criança juntou as mãos de desesperada. Mas que espanto ao ver espiada a roca e fiadas as estrigas que lhe haviam dado por tarefa!

A sua primeira ideia foi que tinha sido aquilo um milagre da Senhora, a quem se havia encomendado, e cujo auxílio fervorosamente suplicara. Tinham-lhe contado a lenda daquela freira, que, abandonando um dia a ermida da Virgem, de quem era devota, cega por uma paixão mundana, voltara mais tarde às portas do claustro, coberta de arrependimento e de vergonha; e, quando esperava encontrar recriminações e opróbrios, soube que ninguém lhe tinha dado pela falta, porque a Senhora se compadecera dela, e, revestindo a sua imagem, viera todos os dias fazer o serviço da clausura.

Margarida acreditou em outro milagre desse gênero, e com estas ideias se foi deitar, rendendo expansivas ações de graças à Virgem, por tão miraculosa intercessão.

Mas, pouco a pouco, a verdade foi-lhe aparecendo mais distinta, e pela madrugada acabaram de confirmá-la alguns vestígios evidentes de Clara ter estado junto de si nessa noite, e enquanto ela dormia; denunciou-a um lenço que deixara cair na pressa com que voltara à alcova.

Nessa manhã, pois, Margarida aproximou-se da irmã, e beijou-a com efusão.

— Obrigada, Clarinha. Deus te há de recompensar essa bondade.

— Se achas que mereço alguma recompensa, por que ma não dás tu mesma, Guida?

— Eu, meu coração? Que recompensa podes esperar de uma pobre?

— Que não queiras muito mal a minha mãe, por tanto que te mortifica, e que... me tenhas um pouco de amizade.

— Querer mal a tua mãe, doida! E posso eu querer mal a quem me dá o pão, de que me sustento, o teto e os vestidos que me cobrem? Que eu nada disto tenho, Clarinha.

— Não me digas isso.

— A minha amizade, pedes-me tu! E um pouco de amizade, disseste! E, a não ser a ti, a quem queres que eu vá dar toda esta que Deus me pôs no coração, para dar? De tua mãe recebo eu a esmola do pão e do abrigo, agradeço-lha, e rogo a Deus por ela; a ti, devo-te mais; devo-te a esmola da consolação e do conforto; por isso te estremeço e quero, Clarinha. E tu duvida-lo?

— Esmola! Esmola! Que palavra! De quem recebes tu esmolas em casa de teu pai, Guida? — perguntou Clara, com uma viva expressão de nobre orgulho que lhe estava no caráter.

Margarida sorriu melancolicamente a esta exaltação da irmã, e respondeu:

— Esta casa não é de meu pai, é de minha...

Ia a dizer madrasta, mas conteve-se, receando dar à palavra uma entonação menos afetuosa.

Clara saltou-lhe ao pescoço, e, por um daqueles impulsos irresistíveis da sua índole generosa e expansiva, exclamou, beijando-a nas faces:

— Guida, Guida, esta casa ainda há de ser minha, e então veremos se me fazes a desfeita de não lhe chamares tua também.

De outra vez, tinha ido Margarida vender fruta ao mercado. Com inacreditável exigência havia-lhe a madrasta fixado, de antemão, qual devia ser o preço da venda, não lhe permitindo baixá-lo, e obrigando a pequena, ao mesmo tempo, a não voltar para casa sem a ter realizado.

Os maus-tratos e ásperas repreensões esperavam infalivelmente Margarida naquele dia, vista a exorbitância dos preços estabelecidos e uma tão grande afluência de fruta na praça, que barateara o gênero. A rapariga chorava e lamentava-se, enquanto os compradores sorriam ao ouvir o preço excessivo que ela pedia pela fruta.

Nisto apareceu Clara, que, por acaso, atravessava a feira naquele momento. Viu a irmã assim aflita, e aproximou-se dela.

— Que é isso, Guida? Tu choraste?

— E admiras-te ainda de me veres chorar, Clarinha?

— Mas... dize-me, por que foi isto?

Margarida contou-lhe tudo.

Clara ficou a olhar para o chão, pensativa.

— E de tanta gente rica que há por aí, ninguém terá alma de pagar mais cara, alguns vinténs, esta fruta, para fazer bem a uma pobre rapariga?

E, dizendo isto, Clara corria com os olhos a feira, como se a procurar essa alma generosa para que apelava.

O acaso fez com que descobrisse um velho, que, naquele momento, atravessava o lugar, fazendo provisão de fruta, e parecendo não regatear muito.

— Ai — disse Clara, ao encarar com ele —, o meu padrinho, o Sr. Cônego Arouca! Queres tu ver, Guida, como eu te vendo a fruta?

— Que vais fazer, Clarinha?

— Escuta.

E, imediatamente, arrebatando a canastra das mãos da irmã, Clara correu a colocar-se no caminho do velho cônego, quando este prosseguia no seu feirado.

— Muito bons dias, meu padrinho, deite-me as suas bênçãos.

— Tu por aqui, Clarita? Deus te abençoe, rapariga. Então que fazes tu?

— Sou muito pouco afortunada, meu padrinho. Sabe?

— Sim, pequena? Então por quê? Não encontraste noivo ainda?

— Ora! Está a brincar. Não é isso.

— Então?

— Trago à feira uma canastra cheia de fruta, e ainda não encontrei compradores.

— E o defeito é da fruta, ou de quem a vende?

— Há de ser de quem a vende, que lá a fruta... essa boa é.

— Boa, sim; mas cara...

— Ora essa, meu padrinho! Nós cá não somos mais do que as outras. Vendemos pelo mesmo preço que elas vendem.

— Ora deixa cá ver a fruta. Então quanto queres tu por isso? Um dinheirão.

Este exame era simplesmente por formalidade, pois o cônego tinha resolvido, de si para si, ser o feirante de toda a fruta, embora fosse dura como pedra, e cara como açafrão.

— Se for para o meu padrinho, o que quiser — respondeu Clara.

— Está bom. Não é má de todo. Passa-me aí para a canastra do criado, enquanto eu faço contas.

E, ao passo que a afilhada cumpria a ordem recebida, ele mexia e remexia nos bolsos do colete, donde tirou não sei que moeda em ouro, que quadruplicava o preço da fruta, e passou-a para as mãos de Clara, dizendo:

— Aí tens; o que crescer é para um lenço.

— Então muito obrigada, meu padrinho. E deite-me as suas bênçãos.

— Vai com Deus, rapariga, e faz visitas à tua gente — respondeu o cônego, dando-lhe a mão a beijar.

Clara voltou a correr para junto de Margarida, bradando-lhe:

— Vê, vê, não te aflijas. Fruta vendida, e uns créscimos para tremoços.

Margarida agradeceu-lhe com um olhar, orvalhado de lágrimas de gratidão.

Assim continuou este viver por muitos anos mais, até que a mãe de Clara adoeceu. Durante a moléstia, foi Margarida desvelada e incansável enfermeira, colhendo sempre, em paga dos seus carinhos, modos rudes e ásperos, expressões inequívocas de aversão que nunca deixava de sentir por ela. A heroica rapariga não afrouxava por isso na afetuosa caridade com que a tratava.

A doença agravou-se, e a morte foi declarada inevitável.

Neste momento solene, como que se abrandou o coração e falou a consciência da moribunda, mostrando-lhe a injustiça do seu procedimento para com Margarida.

À hora da morte chamou-a junto de si, e, apertando-lhe as mãos, disse-lhe entre soluços:

— Guida — pela primeira vez lhe deu este nome afetuoso —, perdoa-me! Deus alumiou-me o espírito. Só agora conheço a minha maldade e as tuas virtudes. Perdoa-me, minha filha, e sê generosa até ao fim. Clara fica só, é ainda muito criança. Lembra-te que ela é tua irmã, aconselha-a, e estima-a, olha-me por ela. Perdoa-lhe o ser filha de... tua madrasta.

Foram as derradeiras palavras que disse.

Margarida caiu, sufocada de choro, junto do leito da morta. Não lhe restava no coração a menor sombra de ressentimento contra aquela que a fizera tão infeliz. Eram sinceras, como poucas, as lágrimas desta órfã.

Passado tempo, sentiu que um braço a levantava. Voltou-se: era o reitor que olhava para ela comovido.

— Muito bem, Guida, muito bem! — exclamou o velho com entusiasmo. — Essas lágrimas são generosas, são verdadeiras joias da tua boa alma. Elas devem ser de grande alívio para a daquela, cujo maior pecado neste mundo foi o muito que te fez padecer.

E daí por diante ficou o reitor tendo em subido conceito a Margarida.

CAPÍTULO IX

Depois da morte da madrasta, a sorte de Margarida tomou uma feição mais favorável.

Vivendo na companhia da irmã, nunca mais teve de suportar aquelas humilhações continuadas, que a faziam corar.

Antes, no modo por que era tratada em casa, parecia ser ela a senhora de tudo, e Clara, a que recebia o benefício; contra estas aparências só a sua modéstia protestava.

Clara possuía um coração excelente, mas faltava-lhe cabeça para superintender nos negócios da casa; por isso, pedira a Margarida que os gerisse ela e lhe deixasse ir gozando a apetecida liberdade dos seus dezoito anos.

O pároco, que ficara tutor das duas órfãs, sancionou e dirigiu com os seus conselhos esta disposição de coisas.

Mas um tal sistema de viver não podia bastar por muito tempo a Margarida. Havia no caráter desta rapariga um fundo de dignidade pessoal que lhe não deixava aceitar a vida plácida, que cordialmente a irmã lhe talhara.

Habituara-se muito cedo ao trabalho e com ele contava.

— Se o desprezo agora — dizia ela a si mesma, pensando nisto —, quem sabe se um dia, ao procurá-lo, ele fugirá?

Sentia-se jovem, com forças e coragem; envergonhava-se da ociosidade. Entre os projetos, que formou então, um lhe sorria sempre mais que todos.

Margarida tinha uma educação pouco vulgar para a sua condição. Várias circunstâncias haviam gradualmente concorrido para lha aperfeiçoar. Daniel fora, como sabemos, o seu primeiro mestre, e, quando outra razão não houvesse, as saudades que a vista e a leitura dos livros ainda lhe causavam, lembrando-lhe aquele tempo, levá-la-iam a procurá-los com prazer. Seguira-se a Daniel o reitor, conforme ao que prometera ao discípulo. Vendo o padre a inclinação da sua pupila para a leitura, fazia-lhe, de quando em quando, alguns presentes de livros, depois de os passar pela crítica dos seus rígidos princípios morais, e julgá-los salutares. Margarida lia-os com ardor, e, pouco a pouco, costumou-se a lê-los com reflexão também. Não sendo muito abundantes as bibliotecas da terra, era obrigada a reler, mais do que uma vez, os mesmos livros — o que é sempre uma vantagem para a instrução colhida neles.

Além do interesse crescente que ia encontrando na leitura, um motivo mais oculto lhe alimentava esse ardor — motivo que ela própria quase ignorava, ou pelo menos não dizia a si. — Como que desta forma se aproximava de Daniel. Das duas inteligências de criança, que se tinham visto a par, como duas aves que brincam na relva, uma levantara voo e subira; que admirava que a outra, saudosa, ensaiasse as forças para a acompanhar? Para, ao menos, a não perder de vista de todo? Há destes motivos ocultos das nossas ações, que passam desconhecidos.

O que é certo é que a sede de saber devorava Margarida. O hábito da meditação, que adquirira, permitia à sua inteligência tirar grandes riquezas da pequena mina em que trabalhava.

Um acontecimento favoreceu ainda estas tendências.

Um dia, acolheu-se à aldeia, a viver vida de privações e de miséria, um destes desgraçados, a quem as ondas do mundo arrojam náufragos e quebrantados à praia. Era um homem que, saindo, criança ainda, daquela mesma aldeia, entrara, sob os sorrisos da sorte, na vida das cidades. A instrução, a riqueza, as honras, tudo o rodeara do prestígio que parece assegurar a felicidade. Se ele a sentiu então, não sei eu; — um dia, porém, como o Jó da Escritura, viu a mão da desgraça baixar sobre a sua cabeça, privá-lo das riquezas, da dignidade e da família, e deixá-lo só; só, ao declinar a vida, só, quando já não há no coração fogo para alimentar esperanças; vigor no braço para arrotear caminhos novos!

Este homem sacudiu então a poeira dos seus sapatos à porta das cidades, onde sonhara meio século, e veio, tendo por único arrimo a consciência, procurar o teto que, nu, o abrigara na infância e quase o recebia, na velhice, como de lá saíra — teto que nem já era seu.

É uma história vulgar a deste homem. Insistir nela seria contar ao leitor coisas sabidas.

A quem reservará a sorte o privilégio de ignorar uma história assim?

Era, pois, um desgraçado. Isto bastava para que, ao seu lado, visse, olhando-o compadecido, o rosto de Margarida, e, animando-o, os sorrisos de Clara.

O infortúnio chamou, para junto do leito de miséria deste velho desanimado, estas duas mulheres. Ao lado de todas as cruzes aparecem desses vultos compassivos.

Com que havia de recompensar a devoção heroica de duas juventudes à velhice empobrecida, quem nada tinha que dar?

Não lhe exigiam elas a recompensa, é certo; mas pedia-lha a alma.

Dos amigos, que tivera, só lhe restavam quatro; e esses lhe valeram. Eram quatro livros...

Talvez os leitores já estivessem imaginando que este homem trouxera ainda quatro amigos para a adversidade, sem serem livros. Custa-me desenganá-los; mas não trouxe.

Foi nestes livros que Margarida encontrou novos alimentos para a leitura. Não sei bem ao certo quais eram eles.

Estas leituras, dirigidas agora pela crítica esclarecida e o são juízo do pobre velho, valeram imenso a Margarida, que, dentro em pouco, chegou a uma cultura intelectual, a que nunca tinha aspirado.

Por isso, na ocasião de formar projetos, para se dignificar aos próprios olhos pelo trabalho, sorria-lhe principalmente a carreira do ensino. Ensinar era aprender, ensinar era amar; e estas duas necessidades daquele espírito generoso, aprender e amar, se satisfaziam assim.

Cultivar inteligências e cultivar afeições!... Que futuro! A alma, no íntimo apaixonada, de Margarida exultava só com a ideia.

Restava obter o consentimento de Clara, e que tática não seria necessária para isso!

— Clarinha — disse-lhe pois um dia Margarida —, vou pedir-te um favor!

— É possível! — exclamou Clara, sinceramente admirada. — É esta a primeira vez que me pedes um favor, Guida. Repara bem.

— Tanto mais razão para mo concederes, filha; não é verdade?

— Assim me pedisses mil, Guida, para todos te conceder também. Ora dize.

— Sabes? Eu não me dou com esta vida de senhora, em que tu me tens. Que queres, minha filha? Isto de trabalhar é hábito que se ganha de pequeno e se não perde mais...

— Mas, então? — disse Clara, pondo-se séria, como se suspeitasse vagamente o que a irmã lhe ia dizer.

— Queria que me deixasses trabalhar.

— Mas não trabalhas tu tanto, mais do que eu, Guida? Podia eu, sem ti, olhar por estas coisas de casa, de que não entendo, de que não quero entender? Só se queres vir lavar ao ribeiro comigo. Ora! Guida, essas mãos delgadas já não foram feitas para isso.

— O que dizes que eu tenho que fazer, Clarinha, não é trabalho que ocupa muitas horas, como sabes. Resta-me ainda tanto tempo!... Olha que os dias são muito grandes.

— Mas que queres tu afinal?

— Sabes?... Uma coisa que eu desejava... uma coisa que me faria andar alegre até!... Não desejas tu ver-me andar alegre? Não me ralhas tu pelas minhas tristezas?

— Mas vamos a ver o que tu querias; o que é que te daria essas alegrias grandes? Alguma loucura grande também.

— Não é, não. Olha... se eu tivesse umas poucas de crianças para ensinar...

Clara não a deixou continuar.

— Tu, tu, minha irmã! Ensinares tu as filhas dos outros?! Viveres de educar os filhos alheios!

— Ó orgulhosa! Então isso é alguma vergonha? Anda lá, que se o Sr. Reitor te ouvia...

— Mas que se diria de mim, Guida? Sempre tens coisas! Repara bem, que se diria de mim?

— Que és uma boa alma, Clarinha, tu que repartes comigo a tua casa, o teu...

— Guida! — exclamou Clara, interrompendo-a com um tom de repreensão.

— E que se dirá de mim, se me não concederes o que eu te peço? O que se terá já dito?

— Que és muito boa em não me abandonares, em me dares conselhos, em me perdoares as minhas doidices.

— Mas não é também por o que dirão, que eu te peço isto, não; é porque o coração me leva a pedir-to.

— Guida, por amor de Deus! Perde essa ideia! É uma desfeita que me fazes.

— Não é, minha filha, não é. Pois bem, pergunte-se ao Sr. Reitor e se ele disser que...

— Ora, o Sr. Reitor, sim! Basta ser pedido teu para ele o aprovar.

— Estás sendo muito má — disse Margarida afagando-a.

Depois de alguma luta, foi resolvido consultar o pároco, ficando cada uma com a liberdade de pleitear a causa própria.

Clara tinha alguma razão em suspeitar da imparcialidade do juiz. O pároco, tutor das duas raparigas, costumara-se a admirar o bom senso e inteligência superior de Margarida a ponto de confiar mais nela, do que em si mesmo.

Decidiu pois a demanda em favor da irmã mais velha, excitando contra si um amuo de Clara, que durou três dias. Era extensão excepcional nos despeitos da boa rapariga; mas é que desta vez sempre se tratava de Margarida, e em tais assuntos Clara era intolerante.

Em resultado de tudo isto, passados dias, começou Margarida a sua tarefa de educação, à qual se entregava com amor. As crianças afluíam-lhe, atraídas por aquela suavidade de maneiras, que constituía um dos mais fortes atrativos do caráter dela.

Esta fase mais bonançosa da existência de Margarida já não conseguiu porém modificar-lhe o caráter pensativo e suavemente melancólico, quc a infância oprimida lhe fizera contrair. Adquirira já o hábito da tristeza e das lágrimas, e este, como todos os hábitos, não se perde facilmente.

No meio, pois, das recentes felicidades da sua vida, ela própria por muitas vezes se surpreendia a chorar.

— Não é isto uma ofensa a Deus? — dizia então consigo. — Por que choro eu? Não tenho a amizade de Clara, amizade extremosa, como ainda a não recebi de ninguém? Eu devo estar alegre e bendizer ao Senhor, que não desvia de mim os seus olhares de misericórdia.

Em um momento de expansiva conversação, Clara disse-lhe um dia, vendo-a assim triste:

— Não me dirás tu, Guida, o que hei de fazer para te ver rir e estar alegre?

— Olha, Clarinha, a gente é como as flores, que umas nascem com cores vermelhas que alegram, outras com cores escuras que entristecem. Olha tu as violetas e os suspiros. Que te digam por que nasceram assim e por que, crescendo na mesma terra e sendo alumiadas pelo mesmo sol, não têm as cores brilhantes da rosa.

— Bem respondido, sim, senhora; daqui em diante hei de chamar-te sempre a minha violeta.

— Criança! E tu, Clarinha, nunca te sentes triste?

— Triste por quê? Que tenho eu a desejar para ser feliz de todo?

— Tens razão. Tu... nada.

— E tu? — perguntou Clara, fitando os olhos na irmã.

— Eu...

E Margarida sem responder ficava mais triste ainda do que até ali.

Clara impacientou-se.

— Olha, Guida. Há muito que ando com vontade de te dizer uma coisa; mas... como que até me chega vergonha de te falar nisto. Eu não entendo nada destes enredos de justiça; mas... lembra-me, em vida de minha mãe, ouvir-te dizer muitas vezes que... nada disto era teu e... que dela recebias tu... a... a...

— A esmola do agasalho, que me dava; e era... e é assim.

— E era e é assim! Guida! Eu não sei lá como os homens fazem essas coisas. Mas se eu sou agora, como dizes, a senhora de tudo, não quero mais ouvir-te falar deste modo. Quero que olhes, como teu, tudo o que me pertence; que me não tornes a dizer essa palavra tão feia, que ainda agora te ouvi. De outro modo, fico de mal contigo; isso fico. Já o merecias, por te estares a cansar com trabalho, sem precisão.

Margarida sorriu.

— E quando, para o futuro, vier alguém tomar parte contigo nestes bens, pensará assim como tu?

— Alguém!... Como alguém?

— Sim; julgo que não estás para freira, Clarinha.

— Ai, e pensas nisso já? Pois bem, se assim for, hei de escolher quem seja digno de ser teu amigo, Guida, ou então...

— Está bom, está bom. Dá cá um beijo e não falemos mais nisso. Farei tudo como dizes.

E a tristeza de Margarida não terminava ainda.

No entretanto o reitor ia-se afeiçoando todos os dias mais às suas pupilas.

À mais velha dizia:

— Toma-me conta de Clara. É rapariga e amiga de brincar. Faz com que te confie todos os seus segredos. Serve-te do poder que tens sobre ela para a guiares, minha filha. Dá-lhe parte do teu juízo.

E, por outro lado, dizia a Clara:

— Olha lá, rapariga. Tu anda-me com juizinho; ouviste? É bom rir e estar alegre, mas em termos, em termos. Segue os conselhos de tua irmã e faz por imitá-la.

E, consigo só, dizia, ao lembrarem-lhe as duas:

— Excelentes corações! Deus lhes dê na terra a felicidade, que eu lhes desejo e de que são dignas. A Clarita bem está... Tem dos bens da fortuna, não lhe faltarão arrumações; mas a pobre Margarida... Se ao menos, por felicidade, tiver um cunhado que seja homem de bem!...

CAPÍTULO X

Foi por isso que o reitor, ao perceber um dia a inclinação recíproca de Clara e de Pedro das Dornas, exultou com a descoberta.

Amigo das duas famílias, e conhecedor da boa índole de Clara, e dos sentimentos generosos de Pedro, ele só antevia ventura na projetada união.

Em relação aos dotes, não havia entre os noivos grande desigualdade e, em vista disto, não era provável que, da parte de José das Dornas, surgissem dificuldades sérias.

Por outro lado, a boa alma do noivo tranquilizava o reitor, em relação à sorte de Margarida; ele a saberia estimar como ela merecia. Esta consideração, sobretudo, fazia o contentamento do padre. Daí, aquele conselho dado a Pedro — conselho que encontrou este em muito boas disposições para o observar.

Passados dias, procurou o reitor o seu amigo José das Dornas e comunicou-lhe que Pedro estava resolvido a casar, e lhe pedira para servir de embaixador em solicitar o consentimento paterno.

Como tinha conjeturado, o projeto passou sem oposição da parte de José das Dornas, que antes ficou muito contente com a novidade. Somente pediu o adiamento da época dos esponsais, para quando chegasse do Porto Daniel, que devia, naquele ano, terminar a sua formatura na escola de medicina da cidade invicta.

Clara tinha, antes disso, respondido ao pároco, perguntando-lhe este se aceitava o pedido de Pedro, que desejaria consultar a irmã. Aprovou o padre esta atenção delicada e esperou-se pela resposta de Margarida, de quem não havia grandes impedimentos a recear. Estava Margarida a ler, quando Clara foi ter com ela.

Era já então uma simpática figura de mulher a de Margarida. Não se podia dizer um tipo de beleza irrepreensível, mas havia em toda aquela fisionomia um ar de afabilidade e de meiguice tal, que nem avultavam essas pequenas incorreções, só reveladas a exame minucioso e indiferente; mas a primeira, a grande, a invencível dificuldade era conservar esta precisa indiferença ao vê-la. Os olhos, sobretudo, negros como poucos, sabiam fixar-se com tanta penetração e bondade, que, só a contemplá-los, esquecia-se tudo o mais. Não possuía um desses tipos fascinantes que atraem as vistas; era fácil até passar por ela, desatendendo-a; mas, fitada uma vez, o olhar deixava-a com pena, e a memória conservava-a com amor. A boca tomava-lhe naturalmente uma expressão de triste meditar, entreabrindo-se-lhe, de quando em quando, os lábios por uma dessas mais profundas inspirações que dissimulam um suspiro.

Clara aproximou-se da irmã sem ser pressentida e sentou-se junto dela.

O grupo gracioso, que ambas formavam assim, tentaria qualquer artista que o visse.

A aparência jovial de Clara fazia realçar, pelo contraste, o vulto melancólico de Margarida. Naquela, tudo eram reflexos de desanuviada alegria interior; nesta, difundia-se incessantemente uma dessas meias sombras, como as que produzem as pequenas nuvens brancas que, sem ofuscar inteiramente a luz do sol, lhe mitigam contudo um pouco o resplendor dos raios.

Clara tomou as mãos da irmã, sem romper o silêncio.

— Que tens tu, Clara? — perguntou-lhe Margarida. — Não sei que te leio hoje nos olhos. Desconfio que me vais dizer alguma coisa.

— E vou.

— E parece ser de importância, ao que vejo; estás tão séria! — acrescentou Margarida, sorrindo.

— É que é deveras sério e muito sério o que te vou dizer.

— Então?

— Querem-me casar.

— Ah!

— E olha, Guida, eu julgo que o meu noivo é um bom rapaz... mas... sempre queria saber o que tu pensas dele, e se merece a tua aprovação.

— A minha!? E também te é precisa, filha?

— É, sim; pudera não. Já o disse ao Sr. Reitor e ele concordou.

— Sois todos muito bons para comigo. Mas que te hei de eu dizer? Que te diz o coração?

— Ora, o coração...

— O coração, sim. Por que não? Quando é bom, como é o teu, deve-se sempre ouvir; e... quer-me parecer que já o consultaste, antes de mim.

— Falo a verdade: é certo que já.

— E que te disse ele?

— Aconselha-me a... a que sim.

— Que mais queres?

— Que também me aconselhes.

— O mesmo que o coração, já se sabe.

— Não, senhora; com franqueza, aquilo que pensares.

— E quem é o noivo?

— O Pedro do José das Dornas.

— Ah!... Por certo que é um bom casamento. Conquanto pouco conheça ainda esse rapaz, ouço dizer que é honrado, trabalhador, e... de mais a mais está bem.

— Então, aprovas?

— Se te fosse necessária a minha aprovação, dir-te-ia que estimo até muito que se faça esse casamento; e que sejas feliz.

Clara abraçou-a com efusão, e correu a dar parte ao reitor do resultado da entrevista.

Margarida ficou só.

O que acabara de ouvir da boca da irmã deixara-a pensativa. A ideia de que à vida de Clara em breve se ia associar a de uma pessoa estranha não podia deixar de lhe fazer sentir graves preocupações pelo destino dela e seu.

Era um problema proposto à solução do futuro, e Deus só sabia como o futuro o teria de resolver. Clara ia entrar na vida de família; ia cedo transformar em amor de esposa e de mãe todos aqueles tesouros de sentimento que, até então, a ela só confiara, a ela, a Margarida, à desvalida da sorte, à órfã e esquecida sempre, e talvez que, dali em diante, ainda mais esquecida e mais desamparada de afetos! Ao pensar nisto, não podia evitar certas angústias de coração. Era mais uma afeição que lhe roubavam! Pois nem esta lhe pertencia? E depois, como seria considerada pelo marido de Clara? Humilhações, pudera-as suportar de sua madrasta, mas receava não ter já resignação bastante para as receber de mais ninguém.

É certo que o bom nome de Pedro a tranquilizava; mas quantas decepções sobre os melhores caracteres humanos nos prepara uma íntima convivência com eles? Quantos defeitos ocultos, ignorados do mundo, a vida de família faz evidentes, a ponto de tornar inevitáveis discórdias, que aos olhos do vulgo nunca se justificam?

A corrente destes pensamentos tomou porém, de uma maneira gradual, diverso curso. O nome da família de Pedro não era desconhecido para Margarida.

Andava-lhe associada a mais grata recordação da amargurada infância da órfã. Quem em tão pequeno número contava os corações que haviam simpatizado com o seu, que muito era se recordasse com saudade do pequeno estudante de latim que, de tão longe, vinha sentar-se ao pé dela e falar-lhe com um afeto que até então desconhecera?

Desde que as apreensões do reitor haviam ocasionado a partida de Daniel, nunca mais Margarida lhe falara. Via-o todos os anos, quando ele vinha passar as férias à aldeia, e não podia ocultar a si própria a afetuosa atenção com que ainda então o observava.

Mas, pelos seus novos hábitos de vida, Daniel distanciara-se daquela que conhecera em criança; nem dela talvez se lembrasse já. Margarida pensava agora no caso, que os aproximava assim, e não podia, sem uma vaga inquietação de espírito, ver, no futuro, a possibilidade de uma entrevista com ele.

Os caracteres concentrados, como o de Margarida, alimentam-se ordinariamente de uma ideia fixa... — quantas vezes de uma ilusão? — que forma o segredo inviolável da sua existência inteira. Abre-lhes ela as portas de um mundo imaginário, para onde se refugiam dos embates do mundo real, que impressionam dolorosamente a sua delicada sensibilidade. Quando os encontramos sós, estes melancólicos devaneadores, acreditemos que lhes povoam a solidão formas invisíveis, criadas à poderosa evocação da sua fantasia; o silêncio, em que os virmos cair, dissimula-lhes os misteriosos diálogos na linguagem desconhecida e intraduzível desse fantástico mundo. É uma singular loucura procurar distraí-los, chamando-os à consideração das coisas reais. A mais doce consolação, a mais festiva alegria daquelas almas, é aquilo mesmo que se nos figura tristeza.

Deixem-nos assim. Não queiram erguer-lhes a fronte que involuntariamente se inclina; não tentem iluminar-lhes com sorrisos a fisionomia, sobre a qual se derrama uma severa gravidade; não se esforcem por lhes tirar dos lábios comprimidos uma palavra qualquer; o fogo de vida, que parece tê-los abandonado, deixou somente a superfície para mais intenso se lhes concentrar no coração.

Margarida tinha também o seu pensamento secreto, que, em momentos assim, acariciava com amor.

Este pensamento de longe lhe viera, há muito lhe era companheiro. Assim como nas trevas da noite os olhos involuntária e quase irresistivelmente se fixam no mais pequenino ponto luminoso, que lhes surja do seio da obscuridade; assim se voltava o pensamento de Margarida para o último raio, que lhe luzira débil de entre as sombras da existência passada. A cândida afeição de Daniel era este raio; através das diversas fases da sua vida a acompanhara sempre a imagem dele, modificando-se conforme a natureza dos sonhos em cada uma. Aos vinte e dois anos, que Margarida contava agora, recebera essa imagem toda a vida, de que um coração juvenil anima as suas criações mais queridas.

De fato, não fora sem certa comoção de suspeitosa natureza, que a imagem de Daniel adolescente viera, por mal percebidas gradações, afugentar das reminiscências

da boa rapariga a do pequeno Daniel, que ela con
outrora; não foi sem íntimas turbações de ânimo qu
envolta com as memórias suaves desse curto passad
fantasia lhe começou a misturar vagas aspirações para u
futuro que, agradavelmente e melancolicamente também, agitava o coração da ingênua cismadora.

Era bem triste, depois de sonhos assim, acordar na amarga realidade do presente desencantado, mas era inevitável. O destino decidira de outra sorte.

— Vamos — dizia Margarida a si mesma. — Que mulher sou eu? Quando precisava de dobrada força para o trabalho, ainda me ponho a pensar... não sei em quê. Pensar!... É um luxo, com que não podem os pobres — acrescentava, sorrindo amargamente. — É um prazer de ricos e ociosos. A nós, sai-nos muito caro cada minuto desperdiçado a pensar assim. Clara vai casar — cismava ela depois. — É forçoso que me separe dela. Bendito seja Deus, que me inspirou esta divina ideia de viver pelo trabalho; dele só e com ele deve ser agora principalmente o meu viver. É custoso, porque queria deveras a esta pobre criança, mas é necessário. Um dia podia vir a causar-lhe involuntariamente mal, se ficasse. Hei de partir.

CAPÍTULO XI

Procedia-se com toda a atividade nos preparativos do casamento contratado.

José das Dornas não cabia em si de contente. A formatura de um dos seus filhos, e a perspectiva do vantajoso casamento do outro eram para isso motivos de sobejo.

Acrescentem agora que o ano tinha sido fértil, que o enxoframento das suas vinhas prometia excelentes resultados, e poderão julgar se tinha ou não razão o robusto lavrador para andar satisfeito e para cantar, a miúdo, a sua cantiga favorita:

Papagaio, pena verde,
Não venhas ao meu jardim;
Todas as penas se acabam,
Só as minhas não têm fim.

Depois de haver superintendido em todos os aprestes, que se faziam na casa, para receber o novo adepto da ciência hipocrática, José das Dornas, cedendo àquela irresistível necessidade, tão geral em todos nós, de transmitir aos outros parte das nossas alegrias, comunicando-lhes a narração delas, saiu e transportou-se à loja do Sr. João da Esquina, ponto de reunião da mais escolhida sociedade da terra.

— Ora viva o Sr. José das Dornas! Passasse muito bem, é o que eu estimo — disse o merceeiro do fundo da loja, onde, em pé sobre um banco de pau, se ocupava a despendurar velas de sebo, para satisfazer a requisição de um freguês.

— Deus seja aqui — respondeu José das Dornas sentando-se familiarmente em um dos bancos, que havia por fora do mostrador.

— Muito calor, Sr. José — observou o merceeiro, adiantando-se.

— De morrer — acrescentou o lavrador, tirando o chapéu e passando o lenço pela cabeça escalvada.

— Então que se diz de novo? — perguntou o outro, pagando-se da importância do gênero que acabava de aviar.

— Que se há de dizer? Que se vive, como Deus quer, e cada um pode. Os velhos, como eu, com os seus achaques. — Tal foi a resposta de José das Dornas, morto já por encontrar uma transição natural para falar do filho, sem quebra da modéstia paterna.

— Então já sabe que o Padre Custoias é que prega este ano o sermão da Senhora do Amparo? — disse João da Esquina, que sempre que perguntava o que ia de novo, é porque tinha alguma coisa a responder.

— Sim? — exclamou com afetada admiração José das Dornas, a quem, naquele momento, a notícia importava muito mediocremente.

— É verdade. E a filarmônica é que vai tocar.

— Então a festa é de espavento!

— A confraria tem no cofre perto de cem mil-réis.

— Está feito!

— E, diga-me, Sr. José, que lhe parece da pega do nosso reitor com os do Amparo? Não acha que é um despotismo?

— Eu sei? Olhadas as coisas de certo modo, o homem não deixa de ter alguma razão.

— O que, senhor, o quê? — exclamou indignado o merceeiro. — Não tem razão nenhuma. Não me diga isso. Ora... pois fale a verdade. De quem é a cera das promessas, que fazem à Senhora? Não é dela? A quem compete então o direito de a vender? À confraria, que é a sua procuradora. Isso é claro como água.

— Pois sim... não digo menos disso... mas... os direitos paroquiais... enfim, não sei, não sei — murmurava José das Dornas, ansioso por dar de mão ao assunto, sobredelicado para ele, que tinha amizades nos dois partidos, muito fora do seu propósito naquela ocasião.

— Que direitos, que direitos? Tortos lhe chamo eu. Eu bem sei o que aquilo é... Lembra-se do que o reitor de Cisnande fez aos do Mártir? Pois temos outra aqui.

— Homem — insistia José das Dornas, deveras impaciente por não ver aproximar-se a conversa do tópico desejado, antes afastando-se cada vez mais dele. — Não diga isso do Padre Antônio; você bem sabe que o quinhão do nosso reitor é o quinhão dos pobres. Mas... eu dessas coisas não entendo, nem quero entender; parece-me contudo que era bom que andassem nisso com prudência e aconselhados por quem possa dizer alguma coisa a tal respeito.

— Então o juiz da confraria é algum tolo? Olhe que o João Semana é homem para fazer frente ao reitor se...

Como já tivemos ocasião de dizer, João Semana era, por aquele tempo, o único facultativo da freguesia, e lisonjeiramente conceituado na opinião pública da terra.

Desde que José das Dornas ouviu pronunciar o nome do velho cirurgião, alegrou-se por lhe parecer preparar-se a índole da conversa em sentido favorável ao assunto, que ele mais pretendia tratar; por isso, logo se apressou em observar:

— João Semana é homem fino, bem sei. Mas é também amigo velho do reitor; são amigos de tu e por isso duvido que queira deixar ir as coisas ao mal. De mais a mais, está velho e...

A conjunção devia ser a ponte, de passagem, para o assunto suspirado; mas o merceeiro cortou-lha no princípio.

— Velho, sim, mas robusto como poucos rapazes. Olhe vossemecê que aquela alminha já às cinco horas da manhã tem visitado mais de sete ou oito doentes.

José das Dornas julgou ainda este terreno favorável para lançar os alicerces da ponte que queria construir.

— Isso lá é assim; bem precisa quem o ajude; e dentro em pouco...

João da Esquina ainda desta vez lhe baldou a tentativa.

— Mas diz você que ele é amigo do reitor? Também eu sou; mas isso não quer dizer nada, o que é de direito...

— Pois sim; eu não digo menos disso; mas enfim... um cirurgião tem o tempo tão ocupado... ainda se meu filho...

— Uma quarta de açúcar — bradou uma rapariga, que nesta ocasião entrava na loja, e por esta forma, uma vez mais, impediu que José das Dornas realizasse o seu intento.

Quando a freguesa se retirou, ele prosseguiu com constância digna de melhor sorte:

— Mas ainda se meu filho...

O tendeiro porém, que, com a transação que operara, tinha deixado escapar o fio da conversa, julgou que se tratava de Pedro e perguntou:

— Então quando casa ele com a Clarita do Meadas?

— Veremos; provavelmente breve; chegando do Porto o outro rapaz.

— Olhe que foi bem bom arranjo, Sr. Zé — continuou o tendeiro com impertinente falta de percepção. — Só o campo dos Bajuncos é uma tal peça de lavra.

— E sobretudo é boa cachopa a rapariga; lá isso é. Pois... quando vier o outro... — teimava o lavrador.

De novo um feirante veio interromper o discurso ao pobre do pai, que se vingou mandando-o interiormente ao diabo. Já ia desesperando de conseguir a realização do seu inocente propósito, quando o reitor, passando pela porta da loja, lhe perguntou:

— Então vem hoje o homem ou não?

— Eu espero que sim, Sr. Reitor — disse José das Dornas, levantando-se e descobrindo-se. — Pelo menos não recebi ainda notícias em contrário.

— Vê se me mandas avisar, logo que chegue, que o hei de querer ir ver.

— Não há de haver dúvida.

— Adeus.

E o padre continuou o seu caminho, cortejando amavelmente, com um movimento de bengala, João da Esquina, que apesar de partidário dos do Amparo, não colheu friamente a saudação. Mas afinal, graças às palavras do padre, tomou a conversa o rumo desejado de José das Dornas.

— Com que, temos cirurgião novo cá na terra? Ora Deus o ajude — disse João da Esquina.

— Enquanto o João Semana viver, há de custar a afreguesar-se o rapaz — observou o pai, traindo no gesto porém convencimentos contrários, aos que em palavras exprimia.

— Deixe lá. Há gente para ambos. A terra já vai dando para dois, graças a Deus. E o rapazinho saiu esperto!

— Lá isso, diga-se o que é verdade, não é agora por ser meu filho, mas todos o confessaram. Criança era ele ainda, que já o reitor se espantava da memória do rapaz. E se você visse, Sr. João, o livro que ele escreveu? Chamam-lhe lá tese, ou não sei quê. Pelos modos, sem escrever aquilo, não podem ter as cartas de exâmina[1]. Eu tenho um, que ele me mandou. Como sabe, eu daquilo nada entendo, mas bem vejo que é obra acabada e bem feita. Deixe estar que lho hei de trazer, para ver.

— Eu disso pouco sei dizer, não é a minha especialidade.

Não estamos habilitados para declarar aqui qual fosse a especialidade do Sr. João da Esquina.

— Pois sim, bem sei — continuou o pai —; mas sempre lá há de encontrar coisa que perceba. O João Semana também tem um que o Daniel lhe mandou, e disse-me que está coisa asseada; e o Sr. Reitor afirmou-me que bem se conhece que o rapaz não se esqueceu do latim, porque em... geografia, parece-me que foi geografia que ele disse, nisto que ensina a escrever com letras dobradas, não tem nada que se lhe note.

— Bom é isso — replicou o tendeiro, já um pouco distraído a somar as parcelas do seu livro de assentos.

José da Dornas continuou:

— Quer saber, Sr. João? Olhe que, pelos modos, o rapaz até lá provou... Já sei que se vai admirar, mas olhe que é fato, assim o leu no fim do livro o Sr. Reitor, até lá provou... que não há doenças.

João da Esquina interrompeu efetivamente a sua tarefa, para fitar no interlocutor uns olhos espantados.

— Que não há doenças?!

— É verdade — respondeu o lavrador, saboreando em delícias a estupefação do seu vizinho.

— Essa agora! — dizia este ainda no mesmo tom de espanto. — Mas como se entende isso?

— Assim, como eu digo.

— Ó Sr. José das Dornas, então que é este reumatismo que me não deixa mexer?

— Não sei. Diz ele que é outra coisa; lá lhe dá um nome, mas é tão arrevesado, que me não ficou.

— Que não há doenças! Essa lá me custa a engolir! Então para que andou o rapaz a estudar, e o que vem fazer para cá, se não há doenças? Faz favor de me dizer?

— Ele não disse que...

Mas João da Esquina estava muito ofendido nas suas crenças, para o deixar continuar.

— Que não há doenças! Sempre é uma, a falar a verdade! Não, não há! Que diabo viu ele então lá no hospital? Ora essa! E que disseram os... os mestres a isso?

— É o que eu estou morto por lhe perguntar. Mas o Sr. João admira-se? E então se eu lhe disser que ele provou também que um homem é a mesma coisa que um macaco?

João da Esquina fechou com impetuosidade o livro dos assentos.

— Irra! Está a caçoar comigo, Sr. José? Ele podia lá dizer semelhante coisa!

— Pergunte-o ao Sr. Reitor, que assim o explicou; pergunte, se não acredita.

— Eu não, pois... Macaco! Então eu sou macaco? Então vossemecê é macaco? Então ele é macaco? Então nós somos... Ora, isso não pode ser.

— Você, Sr. João, cuida que eles entendem as coisas assim como nós. Isso tem lá outro sentido.

— Outro sentido! Que diabo de sentido há de ter? Todos sabem o que é um homem, todos sabem o que é um macaco. Não vejo que outro sentido seja. Macaco!... Irra! Não, essa agora é que me não entra cá.

— Ele, salvo seja — observou José das Dornas, rindo —, aqueles diabos parecem às vezes mesmo gente, lá isso parecem; o Sr. João nunca os viu?

— Vi, vi; tenho visto muitos.

— Olhe que fazem coisas! Que, fora a alma, já se sabe...

— Pois sim; mas o... mas a cauda?

— Ah! Lá isso... — respondeu o lavrador embaraçado.

— Ora então, aí tem — disse João da Esquina com um ar triunfante, capaz de fulminar Lamarck.

— Deixe ver se me lembro de outras que ele provou...

— Não, essa já não é má! Mas, ó Sr. José, deveras ele disse?...

— Ora essa, vizinho! Palavra, que sim.

— Macacos! O rapaz não estava em si decerto. Macacos! Mas então que queria ele dizer afinal? Pois nós somos macacos, Sr. José? Ora diga.

— Não sei. Eles lá o leem, lá o entendem.

— Vão para o diabo. Bem me importa a mim o que eles leem e o que eles entendem. Não está má essa! Macacos!

Durante este solilóquio de João da Esquina, fazia José das Dornas por lembrar-se de mais outras das proposições, que publicamente sustentara seu filho, perante o júri escolar.

— Ah! É verdade — exclamou afinal. — Esta também lhe vai fazer mossa. Já estou vendo... Diz que sustentou lá também que a gente, verdadeiramente, devia andar com as mãos pelo chão.

O gesto do tendeiro foi tão violento, que José das Dornas acrescentou, como corretivo:

— Ele não diz isto bem assim, mas lá por umas outras palavras, que eu não tinha entendido, mas que o Sr. Reitor explicou.

João da Esquina conservava sobre José das Dornas um olhar desconfiado.

— Vai-me parecendo que o Sr. José tem estado, mas é, a caçoar comigo.

— Ó homem! Com a verdade com que eu falo, assim Deus salve a minha alma.

— Então com que havemos de andar a quatro como, com sua licença, as cavalgaduras?

— Não; ele tanto não quer dizer.

— Não quer? Mas se ele diz...

— Sim, mas ele não diz...

E os dois olhavam-se embaraçados. José das Dornas não podia resignar-se a tirar a consequência, um tanto dura, formulada pelo tendeiro; mas também não lhe ocorria escápula razoável. João da Esquina aguardava em vão a resposta.

Afinal, José das Dornas saiu-se de entre as duas pontas dilemáticas deste "diz e não diz", graças à evasiva costumada em casos tais.

— Homem, eles lá sabem o que querem dizer na sua.

— Eu julgo que não é necessário ser grande doutor para entender isso. Mas que ande quem quiser com as mãos pelo chão, que eu por mim...

— Outra — continuava José das Dornas. — Disse que há muito pouca diferença entre um... um alimento ou elemento, diz que é a comida que a gente come, e um veneno.

João da Esquina já não podia espantar-se mais; limitou-se a observar com ironia:

— Pois, quando ele vier, cozinhe-lhe vossemecê um guisado de cabeças de fósforos com rosalgar, a ver como ele se dá. Se é a mesma coisa... Sempre ao que ouço! Estes médicos de agora!

— Enfim, mostrou muita outra coisa o rapaz e de que eu agora me não lembro. Pelos modos deixou-os todos maravilhados.

— Se lhe parece que não!... Sendo todas desse jaez.

Para os leitores, alheios a certas noções de ciência e que se sintam tentados, como o Sr. João da Esquina, a duvidar da veracidade de quanto José das Dornas referira, devo eu, em bem do caráter sisudo do honrado lavrador, acrescentar aqui, à maneira de nota elucidativa, que, informando-me com pessoa competente, soube que as proposições que tanto impressionaram o tendeiro tinham seus fundamentos em várias opiniões e teorias filosóficas, mais ou menos à moda.

Daniel, com o amor do extravagante, natural a quem deixa aos vinte anos os bancos das escolas, afeiçoara-se àquelas proposições que, formuladas, pudessem aparentar-se mais paradoxais, não hesitando em levar às últimas consequências os princípios sistemáticos de algumas escolas e seitas.

Esta vulgar tentação da juventude não lhe granjeou grandes créditos no conceito de João da Esquina, a cujo bom senso repugnavam as asserções, que, pelo relatório do José das Dornas, lhe vieram assim, nuas e cruas, ao conhecimento.

Assim que o lavrador voltou costas, João da Esquina murmurou com os seus botões:

— Nada, para mim não serve o doutor. Se ele diz que não há doenças, que há de cá vir fazer? E depois, pode pôr-me em dieta de vidro moído e cebola albarrã ou outra coisa assim e mandar-me correr a quatro pelos montes. Nada. Quero-me com o João Semana, que é homem sério, e não tem destas esquisitices da moda.

CAPÍTULO XII

Ao deixar José das Dornas, na tenda do seu vizinho da esquina, o reitor, apoiado na grossa bengala de cana, companheira fiel das fadigas de muitos anos, foi seguindo pelos caminhos pouco cômodos da sua paróquia, e entrando nas casas mais pobres, onde levava a esmola e o conforto de doutrinas evangélicas, que tão singelamente sabia pregar.

Era esta para ele tarefa habitual.

Sentava-se com familiaridade à cabeceira do jornaleiro doente, ele próprio lhe arrefecia os caldos, lhe temperava os remédios e lhos ajudava a tomar; guiava com os conselhos e ensinava com o exemplo os enfermeiros, que, entre a gente pobre dos campos, são quase sempre os mais pequenos da família, aqueles que, pela idade, representam ainda uma parte pouco produtiva de receita; porque os outros reclamam-nos as exigências imperiosas do trabalho.

No cumprimento desta obra de misericórdia, atravessou o reitor quase toda a aldeia, e, com o coração apertado pelos infortúnios que vira, e desafogada a consciência pelo bem que fizera, continuava placidamente a sua tarefa abençoada.

Depois de muito andar e de muito consolar misérias, parou algum tempo por baixo das faias, que assombravam um largo terreiro, e sentou-se com o fim de ganhar forças para prosseguir.

Enquanto descansava, foi dar balanço às algibeiras, que trouxera bem providas de casa. Este balanço foi desanimador para os projetos ulteriores do velho. A esmola, essa sublime gastadora, que nunca abandonava a direita do pároco nestas visitas pastorais, havia-lhe esgotado o capital, sem que ele desse por isso.

O reitor mostrou-se mortificado; não que lamentasse o dinheiro, gasto assim, mas porque estava longe de casa, e tinha ainda mais infelizes a socorrer.

Poucas cogitações financeiras de um ministro de estado, perante um déficit do orçamento, valem as do pároco naquela ocasião. Apertando entre o indicador e o pólex o lábio inferior e com o olhar imóvel, próprio das profundas abstrações do espírito, conservou-se por bastante tempo irresoluto, entre o prosseguir a sua visita com as mãos vazias, e o transferir para outra vez o complemento dela.

Nem um nem outro alvitre lhe agradavam porém.

De vez em quando, tornava a procurar nas algibeiras, a ver se lhe passara despercebida alguma pequena moeda, que o tirasse de maiores dificuldades. Mas nada lhe valia a pesquisa.

Enfim levantou-se; radiava-lhe a fisionomia com um ar de resolução, como se afinal lhe ocorrera o pensamento desejado; e foi já com andar firme e decidido que continuou o seu caminho, murmurando consigo mesmo não sei que palavras pouco perceptíveis, acompanhadas às vezes de certa mímica de mãos.

Depois de trezentos passos, pouco mais ou menos, dados assim, achou-se o reitor defronte de uma casa branca, cujas funções eram bem indicadas pelo ramo de loureiro que pendia à porta e pelo coro de vozes, e ruído de gargalhadas e juras, que vinham do interior dela.

O padre tomou a direção desta casa.

Não o surpreendeu o espetáculo que presenciou, porque o esperava.

Alguns lavradores e homens de ofício, sentados à volta de uma banca de madeira, e todos formidavelmente munidos de grandes copos de vinho, estavam recebendo ali simultâneas as comoções de beberronia e do jogo de parar. Cada um deles seguia de olhos atentos as evoluções do baralho de cartas, moído e sebento, que um banqueiro, igualmente dotado desta última qualidade, executava com a prestidigitação de consumado artista; o ardor do ganho, e a recíproca desconfiança que os animava, rompiam ainda através dos densos nevoeiros que pareciam toldar aquelas vistas avinhadas.

Havia um considerável monte de cobre e alguma prata, no meio da mesa, e montes parciais, mais ou menos bem providos, ao lado de cada jogador. A cada sorte, que se decidia entre um silêncio e ansiedade de suspender quase a respiração, seguia-se um vozear infernal, composto de exclamações de júbilo dos felizes e de pragas dos sacrificados.

O reitor assomou ao limiar da porta, em um desses momentos de tumulto. Discutia-se, quase tão desordenadamente como nas mais importantes sessões dos nossos parlamentos, a legalidade e inteireza da mão última de jogo.

A correr parelhas com a pouca moderação das palavras, só a das libações do vinho. Os copos vazavam-se e enchiam-se com rapidez pasmosa, e o taberneiro, a cada um que se despejava assim, traçava um sinal a giz na porta vermelha da cozinha.

O aparecimento do reitor causou sensação.

O primeiro movimento dos circunstantes, ao darem por ele, foi o de esconderem as cartas e o dinheiro; mas, na impossibilidade de o fazer a tempo, levantaram-se e, com ar de embaraço, tiraram o chapéu e abaixaram os olhos.

Houve um momento de silêncio, empregado por o reitor em reconhecer os delinquentes, e durante o qual estes não ousaram levantar os olhos.

— Não é o regedor, sosseguem — disse enfim o reitor ainda do limiar da porta —, e pena é que o não seja, para vos meter a todos na cadeia. — E, adiantando-se na taberna, continuou: — Santa vida esta! Assim é que é ganhar o reino do céu! Sim, senhores! Aqui estão uns poucos de santos varões, que empregam bem o seu tempo! Respeitáveis e exemplares patriarcas, de quem muito se pode esperar como educadores de família! Sim, senhores! — E, mudando para tom mais severo: — Vossas mulheres estafam-se com trabalho, para dar um pouco de pão negro aos filhos e a vós esta vida regalada, não é assim? Ainda agora encontrei o teu pequeno, Manuel, que pedia esmola pela porta dos vizinhos; não tens vergonha? A tua mulher, Francisco, estava há pouco de cama e teve de mandar à cidade a filha mais nova com uma canastra de hortaliça, com que ela mal podia; ia a vergar, a pobre pequena! Achas isto bonito? O teu irmão, João, ainda não há três dias, que foi pedir emprestado, chorando, ao José das Dornas, dinheiro para pagar ao mestre da fábrica, em que traz o filho na cidade; talvez tu nao tivesses para lho emprestares? Não há muito que o pobre José da Maia se me queixou a mim, de que tu, Damião, ainda lhe não tinhas pago por inteiro o preço daqueles bois que lhe compraste. Mas que importam essas pequenas coisas? Que importa lá a miséria que vai por casa, se não falta o dinheiro para o vinho e para o jogo. Isso é o que se quer! E tu — acrescentou, voltando-se para o taberneiro que, detrás do mostrador, assistia calado a toda esta cena —, tu vais engordando à custa destas misérias todas. Passam fome as mulheres e as crianças, para te encher as gavetas e a barriga! Ó Santo Deus! E tanta desgraça, que por aí vai, e tanta gente sem pão para comer!

— Essa é boa! O meu ofício é vender vinho, vendo-o; faço o meu dever — resmungou o taberneiro despeitado.

— Fazes também o teu dever, enchendo com outro tanto de água as pipas de vinho que vendes? E permitindo em tua casa estes costumes proibidos pelos homens e amaldiçoados de Deus? Estes jogos infernais, que têm levado tantas cabeças à forca, e tantas almas ao inferno? É esse também o teu ofício? Pois deixa estar que eu avisarei o regedor, para que te dê a recompensa, por o bem que o cumpres.

O taberneiro não redarguiu.

O reitor voltou-se de novo para os jogadores, ainda silenciosos:

— Chego ao meio de vós com as mãos e algibeiras vazias. Vede. O dinheiro, com que saí de casa, ficou-me por esses caminhos, algum nas casas de muitos dos que vejo agora aqui. A esses não estou disposto a perdoar a dívida, pois vejo que não precisavam da esmola, que eu lhes dei; os outros, que têm para perder no pecado, também o hão de ter para a obra de misericórdia, ou tisnada trazem já a alma, pelo fogo do inferno. Tenho ainda muitos pobres para ver, e não trago já dinheiro comigo. Peço esmola para os pobres — prosseguiu o reitor em voz alta, e aproximando-se da mesa —, quem não dará aqui esmola para os pobres? Amanhã, continuando vós nesta vida, eu pedirei também esmola para vós. Lembrai-vos disso.

E a um por um estendia o chapéu, fitando-os com um gesto de nobre e composta severidade.

O respeito, que lhes impunha a figura do ancião, pedindo desinteressadamente para a pobreza, e, em muitos, a voz da consciência coroaram do melhor êxito a inspiração do pároco.

Houve quem lhe despejasse no chapéu todo o dinheiro, que tinha diante de si.

Um só não correspondia ao pedido.

O reitor fitou-o com semblante austero.

— E tu?

— Não tenho nada — respondeu este homem com ar abatido —, perdi e devo.

— Não tens nada! — redarguiu o padre com amargura. — Tens, sim; tens cinco filhos e uma velha mãe moribunda.

O homem cobriu o rosto, para ocultar as lágrimas.

— A que vem esse choro, agora? Pois julgavas tu que matarias a fome à tua família por esta maneira? Para que te deu Deus os braços robustos, homem, e peito valente, se os negas ao trabalho? — E, voltando-se para os jogadores que sabia mais abastados, prosseguiu com maior veemência: — E vós tivestes alma para vos entregardes a este jogo danado com um homem, que punha em cima da mesa o pão e o sangue dos seus filhos e de sua mãe! Vergonha e desgraça sobre vós, miseráveis, se dentro de um dia não compensardes o mal que fizestes, abrindo por vossas mãos a este pai e filho desnaturado a carreira do trabalho, que é da honra igualmente — dentro de um dia, como podeis e deveis. Eu vos forçarei a isso. Homens, que tão bem servis para perder, servi um dia ao menos para salvar. Não podes pagar?... Alguém pagará a tua parte.

— Não pode pagar, não — confirmou o taberneiro —, que a mim me deve ele uma conta, e não pequena, de vinho.

— Ah, sim? — disse o reitor, voltando-se para o da observação. — Pois hás de ser tu o que pagarás a parte dele. Ainda não deste nada. Dá-me a sua dívida.

— Mas, Sr. Reitor... — balbuciou o taberneiro.

— Consideras-te mais que os outros? Só se for por seres o mais culpado.

— Não, senhor... De boa vontade lha perdoo; lá por isso... — E acrescentou, falando consigo, o taberneiro: — Não cedo grande coisa, que por perdida a tinha eu há muito.

Depois desta abundante colheita, o reitor continuou:

— Compensem ao menos com esta boa ação o pensamento diabólico, que vos juntou aqui. E agora ide para vossas casas, e para o trabalho. Lembrai-vos que mal vai à família e à fazenda do que se esquece na taberna assim; e retenha-vos essa lembrança, se ainda não tendes endurecido de todo o coração. O que entra rico nestas casas, sai a pedir; se entrar pobre, sai criminoso. Ide. Fugi às tentações destes inimigos — isto dizia tomando as cartas da mesa — e fazei como eu quando as tiverdes à mão. — E, com um rápido movimento do braço, fez voar todo o baralho até ao fogo, que em pouco tempo o reduziu a cinzas.

E pondo outra vez o chapéu na cabeça, saiu da sala.

Após ele, foram saindo também os joviais consócios da taberna, que não se sentiam com alma de continuar ali.

Para alguns tinha de ser aquela a última tentação.

O que menos contrito se mostrou foi o dono do estabelecimento, que deu ao diabo a intervenção do pároco na pacífica diversão de meia dúzia de fregueses honestos e tementes a Deus. No entretanto o reitor ia prosseguindo a sua visita e distribuindo pelos necessitados o dinheiro dos ociosos. Sorria de satisfação o velho, ao fazê-lo.

— As grandes ventanias — monologava ele — são também um mal para o lavrador, porque lhe derrubam as searas, mas... como se não podem evitar... que se faz? Levantam-se nos montes as asas de uns moinhos e elas aí estão aproveitadas. Aproveitemos pois também da loucura má destes perdulários, já que ainda não pude acabar com ela de todo. Se a água é muita nas presas, não se deixa extravasar à toa, abre-se um regueiro, que a leve onde ela seja precisa. Ó Santo Deus! E então que há por aí terras tão sequinhas de água! Doer-me-ia a consciência se tivesse enchido assim a bolsa com as esmolas dos laboriosos e poupados; mas com as destes... ora!... folgo e orgulho-me.

CAPÍTULO XIII

Ao chegar a um largo todo plantado de sobreiros, quase seculares, que havia no centro da aldeia, ainda o bom do pároco levava as algibeiras bem fornecidas.

A tarde aproximava-se do fim; estendiam-se já as sombras muito mais para o oriente, e coloriam-se de vermelho afogueado as vidraças voltadas ao ocaso.

O reitor encaminhou-se para uma das casas de mais miserável aparência, que havia naquele lugar.

— Terminemos por este — dizia o velho consigo.

Empurrou adiante de si a porta desta casa e ia a entrar, quando deu de rosto com Margarida, que saía.

Os olhos vermelhos da sua pupila, a expressão de dor que trazia no semblante, chamaram a atenção do reitor.

— Que tens, Margarida? — perguntou ele com solicitude. — Esses olhos são de quem chorou.

— É que despedaça o coração ouvi-lo.

— Então está mais doente?

— Está muito mal.

— E aonde ias tu?

— A casa. O boticário quer o dinheiro dos remédios...

— Que não vá arruinar-se o homem. Deixa que tem de me ouvir. É pior que o pior dos seus cáusticos. Porém não tem dúvida, que eu venho bem provido. Entra, mas antes alegra-me esse rosto. Vamos.

E os dois entraram na sala. O interior da casa não contradizia o aspecto de fora.

Era a casa de um pobre.

Com a cabeça encostada nas mãos e os cotovelos apoiados na mesa, estava um homem encanecido e pálido — tão absorto, que nem deu pela chegada do reitor, o qual se aproximou dele lentamente.

Este homem era o infeliz, que servira de mestre a Margarida.

O pároco ficou por algum tempo a observá-lo em silêncio; vendo porém que não era sentido, dirigiu-lhe a palavra:

— Que grande dormir é esse, Sr. Álvaro, que nem dá pela chegada de um amigo?

O velho levantou finalmente a cabeça, como sobressaltado por aquela voz.

— Ah! É o Sr. Reitor? Não dormia, não...

— Então?

— Pensava.

— Em quê?

— Em quê! E falta-me em que pensar? Na minha vida passada e na futura, que está próxima já.

— O passado — disse o reitor, sentando-se do outro lado da mesa e sem desviar os olhos do velho Álvaro — é um sonho, que se sonhou. E quando dele, felizmente, não ficaram remorsos, que peçam reparações, arrependimentos, ou... penitências, perde-se muito tempo, a pensar nele assim. Da vida futura... bom é ter dela sempre o pensamento, decerto; mas quem sabe lá quando nos está próxima?

— Sei-o eu. Há dois dias que me sinto fraco, muito fraco. Nem já pude sair para, como costumava, ir ver o pôr do sol lá acima, dos degraus da capela do Calvário.

— Isso lá... todos nós temos dessas fraquezas, sem causa. Há dias assim. E então desanima por isso?

— Desanimar! — replicou o velho, sorrindo tristemente. — E que ânimo tenho eu ainda para perder? Há muito que ele me falta na vida. Bem vê — continuou, apontando para Margarida — que tenho precisado de um braço para me sustentar.

— Grande ânimo tem o que sai das grandes provações com a cabeça levantada. Para que se faz cobarde, diante de quem lhe conhece e admira a coragem? A Cristo, também houve uma mulher, que lhe limpou o suor da fronte vergada; e mais era um ânimo divino, aquele.

— Não, eu não sou forte — continuou o velho doente. — Colocado, como estou, entre a morte e a vida, receio-me de ambas. Desfalece-me o alento diante das provações continuadas de uma; assusta-me a incerteza, o desconhecido da outra. O meu coração é muito da terra para poder ser forte. Os meus olhos ainda se não secaram para as lágrimas...

— Bem-aventurados os que choram! — redarguiu o reitor.

— Como me não há de assustar a vida se há muito que, onde busco a consolação, encontro só o desespero? — continuava o enfermo. — Ao findar o dia, gostava eu de me ir sentar lá fora, a ver descer o sol; mas, dentro em pouco, tomava-me de uma tristeza profunda e rompia em lágrimas, que não podia estancar. Aquele descimento do sol lembrava-me outros ocasos. Eu tenho visto tantos! Um dia, em volta de mim, apagaram-se os esplendores da riqueza. O meu coração era de homem..., padeceu, mas Deus sabe que não foi para ele esta a prova mais terrível. Outro dia apagou-se a luz da vida no olhar de uma esposa adorada; outro, nos rostos de duas crianças inocentes, que, ainda a morrer, me sorriam; então sim, fez-se noite em minha alma... Era isto que me recordavam aqueles ocasos.

— Mas então para que procurava essas ocasiões de tristeza, diga? — perguntou Margarida com afabilidade e quase sorrindo. — Olhe; se às mesmas horas se voltasse para o outro lado, para aquele, onde o sol nunca se vai esconder, nem as estrelas, havia muitas vezes de avistar a lua que subia, a lua que não deixava que a sua noite fosse escura de todo. Também ela o afligiria assim?

— Também ela. Às vezes a vi. Lembrava-me então que, para mim igualmente, ao apagarem-se as mais ardentes afeições do meu coração, nasceu a luz do teu afeto, melancólica e suave como a dela, Margarida; entristecia-me com a lembrança.

— Por quê? — perguntou Margarida.

— Porque, tentando descobrir a força misteriosa que te aproximava da minha desventurada velhice, a ti, a quem, pela idade, só alegrias deviam atrair, encontrava apenas a explicá-lo a tristeza dessa alma, tristeza que é o segredo do teu coração, que a ninguém revelas, e que Deus queira que não acabe por te devorar um dia.

Margarida desviou os olhos da vista fixa e penetrante do velho, e respondeu, fingindo sorrir:

— Pois então, dessa vez, meu bom amigo, era bem sem razão, que se entristecia.

— Prouvera a Deus que o fosse... que o seja. Mas, bem veem, havia em mim muita amargura para me ser suportável a vida. Se o travor nos está nos lábios, não há doçura de mel que o disfarce. Vergava pois sob o peso da existência. Pedia fervorosamente a Deus, que me tirasse deste martírio, e era sincera a prece, era! Persuadia-me eu que, ao ouvir bater a minha última hora, a saudaria com júbilo; e agora que bem sinto que chegou..., e chamam-me forte ainda! agora, ao ouvi-la, assusto-me, estremeço... Está próximo a revelar-se o mistério... e que segredos me descobrirá? Que verá minha alma ao rasgar-se a nuvem, que caminha diante dela? Que verá minha alma depois do túmulo? Que verá minha alma no dia de amanhã?

— A glória eterna, a bem-aventurança do céu! — respondeu o reitor com a firme convicção da fé.

O velho Álvaro fitou nele um olhar demorado e perscrutador, e depois, escondendo o rosto entre as mãos, exclamou quase soluçando:

— Senhor! Senhor! Por que me negais o bálsamo de uma crença como esta!

O reitor contemplava-o com olhos de piedade. Para a sua alma, ingênua e sinceramente cristã, era desconhecida e quase inconcebível esta excitação febril, a que certa ordem de meditações arrebata alguns espíritos ilustrados. A dúvida, esse demônio inquietador, nunca dirigira às suas crenças piedosas a interrogação fria e implacável, que as faz estremecer. Elas protegiam-lhe ainda, como dantes, a cabeceira do leito contra os maus sonhos dos filósofos e, alumiado pela sua luz, achava-se também o bondoso pároco no fim da viagem da vida, sem se lembrar de perguntar a que porto chegaria. Sabia-o, de pequeno; desde então lhe repetia o nome de contínuo. Como que já aspirava as auras desse país, e às vezes quase se iludia a ponto de o julgar entrever. Era feliz na sua fé.

Contudo o reitor era destes homens, que têm coração para se compadecer de todos os infortúnios, daqueles mesmos que a sua inteligência não compreende bem.

A solicitude, com que se aproximava dos infelizes, não podia comparar-se à do médico, que procura sondar e conhecer o mal, para o debelar apropriadamente; era antes como a da mãe, que responde a todos os gritos do filho estremecido com beijos e com lágrimas, e se não cura assim a causa da dor, porque a desconhece, mitiga-a, por as simpatias que revela.

As palavras, cheias de resignação cristã, que o reitor dirigiu ao atribulado enfermo, serenaram a este um pouco as amarguras do espírito, que o espinho da dúvida pungia; e foi com verdadeira gratidão, que apertou as mãos do padre, quando este se preparava para retirar-se.

Uma das razões, que levaram assim o pároco a resumir a sua visita, foi o parecer-lhe ter ouvido o rumor de altercação um pouco viva, travada à porta da casa, entre Margarida, que momentos antes deixara a sala, e outra pessoa, cuja voz parecia vir da rua.

Ao aproximar-se, o reitor percebeu melhor que a sua pupila falava em tom suplicante e o interlocutor, se não com aspereza, com menos cordura, do que o pároco desejaria. Isto obrigou-o a apressar o passo.

— Mas, por amor de Deus, fale mais baixo que não vá ele ouvir. Eu lhe prometo que tudo se lhe pagará — dizia Margarida, quando o reitor chegou junto deles.

— Que é? — perguntou este com modo desabrido, saindo para a rua e fechando atrás de si as portas da casa.

O personagem que falava com Margarida baixou logo de tom, ao reconhecer o reitor, e respondeu com certa timidez:

— Era uma continha que trazia; mas uma vez que aqui a menina se responsabiliza... Eu sou o senhorio. Sim, porque V. Sa. bem vê que, se eu estivesse no caso de poder fazer esmolas, de boa vontade...

— Quem lhas pede? — disse asperamente o velho padre, tomando o papel das mãos do credor, que falara assim. — Para pagar aos vampiros como você, é que se pedem esmolas aos outros; aos que têm coração. Aluguer de dois meses — olhem a grande coisa! Então é o que se lhe deve? Aí tem — acrescentou, contando-lhe o dinheiro. — Não repare em ir quase todo em cobre; mas é dinheiro de esmolas e poucas se realizam em prata cá na terra.

— Mas, Sr. Reitor, eu não exijo de V. Sa.... eu confio...

— Leve isso daqui, homem! E saia você também, que me está inquietando o espírito.

O senhorio foi embolsando o dinheiro, insignificante preço de dois meses de aluguer daquele miserável casebre, e retirou-se, com uma cortesia profunda.

— Restam cento e dez — disse o pároco, vendo o dinheiro que lhe ficara. — Chegará para os remédios? — perguntou, olhando para Margarida.

Esta fez um gesto de dúvida.

— Nesse caso, eu vou falar com o boticário, que não é mau sujeito afinal; e hei de resolvê-lo a esperar até amanhã. E de caminho, irei também visitar o filho de José das Dornas, que deve já ter chegado.

Estas últimas palavras não foram escutadas com indiferença por Margarida.

— O Sr.... Daniel chega hoje? — perguntou ela.

— Pelo menos o pai espera-o.

E acrescentou como para consigo:

— Agora para aí vem estabelecer-se o rapaz. Deus queira que ele sossegue daquela cabeça, que, segundo me informam, não tem sido lá das mais assentes. Vai tu para casa também, Margarida. O teu mestre fica mais sossegado e espero que dormirá. O que é preciso é mandar recado ao João Semana para que o venha ver. Acho-o muito abatido e mudado nos modos. Aquilo não está bom, não. Adeus. Eu vou avisar a Maria do Caleiro, que venha tratar do doente. É uma esmola que se faz também à pobre mulher.

E o reitor saiu, para realizar estes diversos intentos. Margarida, depois de se despedir do seu velho mestre, que de fato parecia mais sossegado, partiu também para casa.

Entre os pensamentos, que a dominavam na volta, um dos mais persistentes era o que a anunciada vinda de Daniel lhe sugerira; e contudo nada de extraordinário havia no fato. Se quiséssemos dizer quanto lhe ocorria a este respeito, ver-nos-íamos embaraçados. São tão vagas, tão difíceis de apreender as ideias, que evoca em nós a lembrança de uma pessoa querida!

CAPÍTULO XIV

O grande acontecimento do dia realizara-se enfim.

Pelas cinco horas da tarde, parava à porta de José das Dornas a mais vigorosa e anafada das suas éguas, e dela se desmontava Daniel, em trajos de jornada e com a clássica caixa de lata ao tiracolo, sinal evidente de formatura completa.

A vizinhança toda afluiu curiosa às portas e às janelas para ver o facultativo novo e julgar dele pelas primeiras impressões. Era uma coleção de olhos arregalados e bocas abertas, a convidar o lápis de um artista.

— Ainda é tão novinho! — dizia uma mulher.

— Não sei o que me parece um cirurgião sem barba — observava um velho filosoficamente. — Parece um estrangeiro!

— Lá bonito é ele — notava uma rapariga.

— Olhem que boniteza! Um homem quer-se um homem — redarguiu um alentado rapagão, ao ouvi-la.

Neste tempo, porém, já Daniel estava rodeado pelo pai, irmão e criados dum e doutro sexo, em cujos semblantes luziam naquela ocasião sorrisos de júbilo não afetado.

Daniel era agora um esbelto rapaz de vinte e três anos, de aspecto mais varonil, mas conservando ainda a mesma delicadeza de organização, que o caracterizara na infância, e que tantas apreensões fizera conceber ao pai.

No meio daqueles homens do campo distinguia-se singularmente o seu tipo, quase setentrional, e com grande vantagem para ele no conceito das mulheres, que umas às outras faziam baixinho esta mesma observação, traída, porém, pelos olhares que lhe lançavam.

Trocaram-se cordiais abraços, baratearam-se parabéns e cruzaram-se perguntas, às quais era quase impossível responder de pronto, tantas e tão simultaneamente se faziam.

Enfim entraram para a sala.

O leitor concordará comigo, decerto, em que será melhor deixar passar estes momentos de expansões e retirarmo-nos discretamente, como hóspedes, importunos sempre nestas cenas de tanta alegria doméstica. Deixemos Daniel gozar-se à vontade dos abraços da família, e preparar-se para sofrer, como puder, os apertos de mão oficiosos de amigos e conhecidos, que não tardarão a vir cumprimentar o novo zelador de suas importantíssimas saúdes.

Entremos, pois, com estes, que é a companhia que melhor nos convém. Entre os primeiros encontramos logo o reitor.

O bom pároco caminhou para Daniel com os braços abertos e lágrimas de alegria a bailarem-lhe nos olhos. Ficara com afeição ao rapaz, desde que o tivera por discípulo.

Falou-lhe desses tempos com saudade e perguntou-lhe se ainda se lembrava do latim.

Daniel, em resposta, declinou-lhe, sorrindo, *hora*, *horae*, até ao ablativo do singular, com grande satisfação do velho que, em paga, terminou por uma prática sobre os deveres do médico na sociedade, recheada de preceitos de excelente moral. Daniel escutou-o com fisionomia atenta; mas, diga-se o que é verdade, com o espírito um pouco distraído.

Veio também João Semana — João Semana, o velho cirurgião, de quem já temos falado, homem rude, franco, jovial, que apertou a mão de Daniel, pondo em exercício uns músculos de oitenta anos, que fariam a vergonha dos nossos rapazes de vinte.

Apesar dos seus muitos anos, tinha ainda João Semana hábitos de atividade, a que não sabia fugir.

Erguia-se com estrelas, almoçava com luz e montava a cavalo, para começar o giro clínico, que lhe tomava o dia quase todo; e nunca reprimia a velocidade da sua pacífica e bem-intencionada azêmola, para gozar por mais tempo de um ponto de vista pitoresco, para escutar o gorjeio de alguma ave oculta na folhagem, nem para cortar a flor desabrochada à borda dos caminhos, ou dentre a relva dos campos. Nada disso; se abrandava o trote da égua, era nos sítios mais azados a quedas; se parava, era à porta dos doentes ou a ouvir alguma consulta, à qual, até a cavalo, respondia, e nos mais lacônicos termos possíveis.

Dava-se nele uma necessidade de movimento e de agitação, à qual em vão fora resistir. Quem o quisesse ver morto, era condená-lo à inação, privá-lo daqueles sóis ardentíssimos e chuvas excessivas, a que, havia mais de meio século, andava sujeito.

Viam-no sempre alegre, da mesma alegria de José das Dornas, a alegria sem sombras.

Era perdido por anedotas, das quais podia dizer-se um repositório vivo. Os frades eram ordinariamente os seus heróis preferidos; contra eles tinha sempre um gracejo aparelhado e pronto a correr caminho.

Esta bossa anedótica é sempre de grande valor para o facultativo que aspira à vida clínica. Uma história contada a tempo, e com graça, vale bem três récipes, pelo menos.

Cirurgião dos pobres, por encargo oficial, era-o João Semana também, e sê-lo-ia sempre, por impulsos do coração, que lhe não deixava presenciar um infortúnio qualquer, sem simpatizar com o que sofria, e sem empregar os meios para o aliviar.

Muitas vezes, na mão, que estendia ao pulso dos seus doentes, ia escondida a esmola, que manifestamente se envergonhava de dar, por aquela repugnância a ostentações de todo o gênero, que constituía um dos distintivos do seu caráter.

A conversa de João Semana com Daniel, não entendida, e por isso admirada pelos circunstantes, versou sobre medicina. As exaltadas crenças teóricas de Daniel, e a casuística inflexível e fria do velho prático acharam-se em conflito.

João Semana era cético em relação à ciência moderna. Quando Daniel lhe citava um autor em voga, ou se referia a uma descoberta notável, ou a um medicamento novo, João Semana encolhia os ombros, sorrindo.

— Tudo isso é muito bonito — dizia ele, com poucas contemplações para com a impaciência do seu jovem colega — mas não me serve para nada. Era o que me faltava se eu, que mal tenho tempo para dormir, me punha agora a ler essas coisas todas. Que nomes! Que moléstias que eu nunca vi, em sessenta anos de prática! Sabe você, Daniel? Eu penso que lá por fora, nessas terras grandes, há fábricas de moléstias novas, que felizmente por lá se gastam também; cá à aldeia não chegam: é o que lhe sei dizer. Você para cá virá, você para cá virá. Há de ver que na prática a coisa reduz-se a muito pouco; mais gástricas e menos gástricas e disse.

Daniel falou em mil assuntos: nos aperfeiçoamentos da análise médica, no microscópio, na eletricidade, na química, na anatomia patológica, com um ardor de proselitismo, próprio da idade; chegou a persuadir-se que a sua eloquência conseguiria, enfim, vencer o indiferentismo teórico do clínico.

Recebeu, portanto, uma impressão desagradável, quando, ao terminar um bem elaborado período em honra da ciência moderna, obteve em resposta a frase do costume:

— Isso tudo é muito bonito, mas você para cá virá, você para cá virá, e então falaremos.

Nesta parte tornava-se, pois, impossível a conciliação. Era o antagonismo permanente entre a teoria e a prática, revelado em uma das suas multiplicadíssimas manifestações.

Mais arrojado, do que o empirismo de João Semana, era, sem dúvida, o sistema médico do barbeiro, que também tinha uma clínica na aldeia, à qual, para maior exemplo de observância à lei, pertenciam duas autoridades: o regedor e o presidente da câmara.

O barbeiro entrou risonho, cerimoniático, afável, modesto, penteado, felino — perfeita personificação do ideal do barbeiro —, todo mesuras, todo senhorias, todo humildades, todo delicadezas velhacas.

E quantos estavam na sala o rodearam de atenções, e o próprio João Semana, com grande espanto de Daniel, o interrogou com referência a uma doente, de que tratavam juntos.

Com audácia, mal encoberta por transparente modéstia, o barbeiro expôs assim a sua opinião:

— Enquanto a mim, e até onde chegam as minhas fracas luzes, aquilo é o flato que lhe subiu ao coração. Por isso a doentinha tem aqueles pasmos, que se veem. Ora os sinapismos, puxando-lhe os humores para os pés, algum bem lhe podem fazer. Mas eu por mim, Sr. João Semana, penso que nestas doenças de retrocesso, a matéria reimosa não sai sem sedenho. E que ali há matéria reimosa — e fel, que é ainda pior — isso é que há. Já vê então... mas isto digo eu; agora lá os senhores, que estudaram... — acrescentava humildemente, mas obliquando para Daniel um olhar, de quem estava satisfeito de si.

Daniel tratou senhorilmente este colega de contrabando e na ocasião em que ele se entranhava, mais entusiasmado, na exposição de uma teoria sua, na qual ferviam os humores, os flatos, as matérias reimosas, os postemas e não sei que mais, em indigesta caldeirada, interrompeu-o, perguntando-lhe secamente:

— Teve hoje muito que fazer, mestre?

O barbeiro acolheu a pergunta com um sorriso e uma mesura.

— Está feito. Apenas fiz três visitas.

— E quantas barbas?

O mestre mordeu os beiços, antes de responder:

— Nenhuma.

Este colega do célebre Oliveiro — *o gamo* — não gostava que lhe falassem na única das coisas em que era eminente.

É uma fraqueza esta mais comum à humanidade, do que talvez se julga.

João Semana reparara nesta curta cena, e tomando de parte Daniel, aconselhou-o a que poupasse o barbeiro, e o aceitasse como colega, sob pena de indispor contra si a primeira gente da terra.

— Meu caro amigo — concluía ele —, quem quiser viver bem neste mundo, faz a vista grossa a muita coisa. Está bom, está!

E, como para não perder um hábito antigo, acrescentou:

— Você quer saber? Quando eu andei no Porto, conheci lá um frade, que era pregador de nomeada. Pois não havia outro passa-culpas como aquele; não gostava de meter medo a ninguém com as penas do inferno. O prior do convento chegou um dia a dizer-lhe que ralhasse mais contra o pecado, que não fosse tão bom de contentar; respondeu-lhe o frade: "Não que, Reverendíssimo Padre, é preciso tento; nem o Diabo se deve tratar muito mal, porque ele tem por aí muitos amigos". Ora pense nisto, e adeus que vou à minha vida.

E saiu.

O resultado de tudo foi uma grande depressão no entusiasmo de Daniel, pelo modo de vida que adotara.

Finalmente retiraram-se as visitas.

São quase trindades; a família toda, incluindo os criados, que na aldeia fazem quase parte dela, está reunida em conclave na eira, a experimentar cada qual, como à porfia, a sagacidade e ciência do novo facultativo, interrogando-o sobre todos os pequenos incômodos sentidos, de que a memória lhes pode sugerir ainda notícia. É esta a prova tremenda, que espera o estudante de medicina em tempo de férias, ou ao terminar a formatura — prova mil vezes mais decisiva para o seu futuro, do que quantos diplomas lhe possa dispensar a douta corporação, da qual recebe os títulos profissionais.

Um perguntava a Daniel se a grama era mais fresca, do que a cevada; outro qual a razão por que os pimentos de conserva nunca lhe faziam mal, enquanto a salada de alface lhe causava uma irritação de estômago infalível; vinha outro que desejava saber se seria melhor purgar-se no quarto crescente, se no minguante da lua; queixava-se-lhe um de uns arrepios, que sentia ao deitar-se na cama, e principalmente no inverno; outro do muito que suava no verão; um velho criado da casa, viúvo inconsolável, fez-lhe a história circunstanciada da doença, de que morrera a mulher, havia dez anos, pedindo a Daniel que a diagnosticasse, e lhe expusesse o tratamento que a devia ter salvo; em contraste com esta medicina retrospectiva, vinha uma rapariga perguntar, muito ingenuamente, se lhe poderia fazer mal o ir a uma romaria daí a oito dias; José das Dornas também quis saber se o caldo de abóbora era melhor para a saúde, do que o de nabos. Uma velha interrogou Daniel sobre a doença das galinhas, e o próprio Pedro, tentado por este exemplo, fez algumas perguntas sobre a dos perdigueiros.

Daniel via-se em talas para satisfazer a tantas exigências, que não timbravam de racionais, e procurava deslindar-se airosamente delas, com aquele desculpável grau de charlatanismo, mais ou menos correto e disfarçado, que todas as sociedades do mundo, rústicas e urbanas, são as primeiras a exigir aos médicos. Querem elas que se lhes responda sempre, e com desafogada segurança, às suas interrogações absurdas, preferindo serem iludidas a ficarem sem resposta, a qual muitas vezes, em consciência, medicina alguma do mundo lhes poderia dar.

Peço, portanto, um *bill de indenidade* para Daniel.

CAPÍTULO XV

Pedro foi quem, ao cerrar da noite, pôs fim a este interrogatório, que levava jeitos de eternizar-se.

— Vem daí dar um passeio, Daniel; e de caminho hei de mostrar-te minha mulher... a que há de ser.

— Ah!... É verdade que estás para casar. Estimo que me dês ocasião de tomar desde já conhecimento com a que, dentro em pouco, chamarei irmã. Espero encontrá-la digna de ti. Vamos lá.

— Ide, ide, rapazes — observou José das Dornas. — Vais ver uma guapa cachopa, Daniel. Mas, é verdade, tu conhece-la... É uma filha do Meadas.

— Ah!... sim... tenho uma ideia.

Cumpre-me confessar que Daniel não tinha tal ideia das filhas do Meadas. Enquanto esteve no Porto, e até nos curtos intervalos de férias que passara na terra, vivera ele muito estranho à vida do campo, para se recordar ainda das alcunhas, pelas quais, na aldeia, mais geralmente são conhecidas as famílias, do que ainda pelos verdadeiros nomes e sobrenomes.

José das Dornas é que tinha uma ideia ao dizer aquilo; era a de fazer lembrar ao filho o episódio da infância, que decidira da sua vida inteira.

Mas, ainda que sob o risco de indispor o ânimo das leitoras contra um dos principais personagens desta singelíssima história, farei aqui a desagradável, mas conscienciosa declaração, de que a imagem de Margarida andava, por aquele tempo, tão desvanecida já na memória de Daniel, que nem o nome, pelo qual fora sempre designada na terra a família da rapariga, lhe pôde avivar os traços.

Havia muitos anos que Daniel observava um sistema de vida, que todo o trazia desafeito dos hábitos campestres e indiferente às coisas e pessoas da localidade que o vira nascer.

Encarnara-se intimamente nele o espírito das cidades. As momentosas questões que ocupavam as cabeças sérias da aldeia, faziam-no sorrir; as distrações que entretinham as mais levianas, obrigavam-no a bocejar.

Daniel não deixara mentir o prognóstico que aquelas duas boas velhas, das quais não sei se o leitor ainda se lembrará, tinham feito do jovem estudante de latim, ao verem-no passar, sobraçando os livros, para casa do reitor. Durante os seus anos de estudo fora efetivamente o filho de José das Dornas herói de numerosas aventuras de amor, de mui diverso caráter.

Deixando-se impressionar de circunstâncias insignificantes, que outro espírito, menos exaltado, receberia com indiferença, andava ele quase de contínuo sob o império, fértil em deleitosas sensações, de uma paixão nascente.

Este coração, eminentemente acessível e irritável, não tivera quase, até ali, um instante de sossego.

Eu disse este coração — quase me estou arrependendo de me ter servido da palavra.

Entraria de fato, como elemento destas paixões efêmeras, tão instantâneas como a combustão da pólvora, essa víscera simpática, que, a despeito dos médicos e da medicina, eu julgo o sacrário augusto dos sublimes e duradouros sentimentos que constituem o dote mais valioso do nosso patrimônio moral? Não sei; antes me quer parecer que não.

Daniel amava de imaginação; nem eu vejo bem como pudesse amar de outra maneira quem, por vezes, se deixou levar por futilidades quase ridículas.

O coração não é tão sujeito a fraquezas desta ordem; ou eu ando muito enganado.

Houve, por exemplo, uma mulher que, durante alguns meses, conseguiu assenhorear-se dos pensamentos do nosso herói pela maneira individualíssima e inimitável, com que sabia dizer aquele gracioso *àgora* minhoto, tão levianamente criticado pela gente da capital.

Ora diga-me se é este um fenômeno do coração e não antes um como desvario da cabeça, mais azada a tais singularidades.

Mas o que é certo é que, fosse pela cabeça, fosse pelo coração, Daniel achara-se, em todas as ocasiões, que viera a férias, suficientemente apaixonado para escapar à influência das formosas da sua terra. Envolvia-o uma como que *atmosfera de isolamento* — para me servir de uma frase da língua científica — e nesse ambiente não floresciam os amores bucólicos.

Raras vezes mostrou recordar-se daquelas suas afeições de criança, que tantas lágrimas lhe tinham já feito verter.

Só um dia em que, passeando nos campos, chegara por acaso ao pequeno outeiro, onde sucedera a inocente cena de idílio, tão mal encarada pelo reitor, foi que lhe veio à ideia essa passagem de infância, já quase esquecida; e a imaginação lhe representou então o vulto, suave e meigo, da pequena Guida, como uma visão momentânea, rodeada pelo brando perfume da poesia e da saudade.

Lembrou-se dessa vez de perguntar por ela. Disseram-lhe que, tendo ficado órfã de pai e mãe, vivia só com a irmã e que ensinava meninas — tarefa que raras vezes lhe permitia sair de casa.

Daniel nunca mais renovou a pergunta.

Fora isto talvez dois anos antes da sua vinda definitiva para a aldeia. Não admira, pois, que com estas disposições mentais, estivesse muito longe de pensar em Margarida, quando, com segunda intenção, o pai pronunciou o apelido de família da noiva de seu irmão.

Foi como por demais que Daniel disse ter uma ideia desse apelido, o qual lhe soara quase como novo.

Acompanhando Pedro, levava ele, portanto, o espírito inteiramente despreocupado e somente um pouco movido de curiosidade de ver a destinada esposa de seu irmão mais velho.

Tinha-se por conhecedor em belezas femininas e agradava-lhe sempre a análise, aplicada a esta especialidade estética.

Àquela hora do dia são os caminhos da aldeia muito frequentados pela gente que regressa do trabalho a casa.

Os dois irmãos a cada passo se encontravam com vários grupos de aldeões — homens, mulheres e crianças — que todos os saudavam com as fórmulas sabidas: "guarde-os Deus" e "louvado seja Nosso Senhor Jesus Cristo", às quais ambos correspondiam com outras análogas.

Subiam eles a encosta de uma pequena colina, no alto da qual, sob o fundo magnífico de céu ainda iluminado pelos últimos rubores do crepúsculo, se delineava o vulto negro de uma cruz de granito, quando lhes chegou aos ouvidos o som de vozes longínquas, cantando concertadas; simultaneamente pararam a escutá-las.

Pouco a pouco, a música tornava-se mais distinta, e cedo, ao lado do cruzeiro, desenharam-se também as figuras graciosas de um bando de raparigas, que voltavam à aldeia, entoando em coro uma saudação à Virgem Maria — a predileta da piedade popular. Harmonizavam-se tão bem aquelas vozes frescas e juvenis; combinava-se tão admiravelmente a poética melancolia do lugar e da hora com a daquela toada singelíssima, que Daniel sentiu-se comovido.

Os dois irmãos puseram-se de lado para deixar passar as raparigas; e nem o mais estouvado deles teve coragem de interromper com a menor frase de galanteio o coro piedoso que elas, sem interrupção, continuaram cantando; e até de todo se perderem as vozes pela distância, conservaram-se ambos silenciosos e imóveis.

Como se esta cena reconciliasse Daniel com a vida do campo, logo que prosseguiram o caminho, ele exclamou, mais para si talvez do que para o irmão:

— Digam o que quiserem, há na aldeia belezas magníficas. A cena é inexcedível — e isto dizia, correndo com a vista o horizonte vasto que o rodeava — e as personagens, às vezes, são bem dignas de atenção!

As raparigas do coro tinham-lhe ensinado a apreciar um gênero de beleza, a que, até então, fora indiferente.

Preciso é também que se diga que, desta vez, trazia Daniel, por exceção, o coração ou, como quiserem, a cabeça em disponibilidade — circunstância que não pouco concorreu para o efeito produzido.

Chegaram enfim a casa das duas irmãs.

Era uma pequena, modesta, mas graciosa habitação, um pouco fora já do centro principal do povoado.

A solidão em que ela ficava, própria a fomentar saudades, sem quebrantar com desalentos, agradaria aos menos poetas. Havia tanto sussurrar de folhagem, tanta pureza de ares, tanto desafogo de horizontes em volta dela, que uma íntima serenidade se insinuava na alma do que parava ali. A tênue claridade daquela ameníssima noite de estio mais realçava ainda a poesia do lugar.

A casa era toda caiada de branco; abria para a rua duas largas janelas envidraçadas, que alguns pequenos vasos de flores adornavam. Dum e doutro lado, prolongava-se um lanço de muro de sólida alvenaria, igualmente caiado, e que a folhagem do pomar interior sobrepujava, caindo para o caminho as balsâminas em festões verdes e floridos.

Foi à porta deste muro que Pedro bateu familiarmente, dizendo para Daniel, que estava saboreando o prazer daquela perspectiva:

— É aqui.

Uma voz de mulher correspondeu ao sinal de Pedro. Era a de Margarida.

— Sou eu, Margaridinha, abra — disse Pedro. — Sou eu e uma visita.

Passados alguns momentos, a porta girou nos gonzos, abrindo passagem para um vasto pátio ou quinteiro, assombrado de ramadas, o qual, naquele momento, atravessavam ainda algumas aves domésticas, retardadas, a procurarem o abrigo das capoeiras.

Margarida, que fora a que abrira a porta, ao ver Daniel, retirou-se sobressaltada para a quase obscuridade, que interiormente projetava a ombreira.

— Não se assuste, Margarida — disse Pedro, sorrindo, ao perceber-lhe o movimento. — Não se assuste; é tudo gente de casa. Este é o meu irmão Daniel, e o nosso cirurgião novo. Esta minha cunhada Margarida, que já assim lhe posso chamar — acrescentou, voltando-se para o irmão —, é muito acanhada, e por isso não repares...

Daniel dirigiu um cumprimento distraído a Margarida, cujas feições não pôde distinguir pela pouca luz que as iluminava. Demais eram estas feições, como já atrás dissemos, daquelas que exigem um exame demorado para se lhes sentir toda a suave beleza.

Podia dizer-se delas o mesmo que destas óperas, privadas de combinações brilhantes, que não deixam impressão em quem uma só vez as escuta; mas acabam por patentear segredos em harmonia aos ouvidos, que repetidamente as recebem, segredos que nunca mais se esquecem.

— Onde está a Clara? — perguntou Pedro, entrando, seguido do irmão.

— Ao poço, julgo eu — respondeu Margarida com a voz ainda trêmula de comoção.

E, muito tempo depois de os ver passar, ali se conservou imóvel, com o olhar vago, a fronte inclinada e o seio inquieto. O que ia neste momento por o coração da pobre rapariga? Adivinha-o decerto a leitora, se já pensou na delicada sensibilidade deste caráter de mulher.

A indiferença, com que Daniel passara por ela, o modo por que a saudara, a frieza, com que lhe ouvira o nome... tudo lhe mostrou que a não reconhecia já.

Dolorosa descoberta para aquela alma, tanto mais amorável, quanto mais se encobria de manifestar os seus tesouros de afetos!

Foi com certa revolta de delicadeza feminina, com uma quase má vontade contra si própria que ela, sondando o íntimo do coração, reconheceu o sentimento que o inquietava assim.

Como que se interrogava com a severidade do mentor para com o discípulo mal encaminhado.

— Que loucura é esta, mulher? Pois ainda tens dessas criancices, doida? Que pensavas tu? Que esperavas? Era acaso possível que ele se lembrasse de ti?... E para quê?... Não foi melhor que se esquecesse? Dize.

Em situações, como esta, opera-se em nós uma espécie de separação em duas entidades de sentir contrário.

Arvora-se uma em juiz, interroga da maneira que vimos, fala em nome da razão, julga, repreende, condena; a outra, quando, sob o severo exame da primeira, mais subjugada parece, conserva, na sua humilhação, intato o espírito de independência; assim como, curvada a cabeça às admoestações da preceptora, a pequena discípula sente em si o instinto de rebelião, que mal pode reprimir.

Em Margarida também se dava este antagonismo. Falava-lhe a razão, como dissemos; mais baixo, como a medo, murmurava-lhe outra coisa não sei que voz, mais atendida por ela.

— Podias — segredava-lhe essa voz —, podias e devias esperar que ele se lembrasse, sim. Acaso o esqueceste tu?

Diga-se a verdade. Até àquele momento, Margarida conservara uma ilusão; muito escondida dos outros e de si, mas nunca de todo extinta.

Avaliando, por os seus, os sentimentos dos mais, não podia convencer-se de que, em Daniel, estivessem inteiramente apagados os vestígios daquela infância, gozada em comum por ambos. Pensava que ele a reconheceria logo, ao vê-la, que lhe não ouviria pronunciar o nome, sem que a memória o repercutisse; que o primeiro olhar seria fértil em recordações, que bastaria só para ressuscitar o passado inteiro.

Enganara-se: conheceu que se enganara agora, que o vira passar assim; e, apesar de toda a força da sua razão, Margarida sentiu enevoarem-se-lhe os olhos de lágrimas, e a alma de melancolias.

Afinal de contas a boa da rapariga tinha um coração de mulher.

Perdoem-lhe esta fraqueza. Não há caráter humano, que as não tenha iguais; assim fora possível sujeitá-los à rigorosa análise de seus mais recônditos mistérios.

CAPÍTULO XVI

Os dois irmãos dirigiram-se ao lugar onde, segundo as indicações de Margarida, deviam encontrar Clara.

O ranger da bomba do poço, e a voz da alegre rapariga, que cantava — pois nela dir-se-ia ser o canto, como nas aves, a mais natural expressão —, serviram-lhes de guia.

Tomando por uma rua extensa, revestida de limoeiros, através de cuja espessura coava já, a custo, a claridade nascente do luar, conseguiram aproximar-se, sem que fossem percebidos.

Clara cantava:

Vem livrar-me com teus olhos,
Que eu por eles me perdi;
Dá-me a vida com teus beijos,
Já que por beijos morri.

Porém, ao voltar naturalmente a cabeça, descobriu Pedro na companhia do irmão; vendo-se surpreendida assim, interrompeu de súbito o trabalho e o canto e, meio confusa, saudou-os com os olhos baixos e a voz embaraçada.

Foi curta a apresentação, e em nada cerimoniática. Pedro odiava etiquetas, ou antes, ignorava-as.

A figura de Clara, inundada pelos raios da lua, que já se levantava esplêndida no horizonte, fez conceber a Daniel uma subida opinião do bom gosto de seu irmão.

Não era Daniel homem para se coibir, por acanhamentos, em observação, que tanto o deleitava. Sem disfarces, nem precauções, analisava, feição por feição, aquela fisionomia simpática, e como que lhe delineava com a vista o perfil, onde se continuavam graciosamente, por suaves inflexões, as mais elegantes curvas.

Clara, adivinhando-se objeto daquela inspeção minuciosa de conhecedor e entusiasta, não ousava erguer os olhos. Dir-se-ia que, magicamente condensados, os raios visuais, que a envolviam daquela maneira, lhe tomavam os movimentos, até mal a deixarem respirar.

Pedro sentia certo desvanecimento, lendo a tácita aprovação da sua escolha, na expressão do olhar do irmão.

Clara conseguiu afinal dominar o enleio dos primeiros instantes e, dirigindo-se a Pedro:

— Então isto faz-se? — disse ela, ainda não de todo serenada da primeira confusão, e descendo e apertando nos punhos as mangas da camisa, que tinha arregaçadas. — Trazer assim uma visita, sem dizer nada à gente!

— É meu irmão — dizia Pedro sorrindo.

— Que tem que seja? Não é para assim vir ter com uma pessoa, que anda cá no seu trabalho. E sem fazer barulho, então! Ora sempre! — E, ao dizer isto, lançava para o noivo um olhar que, tentando ser de repreensão, só conseguiu enlevá-lo.

— Olhe, Clarinha — disse Daniel adiantando-se, e dando às palavras o tom de amigável familiaridade. — O culpado fui eu. Mas, que quer? É costume antigo que tomei. Quando era rapaz, gostava já muito de ouvir os rouxinóis que cantavam nos laranjais da nossa casa; mas eles, percebendo-me, calavam-se. Sabe o que eu fazia então? Ia-me devagarinho, pé ante pé, até onde eles estavam, e lá me ficava a ouvi-los cantar horas e horas. Foi o que fiz agora.

A lisonja não desagradou de todo a Clara, que respondeu, gracejando:

— Os rouxinóis já não cantam neste tempo.

— Mas cantam outras vozes, sonoras como as deles e mais felizes ainda; pois nem as fazem calar as neves do inverno, nem os ardores do estio. Era uma dessas que nós paramos a ouvir.

Clara, sentindo-se pouco à vontade para responder ao galanteio, disfarçou, afastando-se como para regar as flores de um alegrete vizinho.

Pedro aproximou-se dela.

— Nunca mais — murmurou-lhe a rapariga ao ouvido — tornes a fazer uma destas, Pedro. Também não sei como a Guida vos deixou entrar assim. Eu lho direi.

— Ora vamos, Clara — disse Pedro, auxiliando-a na tarefa da rega —, não vás agora ralhar com a Margarida, que mais embaraçada ficou ela ainda do que tu.

— Sim?! Pois aí está, vês? Não tinha razão para isso. A Margarida é outra coisa. O Sr. Daniel não falou ainda com a Margarida? — continuou Clara, já mais senhora sua, e fazendo uso desimpedido do olhar, que fitou no interpelado. — Ela é que saberia responder bem. Quando quer, sabe dizer coisas... Até o Sr. Reitor, muitas vezes, não tem que lhe responda. O Pedro que diga.

Pedro fez um sinal de assentimento.

Este duo em honra de Margarida não causou grande impressão em Daniel, que continuava a fitar Clara, com persistente atenção, encantado pelo timbre daquela voz, por aqueles movimentos, cheios de graça e vida, e pela inimitável expressão do olhar, meio de bondade, meio de malícia, que ainda a branca claridade da lua fazia realçar o seu fulgor.

A conversa tomou, pouco a pouco, familiar e jovial caráter de intimidade. Só, alguma vez, uma frase mais cortesã de Daniel vinha tirar a Clara a frieza de ânimo necessária à resposta — isto com grande estranheza sua, pois não se tinha por demasiado tímida.

— Pobre João Semana! — dizia Clara em um dos seus momentos de malícia. — Quem mais o chamará agora, depois de haver na terra médico novo?

— Está enganada — respondeu Daniel —; quando mais ninguém o chamasse, teria por si a melhor de todas as freguesias, a das raparigas.

— Agora! E então por que o haviam de querer?

— Porque os médicos novos têm o mau costume de desejarem saber das doenças do coração e dessas não se querem elas tratar.

— Não sei por que não; pois não são tão perigosas? Eu sempre ouvi dizer que se morria disso.

— Se se morre?! Morre-se a todo o momento até. Mas, pelos modos, é um morrer, de que se gosta.

— Deixe lá; sempre é morte, não pode ser muito boa.

— Ora! Morre-se a cantar:

Dá-me a vida com teus beijos
Já que por beijos morri.

— Não era assim que dizia?

Clara não pôde suster o riso e Pedro fez coro com ela.

— Ora, responda: se o médico tomasse a receita a sério, e quisesse dar a vida à sua doente?...

— Isso mais devagar.

— Aí tem; é por esse motivo que não é bom consultar os médicos novos. O João Semana é que não é capaz dessas tentações, julgo eu... E que as tivesse...

Tal foi a feição predominante do resto do diálogo, que só terminou quando a lua ia já alta no firmamento, com toda a pompa de um desanuviado plenilúnio.

— Sabes tu — dizia Daniel ao irmão, quando juntos se retiravam — que não podias escolher mais galante noiva? Em toda a aldeia decerto que não há outra que se lhe ponha a par.

Isto foi já dito na rua, mas próximo da porta do quintal, onde se demorara Clara, a cujos ouvidos chegaram distintamente estas palavras de Daniel.

Se elas lhe poderiam ser indiferentes, pergunto eu às leitoras bonitas? Sendo sinceras comigo, não se atreverão a condenar este sentimento de vaidade, que moveu o coração de Clara. Se a vaidade constituísse pecado capital, talvez que certa particularidade do paraíso muçulmano tivesse sua razão de ser.

Clara era pouco reservada.

Tudo quanto sentia, fossem tristezas, fossem alegrias, vinha-lhe do coração aos lábios, por um movimento de expansão irreprimível.

Procurando pois a irmã, contou-lhe tudo quanto lhe dissera Daniel, o que ela lhe respondera, e, finalmente, as últimas palavras, que lhe havia escutado.

Margarida não foi senhora do seu coração a ponto de não sentir certa amargura, ao comparar a intensidade da impressão produzida por sua irmã no ânimo de Daniel, que pela primeira vez a via, à indiferença, com que ela fora desatendida — ela, por quem deviam falar tantas memórias do passado.

Eu já disse que Margarida não era de natureza tão superior, que não tivesse destas desculpáveis fraquezas. Muito para apreciar é já a placidez nas ações, se como nela se não desmente nunca; seria exigência demasiada e um excessivo querer apurar a natureza humana ao grau de perfeição quase divina, pretender que, no mundo oculto dos pensamentos e dos afetos, reine também a inalterável serenidade, que só pode ser de anjos e nunca de criaturas, a quem de contínuo os vendavais das paixões salteiam.

O que posso assegurar a respeito de Margarida — e já não é pouco assegurar — é que este movimento de ciúme? — nem eu sei se tal nome lhe posso dar — não se envenenou, convertendo-se em má vontade contra o objeto, que lho desafiara.

Margarida não sentiu, para com a irmã, nenhum desses odiozinhos feminis, que em tantas tempestades se desencadeiam às vezes.

Calou-se, sorriu até, e pensou consigo:

— E de que me serviria que fosse de outra sorte? Melhor é que a memória lhe seja sempre infiel; melhor, muito melhor para o sossego do meu espírito. Ainda bem.

Era ainda a razão que falava; mas o coração? Ai, o coração!...

É inevitável a luta, sempre que a um espírito vigoroso e lúcido anda associado um coração que sente, que se comove sob a influência dos estímulos naturais dos afetos humanos.

Quando o coração é de gelo, a razão dirige desafogada, imperturbável, em linha reta, o caminho da vida; quando a razão abdica e o coração domina, o movimento é irregular, mas livre; caprichoso, mas resoluto; funesto, mas incessante; porém, se o coração e a cabeça medem forças iguais, a cada momento param para lutar, como atletas destemidos. De qualquer lado que tenha de se decidir a vitória, será disputada, até ao último instante, pelo contendor vencido; a pausa terá sido inevitável; a reação, enérgica; e a crise, violenta.

Podem passar ignoradas de todo as peripécias desse combate íntimo; mas a aparente tranquilidade exterior mais lhe exacerbará a crueza.

Margarida escutou por muito tempo a irmã, sem saber como acolher aquelas ingênuas confidências; afinal lembrou-lhe, sorrindo, que devia ser menos sensível à opinião de estranhos quem, dentro em tão pouco tempo, ia ligar o seu destino ao destino doutro.

Clara possuía um gênio, com o qual se não davam as apreensões. Não calculava consequências. A vida para ela era o presente. Raras vezes lhe lembrava o passado; o futuro não lhe tomava muitos momentos de meditação também. As palavras e os atos irrefletidos eram nela freqüentes. De nada suspeitava. A sua confiança em todos e em tudo chegava a ser perigosa. Um inesgotável fundo de generosidade, elemento principal daquele caráter simpático, levava-a ao ceticismo em relação à malevolência e à má-fé que outros possuíssem. Parecia muitas vezes afrontar a opinião do mundo e não era por a desprezar, mas porque não pensava nela.

Quem possui um caráter assim, se se não perde, se se não perde inocentemente, é porque tem a defendê-lo a Providência, porque o abrigam as asas do seu anjo da guarda.

Ouvindo pois a observação da irmã, Clara desatou a rir.

— Que me estás aí a dizer, Guida? Que me estás tu aí a dizer? Então, por eu me casar, devo deixar de fazer gosto de mim? Olha, eu não me quero com gente muito sisuda. A ti perdoo-te, porque... enfim... és muito boa também, mas, ainda assim, não perdias se... — E, mudando subitamente de tom, acrescentou com um pouco de malícia na voz e no olhar: — Ora diz-me cá uma coisa, Guida, com toda essa tua seriedade, não gostarias também que um rapaz, assim como Daniel, dissesse de ti o mesmo? Anda, confessa.

— Doida!

— Tu és mais velha, bem sei, mas eu sou dentro em pouco mulher casada, e por isso posso fazer-te destas perguntas já. Anda, responde.

Esta jovialidade de Clara não foi recebida pela irmã sem confusão.

Em vez de responder, limitou-se a apertá-la nos braços, dizendo-lhe quase ao ouvido:

— Então, Clara! É preciso ser menos criança. Quem está para tão cedo tomar canseiras de família... A falar a verdade...

— E cuidas tu que me hão de tirar esta alegria as tais canseiras? Ai, Guida, isso é que não. Como assim... Olha, eu já não nasci para tristezas.

— E talvez seja melhor — disse Margarida, respondendo a Clara, e pode ser que, em parte, a seus próprios pensamentos.

CAPÍTULO XVII

Era meio-dia, um meio-dia de verão, ardente, asfixiante, calcinador, a hora em que tudo repousa, em que as aves se escondem na folhagem, as plantas inclinam as sumidades, desfalecidas de seiva, e os ribeiros quase nem murmuram, de débeis e de exaustos que vão.

Nem uma tênue viração fazia sussurrar as alamedas e os soutos nos vales ou os pinheirais dos montes.

Apenas pelas sarças volteavam, como em danças caprichosas, enxames de insetos alados, sendo o seu zumbido importuno, ou o cantar longínquo dos galos, os únicos sons a interromperem o silêncio daquela hora.

Os caminhos e os campos estavam desertos; povoadas e fumegantes as cozinhas, onde a família do lavrador se reúne para a refeição principal do dia.

Mas quem estendesse a vista pelo extenso lanço de estrada a macadame, que corta em linha reta a povoação, e onde, naquele momento, o sol batia em cheio, sem ser impedido por a menor folha de árvore, ou beira de telhado, descobriria o vulto de um cavaleiro, caminhando a trote e envolto na densa nuvem de poeira, levantada pelos pés da cavalgadura.

Este cavaleiro era João Semana.

Trajava com toda a singeleza o velho cirurgião. Um fato completo de linho cru, botas amarelas de solidez de construção, à prova de todo o tempo, chapéu de palha, de abas descomunais, tudo abrigado daquele sol canicular pela enorme umbela de paninho vermelho, rival em dimensões de uma tenda de campanha, eis o vestido característico do nosso homem.

As rédeas flutuavam à solta, sinal evidente da distração do cavaleiro e dos admiráveis instintos e superior discrição da alimária, que mostrava conhecer a palmos o caminho de casa e para ela se dirigia mais apressada que de costume.

Causava dó olhar para a fisionomia de João Semana naquela ocasião. As faces de vermelhas, que naturalmente eram, quase se lhe haviam feito negras; o suor corria-lhe como lágrimas, pelas faces abaixo.

Mas o heroico octogenário não desanimava. Sorvia filosoficamente a sua pitada, assoava-se com ruído, e soltando depois um daqueles *ahs*, bem guturais — eloquentíssima expressão das delícias que o olfato pode proporcionar a um mortal — dava mostras de consolado.

De caminho, ia João Semana lançando um olhar de comiseração para o milho dos campos adjacentes à estrada, algum do qual o calor e a escassez das águas tinham definhado; e ao contemplá-lo parecia mais sentir por ele, do que por si, a insuportável temperatura daquele ambiente.

João Semana era também proprietário rural, e portanto apaixonado pela lavoura, conhecedor das leis de cultura, e experiente prognosticador do futuro das novidades agrícolas; por isso, examinando com profunda curiosidade o aspecto dos campos, cujos donos, pela maior parte conhecia, quase chegara a esquecer-se de que um ardentíssimo sol lhe dardejava sobre a cabeça raios ameaçadores, tentando em vão exercer naquela robusta constituição a sua influência maligna.

A égua é que se não esquecia assim facilmente disso, e, cada vez mais rápida, procurava furtar-se a tão incômodo calor, e ao seu inevitável cortejo de moscas, que a traziam impaciente, não obstante os folhudos ramos de carvalho, com os quais João Semana lhe enfeitara o pescoço.

Depois de cinco minutos mais de trote acelerado, tomou o pobre animal, com manifesta ansiedade e sem esperar sinal do cavaleiro, por uma rua estreita, que, abrindo-se ao lado esquerdo da estrada, seguia, sob espesso toldo de verdura, por entre duas quintas fronteiras.

Era um oásis, depois do deserto.

João Semana, porém, parecia tão indiferente ao vantajoso da mudança, como o fora à desagradabilíssima influência dos raios do sol, em campo descoberto.

Daí por diante começavam a ser mais frequentes as habitações, e, ao barulho que fazia a égua sobre o terreno sólido e nas pedras soltas do caminho, assomava a cada janela uma cabeça e João Semana recebia um cumprimento e um convite para jantar, a ambos os quais ele correspondia com benevolente familiaridade e às vezes com gracejos, sempre bem recebidos e festejados.

Logo ao princípio, foi um velho, em mangas de camisa, e de cabeça já despovoada de cãs, que, segurando uma enorme tigela de caldo de tronchuda e vagens, coroado por uma pirâmide de boroa esmigalhada, apareceu à porta da cozinha, e disse com a boca meia ocupada por mantimentos, e sorrindo:

— É servido do meu jantar, Sr. João Semana? É pobre, sim, mas dado com a melhor vontade.

— Obrigado, tio José das Bicas, vou ver se lá em casa a Joana tem também o meu caldo em bom andamento.

— Então vá com a graça do Senhor, vá, que o calor não se sofre.

— Está picante, está. — E, andando sempre e falando já com as costas voltadas, perguntou: — E como vão os seus milhos, Sr. José?

— Ora!... Nem me fale nisso! A sequeira é muita.

— Veremos se para a lua nova haverá mudança de tempo.

— Deus o queira.

— Há de querer.

E prosseguiu no seu caminho.

Mais adiante, foi uma mulher idosa que espreitou do postigo de uma casa meio arruinada.

João Semana desta vez foi o primeiro a saudar.

— Bons dias, tia Rosa. Então como vai lá o seu velho? Fero e rijo, hein?

— Muito agradecida a V. Sa. Está fraquinho ainda, e por isso...

— Pois que saia, que saia. É preciso também trabalhar por deitar fora as moléstias; nós não podemos fazer tudo. Que passeie, diga-lhe que passeie. O mais que lhe pode acontecer, é que deem com ele as moças, mas disso não se morre.

— Já não está em idade para tanto, Sr. Doutor.

— Fie-se nele, fie-se nele; olhe que são os piores.

E, dando uma gargalhada, dobrou a esquina e tomou por outra rua.

Do interior de um pardieiro saiu-lhe ao encontro uma rapariga do povo, magra, remendada e com o rosto que denotava aflição.

— Muito boas tardes, Sr. João Semana — disse a pobre rapariga, com voz chorosa.

— Que temos lá, Maria? Alguma novidade?

— É que... — dizia ela hesitando e baixando os olhos.

— Fala; despacha-te, que vou com pressa.

— É que me esqueci do que me disse daquele remédio para minha mãe...

— Então onde diabo tinhas tu o juízo, galo doido? Ai que vocês andam-me com essas cabecinhas não sei por que terras, e eu que vos ature depois. Aposto que te lembras melhor do que te disse ontem o teu conversado?

— Ora, o Sr. João Semana tem coisas! É que não sei se o remédio era todo para uma vez, ou...

— É o que eu digo; é o que eu digo. Estouvada! Cabeça no ar! Quantas vezes te repeti que era para três porções. Cuidas que não tenho mais que fazer, do que andar sempre a cantar a mesma cantiga por esse mundo de Cristo? Ora vamos!

— E há de ser distante das comidas, que...?

— Que diabo aprendeste tu então de tudo o que eu te recomendei, fazes favor de me dizer? Pois não te expliquei, cabeça de bugalho, que era para lho dares, meia hora depois das comidas? Que tinhas tu nos ouvidos?

— Muito agradecida, Sr. João Semana; e perdoe por as almas, mas... a gente tem tanta coisa na cabeça...

— Valha-te uma figa.

E quando a rapariga se ia já a retirar, ele acrescentou, mudando de tom:

— Olha cá, ó Maria. Ouves?

A rapariga voltou-se. Levava os olhos vermelhos de chorar.

— Então que diabo é isso? Por que choras tu?

— Nada, Sr. João Semana; é cá a nossa vida.

— Quanto te levou o boticário pelo remédio?

— Seis vinténs.

— E... diz-me... E mataste hoje a galinha para tua mãe?

— Dei-lhe o resto da de ontem.

— E para amanhã?

— Para amanhã...

E a rapariga calava-se, embaraçada e triste.

João Semana tossiu para desimpedir a laringe de um pigarro importuno e pôs-se a olhar atentamente para um tronco de árvore, que lhe ficava à direita, como se lhe achasse o que quer que fosse extravagante.

Durante este tempo, mexia nos bolsos do colete e depois nas algibeiras das calças; em seguida, olhando em roda, como se receasse ser observado, curvou-se sobre o pescoço da égua e introduziu uma moeda de prata na mão da pobre rapariga, dizendo-lhe com modo rápido e desabrido:

— Toma lá. Olha agora se te pões por aí a dar à língua, como costumas. Aflige bem tua mãe, aflige!

A rapariga não teve uma só palavra com que lhe agradecer. Quis-lhe tomar as mãos, para beijá-las; João Semana furtou-lhas rapidamente, dizendo-lhe com simulada aspereza:

— Larga, larga. Não me venhas cá com essas imposturas, que eu não sou para isso.

O melhor dos agradecimentos tinha-o ele nas lágrimas, que desciam pelas faces da pobre, na expressão de entranhado afeto, que lhe animava o olhar.

O velho cirurgião sabia compreender estas coisas, apesar das aparências de homem endurecido, de que fazia ostentação.

Ao afastar-se do lugar da cena que descrevemos, dizia ele para si:

— Excelente vida! Lucrativa clínica! Rendeu-me esta consulta, na verdade! Quem não há de fazer casa assim?

Estava o bom homem a fingir de interesseiro consigo mesmo!

Dentro em pouco tinha-se esquecido do que praticara.

Mais adiante, esperava-o um lavrador robusto, sentado na soleira da porta, a comer uma fêvera de bacalhau. Assim que João Semana se aproximou, levantou-se o homem e tirando o barrete:

— Nosso Senhor venha em sua companhia.

— Bons dias; então que há?

— Queria que vossemecê me dissesse se minha mulher pode comer uma sardinha assada.

— Pode, mas de caminho avisa o padre que a venha sacramentar.

— Credo! Mas então...

— Adeus, minhas encomendas. A perguntas tolas não se dá resposta. Forte descoco!

E, sem mais palavra, estimulou o passo da égua.

O consultante sentou-se de novo e, voltando-se para dentro, disse:

— Ouviste-o? Ora aí tens.

Respondeu-lhe um suspiro.

Ainda não pararam aqui as consultas. Ao passar por uma azenha, o moleiro, vindo à porta, anunciou ao velho facultativo que a mulher não queria tomar remédio algum.

— Está no seu direito — respondeu João Semana —; e que queres que eu lhe faça?

— Mas, sendo precisos?...

— Sabes que mais, Francisco? Eu, se me não casei, não foi para agora andar a aturar as impertinências das mulheres do meu próximo. Atura-a, atura-a, rapaz, que são ossos do ofício.

E continuou cavalgando, e deixou o moleiro embasbacado. Depois de se ter afastado, acrescentou, elevando a voz, mas sem se voltar para trás:

— Olha lá; sempre lhe vai dizendo que, se amanhã a não encontrar melhor, prego-lhe um cáustico nas costas, que lhe há de fazer ver as estrelas ao meio-dia. Ora anda.

Enfim, num largo assombrado de castanheiros, foram duas crianças as que lhe interromperam a passagem; assim que o avistaram, ergueram-se do chão, onde estavam sentadas, tirando o chapéu e pondo-se a coçar na cabeça.

— Que temos nós, pequenada? — perguntou-lhes João Semana.

Um dos pequenos foi o relator da comissão.

— O nosso Luís está doente e a mãe manda pedir ao Sr. Doutor para o ir ver.

— Está bem; lá irei de tarde; e como está tua mãe?

— A mãe diz que está melhor, mas ela chora tanto!

— Tens razão, Manuel, em duvidar da saúde do que chora. Pois eu verei isso. Vá; ide jantar e fazer rir vossa mãe, que é meia cura já.

Por tal forma ia sendo o bondoso João Semana cumprimentado, interrogado e consultado, e ele a responder a tudo com a máxima expedição possível, que já lhe não sofriam delongas as reclamações imperiosas do estômago.

Chegou assim ao largo da igreja da freguesia e atravessou-o, por diante da residência do reitor. Deitou de soslaio os olhos para as janelas da casa paroquial, e, como as visse fechadas, picou a égua, para ver se escapava, sem vir à fala, e evitava novos empecilhos.

Não conseguiu, porém, o seu intento.

Uma das vidraças correu-se repentinamente e o reitor apareceu à janela, animado de sorrisos, e com um guardanapo na mão.

— Ó João Semana! Ó homem! Ó velhote! Pchiu! — bradava ele.

João Semana foi obrigado a voltar-se.

— Que é lá?

— Espera; fala à gente.

— Vou com pressa.

— Então andas por fora com um calor destes? Isso é de criar malignas, homem.

— Que queres tu, abade? Meu pai caiu na patetice de me arranjar este modo de vida. Se lhe tivesse dado na mania fazer-me padre, outro galo me cantara.

— Cuidas então que não temos canseiras?

— Ai, dão-te muito que fazer as tuas ovelhas; estou vendo.

— E não dão pouco.

— Só a cardá-las com as côngruas e derramas! Por isso estás magro. Para vos sustentar suamos nós outros.

O reitor sorria, sem a menor sombra de ofensa.

— Vamos a saber: queres provar do meu arroz?

— Eu?! Já não tenho estômago criado para comidas de padres. Padre, abade, e egresso de mais a mais! Safa! Morria de indigestão esta noite.

— Anda lá, anda lá; ainda não perdoaste aos frades. Morres impenitente.

— Como queres tu que eu lhes perdoe o terem gozado sem mim daquela santa vida de convento?

— Santa, sim; porém sem mortificações, não.

— Oh! Decerto que não. Os melhores cozinheiros têm às vezes os seus descuidos, e os paladares de V. Revmª, lá de quando em quando, aturavam o esturro no arroz, sal de mais na sopa, pimenta de menos no guisado, ou outra coisa assim, lá isso...

— Valha-te não sei que diga. A vida é para ti, homem, que, com oitenta, estás fero e robusto, e levas jeito de assistir ao nascimento do século vinte.

— É para veres de que fêveras eu sou. Se tivesse a tua vida, viveria como Noé. Mas tu estás de palanque e à fresca, e eu aqui estatelado a dar-te trela. Adeus, meu amigo.

— Olha cá, espera, homem. Então nem um cálice do meu bastardo, hein? Olha que é do que tu gostas.

— Prefiro uma garrafa em minha casa.

— Lá franco no pedir és tu! Mas do que ninguém se gaba é de saber o gosto ao teu moscatel.

— Querias talvez que eu te mandasse um presente de vinho?! Era o que me faltava! Presentes de vinho! E a um frade!...

E, dizendo isto, pôs-se a caminho, achando-se, dentro em pouco, a distância já considerável da residência.

De repente, como se lhe ocorresse uma lembrança, cuja comunicação não podia sofrer demoras, voltou de novo atrás, e elevando a voz:

— Ó abade, tu não sabes a história daquele frade franciscano, que...?

— Não sei, não; ora conta lá, João Semana, conta — disse o reitor, debruçando-se no peitoril da janela, e já com aspecto risonho.

— Havia lá no convento — principiou João Semana — uma pintura muito grande, representando a ceia de Cristo; e era esta pintura a que mais atraía as meditações piedosas do tal reverendo, o qual, de olhos fitos naquele quadro, passava horas e horas esquecido de tudo o mais. Outro frade, que tinha notado isto, não pôde ter mão em si que lhe não perguntasse com aquela voz de lamúria de franciscano manhoso: "Em que pensais vós, irmão, quando com tanta atenção olhais para este quadro?" "Nos tormentos que por nós padeceu o Salvador", respondeu-lhe o tal. "E longos foram na verdade!", continuou o primeiro. "Mas por que esta pintura, mais do que as outras, vos traz tão santas ideias? Não tendes na sacristia a do descimento da Cruz e aquela do Senhor preso à coluna?" "É verdade, irmão", diz-lhe então o franciscano com cara de mortificação, "é verdade, mas olhai que não menor tormento era este de ter doze pessoas à mesa e tão pouco de comer em cima dela".

E João Semana, dizendo isto, roçou as esporas pela barriga da égua e partiu, acompanhado de uma grande gargalhada do reitor, que era perdido por as anedotas de João Semana.

— Onde diabo vai este homem buscar estas coisas! — dizia o reitor, chorando de tanto que se ria.

E João Semana ia quase a dobrar a esquina, quando de novo o suspendeu a voz do padre, bradando-lhe:

— Ó João Semana; olha lá.

— Que é? — respondeu o facultativo já com certo mau humor. — Tu queres que eu fique hoje sem jantar?

— É só uma pergunta.

— Dize.

— Não sabes que chegou ontem o Danielzito do Dornas?

— Como não sei? Pois não estive eu já com ele?

— Ah, sim? E então que te parece o homem?

— Que me há de parecer? Bem. — E depois acrescentou: — Bem e mal.

— Como é isso? Bem e mal!

— Sim, o rapaz é talentoso e nas cidades talvez fizesse figura; para aqui não serve.

— Ah! João Semana!... Ciúmes...

— Estás doido? Tomara eu que ele me descarregasse de parte desta tarefa, mas... dize-me lá tu se aquele corpo franzino, aquela pele de mulher pode aturar metade, a quarta parte, a décima parte do que eu tenho aturado.

— Lá isso...

— Está de ver que não. Mas lá talentoso é ele; não há dúvida nenhuma.

E, dizendo isto, sempre conseguiu dobrar a esquina.

O reitor fechou a janela e foi jantar. Sentado à mesa ainda sorria de vez em quando, repetindo a meia voz:

— Doze pessoas à mesa e tão pouco de comer em cima dela! Ora o diacho do homem...

CAPÍTULO XVIII

Enfim, chegou João Semana ao lugar, onde se erguiam os seus solares.

A égua saudou a aparição dos telhados domésticos com as mais melodiosas das suas emissões de voz.

O próprio João Semana não foi insensível à perspectiva, que o dobrar no último cotovelo de uma rua tortuosa lhe patenteou; porque o seu estômago tinha também necessidades, que, como todos os outros, manifestava. Ao aproximar-se, recebeu, porém, uma desagradável impressão.

Avistou encostado à porta da casa o criado de uma freguesa sua, o qual provavelmente vinha requisitar-lhe a assistência e talvez com toda a pressa. Tais estorvos, à hora do jantar, eram da maior impertinência para João Semana. Doente que lhe quisesse fazer a vontade, não devia adoecer a hora tão crítica.

O seu pressentimento saiu verdadeiro. Ainda ele se não desmontara e já o criado, que o esperava, lhe dizia, com grande impaciência do facultativo:

— A Sra. D. Leocádia mandou-me esperar aqui por V. Sa. para lhe pedir o favor de ir, logo que chegasse, a casa dela.

— Quem está lá doente?

— Não sei dizer a V. Sa.

— Pelo costume, é toda a gente. Todos se queixam, pelo menos, quando eu lá vou. E... vamos a saber, e é de pressa?

— Julgo que sim, senhor, visto que me mandaram esperar.

— Isso não tira. Seria para se verem livres de ti, e parece-me que têm razão.

— Ora, isso é graça.

— É graça é, mas... Vamos lá ver o que me quer a Sra. D. Leocádia. A falar a verdade... a esta hora... Valha-me Deus, valha. — E, voltando-se para o criado pequeno, que viera ajudá-lo a desmontar, continuou, suspirando:

— Deixa estar, Miguel, deixa estar. Eu... como assim, não me desmonto. Torno a sair.

Mal acabara de dizer estas palavras, correu-se uma vidraça do andar superior, e a cabeça de uma velha criada, convenientemente armada de largo pente de tartaruga, assomou à janela. Esta aparição foi logo seguida das seguintes palavras, muito açucaradas:

— Ouviu, Sr. João Semana? Não vá, sem primeiro subir.

— Pois que há?

— Tenho que lhe dizer.

— Diga então daí.

— Ora essa! Não é maneira de falar a que diz. Suba, se faz favor, suba primeiro.

— Mas esta senhora que espera?

— É um instante só.

— Valha-a Deus! — disse João Semana, apeando-se e preparando-se para obedecer à criada. Já do portal, voltou-se para o mensageiro do recado, dizendo-lhe: — Espere um bocadinho, que eu vou já.

— Nada, nada — acudiu de cima a criada. — Pode estar fazendo falta às senhoras. É melhor ir, que o Sr. João Semana vai já também.

— Mas... — quis objetar o criado.

— Vá, vá. Basta o tempo que se demorou já aqui, e sem precisão, porque eu cá daria o recado. Diga em casa que o Sr. João está lá num momento.

Isto foi dito com certo tom intimativo, ao qual o criado, habituado a obedecer, não pôde resistir. Partiu.

Logo em seguida, a expedita velha disse, em tom mais baixo, mas não menos imperioso, para o rapaz, que ficou a segurar as rédeas da égua:

— Miguel, avia-te, meu pasmado; mete essa cavalgadura na cavalariça, e anda para cima.

— Mas o patrão...

— Anda, papalvo, faz o que eu te digo.

E Miguel assim o fez.

Quando João Semana entrou na sala, onde era esperado pela criada, e ia a perguntar a notícia prometida, ficou surpreendido, achando a mesa posta e uma enorme malga de sopa, exalando odoríferos e apetitosos vapores.

— Que é isto? Que foi fazer? — disse o velho cirurgião, olhando para a criada, a qual procedia azafamada aos mais preparativos para o jantar. — Então tirou a sopa, e eu tenho de sair ainda.

— Que sair? Que sair? Era o que faltava. Não basta o calor que tem apanhado já? Ande lá, ande lá, que, enquanto não cair deveras doente, não há de escarmentar, já vejo.

— Mas, mulher, não viu o que eu disse àquele criado?

— Deixe lá. Daqui até casa tem ele de parar em mais de quatro tabernas e de se demorar meia hora em cada uma, pelo menos. Verá que há de ainda chegar primeiro do que ele. Vamos, vamos. É jantar.

— Se eu nem mandei desaparelhar a égua!

— Alguém teve esse cuidado. Ande, que o caldo arrefece.

— E aquelas senhoras que têm pressa?

— Ora adeus! Ainda não conhece aquela gente? Fervem em pouca água. Sempre assim foram. Afinal verá que não há de passar duma enxaqueca de D. Leocádia, algum flato da pequena, ou uma indigestão do procurador; e ainda acredita naquilo?

Evidentemente, João Semana ia-se deixando convencer. Aproximara-se pouco a pouco da cadeira, hesitando ainda na aparência, mas no íntimo resolvido já.

Ia enfim a sentar-se, quando a criada o interpelou de novo, exclamando:

— Então que é isso? Assim mesmo como está? Nem muda de fato?

— Para quê?... Não estou com tantos vagares...

— Não, então, se é para comer de afogadilho, mais vale fazer primeiro a visita. Assim nem lhe presta o que come. Eu guardo o jantar então, visto isso.

Joana, era o nome da criada, bem sabia que tal proposta não podia já ser recebida por João Semana, cujo apetite se irritara com as exalações da sopa; foi a razão pela qual ela se mostrou tão pronta em reunir a ação às palavras, retirando da mesa o serviço.

O êxito desta tática foi completo.

João Semana impediu-a, dizendo:

— Deixe ficar, já agora deixe ficar. Também para me vestir não é preciso muito tempo.

E, depois destas palavras, descalçou-se, enfiou os pés em umas chinelas, que tinham sido botas, pôs-se sem cerimônia em mangas de camisa, sentou-se à mesa e rompeu um ataque em forma contra a volumosa e apetrechada tigela, que tinha defronte de si.

A cozinha de João Semana era de um caráter portuguesíssimo, e eu, ainda que me valha a confissão os desagrados de alguma leitora elegante, francamente declaro aqui que, para mim, a cozinha portuguesa é das melhores cozinhas do mundo.

Dou razão nisto a João Semana.

As combinações extravagantes das cozinhas estrangeiras — os galicismos culinários, por exemplo — repugnavam-lhe tanto ao estômago, como aos ouvidos, mais pechosamente sensíveis, dos nossos severos puritanos a outra qualidade de galicismos.

Queria-se ele com a carne bem assada e o arroz do forno, açafroado — esses dois importantes elementos de gozo para os paladares portugueses; queria-se com o prato clássico da orelheira de porco e até com aquele outro prato, tão castiço como qualquer período de Frei Luís de Sousa — prato, que valeu aos portuenses um epíteto gloriosamente burlesco; queria-se com todas estas iguarias, quase desterradas das mesas modernas, de preferência aos manjares exóticos, cuja nomenclatura tem a propriedade de fazer ignorar ao conviva o que lhe dão a comer.

Por isso João Semana, nas raras vezes que vinha ao Porto, era freguês certo das mesas do Rainha, as únicas que mantêm, sem mescla de estrangeirices, as velhas tradições nacionais.

Em Portugal, terra de lhaneza um pouco rude, mas não afetada, o dono da casa não costumava dantes experimentar a imaginação dos seus convidados com enigmas culinários.

Não havia cá a usança de se dar a qualquer pastel ou empada o nome de um general de exército; a qualquer açorda o de um ministro célebre; a qualquer doce balofo e insípido o de um poeta da moda.

Este costume, graças ao qual parece que os modernos Vatéis misturam às vezes aos ingredientes dos seus tachos e caçarolas um pouco do sal da sátira, era desconhecido entre nós.

Menos espirituosa, porém mais filosófica do que a nomenclatura culinária da moda, a nossa, a tradicional, realizava o *desideratum* a que todas as nomenclaturas aspiram — o de valerem por definições.

Se um conviva tinha a curiosidade de perguntar ao seu anfitrião o que continha este ou aquele prato, uma só resposta o satisfazia: era um frango guisado, um peru recheado, uma língua de vaca afogada... coisas que toda a gente entendia logo. Hoje, a primeira resposta é um nome francês, bárbaro, absurdo, que, contra as promessas da gramática, não dá a conhecer a coisa, nem as suas propriedades; por isso uma segunda pergunta é inevitável; a não querer cada qual resignar-se a comer o que não sabe o que é — tormento insuportável.

Hoje, época de programas, inventaram-se os programas dos jantares, à imitação dos dos concertos, dos deputados e dos ministros. Com oito dias de antecipação publica-se o elenco de um banquete, para que cada qual procure decifrar o que vai comer, e estude a maneira por que se come.

João Semana é que nisto, como em tudo o mais, não queria saber de modas.

E senão vejam-no desta vez esgotar a tigela avolumada de substancial caldo de abóbora, aviar a formidável posta de carne cozida, com presunto, acompanhando-a com o indispensável arroz, salada de alface e azeitonas; atacar, com igual denodo, uma porção de rosbife, não revendo sangue sob a faca, à moda inglesa, mas portuguesmente assado, e como estou convencido assavam os seus carneiros aqueles heróis da *Ilíada*; tudo isto acompanhado de excelente vinho palhete, o qual ele ingeria aos copos de meio quartilho; em seguida uma carregação de pêras de amorim, sem conta, peso, nem medida...

Durante o jantar não estivera calado João Semana.

Cada prato suscitara-lhe uma reflexão crítica, um discurso laudatório, ou uma anedota que fazia rebentar de riso a Sra. Joana.

Ao descobrir o prato de carne assada, exclamou João Semana, em tom de satisfação manifesta:

— Que tentação me desperta este terceiro inimigo da alma!

A criada riu-se, mas observou:

— Não diga isso; Santo Antônio!

— O quê? Então você não sabe o que disse aquele frade, quando estavam a jantar? Nos conventos era costume, enquanto se comia... — Ó Joana, deixe-me ver esse limão — ocupar-se algum frade com leituras devotas. — E vá-me deitando aí mais vinho. — Um dia, a comunidade escutava de um desses reverendos... — O diabo desta faca não corta nada... — um sermão sobre os perigos aos quais os viventes andam sujeitos neste vale de lágrimas. — Olhe, chegue para aqui essas azeitonas. — Vede, irmãos, dizia o tal frade... — Este ano as batatas não foram grande coisa — ... vede como é difícil fugirmos às tentações dos três grandes inimigos da alma. — Ó Joana, o padeiro está servindo mal; não tem senão côdea o pão. — O mundo e seus encantos perigosos; o diabo e seus poderes maléficos e a carne, ai, meus irmãos... e a carne e suas tentações mágicas. Chegando a este ponto, o frade pousa o livro, suspira, estende o prato ao seu vizinho fronteiro, dizendo: "Tão fortes são que nem lhe resisto eu, pobre pecador; uma posta desse terceiro inimigo, que tão bem assado está".

Gargalhada da criada e vitória formal de João Semana sobre o inimigo em questão.

À sobremesa o mesmo sistema. A pêra de amorim atraiu um elogio do facultativo e mereceu as honras de um caso.

— Excelente fruta! — disse João Semana, ao comer a duodécima. — Tinha razão aquele frade que do púlpito dizia: "Ó meus amados ouvintes, que miserável é a condição humana! Vede como a desgraça do mundo veio de uma má tentação! Eva perdeu-nos por uma maçã! Se ao menos fosse por uma pêra, meus fiéis ouvintes, ainda se poderia desculpar, mas por uma maçã!".

— Ora! Essa é sua, Sr. João Semana — disse Joana rindo. — O frade havia de dizer semelhante coisa! Pois olhe, aqui está quem se perderia mais depressa por a maçã — acrescentou ela, pouco depois e preparando o café.

— Bem! — disse João Semana, ao concluir a sua refeição. — Estou como um abade! O pior é ter agora de sair para ir visitar a Sra. D. Leocádia.

— Sair, já! Isso tem tempo — acudiu a criada.

— Como? Pois ainda havia de as fazer esperar mais?

— Descanse ao menos um bocado. Está costumado a passar pelo sono, e, se o não faz, fica doente para todo o dia.

— Que remédio senão ter paciência!

— É um bocadito mais.

— Nada, nada, não pode ser. Vou sair já — insistiu João Semana, procurando porém uma posição mais cômoda, com grave risco da resolução que exprimia. Joana percebeu este movimento e previu o que sucederia, se conseguisse entreter o amo cinco minutos mais. Não hesitou:

— Ainda se fosse para outra parte, não digo que não; mas para casa da D. Leocádia?... Eu já sei o que querem dizer aquelas pressas. A D. Leocádia esta manhã, provavelmente, abriu a boca três vezes ou espirou duas, e por isso imagina já que está a morrer. Louvado seja Deus, nunca vi quem tenha mais medo de adoecer! Uma coisa assim! Não é senhora de meter um bocado de pão na boca, sem perguntar ao cirurgião se lhe poderá fazer mal. Pois não se lembra daquela vez que o mandou chamar, porque tinha deixado de noite, por esquecimento, uma açucena no quarto, e pela manhã julgou que estava envenenada?

— É verdade — dizia João Semana, fechando os olhos e bocejando. — Não era açucena, era uma bela... ah! ah! ah! ai... — isto foi um bocejo que o interrompeu, e com voz já mal percebida concluiu depois: — era uma beladona.

— Ou isso.

Joana espiando, como médico atento, estes sintomas, prosseguiu:

— Esta gente parece de vidro. A filozinha da pequena é outra que tal. É uma pena, que qualquer ventinho leva. E dizem bonita aquilo! Lá na minha terra chamava-se bonito a quem era sadio e de boas cores.

— Você está agora como... aquele... frade que... — tentou dizer João Semana, mas não concluiu. Tomou-o sono profundo, denunciado, dentro em pouco tempo, por um ruidoso ressonar. Joana, escutando-o, aproximou-se nos bicos dos pés, examinou-lhe os olhos, e vendo-os cerrados, sorriu, dizendo a meia voz:

— Sempre caiu! Agora tem para uma hora pelo menos.

E, fechando as janelas, deixou o amo ressonando na mesma cadeira de braços em que adormecera.

CAPÍTULO XIX

Quando a Sra. Joana chegou à sala imediata, achou-se na presença de uma visita inesperada. Era Daniel que, de braços abertos, caminhou para ela, chamando-lhe "a sua boa Joana".

Por muito tempo fora Daniel o querido da velha criada do cirurgião, a qual não se cansava de apregoar por toda a parte que não havia aí menina de rosto mais galante e modos mais bonitos, do que o filho mais novo do José das Dornas. Quando a idade veio imprimir cunho mais varonil àquela beleza, Joana, como mulher que era afinal, não foi insensível à perfeição do tipo masculino, que tantas atenções tinha já merecido ao seu afeiçoado, durante a sua vida de cidade.

Ultimamente porém, um pequeno azedume de má vontade viera misturar-se à simpatia da boa mulher. Em Daniel via um futuro rival de João Semana e a dedicação fanática, que votara ao amo, não a deixava encarar desassombrada a probabilidade dessa luta e, sem algum despeito, o novo atleta, que aparecia na arena, de encontro ao velho colosso.

Joana bem se fingia tranquila, dizendo às suas conhecidas e comadres que, enquanto João Semana fosse vivo, ninguém havia de poder fazer-lhe sombra; mas, lá no fundo, não estava satisfeita.

Ainda assim — tal é o poder das antigas afeições —, ao ver Daniel vir para ela tão abertamente amável, esqueceram-lhe todas as más prevenções, que contra ele tinha, e recebeu-o nos braços com expansão igual.

— Jesus! Que mocetão! Ora quem há de dizer que é este o menino, a quem eu dava biscoitos e que trepava, como um gato, pela pereira do quintal acima?! E então como gostava daquelas pêras ainda rijas, que nem pedras! Sempre o tempo corre! Eu benzo-me!

— E quando o seu patrão tinha uns quatro pêssegos muito grandes, que destinava para o vigário da vara e eu lhos furtei, inventando depois nós ambos uma história muito comprida de ratoneiros, a qual não deu pouco que fazer ao regedor?

— Sempre foi uma, essa! E o vigário foi quem mais se zangou com a graça. E daquela vez que o menino entornou o tinteiro por cima do livro dos assentos do Sr. João Semana?

— Ai, é verdade. Por sinal que você depois disse-lhe que foi o gato.

— E, coitado, foi ele o que pagou. Levou uma sova mestra! O pobre bichano não podia adivinhar por quê.

— É provável que ele não perdesse muito tempo a investigar a razão do fato. Foi bem mais razoável, fugindo.

— O menino era um traquinas! Era uma coisa por maior.

— Há de lembrar-me sempre com saudades, Joana, de quando se cozia o pão cá em casa e eu vinha, ao sair da aula, buscar o bolo, que você me guardava no forno. Lembra-se?

— Ora, como se fosse hoje. E daquela tarde em que o menino foi beber água fria logo por cima? Ai, nem quero que me lembre! Sempre teve uma cólica! O meu amo parecia que me matava.

— Que bons tempos esses, Joana!

— Se eram! Agora já o menino não quer da nossa fruta, nem do nosso bolo. Quem sabe se no-lo comerá por outra forma?

— Como?!

— Recebendo algumas das medidas e avenças que, até agora, eram só do Sr. João Semana — disse a criada, com ciúme renascente.

— Está doida, Joana? Nem seu amo tem receios de que eu lhe faça mal, nem eu vontade de lho fazer. Graças a Deus, eu não preciso para comer de andar a furtar o pão daquele que tantas vezes e de tão boa vontade mo oferecia. Para o ajudar, isso sim, estou pronto, que não é pouco pesada a cruz que ele traz.

— Não é, não, menino! — exclamou, já sensibilizada e reconciliada de todo com Daniel, a velha criada. E suspirando, continuou: — Aquilo é um negro de trabalho. Ai, se ele faltasse, o que seria dos pobres! Eu bem sei que o menino há de fazer o que puder, que tem bom coração; isso tem; mas quem lhe deu as forças dele? Aquele corpo é de ferro. Não faz idéia. Desde pela manhã, até à noite, não tem aquele pobre de Cristo um momento de sossego.

— Ele está cá?

— Está agora a passar pelo sono. E mais tinha um recado com pressa. Foi preciso eu usar de malícia para o fazer descansar. É que esta gente não atende a nada.

— Pois, Joana, eu vinha para agradecer-lhe a visita que ele me fez, mas deixe-o dormir.

— Ele há de gostar de o ver; que olhe que é muito seu amigo, Danielzinho. Ele tem aqueles modos assim secos, mas... Inda ontem aqui esteve a dizer que o menino há de vir a ser coisa grande.

— Não, agora já não cresço mais.

— Ora! Bem sabe o que eu quero dizer. Está a rir.

— Eu lhe digo, Joana. Eu que vim meter-me nesta terra, é porque tenho ambições. Lá isso tenho. A si, digo-lhe baixinho, o meu grande desejo é vir a ser...

— O quê? — perguntou Joana, com curiosidade feminina.

— Nada menos que regedor cá na aldeia.

— Ora... fala sério?

— Pois isso é coisa lá com que se brinque?

— Então para que quer ser regedor?

— E não é uma posição tão bonita?

— Não digo que não. Pois olhe, com o tempo isso não será difícil. O Sr. João Semana já esteve para o ser; ele é que não quis. Mas o que é, é que o menino está aqui está casado.

— Por que diz isso?

— Ora! O pai há de arranjar-lhe noiva rica.

— E então há por cá muito desse gênero?

— Se há? Boa! Olhe; aí tem a filha do morgado da Cova do Frade, que é uma moça bonita.

— Ai, muito bonita! Parece mesmo uma dália vermelha.

— Que está a dizer? É uma rapariga escarolada e sadia.

— Lá escarolada será; e então tem muito dinheiro?

— Para cima de vinte mil cruzados.

— Ih! Que dinheirão!

— Então acha pouco?

— Está claro. Mulher com menos de quarenta contos, Joana, não me serve.

— Quarenta contos! Quanto é quarenta contos?

— São cem mil cruzados.

— Credo! O que aí vai! Então não casa decerto, também lhe digo.

— Se a não encontrar cá, trago mulher da cidade. Olhe que são mais bonitas. Uma senhora, que saiba tocar piano, que saiba cantar, que ande à moda.

— Sume-te! Sempre as tais modas! É no que eles pensam. Ora que graça acham àquelas coisas?

— Você não sabe o que diz, Joana. Inda hei de vê-la andar à moda, a si também.

— A mim?

— A si, sim, minha senhora, e então por que não?

— Alguma estará nesse dia para suceder.

— Mas olhe cá, Joana, e quando você me vir passear de braço dado com a minha senhora, ela com vestido de seda a arrastar pelo chão...

— Isso! Olhe que há de ficar em bom estado. Passeie pelo tojo e verá.

— Um pé muito pequenino; eu gosto dos pés muito pequeninos, Joana.

— Também muito pequenos demais não servem para andar. Quer-se em termos.

— Nada; quero-os muito pequeninos; e depois uma vozinha que mal se perceba.

— Ora essa! Então não se há de ouvir o que ela diz?

— Vocês cá não têm nada disso.

— Isso não. O pé mais pequeno que eu conheço... é o da filha do Mateus que teve, salvo seja, um raminho em criança e ficou aleijadinha..., e agora voz que se não perceba... olhe, tem a ti'Ana do regedor que, desde que lhe caiu aquela constipação no peito, ninguém lhe entende palavra.

Neste ponto do diálogo, entrou o Miguel, rapaz do serviço da casa, com um bilhete na mão.

— Sra. Joana — disse ele —, vieram entregar este bilhete para o patrão.

— Temos mais alguma impertinência. Está bem; deixa ficar.

— É que esperam pela resposta, Sra. Joana.

— Pois que esperem, Sr. Miguel. O patrão está a dormir, e eu não o vou agora acordar por causa disso. De mando de quem vem?

— Diz que das do Meadas.

— Ai, então é a pedir por algum pobre. Não fazem outra coisa as raparigas. Têm vagar. Destas fortunas é que nos aparecem. Mas a carta não vem fechada... Ó menino, então leia-a.

— Porém... — ia a observar Daniel.

— Não tem dúvida, pode ler. Isto não é de segredo.

Obedecendo às instâncias de Joana, Daniel abriu a carta e leu:

"Meu bom Sr. João Semana:"

— Isso! — anotou a criada. — Façam-lhe a boca doce.
Daniel continuou lendo:

"O nosso pobre doente está mal, muito mal. Corta o coração vê-lo padecer assim. Se não for possível salvá-lo, ao menos que se não veja desamparado ao morrer. É tão compadecido o seu coração, Sr. João Semana, abre-se tão depressa à caridade, que me atrevo a pedir-lhe que venha ver este desgraçado. A consciência lho pagará.

Da sua respeitosa amiga,

Margarida"

— Bonitas palavras! — disse Joana. — Não tem dúvida nenhuma; o pior é que se não aduba o caldo com elas.

— De quem é esta carta? — perguntou Daniel. — Eu já ouvi este nome de...

— Olhem quem o pergunta! Pois de quem é ela, homem de Deus, senão da irmã de sua cunhada, da que há de ser?

— Ah! Bem me parecia. Mas... da irmã! E ela escreve assim? — continuou Daniel, admirado da boa ortografia e singeleza de frase da carta, que tinha ainda na mão, e para a qual tornou a olhar.

— Pois que julga que é essa rapariga? Bem digo eu, que o menino já se esqueceu de todo da sua terra. Então saiba que não há aí quem se ponha ao lado da Margarida, em falar e escrever. Esse homem, por quem elas pedem... — e, interrompendo-se: — É verdade, ó Miguel — disse para o criado —, vai dizer que ficou entregue, anda.

Depois de o Miguel se retirar, Joana continuou:

— Esse homem, por quem pedem, foi mestre delas. Pelos modos era pessoa que teve de seu; mas hoje está quase a pedir. Para aí veio, e aí tem vivido. As raparigas do Meadas, que são dois corações de anjos — lá isso são —, têm-no socorrido sempre. Coitadas! Não, eu devo dizer o que é verdade, o seu Pedro leva uma mulher como se quer; mas olhe que quem levar a Margarida não vai mais mal servido. Este pobre homem tem-lhe ensinado, em paga, a ler e a escrever, que é um primor, segundo dizem. A Margarida, principalmente; porque, pelos modos, a Clarita tem menos paciência. Mas a Margarida?... Até cá o Sr. João Semana o diz, pode-se ouvir. Agora até ela dá lição em casa. Não sabia? Pois dá. Ora, o tal pobre de Cristo está a morrer, e, segundo diz o patrão, não deita o mês fora. As raparigas então, credo! Isso é um cuidado por aí além, nem que fossem filhas. Mas o que eu não sei é se o Sr. João lá irá hoje. Fica-lhe tão longe do seu giro!

— Mas há de deixar o homem assim?

— Então? Cada um faz aquilo que pode, que a mais não é obrigado. Olhe... sabe o que me lembra? Por que não vai o menino lá? Não diz que quer ajudar o Sr. João Semana? Pois aí tem.

— Para você me ficar depois com zanga.

— Credo! Zanga não; eu só dizia que... Demais, isso não lhe rende cinco réis. Bem vê o que ela diz: a consciência é que paga. Ora eu bem sei que as pequenas quiseram pagar, quiseram; cá o patrão é que não deixou. Não sei se fez bem, porque afinal... elas têm por onde paguem. Mas vá, vá. Além de que...

— Eu por mim vou; não me custa; mas se o seu amo se ofende?

— Não; não ofende; amanhã ele irá. Demais, as raparigas são agora quase da família do menino; é natural que o procurem primeiro.

— Pois então nem espero que ele acorde. Você diz-lhe...

— Sim, sim; não tenha dúvida; eu cá lhe digo.

E, chamando outra vez Daniel, que ia a retirar-se, continuou:

— E então, olhe. Também pode fazer-nos ainda outro favor. Eu tenho, desde esta manhã, um recado para o Sr. João Semana ir a casa do João da Esquina, lá do seu vizinho da tenda. Não lho dei, porque enfim... hoje ficava-lhe bastante longe, e, aqui para nós, não andam muito em dia as contas com o tendeiro; como ao menino lhe fica perto de casa, se não lhe custasse, ia por lá.

— Também irei, o ponto está que o homem me queira.

— Se não quiser que mande fazer um de encomenda. Era o que faltava! Já vê que eu não tenho nenhuma má vontade contra o menino; até lhe dou freguesia.

Daniel agradeceu os dois fregueses, que a velha Joana lhe cedera, com poucos auspícios de lucros, e saiu sem esperar que o seu velho colega acordasse.

A pressa com que Daniel saiu, e a facilidade em aceder à proposta de Joana, tinham um motivo. E aí estamos nós, para o explicar, a referimo-nos outra vez ao caráter do nosso herói.

A carta de Margarida falara-lhe à imaginação. Achou-a tão singular, na sua simplicidade, por ser escrita por uma rapariga da aldeia, que não pôde eximir-se de fantasiar um tipo de romance, o qual logo suspirou por conhecer.

Segundo as instruções de Joana, Daniel pôde, dentro de um quarto de hora, achar-se à cabeceira do enfermo, para quem se pedira o socorro de João Semana.

Mas, contrariamente ao que esperava, foi Clara e não Margarida quem ele encontrou ali.

CAPÍTULO XX

Ao princípio, a substituição desagradou a Daniel, por lhe dissipar umas vagas fantasias, com que tinha vindo; mas Clara não era mulher junto de quem se pudesse sentir por muito tempo a falta de outra.

Daniel, passados alguns minutos, achava-se conformado.

Clara recebeu com um gracejo o novo clínico.

— Olhem quem nos vem! Bem dizia eu ontem; dentro em pouco, ninguém quer já saber do João Semana.

— Devo lembrar-lhe, Clarinha, que é à força quase que eu venho aqui, porque não houve quem tivesse a ideia de me mandar chamar — replicou Daniel, sorrindo. — Não lhe disse eu que as raparigas seriam fiéis ao João Semana? Veja: nem a Clarinha nem a mana se lembraram de mim, sendo eu da família quase.

— Bem vê que pouco se lhe podia prometer — respondeu Clara, lançando para a humilde mobília do quarto um olhar expressivo.

— Nem a recompensa da consciência, que sua irmã prometia a João Semana?

— Com franqueza lho digo: eu por mim tinha-me lembrado de o chamar, tinha; mas a Guida é que não quis.

— E por que não quis sua irmã?

— Eu sei lá? Eu já não estou costumada a perguntar a razão por que ela diz isto ou aquilo. Para quê? Afinal de contas, não sei fazê-la mudar de tenção.

— Então é assim teimosa?

— Teimosa? Não, credo; mas é que depois de falar com ela... não sei como isto é... eu sou que mudo sempre. Mas, já que veio, entre; aqui tem o nosso doente.

E, dando ao gesto a expressão da desesperança, acrescentou, baixando a voz e suspirando:

— Isto!... Coitado...

O doente era o velho, que já conhecemos, agora de todo prostrado por uma caquexia, infalivelmente mortal.

Realizara-se o seu pressentimento. Vida... só lhe restava para agradecer com o olhar, mais já do que com palavras, os cuidados quase filiais, de que as duas raparigas o rodeavam.

A idade e os padecimentos morais deste homem haviam-se tornado elementos, quase invencíveis, do mal que lentamente lhe minara as forças.

O único alívio, no seu leito de dor, era a vista das duas irmãs. Faziam-lhe bem os sorrisos de Clara, e as lágrimas de Margarida — duas expressões diversas de uma mesma simpatia.

Daniel aproximou-se do leito do enfermo; do outro lado ficava-lhe Clara.

A luz era escassa na alcova. As feições de Clara tinham tomado uma expressão de melancolia, a qual aquelas sombras pareciam aumentar.

Junto à cabeceira de um enfermo é onde mais pronta e naturalmente se estabelece entre duas pessoas um trato familiar.

A etiqueta e as reservas do costume sentem-se mal colocadas e intempestivas ali.

Se é sincera a compaixão por o que padece, perde-se a frieza necessária à estrita observância das insignificantes convenções sociais. Não são possíveis as afetações nem os constrangimentos, quando a mesma generosa simpatia domina o pulsar de dois corações.

Por isso entre Daniel, como médico, e Clara, como enfermeira, cresceu rapidamente certa familiaridade, a qual não pouco concorreu para fazer demorado o exame do doente, cuja moléstia era de uma evidência e de uma fatalidade de êxito, que deviam facilitar a tarefa do seu estudo.

Depois... nunca é tão cheia de atrativos a mulher, como ao velar solícita por o doente que estima. Às mais levianas revela-se-lhes então a grandeza e sublimidade da sua missão na terra. O coração, que as vaidades podiam trazer abafado, estremece e acorda ao primeiro grito de dor; o instinto feminino revive com toda a sua espontaneidade de abnegação; dá-lhes à voz inflexões de ternura, ao olhar requebros de meiguice, e aquela deliciosa fraqueza de ânimo, que nos pedia proteção e amparo, transforma-se em coragem heroica, diante da qual nós, os que nos supúnhamos fortes, cedemos subjugados.

Um momento destes, na vida da mulher, absolve-a de todos os pequenos defeitos, que temos por costume censurar nela.

Quando o império do amor e da piedade deve reger a vida, aceita então ela de nós, com sorrisos de brandura, o cetro de soberana.

E nessas ocasiões bem conhece que o prestígio, que exerce, é absoluto; perde então a timidez habitual e olha-nos desassombrada.

Sucedia isto com Clara. Achava-se à vontade ali; fitava, sem constrangimento, os expressivos olhos negros no rosto de Daniel, como se para nele espiar o passar das ideias, que o exame do doente lhe fosse sugerindo.

Se ela soubesse que, enquanto o fitava assim, mal na doença o deixava pensar!

O enleado agora era Daniel. Com os olhos no rosto cadavérico do enfermo, comprimindo-lhe ainda o pulso abatido e descarnado, quase nem tinha consciência do que fazia.

Sem olhar, sentia que a vista de Clara se fixava nele — porque há fenômenos assim — e sentindo-o — desgraçada natureza a sua! — em vez do médico impassível e atento, que devera ser, já não era senão o estudante de vinte anos, com toda a sua ardente imaginação.

Enfim terminou aquele exame longo, mas distraído, e depois de algumas perguntas feitas ao doente, Daniel voltou à sala para receitar.

Clara acompanhou-o e encostou-se familiarmente às costas da cadeira, na qual Daniel se sentara.

Era o bastante para tirar a este toda a tranquilidade.

A seu pesar, a mão tremia-lhe ao escrever.

Clara pôs-se a rir.

— De que se ri? — perguntou Daniel, voltando-se.

— Está-me a lembrar, ao ver tremer-lhe a mão assim, que o João Semana costuma dizer, quando assina uma receita, que assina uma sentença de morte.

Daniel sorriu também, ou simulou sorrir.

— Isto é nervoso — disse ele, levantando-se.

— Nervoso? Então também é nervoso! Eu cuidei que isso era só das senhoras da cidade.

— Enganava-se.

— Então que é ser nervoso?

— É... por exemplo, não ter firmeza na mão ao escrever, quando nos seguem os movimentos uns olhos... assim como os seus, Clarinha.

— Ah! Deve ser então bem má doença, que obriga os outros a andarem com os olhos fechados — redarguiu Clara, com certo tom de zombaria.

Daniel ia a replicar, quando um gemido do enfermo chamou Clara à alcova.

Enfim, passados alguns segundos, Daniel muito a custo preparava-se para sair.

Clara voltou, trazendo-lhe água para as mãos — ato naturalíssimo e sem significação —; porém Daniel era destes homens, para quem quase não há atos sem significação.

Lavando-se, e enquanto Clara lhe sustentava a bacia, aventurou um olhar para a gentil rapariga, a qual o recebeu com firmeza.

Como este olhar se prolongasse, Clara disse, com um sorriso de ironia, aparente através do gesto de ingenuidade, de que o acompanhou:

— Está tão distraído, a pensar... no seu doente talvez, que nem repara que se está a lavar em seco.

Daniel baixou os olhos e abreviou a operação.

Quando ia a retirar-se, ouviu Clara que lhe dizia gracejando:

— Quanto se lhe deve pela visita, Sr. Doutor?

A esta pergunta, esteve iminente a sair da boca de Daniel um galanteio, que ele susteve a tempo, por não sei que pressentimento, que lhe dizia que esse jogo podia ter seus perigos. Limitou-se pois a responder:

— Deve-se-me um pouco de afeição pela boa vontade, quando por mais não seja.

— Já vejo que é fácil de contentar.

— Acha então de pouco valor a afeição?

— Como não pede muita...

— É que receio que já não tenha muita para dar.

— Tão pobre me faz disso?

— Pois não dispôs já da melhor?

— A afeição de que dispus, não lhe podia servir.

— Acha?

Esta pergunta, ou mais do que ela, a inflexão de voz com que foi dita, o olhar de que foi acompanhada, era imprudente.

Clara desviou a vista diante desse olhar de Daniel.

— Ouça — disse ela, mais séria já do que até ali. — A gente tem sempre no coração duas afeições diferentes, penso eu; uma, que se dá toda a uma pessoa, e julgo que uma vez só na vida; outra, que se dá às porções, mais a uns, menos a outros, mas que nunca se acaba. Para querer a este pobre velho, que ali está dentro — e quero-lhe deveras — nada tive de tirar à afeição grande, que tinha a Margarida. Conte por isso que ainda tenho afeição — *dessa* — para lhe dar. A Guida não terá que sofrer com isso... nem os outros.

Havia uma delicada correção nestas palavras de Clara, que produziu efeito no ânimo de Daniel. Inclinou-se, e com não constrangido sorriso, replicou, estendendo-lhe a mão:

— Agradecido, Clarinha. Essa mesma é a que me deve; pois não seremos dentro em pouco tempo irmãos?

Clara, já outra vez risonha, correspondeu ao cumprimento do irmão do seu noivo, sem a menor reserva desfavorável.

E separaram-se.

— Que diabo de homem sou eu? — dizia Daniel consigo. — Pois não ia principiando a apaixonar-me por a mulher de meu irmão? Quando terei eu força para me vencer nestas coisas? Mas é que tem uns olhos esta rapariga, e umas maneiras!...

E, sob o domínio destas novas impressões, a impressão que da carta de Margarida havia recebido, desvanecera-se de todo.

Não era porém esta a única mudança que se tinha de operar nele, aquele dia.

CAPÍTULO XXI

Cumprindo a promessa, que tinha feito a Joana, foi o novo clínico fazer a sua segunda visita.

O leitor deve estar lembrado de que o doente era o nosso já conhecido João da Esquina, ou, pelo menos, alguém da sua respeitável família.

Ao apresentar-se, em lugar de João Semana, Daniel foi recebido com uma visagem, pouco lisonjeira, do dono da casa, impressionado ainda talvez com as revolucionárias, e em nada tranquilizadoras, opiniões médicas, que conhecia no seu vizinho.

— Então como é isto? É o senhor que vem?... — dizia o homem, meio desconfiado, e como hesitando em entregar-se aos cuidados da medicina nova.

— É verdade; sou eu — respondeu Daniel. — O João Semana não podia hoje vir para estes sítios e, como me lembrou que talvez fosse de pressa a doença...

Um sorriso encrespou os lábios do tendeiro.

— A doença?! Ah!... Então nós sempre temos doenças?! — perguntou o Sr. João da Esquina, com certo ar de finura triunfante.

— Pois que dúvida? — disse Daniel muito longe de suspeitar o sentido oculto da interrogação. — Não mandou chamar um médico? É provável que não seja para o consultar sobre alguma demanda.

João da Esquina meneava a cabeça com ar de satisfação.

— Portanto segue-se que temos doenças? Bem, bem.

— Mal, mal — emendou Daniel, sorrindo.

— Eu cá me entendo. Afinal há de vir para o bom caminho, e no mais também; se Deus quiser.

— No mais? — repetia Daniel, sem entender o anfiguri.

— No mais, sim, no mais. Ora diga-me — continuou ele, tomando Daniel de parte e falando-lhe quase ao ouvido —, parece-lhe que eu sou algum macaco?

O filho de José das Dornas olhou espantado para o seu interlocutor, e principiou a suspeitar que a moléstia, que exigia os cuidados do médico, era desarranjo intelectual.

— Macaco? O Sr. João da Esquina macaco?! Essa agora! Como quer que eu suponha tal absurdo?

— Absurdo?! — exclamou jubiloso o merceeiro. — É o que eu digo. Assim, assim é que eu gosto de os ver.

— Esquisita monomania! — comentava para si Daniel.

João da Esquina continuou no mesmo tom, meio irônico, meio confidencial:

— E acha que me ficaria muito bem, se me pusesse a andar por aí com as mãos pelo chão?

Daniel, muito fora, naquele momento, das razões que motivavam estas perguntas, achava-as tão extravagantes, que sentia agravarem-se-lhe cada vez mais as apreensões, relativamente ao estado intelectual do tendeiro.

— Decerto que não seria exemplo muito para tentar — respondeu Daniel, não podendo outra vez disfarçar um sorriso.

— Ah! Então parece-lhe isso?

— Acaso as íntimas convicções do Sr. João da Esquina repelirão esta maneira de pensar?

— O senhor é que parece ter mudado de ideias.

Lembrou-se então Daniel de que talvez tivesse alguma vez pronunciado, diante de indiscretos, uma ou outra frase, menos favorável em relação a João da Esquina, a qual, tendo-lhe sido transmitida, desse por tal forma motivo a esta desconfiança.

— Estou supondo que o Sr. João da Esquina tem não sei que prevenção contra mim. Pode ser que lhe viessem referir algumas palavras minhas, as quais julgue ofensivas à sua dignidade; mas creia que são menos verdadeiras. As coisas alteram-se sempre ao passar de boca em boca.

— Então dá o dito por não dito?

— Tudo o que lhe for injurioso, creia que o não disse eu — respondeu Daniel.

O tendeiro, mais tranquilo a respeito do novo médico, o qual ele via assim abjurar solenemente as suas teorias subversivas do estado regular das coisas na sociedade e no mundo, não duvidou encetar os estiradíssimos capítulos da sua longa história mórbida.

Pouparei ao leitor o ouvi-los. Imaginem uma interminável exposição de todos os incômodos sentidos há vinte anos, e cortada de variados episódios, alheios ao assunto principal ou mantendo com ele laços imaginários.

A propósito da moléstia, veio, por exemplo, a campo a história minuciosa de uma demanda sobre uma pensão de duas frangas, o relatório das despesas feitas com os melhoramentos em uma propriedade sua, e as desavenças entre ele, tesoureiro da confraria do Sacramento, e o secretário da mesma.

Daniel escutava-o distraído.

No fim, fundando-se em uma ou outra circunstância, que lhe ficara de todo o arrazoado, fez o diagnóstico, e formulou alguns preceitos médicos, mencionando, entre outros medicamentos que aconselhou, as preparações de arsênico.

Lembrança imprudente!

À palavra *arsênico*, João da Esquina estremeceu e de novo se lhe assombrou o olhar de desconfiança.

A quarta das opiniões teóricas de Daniel, as quais lhe tinham sido referidas por José das Dornas, aparecia-lhe agora de novo, com toda a sua aparência sinistra e homicida.

— Arsênico! — exclamou ele com voz quase rouca de susto e de indignação. — O senhor quer que eu tome arsênico?!

— Que dúvida? — respondeu Daniel. — É um medicamento heroico, prodigioso em muitos casos.

— Eu tenho conhecido os prodígios que ele obra. Vale por dois gatos!

— Ora adeus! A questão está na maneira de o tomar.

— Arsênico! Mas que ideias! Esta não esperava eu! Arsênico!

— Está enganado. O arsênico até...

— Até engorda também, não é verdade? — perguntou o tendeiro, com amarga ironia na voz.

— E ainda que lhe pareça que não...

— Para o senhor vale tanto como o toicinho. Eu já cá sabia.

— Mas ouça. Olhe... na Áustria... na Áustria os cavalos de boa raça recebem sempre na aveia uma porção de arsênico, o qual lhes dá um aspecto luzente, elegante, vigoroso e inexcedível.

O exemplo beliscou o amor-próprio do Sr. João da Esquina, que redarguiu com despeito:

— Muito obrigado pela notícia. Isso talvez anime a gente da Áustria ou certos doutores que eu conheço, e que pensam que um homem é como qualquer animalejo dos tais, e que pode andar a quatro como eles também. Eu por mim...

— Mas aí tem outro exemplo — continuou Daniel. — Em certas partes da Alemanha há povoações inteiras, nas quais o arsênico é comido com um prazer excessivo.

— Pois que se regalem.

— Mas olhe que é fato. São verdadeiros toxicófagos esses povos.

— Eu logo vi que haviam de ser assim uma coisa; homens é que...

— E então as pessoas novas e, ainda mais, as raparigas são as que usam dele com avidez, e o que é certo é que conservam assim um ar de mocidade, uma frescura, uma nutrição e uma força que, segundo a frase dos autores, parece que lhes permite voar.

— Para o outro mundo?

— Não, senhor. É verdade isto que eu lhe digo.

— Eu já sei, eu já sei que, para o senhor, pão e arsênico deve ser tudo a mesma coisa. Mas eu por mim...

— Porém sossegue, eu não quero obrigar o meu amigo a jantar arsênico, aplico-lho apenas como medicamento e com as devidas precauções...

— Escusa de se dar a esse trabalho. Disso o dispenso eu. É coisa que me não há de entrar na boca. Arsênico! Que tal está!

— Mas esse receio é indigno de um homem de coragem; permita-me que lhe diga.

Neste tempo tinha entrado na loja, onde se passara o diálogo, a cara-metade do Sr. João da Esquina, a Sra. Teresa de Jesus, gorda e rubicunda matrona, que saudou Daniel com sorrisos amáveis, e disse para o marido, com a voz mais melodiosa deste mundo:

— Toma arsênico, menino, toma. E por que não hás de tomar arsênico?

O Sr. João da Esquina fitou na mulher um olhar sombrio.

Dir-se-ia que estava vendo nela uma nova Clitemnestra, de conjugicida memória.

— Toma-o tu, se gostas — foi a resposta que lhe deu, em tom de voz cheio de amargas exprobações.

— É que me não será preciso a mim — redarguiu a senhora, suspirando.

Este suspiro foi o prelúdio da história dos seus complicados males.

A crônica não foi menos longa, nem menos fértil em episódios, do que a do marido. Os nervos, já se sabe, representavam um papel importantíssimo na série de catástrofes, que a organização da Sra. Teresa vira cair sobre si durante os quarenta e nove anos da sua existência.

Daniel foi miraculoso de paciência na atenção que lhe deu; e sublime de sisudez e compostura nos conselhos que, em seguida, recomendou.

O pobre rapaz olhava com saudades para a porta da rua, sem ver probabilidades de a transpor tão cedo.

Enfim, quando julgava haver terminado a sua missão, e tomava jeitos de retirar-se, as seguintes palavras da Sra. Teresa vieram apertar-lhe o coração:

— Mas não é tanto por nós que mandamos chamar facultativo. A doença principal da casa é outra. Aos nossos achaques já nos vamos costumando. Foi por causa da pequena. Quer ter o incômodo de subir?

Daniel não pôde reter um suspiro de impaciência. Se aquelas tinham sido as doenças de segunda ordem, que monstruosa história patológica lhe estava reservada ainda?

Os dois cônjuges fizeram-no subir adiante de si.

Pelas escadas, Daniel, apesar do seu mau humor, não pôde deixar de sorrir, ouvindo a Sra. Teresa, a qual fechava o cortejo, dizer para o marido:

— Toma arsênico, João. Ora por que não hás de tu tomar arsênico?

— Não me digas isso, mulher! — respondia João da Esquina, quase aterrado.

Dentro em pouco, estavam na presença da menina Francisca, filha única deste bem talhado par.

Se os amáveis sorrisos da esposa tinham já procurado a Daniel compensação ao menos cordial acolhimento feito pelo tendeiro, o sobressalto e confusão, com que a menina estendeu para ele um pulso, sofrivelmente modelado, conseguiram mais eficazmente esse mesmo resultado.

Era esta menina a trigueira mais trigueira de toda a aldeia. Ingrata para com esta cor maravilhosa, que, tingindo certos tipos fisionômicos, como o dela, é de efeitos surpreendentes, tinha porém a fraqueza indesculpável de se afligir por não ser corada!

Era ideia fixa na menina Francisca; uma conversação de quarto de hora, que se tivesse com ela, bastava para a fazer avultar.

Debalde protestava contra tal injustiça o brilho esplendido de uns olhos que, naquela tez, realçavam como poucos. Dera-lhe para se reputar infeliz por aquilo, e não havia distraí-la.

A doença, que atualmente molestava esta progênie dos senhores da Esquina, era uma impertinência nervosa, dessas para as quais se receitam banhos de mar.

Daniel não deixou de os aconselhar; mas não terminou a visita com o conselho.

Os tais olhos pretos sobre aquelas faces, esquisitamente trigueiras, davam-lhe deveras que pensar.

Agora não tinha ele pressa de se ir embora.

Por onde andaria a imagem de Clara?

Prolongando-se a visita, era inevitável a descoberta da corda sensível da enferma. Mais cedo ou mais tarde um queixume indiscreto a poria em relevo. Assim aconteceu. Daniel ficou sabendo que mal oculto entenebrecia aquele coração e preparou-se para ser eloquente na apologia da cor trigueira.

João da Esquina tinha saído da sala. O pobre homem já não podia suportar a sua cara-metade, a qual, pela décima vez, lhe repetia:

— Toma arsênico, filho, toma. Não posso saber por que não hás de tomar arsênico.

Só, na presença das duas senhoras, deitou Daniel ombros à empresa de distrair a menina Francisca.

Entre outras muitas coisas, afirmou, por sua conta e risco, que as belezas célebres, essas que inspiraram os grandes poetas, os grandes artistas, e os grandes amores, tinham sido trigueiras e, especificando, citou: Dido, Natércia, Cleópatra, Beatriz, Fornarina, Laura, Inês de Castro, etc., etc. Desta gente toda, a Sra. Teresa e sua filha só conheciam Inês de Castro, porque havia meses que tinham visto representar uma obra dramática, produção inédita de não sei que Shakespeare rústico, na qual entrava esta senhora, mais maltratada ainda das mãos do trágico, do que das dos "brutos matadores".

A mãe fez notar à filha que de fato não era das mais alvas a moçoila, que desempenhou a parte da heroína daquela vez.

Além destes argumentos histórico-apologéticos, a respeito da cor trigueira, Daniel, aproveitando uma curta ausência da Sra. Teresa, segredou à menina algumas amabilidades de efeito salutar. Ela teve a condescendência de sorrir.

Diga-se a verdade: nunca até então escutara também mais gentil conforto contra o motivo das suas penas.

Daí até ao fim da entrevista foi toda sorrisos.

Daniel, quando saiu, ia muito bem conceituado pela parte feminina da família e prometeu voltar.

João da Esquina conservava-se ainda um pouco frio.

De mais a mais, quando Daniel passou pela loja, a Sra. Teresa, que era para com ele de uma amabilidade monstruosa, disse para o marido:

— Toma arsênico, João; que teima a tua em não tomar arsênico!

Esta insistência produziu calafrios na espinha dorsal do tendeiro.

— Ó mulher, não me digas isso! Que cisma! — exclamou ele irritado.

Na noite desse dia, pela primeira vez, deixou a menina Francisca de lavar o rosto com uma água misteriosa, que o barbeiro lhe vendera por bom preço, afirmando-lhe possuir a virtude de tornar brancas, com o tempo, as mais escuras africanas.

CAPÍTULO XXII

No dia seguinte Daniel voltou. A família Esquina, até sem exceção do elemento masculino, sorriu-lhe cordialmente.

O que fizera esquecer assim ao tendeiro as suas negras apreensões e abrira em sorrisos aqueles sobrecenhos da véspera?

O leitor, que toma a peito, decerto, a varonil rijeza de caráter do tesoureiro da confraria do Sacramento, não me perdoaria, se eu não explicasse o fenômeno.

Foi o caso que, na véspera, depois que Daniel se retirou, a menina Francisca, ainda pensativa e enleada, veio à janela para o ver passar e, ao perdê-lo de vista, retirou-se suspirando.

Este suspiro entrou pelos ouvidos da mãe, a qual chegava à sala naquela ocasião.

A Sra. Teresa teve uma ideia.

Este fenômeno dava-se, de vez em quando, na esposa do Sr. João da Esquina.

— Tem umas maneiras muito bonitas este rapaz — disse ela, fixando na filha o olhar mais investigador que tinha à sua disposição.

— Tem — respondeu esta secamente.

— Ou ele ou o João Semana, a quem ninguém pode tirar da boca uma palavra delicada. Este é coisa mais fina.

— É — replicou a outra.

— Bem mostra que tem vivido entre gente polida e educada.

— Bem — continuava a menina.

— E não lhe hão de faltar bons casamentos a este rapaz.

— Não — dizia a filha.

— Isso há de ser bonito agora. Todas as raparigas da terra a enfeitarem-se para lhe agradar. Há de ter que ver.

— Há de.

A Sra. Teresa principiava a impacientar-se com o laconismo da filha.

— Mas acham-se muito enganadas — continuou ela —; um rapaz assim não cai facilmente. Estas nossas raparigas são umas estúpidas. Louvado seja Deus! Não sabem dizer duas palavras. E desembaraço é o que se quer.

— É...

— E por que não o hás de tu ter, menina? — acrescentou ela, em tom mais baixo e insinuante.

— Eu?

— Tu, sim, por que não? Para que gastou teu pai contigo a mandar-te aprender os verbos, senão para poderes agora mostrar o que és, e diferençar-te das outras?

A menina desta vez nem um monossílabo pronunciou. Encolheu os ombros só.

— Bem se viu que o Sr. Daniel logo conheceu com quem lidava. Cuidas tu que ele se gastava assim com qualquer Maria do Monte? Diz-lhe que sim. Ele bem sabe que seria deitar pérolas a porcos. Por isso, menina, não deixes perder a ocasião. Acredita que darás muito gosto a teus pais, se...

A Sra. Teresa vacilou ao principiar a condicional, em que ela queria conservar a conveniente dignidade materna.

— Se?... — perguntou a filha, e foi este de todos os monossílabos, que até ali tinha soltado, o mais embaraçoso para a mãe.

— Se... sim... quero eu dizer, que eu e teu pai não levaríamos a mal se... um dia, o Sr. Daniel nos viesse pedir a tua mão.

O ar de satisfação, que se desenhou no rosto da esposa do Sr. João da Esquina, mostrou que ela estava contente consigo pela construção final da frase.

A menina, ao ouvi-la, baixou os olhos, e devia ver-se corar, se tal fenômeno fosse de possível observação nas faces dela. Enquanto a palavras, limitou-se a balbuciar um "Ora!" eloquente de graciosa confusão.

A Sra. Teresa passou à loja onde estava o marido.

— Ó João, olha que nós temos que conversar — disse-lhe ela, sentando-se ao pé do mostrador.

— Vens falar-me do arsênico outra vez? — perguntou o marido inquieto.

— Não; ainda que, para dizer a verdade, não sei por que o não hás de tomar.

— E a dar-lhe!

— Mas ouve. Esta visita do Daniel do Dornas não te deu que pensar?

— Deu-me que pensar, deu. E vou já mandar dizer-lhe que escusa de cá voltar, porque...

— Não sejas tolo, homem! Abre os olhos e vê — exclamou a Sra. Teresa, com ar de mistério.

— O quê? — perguntou João da Esquina, não podendo deixar de abrir instintivamente os olhos.

— Que idade tem o Daniel?

— Eu sei lá?

— Vinte e tantos anos, vá. E que idade tem a Chica?

— Ela nasceu logo depois do cerco...

— Faz vinte e um anos para setembro.

— E daí?

— E daí? E quanto virá a herdar o Daniel por morte do pai?

— Eu te digo... para cima de trinta mil cruzados, não falando em...

— E ainda perguntas: "E daí?"

João da Esquina olhou para a mulher significativamente, e não deu palavra. Tinham-se compreendido os dois.

Passados momentos, murmurou o homem:

— Olha que não era mau, se...

— Vê lá então agora...

— O pior é...

— Pois sim, eu não digo que...

— Mas ele já...? Sim...?

— Não, porém...

— Então quem sabe se...

— Isto é... até certo ponto...

— É verdade que também...

— Sim, pois está claro, e...

— E mau era que já...

— Com certeza... demais...

— Agora o que é preciso, é...

— Isso com o tempo... bem vês que...

Não sei se o leitor penetrou bem o sentido deste diálogo, cortado de expressivas reticências e ao qual falta, para o interpretar, a eloquência do olhar e de gestos, que os dois cônjuges trocavam entre si. É certo que eles se compreenderam assim, e largas horas ficaram discutindo os teres e haveres de Daniel, e as probabilidades e vantagens de uma união entre a casa dos Esquinas e a dos Dornas, as quais, com os anos, podiam fornecer sofríveis elementos para a confecção de um brasão heráldico.

A Sra. Teresa foi encarregada por o marido de excitar na menina o ardor pela conquista e industriada em dirigir o negócio de maneira a "prender o melro por a asa" — foi a frase imaginosa, da qual João da Esquina se serviu.

— O pior há de ser o pai: mas segura-me tu o rapaz, que eu depois tomarei a meu cargo a empresa — dizia ele.

Conspirados assim os dois, sentiam-se radiosos de esperanças no futuro.

João da Esquina estava de tão condescendente disposição de espírito, que a sua cara-metade aventurou um pedido:

— Agora, para seres bonito, João, devias tomar arsênico.

O tendeiro deu um murro no mostrador.

— Não te calarás com isso, Teresa?!

Aí ficam expostas as razões dos sorrisos, com que o próprio João da Esquina recebeu Daniel, à segunda visita.

A mãe conduziu-o aos aposentos da menina, e teve o discreto cuidado de se distrair à janela, enquanto Daniel interrogava a doente.

O sistema de tratamento encetado continuou, e com igual êxito. Daniel desta vez, ao retirar-se, levava já a autorização para continuar por escrito as consolações, principiadas vocalmente.

A Sra. Teresa não deixou sair Daniel sem que ele visse todas as obras de crochê das industriosas mãos da menina e os modelos caligráficos, que escrevera na mestra. De passagem, disse-lhe também que ela havia aprendido os verbos, coisa que pouca gente sabia na terra.

A Sra. Teresa possuía fé, quase supersticiosa, nesta ciência dos verbos.

João da Esquina quis obrigar Daniel a beber um cálice de vinho, do que ele muito a custo conseguiu dispensar-se.

Da rua, Daniel voltou-se para cima e, vendo à janela a descendente dos Esquinas, cortejou-a com um sorriso cheio de amabilidade.

Um cotovelão da Sra. Teresa fez notar ao marido esta circunstância. O homem conseguiu arranjar um gesto de finura, e recomendou gravidade.

Naquela tarde Daniel, escrevendo a um seu antigo condiscípulo, dizia, entre outras coisas, o seguinte:

"Participo-te que se está desenvolvendo em mim o gosto pelo gênero campestre. Principio a achar mais dignas do pincel do artista estas formosuras expressivas e, quase direi, enérgicas da aldeia, do que as sempre monotonamente lânguidas maravilhas da cidade. Pena é que o reconhecesse um tanto tarde. Resta-me já pouco alento para empresas de rapaz, e, demais, a minha nova posição social obriga-me a uma seriedade que me tolhe a ação. Agora só devo aspirar às doçuras emolientes da vida conjugal. Não obstante, andam-me a tentar uns olhos pretos, e eu não sei se sustentarei o equilíbrio por muito tempo. Encomenda a todos os santos a manutenção da minha sisudez, se não queres ver perdida a fama do teu amigo, no ninho seu paterno".

As visitas de Daniel a casa do João da Esquina continuaram.

O mulherio da vizinhança falava já.

A Sra. Teresa deixava falar o mulherio. Se isso entrava até nos seus planos!

Uma vizinha, comadre e muito íntima da Sra. Teresa — uma só ocultava à outra o mal que dela dizia pelas costas —, falando-lhe um dia, aludiu a Daniel e às suas visitas.

— Então, comadre? Pelos modos o nosso cirurgião novo gosta muito destes sítios.

— Cada um vai para onde mais lhe agrada, comadre.

— Isso lá é assim. E quem sabe o que será?

— Que será o quê?

— Sim, comadre, ele não é de raça que não seja a sua filha.

— Decerto que não é, não.

— Pois então...

— O futuro só Deus o sabe.

— É verdade. O ponto está que a sua pequena... Se ainda lhe não passou aquela cisma que teve para o Chico, sapateiro...

— O Chico, sapateiro! — exclamou indignada a Sra. Teresa. — Não que minha filha é cabedal muito fino, para ir às mãos de um remendão daqueles.

— Nisso tem razão. Inda se fosse com o Joaquim sacristão...

— Qual sacristão, nem meio sacristão. A comadre pensa que uma criatura se sustenta com aparas de hóstias, e com escorralhas de galhetas?

A comadre aplaudiu com uma gargalhada o dito, e observou:

— O das estradas é que... está feito... Já era assim mais jeitoso esse.

— Pássaro de arribação! Olhe, enfim não sei o que será. Esta pequena é muito difícil de contentar. Que quer? Está estragada de mimo... Mas, se ela o não enjeitar... que tem agora ocasião de fazer um bom casamento, isso tem.

— E ele?

— Ele? Pois não vê como o rapaz nos não larga a porta?

— Mas, será... com boas ideias?

— Ora essa, comadre! Então julga que nós somos...?

— Não digo isso. Mas... dizem que ele foi um estroina dos meus pecados...

— Pois sim; mas isso é com gente de pouco mais ou menos, mas nós cá...

Neste estado estavam as coisas e assim duraram alguns dias mais.

Chegou a ocasião da Sra. Teresa julgar ter obtido grande alavanca, para fazer caminhar o negócio.

Houve nesse dia longa conferência entre os cônjuges.

Ficou demonstrado para eles que o "melro estava preso pela asa".

João da Esquina, levantando a sessão, disse com modo solene:

— É ocasião de dar o grande passo!

E, enfiando a sua roupa dos domingos, preparou-se para sair.

Agitava-o certa comoção interior, própria das grandes ocasiões. Queixou-se disto à mulher; esta observou-lhe:

— O culpado és tu.

— Então? — perguntou o marido.

— Se tomasses o...

João da Esquina não ouviu o resto. Saiu impetuosamente.

A Sra. Teresa, vindo à janela, para o ver, dizia consigo:

— Mas por que não há de este homem tomar arsênico?

Que circunstância tinha convocado o conciliábulo conjugal, e o que foi fazer o Sr. João da Esquina, assim ataviado?

Vê-lo-emos no capítulo seguinte.

CAPÍTULO XXIII

Tomando certos ares de gravidade e de importância, em grande parte devidos a uns estupendos colarinhos, engomado acessório daquele vestuário típico, dobrou o Sr. João da Esquina a esquina, donde lhe vinha o nome, e, atravessando a rua adjacente, caminhou em direção à casa de José das Dornas.

Ao entrar o portão do lavrador, deu o tendeiro ao rosto um jeito de indignação e procurou simular em seus movimentos uma impetuosidade e impaciência, contra as quais estava protestando aquele todo bonacheirão.

— Diga ao Sr. José das Dornas que está aqui o João da Esquina, que lhe quer duas palavras — foi como, em tom desabrido, ele se mandou anunciar pelo primeiro criado que viu.

José das Dornas, que acabara de dormir uma sesta refociladora, veio ter com o seu vizinho, com rosto alegre e cantarolando:

Ai, la ri ló lé la,
Eu vou pela mansidão.

— Olá — bradou o jovial lavrador, vendo o tendeiro. — Viva o Sr. João! Ditosos olhos que o veem! Como vai essa bizarria? Sente-se; esteja a seu gosto. Vai um copito do rascante?

— Muito obrigado — respondeu secamente João da Esquina.

— Pois mal sabe o que perde; é daquele de esfolar o céu da boca. Então que milagre o traz por esta sua casa?

— Um negócio muito sério.

— Temos empréstimo — disse, em aparte, José das Dornas; e alto: — Muito sério?! O caso é que você traz cara de funeral. Ah! ah!...

— Tenho pouca vontade de rir, Sr. José.

— Mau é isso. Então que diabo o aflige? Desembuche para aí. Olhe que eu sou homem para as ocasiões. A sua filha está pior?

— A minha filha está boa — replicou, com certo mau modo, o tendeiro.

— Boa! Com que então... logo à primeira... hein? O meu Daniel saiu-se como um homem!

— Saiu-se otimamente — disse João da Esquina, duma maneira, que procurou fazer notável.

— Olhe que me tem esquecido emprestar-lhe o livro do rapaz — continuou José das Dornas, que não notara a tal maneira —, aquele em que lhe falei; mas espere, que eu vou...

Ia a levantar-se, porém um gesto do seu interlocutor fê-lo parar.

— Não tenha incômodo. É de outra obra de seu filho, que lhe quero agora falar.

— Doutra?

E José das Dornas principiou a dar mais atenção aos modos esquisitos do tendeiro.

— Homem, você hoje não sei que tem consigo! Não o entendo.

Em vez de responder, João da Esquina pôs-se a mexer nos bolsos e tirou de lá um papel cor-de-rosa, pequeno, elegante, lustroso e aromatizado; desdobrou-o e, pondo-o diante dos olhos do lavrador, disse-lhe simplesmente:

— Ora, faça favor de ler isto.

— Mas isto o que é?

— Leia e verá.

Era fácil dizer "leia"; mas não de pequena dificuldade para José das Dornas a tarefa, que com essas palavras lhe impunham.

— Homem, é melhor que você me diga o que é isto, do que...

— Nada, não, senhor. Leia.

— Valha-o Deus! — disse o bom do lavrador, afastando o papel dos olhos quatro palmos, para o poder ler; não o conseguindo, tirou do bolso umas cangalhas, das quais armou o nariz, depois de ter lançado para o interlocutor um olhar, que valia um recurso, para tribunal de última instância, contra uma sentença de morte.

— "Trigueira" — leu ele, logo no topo da página e voltou para o tendeiro olhos de espanto. — Trigueira! Que quer dizer isto?

— Homem, leia, leia, que o saberá.

José das Dornas continuou, já se imagina como. Eu evitarei ao leitor o assistir às verberações, que ele aplicou à prosódia portuguesa. Eis o que leu:

Trigueira! que tem? Mais feia
Com essa cor te imaginas?
Feia! tu, que assim fascinas
Com um só olhar dos teus!
Que ciúmes tens da alvura
Desses semblantes de neve!
Ai, pobre cabeça leve!
Que te não castigue Deus.

No fim desta primeira estância, José das Dornas, como que atordoado, levantou os olhos para João da Esquina; mas viu-o tão sério, que continuou:

Trigueira! Se tu soubesses
O que é ser assim trigueira!
Dessa ardilosa maneira
Por que tu o sabes ser;
Não virias lamentar-te,
Toda sentida e chorosa,
Tendo inveja à cor da rosa,
Sem motivos para a ter.

— Ó vizinho, mas isto... — ia a dizer José das Dornas, que principiava a suar.

Um gesto do tendeiro obrigou-o a prosseguir:

Trigueira! Porque és trigueira,
É que eu assim te quis tanto.

— Repare, Sr. José — observou do lado João da Esquina. — "É que eu assim te quis tanto." Vá reparando.

José das Dornas abriu muito os olhos para reparar e continuou:

Daí provém todo o encanto,
Em que me traz este amor.

— “Este amor”, repare, vizinho, “este amor!” — tornou a dizer João da Esquina e José das Dornas tornou a abrir muito os olhos, repetindo sem saber para quê:

— “Este amor...” é verdade... “este amor...” Cá está.

E prosseguiu:

E suspiras e murmuras!

— É peta! — notou João da Esquina.

— Palavra de honra, que está aqui “E suspiras e murmuras”, Sr. João. Ora faça favor de ver.

— Não nego; quero eu dizer que... mas adiante, adiante.

José das Dornas continuou:

E suspiras e murmuras!
Que mais desejavas inda!
Pois serias tu mais linda,
Se tivesses outra cor?

José das Dornas começou a lançar para o vizinho um olhar inquieto; estava seriamente pensando que o homem endoidecera.

— Continue — disse-lhe o tendeiro.

E o lavrador continuou, suando cada vez mais:

Trigueira! Onde mais realça
O brilhar duns olhos pretos,
Sempre úmidos, sempre inquietos
Do que numa cor assim?
Onde o correr duma lágrima
Mais encantos apresenta?
E um sorriso, um só, nos tenta,
Como me tentou a mim?

— “Como me tentou a mim” — repetiu João da Esquina. — Vá vendo.

— Homem! — exclamou José das Dornas estafado. — Bastará de leituras.

— Pouco falta. Está a acabar — respondeu o outro.

José das Dornas resignou-se e prosseguiu:

Trigueira! E choras por isso!
Choras, quando outras te invejam
Essa cor, e em vão forcejam
Por, como tu, fascinar?
Ó louca, nunca mais digas,
Nunca mais, que és desditosa,
Invejar a cor da rosa,
Em ti, é quase pecar.

— Ó Sr. João! Eu não posso mais! — exclamou José das Dornas, com acento lastimoso.

— É só um agora; e acabou.

— Mas...

E, ficando na reticência, José das Dornas tomou fôlego para ler ainda:

Trigueira! Vamos, esconde-me
Esse choro de criança.
Ai, que falta de confiança!
Que graciosa timidez!
Enxuga os bonitos olhos,
Então, não chores, trigueira,
E nunca dessa maneira
Te lamentes outra vez.

— Buff! — bradou José das Dornas, ao terminar a leitura, e limpando o suor, que o banhava.

— Leu? — perguntou o tendeiro.

— Sim, senhor. Estão bonitos. São seus, Sr. João?

— Meus?! — exclamou o tendeiro, escandalizado quase. — Isto é, mas é uma receita do nosso médico novo.

— Hein! — disse José das Dornas, parecendo-lhe que não ouvira bem. — Diz vossemecê que é?...

— Outra das lembranças do senhor seu filho.

— Do... do meu... do Daniel?!

— Sim, senhor. Do Daniel.

— Pois o rapaz fez isto?!

— Era com essas e outras, que ele andava a tratar a minha filha. O culpado fui eu, que lhe dei entrada em casa.

José das Dornas esteve a deixar escapar uma gargalhada, mas conteve-a prudentemente.

— Ó vizinho, por quem é, não ande por aí a dizer essas coisas, que me desacredita o rapaz. Olhem se o João Semana o sabe! Um médico poeta! Para que diabo lhe havia de dar...

— Que faça versos à lua e ao sol, se quiser — dizia João da Esquina —, não há de tirar disso grande proveito, mas que os faça, que os faça; agora andar a inquietar famílias e...

— Tem razão, vizinho, tem razão, e eu lhe prometo...

— Abusar de confiança de um homem, como eu!

— Tem muita razão, vizinho...

— Fazer andar à roda a cabeça de uma rapariga de juízo!

Neste ponto, José das Dornas engoliu em seco, mas não deixou de repetir:

— Tem toda a razão, vizinho...

— É um desaforo!

— Não o nego, Sr. João, não o nego.

— Não é homem em quem a gente se fie.

— A falar a verdade... não é, não, não é.

— Enfim, Sr. José — continuou o tendeiro com ar resoluto, e, depois de uma pausa, concluiu: — É forçosa uma satisfação!

— Eu lhe prometo que o rapaz não volta lá.

João da Esquina fez um gesto de quem se não lisonjeava com a promessa.

— Não é isso que eu digo.

— Então?
— O vizinho sabe o que são bocas do mundo?
— Sim; e depois?
— O que são línguas chocalheiras?
— Sim; e daí?
— O que são...
— Vamos; adiante.
— Pois bem; para as fazer calar, é preciso...
— É preciso o quê?
— É necessário...
— É necessário o quê?
— É indispensável...
— O que, Sr. João, o quê? — exclamou o lavrador, já impaciente. — O que é necessário?
— Que seu filho...
— Que meu filho?...
— Case...
— Com a sua filha, não?
— Está bem de ver.

Com grande escândalo do tendeiro, José das Dornas pôs-se a cantarolar:

Ai, la ri lo lé la,
Eu vou pela mansidão.

— E foi para isso que teve o trabalho de vir aqui? Ora olhe, Sr. João: nós somos conhecidos antigos e eu macaco velho, como deve saber, que já me não deixo levar por essas. Aqui para nós, por que não tapou o vizinho da mesma forma as bocas do mundo, que tanto falou do derriço da sua filha com o filho do sineiro? Por que se lhe não deu que elas tagarelassem, por ocasião da festa do Coração de Jesus, quando o Bento do padeiro não tirou os olhos dela e ela dele, durante toda a santa festa? Por que fez ouvidos de mercador, quando o Sr. Padre Antônio lhe disse que casasse a rapariga com o Chico, sapateiro, para não dar que falar a cegueira em que ela andava com ele? Ai, então não quis; nem lhe importaram as línguas chocalheiras? Chegaram-lhe agora as febres. Pois veio bater a má porta. Sossegue. Não tenha susto. Homens, que fazem versos, não são os piores. Contentam-se com isso. Sabe que mais? Meta a viola no saco; retese a corda à cachopa e deixe correr.

— Isso não é resposta que se dê, Sr. José — exclamou o tendeiro, que via prestes a fugir-lhe uma ótima ocasião de negócio.

— Não se zangue, Sr. João. Amigos como dantes. Pensemos em outra coisa. Está um tempo muito criador.

— Sr. José, isto não vai assim.

— Não me mortifique, Sr. João; para que não vá pior. Os milhos...

— Sr. José!

— Não berre, vizinho.

— Eu quero ver...

— Pois abra os olhos. Mas...

— Quero ver se é capaz...

— Sr. João, vá para casa.

— Sr. José das Dornas! Veja o que faz.

— Estou vendo.

— Repare bem para mim.

— Estou reparando.

— Saiba que eu sou...

Não pôde dizer o quê. Interrompeu-lhe o discurso o reitor, que entrou na sala. Vendo o aspecto dos dois interlocutores e a vivacidade do gesto do tendeiro, o padre quis saber a razão da contenda.

João da Esquina desanimou em presença do reitor. Agourou mal da intervenção.

Depois de ouvir as queixas do tendeiro, o reitor perguntou-lhe, com rosto severo, se o casamento da filha com o empreiteiro das estradas não viria reparar mais falhas na inteireza da sua boa fama doméstica.

João da Esquina sentiu-se derrotado e já procurava uma saída airosa.

— Bem; eu retiro-me, que sou prudente. Levo a consciência de que fiz o meu dever. Mas o mundo saberá...

O resto da oração pronunciou-o fora da porta. Esta circunstância impossibilita-me de informar o leitor sobre o que o mundo tem de vir a saber a respeito do tendeiro.

— Que lhe parece esta, Sr. Reitor? — disse José das Dornas, mal o viu sair. — Havia o meu Daniel de...

— O teu Daniel é um doido; e se isto assim continua há de vir a fazer a tua desgraça.

— Mas uns versos que mal fazem? E então àquele cata-vento da Chica do tendeiro, que é mesmo... O Senhor me perdoe.

— Homem; a coisa não está nos versos. O que eu digo é que Daniel tem deveres tão sagrados, entrando no seio das famílias, como nós os párocos. E se as mãos, que devem levar o remédio, espalham a peçonha, a maldição de Deus desce sobre elas. Quem abrirá as portas da alcova onde padeça uma filha, uma esposa ou uma irmã, ao médico, que não tem força para sufocar as paixões más do seu coração? Fá-lo-ias tu? Não, nem eu. Quanto mais santa é uma missão neste mundo, José, mais se rebaixa e avilta quem a aceita sem lhe ter compreendido o alcance. O mau padre é o pior dos homens; e parece-te que será muito melhor o médico imoral? Pensa nisto e diz-me se Daniel merece grandes desculpas.

As palavras do reitor tinham o poder de calar no ânimo de José das Dornas, como as de ninguém.

O lavrador baixou a cabeça e perguntou humildemente:

— Então acha V. Sa. que Daniel deve casar com a...

— Não digo tanto! — respondeu com vivacidade o reitor. — Ali houve cálculo neles, conheço-os há muito; e espero que da parte de Daniel nada mais se deu além da loucura dos versos, que não vale nada afinal. Mas que lhe sirva isto de aviso.

— Se o Sr. Reitor lhe fosse ralhar...

— Onde está ele?

— Deve estar lá dentro, no quarto.

O padre foi ter com Daniel.

CAPÍTULO XXIV

A vida que, por aquele tempo, Daniel passava na aldeia era de uma monotonia capaz até de saciar as exigências do homem mais indolente e ocioso.

Vejamos em que se ocupava o nosso herói, enquanto, sem o suspeitar, estava sendo objeto do momentoso diálogo, do qual, no capítulo antecedente, nos aventuramos a ser cronista.

Para isso tomemos a dianteira ao reitor e entremos, antes dele, no quarto de Daniel.

Não sei se é a voz da consciência a que me está a bradar que vou cometer uma indiscrição.

A ociosidade absoluta imprime de ordinário aos atos do homem certa feição pueril, que ele procura sempre ocultar aos olhos estranhos.

As pessoas mais sisudas e graves têm momentos na vida, durante os quais, a sós consigo, se entregam a distrações de criança.

É possível, pois, irmos encontrar Daniel em um dos tais momentos; e talvez que o possamos, por essa forma, prejudicar no conceito dos leitores. Mas, por quem são, lembrem-se que, em horas de ócio e enfado, ouso eu afirmá-lo, não têm sido também demasiado escrupulosos na escolha de passatempos; e essa consideração decerto os fará indulgentes.

Àquela hora do dia, Daniel sentia-se morrer de tédio, debaixo dos telhados paternais.

O calor não o deixara sair.

Quis ler; faltavam-lhe porém os livros. Os seus ainda não tinham chegado da cidade.

Revistando os cantos e escaninhos da casa, apenas encontrou três repertórios dos anos findos, uma cartilha de doutrina cristã, uma tábua de pesos, medidas e dinheiros, e, em gênero mais ameno, o Testamento do Galo, a Confissão do Marujo Vicente, e a Vida Milagrosa de não sei que santo, padroeiro da freguesia.

Ainda assim, tudo isso leu Daniel, por um motivo análogo, ao que levou os náufragos da nau Catrineta a "deitarem sola de molho, para o outro dia jantar".

Esgotado este pecúlio literário, lembrou-se Daniel de escrever canas. Encontrou porém o tinteiro muito pobre de tinta; essa, amarela e bolorenta; e, pior que tudo, uma pena de pato de tantos caprichos, que lhe fez perder logo a paciência.

Veio para a janela e, durante algum tempo, divertiu-se a atirar biscoitos a um cão, que andava solto pela quinta. As galinhas, patos, pombos e perus, que havia em abundância na casa, corriam tumultuosamente a disputar ao quadrúpede as migalhas, as quais ele defendia com unhas e dentes.

Este jogo de circo, em miniatura, encantava Daniel. Afinal cansou-se dele também e fê-lo cessar.

Vendo então um gato em pachorrento repouso, no alto duma ramada distante, tomou um espelho e, por meio dele, fez cair sobre a cabeça do sonolento animal os raios ofuscadores daquele sol de agosto.

O gato, assim despertado, abriu os olhos, mas fechou-os logo, e desviou a cabeça para se furtar àquela pouco agradável impressão. Depois de vários movimentos, sentindo-se sempre perseguido pelo mesmo reflexo, ergueu-se, espreguiçou-se, aguçou as unhas na madeira da ramada e, voltando-se para o outro lado, ajeitou-se, com o manifesto intento de concluir o sono interrompido.

Impossibilitado, por esta evolução do gato, de continuar a incomodá-lo da mesma forma que até ali, Daniel fez-lhe pontaria com uma maçã verde, e tão certeira, que o projétil foi bater em cheio nas costas do animal, que num salto desapareceu.

Terminou para Daniel mais este divertimento.

No peitoril da janela, descobriu porém uma formiga. Uma formiga! Que valioso achado naquelas alturas!

A providência dos desocupados velava decerto por ele.

Procurou logo uma migalha de pão e pô-la na passagem do laborioso inseto.

A formiga parou, tenteou com as antenas o estorvo, assim de repente lançado no seu caminho, examinou-o de todos os lados, depois, talvez que por capricho — porque até os insetos têm, a meu ver, seus caprichos —, deu-lhe para desprezar o alimento e deitou a fugir.

Daniel insistiu, colocando-lhe outra vez o pão na passagem; o mesmo exame da parte da formiga e a mesma rejeição final. Nova tentativa de Daniel foi ainda seguida do mesmo resultado. Era demais para a sua paciência; com um sopro fez voar migalha e formiga pela janela fora.

E, mais outra vez, ficou sem entretenimento.

Pôs-se a passear no quarto; primeiro descrevendo ziguezagues; depois, procurando conservar os pés na linha de juntura de duas tábuas do soalho; em seguida, medindo escrupulosamente a passos regulares o comprimento e a largura do retângulo do aposento; e, feita esta última operação, multiplicou os resultados obtidos, como se tomasse muito a peito o cálculo daquela área.

Completa essa tarefa, e, depois de alguns bocejos expressivos de enfado, procedeu ao trabalho, não menos importante, de equilibrar na ponta do dedo mínimo uma vara de marmeleiro.

Cansou-o cedo a violência do exercício, no qual de mais a mais não foi muito feliz; este mau êxito desgostou-o, como se naquilo tivera posto a sua reputação.

Acendeu um cigarro, comprado no único e mal fornecido estanco da terra. O papel parecia porém apostado a impacientá-lo, era incombustível; o tabaco tinha crepitações que, aos ouvidos de Daniel, soavam como risadas de mofa; e os lumes prontos, aqueles perfeitos e elegantes lumes prontos de pau, primitivos modelos da indústria nacional, bem conhecidos de nós todos, perdiam a cabeça à primeira tentativa feita para os inflamar... faziam-na perder também a Daniel, diria eu, se se usassem ainda os trocadilhos.

Chegou a despejar uma caixa para acender o cigarro, e este ardia-lhe só de um lado. Afinal não fumou.

Para desabafar a sua impaciência, trauteou toda a música italiana que a memória lhe armazenava, e acabou por cantar em voz alta a ária de Gennaro na *Lucrécia*:

Di pescator ignobile
Esser figliuol credei.

Nisto, chegando à janela, viu que os moços da lavoura estavam todos a olhar para cima, boquiabertos, admirando aquele acesso de fúria musical.

— Bom — pensou Daniel. — Estou dando escândalo e a arriscar a minha reputação de homem sisudo.

E calou-se, tocando com os dedos um rufo no peitoril da janela.

Depois passeou, sentou-se, ergueu-se de novo e tornou a passear.

Achando por acaso uma pedra de giz, escreveu distraído, na porta da janela, as seguintes palavras:

Coge-Çofar — Sumatra — Telescópio — Manon Lescault.

O oculto fio lógico, que encadeava estas quatro palavras na mente de Daniel, é um mistério que eu não sei decifrar.

O giz gastou-se.

— Ó doce vida de aldeia! — exclamou por fim Daniel, com amargura. — Ó sonho dourado dos poetas de geórgicas e de idílios, como eu me estou deliciando em ti! Eis a *secura quies*, os *otia in latis fundis* e os *molles somni*, de que fala o poeta. É isto! Ora eu sempre queria que aquele bom do Virgílio me dissesse o que se há de fazer no campo a estas horas do dia? Que vida! Que vida esta! Meu Deus! Que vida! E que futuro!

Ao dizer isto, lançou casualmente os olhos para o leito e, como se este lhe desse a resposta do que ele queria perguntar ao cantor de Enéias, deitou-se.

Deitou-se de costas e pôs-se então a contar as tábuas do teto.

Contou dezessete.

— Dezessete, noves fora, oito — disse insensivelmente Daniel.

Depois reparou que eram oito os vidros da janela, e admirou lá consigo muito esta, na verdade admirável, coincidência.

Um resultado tão curioso animou-o a prosseguir em observações análogas.

Preparava-se agora a contar as cabeças dos pregos, que via pelo teto, porém uma mosca importuna, teimando em pousar-lhe na testa, veio perturbá-lo neste ponderoso exame, e obrigou-o a desistir.

Por acaso, fitou então os olhos em uma espécie de mancha escura, que estava na parede fronteira. Ao princípio, olhou-a distraído, mas, pouco a pouco, a atenção empenhara-se naquilo, como se em objeto de grande monta.

A distância não lhe permitia distinguir o que fosse.

— É uma nódoa de umidade decerto — disse Daniel consigo — ou não... é um inseto talvez... Mas não se move?... Seja o que for...

E desviou os olhos.

Daí a pouco estava outra vez a olhar para lá.

— É um inseto, é... mas tão móvel!...

Não pôde deixar de soprar-lhe, ainda que sem probabilidade alguma de o atingir, pela distância a que lhe ficava.

A mancha negra não se moveu.

— Não é inseto — pensou Daniel.

E outra vez retirou a vista daquele ponto, para, passados instantes, a levar de novo lá.

— Mas a forma é de inseto...

E ergueu meio corpo e estendeu a cabeça para o sítio. Não pôde distinguir ainda o que fosse aquilo.

Tornou a deitar-se, simulando a resolução de se não importar mais com o problema.

Mas a curiosidade irritada subiu a ponto de o constranger a levantar-se. Aproximou-se então da mancha da parede, e viu que era uma mariposa escura, num daqueles estados de imobilidade, em que por tanto tempo se conservam às vezes. Daniel não resistiu à tentação de lhe tocar ao de leve nas asas; a mariposa fugiu.

Perseguindo-a, chegou até à janela.

Neste momento passava no pátio um dos mais velhos criados da quinta; Daniel chamou-o e mandou-o subir.

Daí a instantes, entrava-lhe o homem no quarto.

Daniel deitou-se e disse-lhe que falasse.

O criado não sabia em quê.

— No que quiseres; mas fala-me para aí.

O velho olhou para a janela, olhou para o ar, e disse:

— Temos vento; aquelas nuvens brancas costumam dar nisso.

— Tu sabes o que é o vento? — disse Daniel, espreguiçando-se.

— O vento? O vento é assim uma coisa... como... um assopro — respondeu o homem.

— És um asno. O vento é uma corrente de ar, produzida pela desigual distribuição de temperatura na atmosfera.

E Daniel, dizendo isto, entre dois bocejos, olhou para o criado, divertindo-se em estudar-lhe no rosto o efeito da definição científica.

O homem abriu a boca, sorrindo de dúvida.

— Mas aposto que o menino não me sabe dizer uma coisa?

— O quê? — perguntou Daniel, que estava a achar sabor ao diálogo.

— Donde vem o vento, e para onde vai?

Esta pergunta, análoga a outra que, ainda não há muito, se fez em lugar mais sério, embaraçou algum tanto Daniel.

— E tu sabes, Antônio?

— Eu?! Não que nem nenhum matemático. E diga-me, sabe também o que são estes sinais que aparecem às vezes, como a semana passada?

— Que sinais?

— Pois não viu aquela noite da semana passada a lua a sumir-se, a sumir-se, que era uma coisa de estarrecer?

— Ai, isso era um eclipse.

— Um *eclis*? Pois seria um *eclis*, seria. Mas o que é que faz aquilo?

— É a Terra.

— Terra!

— A Terra, a Terra, a sombra da Terra, do mundo.

— A sombra! Então... nós estamos debaixo e a lua de cima, como lhe havemos de fazer sombra? Essa não é má!

Daniel, para se distrair, quis experimentar até que ponto podia fazer compreender a este homem a ideia do fenômeno físico em questão. Alguma coisa se há de tentar na aldeia, em uma longa tarde de estio.

— Imagina tu, aquela janela, o Sol; eu, a Lua; e tu, a Terra. Ora bem; põe-te a andar para a esquerda.

— Mas, se a janela é que é o Sol, que ande a janela.

— Não há tal; pois a Terra é que anda.

— Como! Então o Sol não é que anda?

— Não, homem. O Sol está parado.

O criado deu uma risada.

— Muito obrigado. Para ver o Sol andar, olhe que não é preciso ir ao Porto. Vê-se mesmo de cá.

O passatempo principiava já a enfastiar Daniel.

Veio interrompê-lo a propósito uma criança de nove anos, filha do seu interlocutor, a qual, tendo ouvido a voz do pai, entrou, sem cerimônia, pelo quarto adentro. Ao ver porém Daniel, parou como hesitando.

— Vem cá, pequena, vem cá — bradou-lhe Daniel, que naquele momento recebia com prazer toda a qualidade de diversão. — Não tenhas vergonha, vem cá. Toma um biscoito.

A pequena ganhou ânimo com a oferta, e dentro em pouco estava a comer biscoitos, familiarmente sentada junto de Daniel.

— Então como se diz? — perguntava o pai; e, como ela não respondesse, respondeu ele próprio: — Muito obrigada, Sr. Daniel.

— Tu como te chamas, pequena? — perguntou Daniel.

— Rosa.

— Uma criada de V. Sa. — emendou o pai.

A pequena dispensou-se de repetir.

— Olha — continuou Daniel, tomando-a ao colo —, diz-me uma coisa, que é de tua mãe?

— Está em casa.

— E tu gostas dela?

— Gosto.

— Gosto, sim, senhor — emendou o pai.

— E do teu pai?

A criança olhou para o pai e pôs-se a rir.

— Dize assim — disse-lhe este —: também gosto, sim, senhor.

— Também gosto — repetiu a pequena, suprimindo, como uma inútil excrescência, o resto da frase.

— Mas o teu pai é um tratante.

A criança sorriu.

— Dize: não é, não, senhor — ensinou-lhe o pai.

— Não é — repetiu a criança.

— É, é...

— Não é, vossemecê é que...

— Ah! — atalhou o velho. — Feia! Isso não se diz.

— Tu sabes adivinhas, Rosa? — perguntou Daniel, rindo.

— Sei.

— Sim, senhor — corrigiu ainda outra vez o velho.

— Ora vamos lá a uma adivinha.

A pequena não se fez rogar.

— Então diga lá o que é esta:

Altos castelos
Verdes e amarelos

— Isso é decerto a casa de um brasileiro — respondeu Daniel.

A criança pregou-lhe uma risada, e, toda satisfeita, exclamou:

— Boa! É uma laranjeira.

— Ah! Ninguém havia de dizer. Vá lá outra.

— Que é, que é, que

Alto está, e alto mora,
Todos o veem e ninguém o adora?

Daniel ergueu a cabeça, a fingir que meditava no enigma; viu que o pai da pequena lhe fazia não sei que sinal com o dedo. Seguindo a direção, que lhe pareceu indicada assim, Daniel parou a vista em um pinheiro longínquo, e disse:

— É um pinheiro.

Pai e filha deram uma risada.

— É um sino! — disse a pequena.

— Pois nem viu que eu apontava para a torre?

— E esta — continuou a criança:

Mil marinhinhos, mil marinhões,
Dois parafitas e quatro chantões?

— Isso agora é que tem mais que se lhe diga! Que língua vem a ser essa? Marinhinhos e marinhões, e que mais? Que mais?...

— É um boi, é um boi — respondeu a rapariga, a quem faltava a paciência para ver estar a pensar muito tempo.

— Um boi! Sempre quero saber como é que isso é um boi. Mil marinhinhos, um boi?

— Mil marinhinhos, são os pelos.

— Ah!... E mil marinhões?

— São os pelos maiores — respondeu o pai.

— Dois parafitas são as gaitas — continuou a filha.

— E então, provavelmente, os quatro chantões... — ia a dizer Daniel.

— São as pernas — concluíram pai e filha.

— Pois essa, de todas, é a mais bonita — disse Daniel, que efetivamente, no estado de espírito em que se achava, encontrou certo sainete de originalidade no disparatado enigma, tão popular no Minho.

Neste tempo entrou Pedro no quarto; o criado velho retirou-se, levando a filha consigo; e os dois irmãos ficaram sós.

CAPÍTULO XXV

Pedro era caçador e dos apaixonados. Dizendo eu isto, já o leitor, se não é um homem fadado por Deus para felicidades excepcionais cá na terra, deve imaginar em qual assunto falaria ao irmão o primogênito de José das Dornas.

De fato, quem haverá aí que, por mais de uma vez, não tenha visto irem-se-lhe duas horas seguidas, pelo menos, duas horas de tempo precioso, a escutar uma dessas intermináveis descrições de caça, de astúcia de galgos e perdigueiros, de singularidades de tiros; de manhas de lebres, galinholas, garças e perdizes, com que Nemrods desapiedados fazem cair sobre seus irmãos em Adão todo o peso da sua paixão venatória?

Ao princípio acolheu Daniel de bom grado a nova diversão que lhe oferecia o assunto, ao qual não era adverso também. As duas primeiras aventuras de caça, escutou-as com não afetada atenção.

Tratava-se de uma caçada de lebres, na qual Pedro obrara maravilhas com a coadjuvação de um cão, de que ainda agora sentia saudades.

Era um longo romance, que daria para muitos capítulos. Permitam-me que lhes registre aqui ao menos o argumento, o qual, *mutatis mutandis*, serve para todos os do mesmo gênero.

De como se originou o projeto da caçada — O que se disse por essa ocasião — Escolha da época — Princípios gerais que devem guiar o caçador nessa escolha — Descrição da partida — Enumeração e descrição dos caçadores — Apreciação filosófica de suas qualidades venatórias — Divagação sobre os dotes indispensáveis ao bom caçador — Condições meteorológicas da madrugada, no dia da surtida — Reflexões sobre a influência delas nos destinos prováveis da empresa — Esboço topográfico do campo de ação — Impaciência dos cães — Sinais característicos de um cão de boa raça — Projeto inédito do narrador sobre a educação canina — Algumas considerações sobre a melhor qualidade de espingardas, de pólvora e vestuário mais acomodado ao gênero de caça em questão — Exame do problema "se é preferível almoçar antes de partir ou no campo" — Primeiros indícios de caça — Alvitres dos caçadores — Análise crítica de cada um dos alvitres, concluindo pela demonstração da vantagem do narrador, o qual prevalece sempre — O primeiro tiro e a primeira lebre morta — O autor atribui, com a possível modéstia, a glória de ambos a si próprio — Novos episódios, alguns lances felizes dos companheiros e muitos mais desastrados — De como o autor deu, em certo caso, prova de grande prudência, contemporizando, e em outro soube ser arrojado, como devia — Notável contraste nisto com todos os companheiros — Descrição de um aguaceiro, trovoada ou vadeação de um rio e efeitos próximos e remotos que teve sobre os caçadores — De como se jantou — Amarguras estomacais e provações musculares — Campanha da tarde — Bom emprego do último tiro — Dificuldades que trouxe a noite — Confusão dos companheiros e frieza de ânimo no autor — Considerações sobre a maneira de se orientar no caminho um caçador perdido — Algumas palavras sobre o melhor sistema de cozinhar a caça — Preceitos do regime alimentar do cão — Recapitulação de tudo quanto se disse — Peroração em honra da caça em geral e da caça da lebre em particular — Transição para outra história.

Todos estes capítulos, difusamente desenvolvidos, ouviu portanto Daniel, com mostras de curiosidade. A terceira história porém já o encontrou mais indiferente; a quarta recebeu-a com bocejos, a modo de comentários; a quinta com impaciência manifesta; a sexta com inquietação; a sétima com horror — horror que foi crescendo gradualmente até à duodécima.

Pedro fazia então o elogio fúnebre do perdigueiro que, havia um mês, lhe tinha morrido.

— Olha que era um animal aquele, Daniel, que parecia que entendia uma pessoa! Eu nunca vi bicho mais fino! Se tu o visses no monte! Aquilo era um azougue. Um dia, tinha ido eu, o Luís do mestre-escola e o Francisco do alferes...

— Isto que horas serão? — perguntou Daniel, a ver se desviava de si a história iminente.

— Vai nas três — respondeu Pedro, e continuou: — Mas íamos nós todos... ai, é verdade, ia também o Domingos Cabo-mor... oh!... mas esse não mata um pardal. Tem aquele diabo um costume...

— Que insuportável calor! — bradava Daniel, tão pouco à vontade no leito, como se fora de Procusto.

— Hoje está quente, está — concordou o irmão, e continuou: Mas tem aquele diabo um costume, que, por mais que eu lhe diga, não é capaz de perder.

Daniel colocou a almofada do travesseiro sobre os ouvidos, para não ouvir.

— O costume é o seguinte: tu sabes que no tempo das perdizes...

Foi neste momento que entrou o reitor no quarto.

— No tempo das perdizes, no tempo das perdizes, tanto mentes, quanto dizes. É manha velha de caçador. Gabo-te os vagares, Pedro! Nem que um homem viesse a este mundo para andar de arma ao ombro e polvorinho ao tiracolo, por montes e vales, tiro aqui, tiro acolá, vida de galgo atrás de lebre; e a casa por aí, sabe Deus como!

— Isto era para conversar um bocado — disse Pedro, sorrindo a esta objurgatória do padre.

Daniel ia a erguer-se; o reitor não lho permitiu.

— À vontade, à vontade; quem acabou de ouvir uma ladainha a Santo Huberto, como eu imagino... ainda se fosse só imaginar! — como eu, infelizmente, sei por experiência também — não deve sentir-se com grandes forças para se ter em pé.

Daniel sorriu.

— Mas veja lá, Daniel — continuou o padre —, veja você este seu irmão. Que homem de casa aqui se está preparando! Esquecido a taramelar e o trabalho na eira entregue a criados que, quando eu passei, bem pouco se cansavam com ele. Tudo vai ao deus-dará nesta casa, depois que o maldito vício da caça virou a cabeça a este homem! Olha que um chefe de família, Pedro, não é só responsável por si, mas também por toda a sua gente — parentes e criados. Ele é que deve dar o exemplo. E eu, para te dizer a verdade, não gostei nada de ver aquela doida da Maria, lá embaixo, com os meliantes dos teus criados, que só sabem tanger violas e dançar, como ainda agora faziam. Eu, apesar de a coisa não ser comigo, que não sou dono da casa, sempre lhes fui ralhando, para de todo não perder o tempo. Agora tu...

— Pois os vadios estavam a cantar e com o trabalho por fazer?

— Boa dúvida! Onde o patrão dorme, ressonam os criados. E fazem muito bem.

— Ora eu lhes vou dar já a cantiga.

E, distraído da sua paixão favorita, Pedro saiu do quarto, com direção à eira.

— É um bom rapaz! — disse o reitor, ao vê-lo sair.

— Isso é. Pedro há de vir a dar um excelente pai de família — acrescentou Daniel.

— Para isso, basta-lhe o grande fundo de moralidade daquela alma — replicou o padre, indo buscar uma cadeira que aproximou da cabeceira do leito, no qual Daniel, a instâncias dele, se conservava ainda.

Daniel seguia com a vista os movimentos e gestos do padre e suspeitava que ele tinha alguma coisa a dizer-lhe.

— A moralidade — continuava este — é a primeira condição para a felicidade do homem. Como pode querer que o respeitem, o que não sabe respeitar os outros, nem respeitar-se a si próprio?

— Temos sermão — pensava Daniel. — Onde quer ele chegar?

De repente o reitor, como se lhe acudira uma ideia imprevista, disse, fitando os olhos em Daniel e em tom que procurou fazer natural:

— É verdade, ó Daniel, então você tem casamento contratado e não dá parte à gente?

— Eu?!... Casamento?... — exclamou Daniel, deveras admirado, e sentando-se no leito.

— Casamento, sim. Ainda agora mo asseguraram.

— E quem é a noiva que me destinam?

— Uma vizinha sua. É aqui a filha do João da Esquina.

— Ah! Isso sim — disse Daniel, sorrindo e deitando-se outra vez.

— Isso sim? Não leve o caso a rir, que o negócio é muito sério. Porventura não haverá fundamentos para a notícia que me deram?

— Eu tenho ido a casa dela, é verdade.

— Ah!

— Mas... como médico...

— Não está má medicina, a sua! Então que tratamento lhe aconselhou?

— Confortativo — respondeu Daniel, gracejando.

— Ah! E o boticário entenderia as receitas que escreveu?

— Nem todos os conselhos médicos precisam do auxílio do boticário. Os banhos de mar, os passeios, os leites de jumenta e as diferentes prescrições do tratamento moral, por exemplo.

— Estou vendo que foi um tratamento moral o que fez.

— Exatamente.

— Olhem que cegueira a do João da Esquina, e a de seu pai e a minha até, que não vimos que era uma carta de guia para bom caminho, uns mandamentos para a salvação do corpo e não sei se da alma também, o que ainda há pouco lemos!

— O quê? Pois leram?... — perguntou Daniel com vivacidade e erguendo-se outra vez.

— Lemos, sim. Mas não entendemos. Veja lá: a mim pareceu-me aquilo uma coisa desaforada; e ao João da Esquina, então? Esse não descansou enquanto não teve de nós a promessa solene, de que o obrigaríamos, a si, a uma reparação.

Daniel tinha já os pés no pavimento.

— Uma reparação? Por quê?... A quem?...

— Olhem que inocência! Precisa talvez que eu lhe responda?

— E que espécie de reparação hei de eu...?

— A única devida a uma rapariga a quem...

— A quem?...

— Cuja boa fama se perdeu!

— Então acusam-me de ter perdido a boa fama daquela menina e querem-me constranger talvez a casar com ela? — exclamou Daniel sobressaltado e pondo-se a pé num ímpeto, como se o picasse uma víbora.

— Quem mais o constrangerá, há de ser a consciência, que ainda não emudeceu de todo em si.

— Não constrange, não. Não me julgo moralmente obrigado a reparação de qualidade alguma. A menina Francisca... tem uma cabeça... bonita na verdade, realmente bonita...

— Está bom, está bom. Que tenho eu com essas bonitezas? Isso não vem agora a nada.

— Bonita, digo eu, mas leve, leve como uma bola de sabão — continuou Daniel.

— É defeito de muita gente.

— Achei-a triste, tão triste por ser trigueira... veja que doidice aquela!... que entendi... — não entraria isso nos meus deveres de médico? — entendi que a devia curar. Ora pensando que para esse efeito mais valeria um galanteio, do que todas as drogas medicinais...

— Então, então... — disse o reitor, um pouco despeitado com o tom leviano de Daniel — deu agora em gracejar comigo?

— Não gracejo. É que realmente o meu procedimento... não digo que fosse duma sisudez exemplar, mas não merece as cores negras com que lho pintaram, nem reclama as medidas extremas e violentas que me propõem. Um casamento impossível!

— Impossível! O que aí vai! Não o fazia tão fidalgo! Com que então...

— Olhe, Sr. Reitor — disse Daniel, tomando um ar mais sério —, vou falar-lhe com toda a sinceridade. Eu sou bastante leviano; conheço que o sou. De ordinário não me canso muito a calcular consequências, antes de dar um passo qualquer. Caminho de olhos fechados em muitos atos da vida e sobretudo quando só eu lhes posso vir a sentir os efeitos maus. Mas há uma coisa em que não me costumo a pensar levianamente. É no casamento. Se um dia me vir casado...

— Rezarei a todos os santos por sua mulher? Estou certo que será bem preciso.

— Se um dia me vir casado, suponha que encontrei uma mulher, por quem sinto alguma coisa mais além do amor, por quem sinto o respeito e a confiança que se devem a uma mãe de família. Não tenho sido muito escrupuloso em contrair certa ordem de ligações, é verdade; porém nunca me lembrei de fazer dessas mulheres que amei, nem quando a paixão me cegava mais, os anjos familiares a quem entregamos o nosso futuro inteiro. Neste sentido tem-me espantado o arrojo de muitos. E não é isto tenção formada em mim contra o casamento; mas é que acho muito grave a missão de esposa e de mãe, para a entregar assim levianamente em quaisquer bonitas mãos, só porque são bonitas.

— Isso lá é verdade — disse o reitor, que não previa que nestas palavras aprovadoras assinava a sua capitulação.

Daniel, ainda que tivesse sido sincero no que dizia, não desestimou ver assim o reitor quase voltado para o seu lado, e prosseguiu com mais ardor:

— Ora quem quiser que tente fazer daquela menina, que sabe os verbos, uma boa mãe de família; eu por mim é que não farei a experiência. Era uma tremenda responsabilidade que tomava para com meus futuros filhos.

— Não, não vamos também agora a fazer da pequena pior do que ela é — observou o reitor. — A cabeça é um pouco estouvada, sim, mas o fundo é bom, e passados anos... Mas, homem dos meus pecados, se você pensa assim, e nisso não serei eu que lhe diga que pensa mal, para que se mete nestes enredos? Para que dá ocasião a que os outros se julguem com direito a...

— Tem razão, Sr. Reitor. Eu não me quero apresentar como inocente. Digo humildemente: *peccavi*. Mas que quer? Onde se encontram facilidades... nem todos têm força para se vencer. E depois olhe que nos faz falta deveras a capa egípcia de José, para a sacudir dos ombros em ocasiões de aperto.

— Adeus! Aí torna com as suas! — disse o reitor, custando-lhe a disfarçar um sorriso.

O certo é, porém, que o padre estava aplacado. Tranquilizou Daniel, contando-lhe tudo o que tinha sucedido. Fez-lhe um longo sermão de moral, afirmando-lhe no fim que, se não fosse por saber a família Esquina "useira e vezeira" nestas tentativas de especular casamentos de vantagem, e nem sempre por meios justificáveis, seria menos indulgente.

Daniel fez voto de emenda e protestou ser aquela a sua última rapaziada!

Graças, porém, à loquacidade da Sra. Teresa a história dos versos transpirou e causou escândalo na aldeia. Não se falou em outra coisa, durante algumas semanas. Os pais olharam Daniel com desconfiança; os rapazes, com ciúme; as raparigas, com curiosidade. O trio de línguas da casa dos Esquinas cantou a palinódia a respeito de Daniel e com não menor valentia do que a empregada nas loas, com que primeiro o tinham celebrado.

Por todos os lados da aldeia ressoaram os coros. O nível da reputação de João Semana subiu no conceito público. Daniel confirmou a sua reputação de libertino e de homem perigoso. Ele é que era indiferente a isso tudo. Dava-lhe poucos cuidados o futuro da sua vida clínica, assim tão ameaçado. Continuava gozando, com resignação, se não com prazer, os ócios daquele viver de morgado. As suas maiores distrações eram o passeio, a caça e a pesca.

Na menina Francisca já não pensava. Desprestigiou-a de todo aquela conspiração matrimonial. Do ódio, com o qual daí em diante o honraram os progenitores da menina, nunca ele se lembrou.

CAPÍTULO XXVI

Quando contaram a João Semana o que se passou entre Daniel e a família dos Esquinas, o velho cirurgião não o quis acreditar.

Teve, porém, de ceder à unanimidade das opiniões, e então não se fartou o nosso bom homem de benzer-se, de espantado.

João Semana era intolerante em coisas de moral, e principalmente médica. Para bons ditos, anedotas e contos, ainda que às vezes temperados com o sal de Boccacio, de La Fontaine e da rainha de Navarra, tinha grande indulgência o velho clínico, que, por toda a parte, os contava também, sem escolha de auditório, nem de ocasião; mas a menor aventura que, de longe sequer, se aproximasse do gênero das de que ele fazia crônica de tão boa vontade, dificilmente encontraria remissão no seu tribunal. Se o réu era um colega, crescia então de ponto a austeridade. Por isso o procedimento de Daniel encontrou nele um severíssimo juiz.

Forçoso é, porém, dizer que uma circunstância havia em todo aquele episódio, que, mais que nenhuma, o escandalizara. De fato, conquanto manifestamente o não dissesse, o que em extremos o irritava, era ter Daniel caído na fragilidade de fazer versos. João Semana não tinha em grande conta de coisa séria a poesia; e então poesia daquela! Inda se fosse um soneto, vá. O soneto tem um aspecto sério, grave e discreto, que não derroga a dignidade de ninguém. Qualquer desembargador, cônego, ministro de estado honorário, ou lente jubilado — quatro das mais sérias entidades sociais — pode fazer um soneto sem agravo da sisudez oficial; mas aquela poesia travessa, ligeira, folgazã, de Daniel, poesia de um gênero novo para João Semana, poesia sem musas nem Apolo, fê-lo sair fora de si.

Joana teve que o ouvir naquele dia.

— Aí está o que você faz, aí está — dizia ele —, por sua causa, pela desastrada lembrança que teve de mandar aquele doido em meu lugar é que tudo isto sucedeu. Sempre tem lembranças!

— Deixe lá, Sr. João, olhem a grande coisa! — respondia a criada.

— Ora! Afinal de contas, não passa de uma brincadeira. Fosse a rapariga seriazinha, e não tivesse aquela cabeça que todos nós sabemos, que já nada disso acontecia.

— Ela não é que tem a culpa.

— Não tem? Pois quem? Ele? Não que ele é rapaz. Nada lhe fica mal.

— Que diz você! Nada lhe fica mal! Então um cirurgião ou um médico pode lá ter essas liberdades? Onde é que se viu um homem na nossa posição fazer versos? Não tem vergonha.

— Ora adeus! São rapazes.

— E a dar-lhe! São rapazes, são rapazes, e acabou-se. Boa desculpa! Essas e outras é que deitam a perder a classe.

— Mas que perde o Sr. João Semana com isso?

— Que perco?!

O facultativo, por mais que fez, não conseguiu efetivamente dizer o que perdia; por isso, passado algum tempo, continuou:

— Não é bonito aquilo, não; não é.

— Pois sim, não digo que seja; mas com os anos passa-lhe o fogo. Verá.

Em geral, nos tribunais femininos, os delitos da natureza daqueles de que João Semana acusava Daniel, são julgados como Joana acabava de julgar este. Grande magnanimidade para com o homem, e severo rigor para com a mulher. Entrem lá na explicação do fato os que o tiverem estudado. Eu, por mim, registro-o apenas.

Houve longa discussão entre a criada e o amo, a este respeito, discussão que não deu em resultado a vitória a nenhum dos contendores — fato vulgar em quase todas as discussões. Ela suscitou, porém, em Joana o desejo de se informar melhor das particularidades do delito e da extensão dele.

Em cumprimento deste desejo, tomou a criada de João Semana a sua capa de pano, e partiu, logo que pôde, a colher noções.

Depois de muito andar, de muito perguntar e ouvir, e de muito ralhar, em defesa de Daniel, ainda que, de si para si, a lisonjeasse um pouco a comparação, que todos estabeleciam entre ele e João Semana, em grande proveito do último, deu consigo a Sra. Joana... aonde? Em casa das duas pupilas do reitor.

Foi Margarida quem lhe falou. Passados os usuais cumprimentos, e depois de tentar recusar o oferecimento do cálice de vinho que Margarida lhe fazia, e que afinal sempre aceitou, trouxe a Sra. Joana à conversa o assunto que a preocupava.

— Então, diga-me cá uma coisa, menina. Que lhe parece o nosso cirurgião novo?

Margarida fitou os olhos em Joana, como para adivinhar-lhe nas feições o sentido da imprevista pergunta.

— Que me parece? Que me há de parecer?

— Sim; não acha que está um bonito médico para uma rapariga doente mandar chamar? — continuou Joana, sorrindo.

Ignorando ao que a velha criada de João Semana queria aludir, a pupila do reitor, a seu pesar, sobressaltou-se com esta interrogação.

— Mas... por que me pergunta você isso?

— Pois não sabe?! Ora a menina há de andar sempre fora deste mundo! Aposto que não sabe o que por aí vai com o Daniel?

— Não — respondeu Margarida, sem já poder disfarçar a sua curiosidade, à qual certa inquietação, por ela mesmo mal explicada, se vinha misturar.

— É o que eu digo! — tornava Joana.

— Mas então que há?

A Sra. Joana com a melhor vontade informou Margarida da história da menina Francisca; já se sabe, com muita severidade de comentários para com ela, e a costumada indulgência para com Daniel.

— Aquela bandeira de torre — dizia ela — volta-se para onde lhe sopram. Louvado seja Deus! Não há olhos para que se não enfeite. E ainda o acusam a ele! Faz muito bem; é rapaz. Eu sei que para cirurgião devia ter mais juízo, devia; mas, ora!... Hoje em dia, já se não repara nessas coisas. E depois ele é uma criança e se a Chica lhe não desse trela... estou que se não atreveria a... Em todo o caso, menina, sempre é bom trazê-lo de olho. Aquela cabeça, benza-a Deus, não vale grande coisa, não. Sempre assim foi. Como a Clarita lhe casa agora na família, é natural que ele venha por aqui. Cautela, menina! Eu bem sei que com certa gente não faz ele farinha, mas...

Margarida forcejou por sorrir às recomendações de Joana, mas conseguiu-o mal. Aquelas palavras atravessavam-lhe o coração.

Afligia-a a leviandade de Daniel.

Estava-lhe, pois, destinada a cruel provação de um desengano destes?

As almas delicadas, como a dela, sofrem intensamente, sempre que veem projetar-se uma sombra na imagem daqueles, a quem as suas afeições iluminavam de ideal. Ver abaixar-se à região das paixões menos elevadas e nobres, o coração que se tinha costumado a fantasiar, palpitando só de generosos instintos, é para as ferir de desalento ou para as atormentar de desespero.

Joana continuava:

— A menina ri-se! É o que eu lhe digo. Não lhe deem muita confiança. Não, que ele tenha mau coração. Credo! Conheço-o de pequeno. Aquilo não faz mal a uma pomba; mas enquanto ao mais... — O padre Santo Antônio nos acuda! Eu digo que se eu fosse rapariga... — Mas... que tem que está tão falta de cor, menina? Não está boa?... — Que sente?

— Nada — respondeu Margarida, procurando mostrar-se tranquila. — Não tenho nada. É que está aqui muito abafado...

E, levantando-se, caminhou para a janela, a disfarçar a sua perturbação e a aspirar o ar mais livre, que chegava dali, batido pela folhagem das árvores.

— Não que olhe que sempre hoje está um calor! — disse Joana.

— Mas isso também há de ser debilidade. A menina foi sempre de pouco comer. Beba uma água de caldo, que isso passa-lhe. Ou serão vertigens? Olhe que não é outra coisa. Eu também as tenho e daquelas! Às vezes parece que se me parte a cabeça. É como se me trupitasse cá dentro um regimento de cavalaria. O que é muito bom para isso... sabe?

Não se pode calcular para que longa enumeração de receitas tomava fôlego a Sra. Joana, cujos conhecimentos terapêuticos a convivência com João Semana enriquecera, se Margarida a não interrompesse, dizendo-lhe da janela:

— Mas quem sabe lá se a inclinação do Sr. Daniel por essa rapariga é sincera?

E, ao dizer isto, passava a mão pela fronte, como se de fato a tivesse tomado uma vertigem.

— Boa! — exclamou Joana. — Sempre tem coisas! A menina então não sabe nem quem é o Daniel, nem a Chica da Esquina.

— Então ele é assim incapaz de gostar de alguém? — perguntou Margarida, com afetada indiferença.

— Ele? Ele gosta de todas. Lá por isso... Vá perguntar ao sobrinho do regedor, que viveu com ele quando andou lá no Porto a estudar para padre... e olhe que também saiu um padre!... de se lhe tirar o chapéu; não tem dúvida nenhuma... mas vá-lhe perguntar quem é o menino. Gosta da Chica!...

Neste ponto, a Sra. Joana fez um gesto, muito seu: fungou ruidosamente, torcendo o nariz, fechando o olho esquerdo e prolongando o lábio inferior — conjunto de sinais fisionômicos, que valia um discurso.

Em seguida continuou:

— Olhe que ele soube-me muito bem dizer, no outro dia, que só lhe fazia conta mulher que tivesse cem mil cruzados, e que a queria da cidade. E ia agora gostar da Chica? Estava indo! A menina está a ler.

Esta conversa torturava Margarida. Joana, sem o saber, era de uma crueldade inquisitorial. A sua loquacidade prometia longa duração, se as badaladas do meio-dia, na torre da igreja paroquial, a não viessem pôr em sustos de chegar a casa depois de seu amo.

— Ai, meio-dia já! Senhor me dê paciência! — exclamou ela, juntando as mãos. — E eu que tenho o jantar tão atrasado! Adeus, menina, adeus, sem mais.

E tomando, toda açodada, a capa que tinha pousado, e ajeitando à pressa o lenço engomado que trazia à cabeça, ia a sair, rosnando a oração meridiana:

— Bendita e louvada seja a hora, em que meu Deus, Nosso Senhor Jesus Cristo, padeceu e...

Mas ao transpor o limiar da porta, achou-se inesperadamente em frente de Clara, que a obrigou a parar.

Segundo o costume, vinham radiantes de alegria as simpáticas feições da irmã de Margarida.

Ao ver Joana, saiu-lhe dos lábios uma exclamação de prazer:

— Viva! Já não há quem a veja, Sra. Joana! Eu até principiei a rezar-lhe todas as noites por alma um Padre-Nosso e uma Ave-Maria.

Joana, a quem tanto quadrava este gênio folgazão e descuidado de Clara, tinha por costume fingir, na presença dela, que o não podia sofrer; mas o jeito que, a seu pesar, lhe tomava a boca, inutilizava-lhe a dissimulação.

— Olhem os meus pecados! — disse ela voltando para a sala.

— Inda mais esta! Boa te vai? Estou bem aviada!...

Clara pusera-se a olhá-la com atenção e espanto afetado.

— Então que tafularia é esta?! Lenço novo de cassa! Já reparaste, Guida? E arrecadas! Ai! Estou para morrer! O mundo perde-se! Agora é que eu o digo.

— É para que veja — disse Joana, custando-lhe a manter a serenidade.

— Ó Joana, você irá casar-se?

— Olhem, olhem... ela aí vem com as suas tolices! Tenha juízo.

— Não, mas... sério, isto tem que se lhe diga... E penteada! Ai, e penteada!

— Que penteada? Que penteada? Cuida que todas são como ela. Sempre está uma mulher casada!

— Ainda não, se faz favor.

— Pobre do homem! Melhor sorte merecia aquele Pedro, que tão bom mocinho era... e é.

— Ah! Como ela diz isto! Querem ver que... Queres tu ver, Guida, que... Pois será com ele? Veja o que faz, Joana, olhe que eu...

— Adeus! Sabe o que mais? Não estou para a aturar. Deixe-me ir embora, ande.

— Embora? Isso é que não vai daqui tão cedo.

— E Jesus Senhor! Deixe-me ir, que é meio-dia, e faz-se-me tarde. O meu amo está à espera... Valha-me Deus! Ora o que me havia de aparecer?

— O seu amo? Ainda há pouco ele ia para a banda dos Casais.

— Num momento põe-se em casa. Deixe-me ir, menina.

— Não vai.

— Olhem que praga! Então? Isso não tem graça nenhuma. Não vê ali a Margaridinha como tem juízo?

— Venha-me com isso, a ver se me mete em brios.

— Ai, cuida que eu tenho os seus cuidados? Menina, deixe-me ir embora. Que seca!

— Deixa-a ir, Clara, deixa, que pode fazer falta — disse por fim Margarida, que as estivera escutando, distraída.

— Vá lá; em atenção à Guida. Mas há de vir então pelo quintal, que lhe quero dar um ramo para o Sr. João Semana.

— Não que ele está agora mesmo à espera dos seus ramos, nem dorme com a lembrança.

— Há de levar-lhe um ramo de meu mando. Já disse. Amores antigos não esquecem.

— Olhe, deixe antes isso para o cirurgião novo, que esse é que não lho enjeita.

— Quem? O Sr. Daniel? Ai, é verdade... Tu sabes, Guida? — disse Clara, rindo. — A Chica do tendeiro...

— Sei, sei — respondeu Margarida, erguendo-se com vivacidade.

— Sempre tem uma cabecinha o tal senhor meu cunhado! Mas eu por mim sou ainda pelo João Semana. Olhe, Joana, diz-lhe você que me faça uns versos também? Assim como os do outro.

— Ai, vai já fazê-los; pode esperar por isso.

— Uns versos como os tais da... trigueira... Não eram da trigueira?

— Sim, sim; tudo se há de arranjar.

— É verdade, que eu já sei uns que serviam.

E, saindo com Joana para o quintal, Clara pôs-se a cantar:

Morena, morena,
Dos olhos rasgados,
Teus olhos, morena,
São os meus pecados.

CAPÍTULO XXVII

Margarida ficou só na sala.

Viera aumentar-lhe a turbação, em que estava já, esta cantiga de Clara.

Andava-lhe muito ligada a ideias do passado, para a poder escutar com indiferença.

Aquela toada era para Margarida como as palavras misteriosas que, em certos contos de fadas, se diz terem o condão de evocar dos páramos mais agrestes, jardins, florestas e palácios encantados; povoara-se-lhe a imaginação, ao ouvi-la, um pouco de recordações ao princípio, e depois, muito de fantasias.

Encostada ao peitoril da janela, e apoiado o rosto nas mãos, assim ficou por muito tempo com o olhar vago e o pensamento mais vago do que o olhar ainda.

Se o espírito, ao sair dessas exaltadas abstrações, se volta de súbito para a realidade do presente, o desencantamento é fatal e amargo. Entra-nos então no coração um profundo desgosto da vida, e como que se nos quebram as forças para continuar a ação.

Estava passando por um desses estados o espírito de Margarida. As vozes joviais da irmã e os risos de Joana chegavam-lhe aos ouvidos; e afligiam-na aqueles sinais de alegria.

As vivas cores das rosas e dos cravos atraíam-lhe, a seu pesar, as vistas para os alegretes do jardim, e impacientavam-na; quase lhes queria mal por aquele aspecto festivo.

Quando, em épocas de provação para a alma, a sós com os nossos pesares e as nossas lágrimas, escutamos lá fora o ruído ou divisamos o esplendor das festas, alguma coisa estremece dolorosamente em nós.

Sentia-o Margarida naquele instante e tanto lhe crescia o mal, que, para fugir-lhe, ergueu-se e passeou com agitação por algum tempo na sala.

— E por que não hei de eu também distrair-me, como se distrai a Clara? — pensava ela. — Virão já de nascimento estes gênios assim? Mas como se há de acreditar que o Senhor queira fazer cair sobre a criatura, que ainda o não ofendeu, este grande castigo de uma tristeza tamanha? Não, não pode ser. Antes creio..., isso sim, que o gênio de cada um toma a feição da vida, que em criança se teve... Uma pessoa, afinal, é como uma árvore; enquanto nova é que se pode dobrar, que depois... Ali estão aqueles cedros que, de pequenos, Clara vergou em arco; ganharam essa forma e hoje já não se erguem direitos como os outros. É assim. Quem abriu os olhos e começou a pensar, sem ver grandes alegrias em volta de si, pode lá aprender a sorrir? As crianças então que tudo aprendem dos outros, a falar, a andar, a brincar... como não aprenderiam também a alegria ou a tristeza?

Nisto fizeram-na ir à janela algumas vozes infantis.

Eram quatro crianças, quase nuas, que rodeavam uma pobre mulher, coberta de andrajos e macilenta! E elas, apesar da sua nudez e dos seus rostos pálidos, riam e brincavam em redor da mãe, que nem tinha pão para lhes dar.

À porta das duas irmãs estava sempre sentada a caridade. Não se fechou vazia ainda desta vez a mão da indigência, aberta a implorar ali. A pobre mãe chorava de gratidão ao retirar-se; as crianças brincavam ainda.

— Mas aí vão essas, que riem e brincam — pensava Margarida, vendo-as partir. — E que alegrias têm elas em volta de si?... Alegrias! Antes prantos e dores... Nunca eu senti o que elas sentem: a fome, o frio! E naquela idade, meu Deus! E riem! Então sempre é certo que é do berço, que nos vem este fadário da tristeza...

E calou-se por algum tempo, depois prosseguiu a meia-voz:

— Pois sim, mas há uma riqueza que elas têm e eu não tive. Aquele olhar da mãe. Não vi eu sorrir-lhes a mãe? Coitada! No meio da sua desgraça inda não desaprendeu a sorrir; precisa de risos para os filhos. É ver como eles olhavam para ela. É isso... deve ser isso...

E tornava a passear no quarto; depois, parando junto da janela do lado do quintal, continuou como antes:

— Deve ser isso, sim. No meio da pobreza, no meio da miséria, pode nascer ainda a alegria; mas é preciso que haja um olhar de afeição para a criar... um olhar de mãe, sobretudo. Ai, um olhar de mãe deve ser para a gente quase como um raio de sol para as flores. É ver aquela rosa, que nasceu acolá, à sombra do muro. Como é desmaiada! Enquanto que as outras... Bem faltas de cuidado cresceram por entre a horta aquelas papoulas vermelhas; quem pensava nelas? Mas lá ia o sol animá-las... Clara teve uma mãe que a estremecia, teve o seu raio de sol... eu, de bem pequena, perdi a minha... Quem tão cedo se viu órfã, como há de ser para alegrias?

Neste ponto, entrou na sala uma rapariga, que as servia, trazendo um ramo de flores na mão.

— Veja, menina — disse ela —, veja o bonito ramo que eu trouxe do campo de baixo. Vou já já daqui, pô-lo ao Santo Antônio, lá dentro.

— Pois, vai, vai, Maria.

E a rapariga, que era uma exposta, saiu cantando alegremente.

— E esta então? — continuou pensando Margarida, quando ela se retirou. — Que mãe teve esta para lhe semear a alegria, que nunca perde? A pobre nem família conhece; a gente, que a criou, não a tratava com carinhos. E como ela vive! E como ri! Não há dúvida pois; não há dúvida que se vem ao mundo assim. Então eu... Ó Senhor! Mas isto não pode ser. Que condenação, meu Deus!

E como se procurasse convencer-se de uma outra solução menos desconsoladora, do problema em que meditava, prosseguiu pouco depois:

— Mas quem me diz que é isto uma condenação? Por que não hei de ver se posso tirar de mim estas ideias negras? Olhando-se bem claro dentro de nós mesmos, talvez... Vejamos: estou hoje triste; é verdade. E por quê? Esta manhã não o estava. Lembra-me que até me ri com a Clara... Parece que é mau agouro esta alegria, que sentimos às vezes ao acordar! Depois... há pouco... foi depois que veio aquela mulher... E que me disse ela? Tudo que lhe ouvi não era para isto. Não, decerto. Afinal que tenho eu com...

Aqui, o pensamento quebrou o jugo que o constrangera a seguir o caminho estreito da reflexão e entregou-se insofrido à mais extravagante carreira.

Na posição e nos gestos de Margarida nada acusava a revolução mental que se operara; mas, instantes depois, ela murmurava já: — Quem sabe se aquela rapariga?... Mas não, não pode ser... E ele? Que mudança traz o tempo! Eu não sei como são certas memórias também... Mas que admira? A vida de cidade... Quem havia de pensar?... Parece-me que ainda o estou a ver, quando ele era criança, e vinha... Dez anos!

Absorvida em pensamentos desta ordem a veio encontrar o reitor, que raro deixava de visitar as suas pupilas.

— Em que cismas tu, rapariga? — disse-lhe o padre. — Santo Nome de Jesus! Não posso atinar o que tanto tens para cismar. Nem que te pesassem aos ombros grandes canseiras de família! Deita o coração ao largo! Não vês a Clarita? Faz assim como ela. Lembra-te que tens vinte e três anos. Aos sessenta é que é natural pensar assim.

Margarida beijou-lhe a mão, dizendo-lhe:

— Isto julgo que nem é pensar. É quase um esquecimento de tudo e de nós mesmos em que às vezes se cai. Mas faz bem em ralhar comigo, Sr. Reitor, faz muito bem. Este costume é mau. É quase uma doença, da qual hei de ver se me curo.

— E tens juízo. Olha, minha filha, isto de pensar muito... Enfim, o Senhor para isso nos deu a razão, mas... Queres tu saber? Um dia veio aqui um homem que, pelos modos, é um grande sábio, um destes filósofos da cidade. Era domingo e eu tinha de fazer a minha prática. O tal sujeito foi para a igreja. Quando o vi lá, fiquei assustado. Enfim... com esta boa gente daqui entendo-me eu bem, mas, pobre cura de aldeia que sou há vinte anos, o que queres tu que eu possa dizer diante de gente instruída e ilustrada, como era o tal? Estive para desanimar, Margarida, olha que estive; mas disse comigo: "Não, senhor, eu não devo recear. Não tenho lido muitos livros, é verdade; mas os Evangelhos leio-os todos os dias. Eles me ajudarão. Pois não tenho eu lá aquele sermão da montanha?" E fui para a igreja e abri o São Mateus e li: "Amai a vossos inimigos, bendizei aos que vos maldizem, fazei bem aos que vos têm ódio, e orai pelos que vos maltratam e vos perseguem". Bastou-me isto e pus-me a falar, assim como te falo agora, Margarida. Achava-me à vontade. Pois sabes? — que é ao que eu trouxe isto — o tal homem de que eu me receava foi ter comigo à sacristia para me abraçar e disse-me: "Gostei de o ouvir; deram-me as suas palavras, por algum tempo, mais sãs consolações do que as minhas noites de estudo". Ficou-me este dito do homem e pareceu-me que ele tinha consigo grande coisa a afligi-lo. Pensava demais talvez. Corre-se até o risco de endoidecer. Nada, não tem jeito.

Margarida sorriu, assegurando ao reitor que evitaria esse perigo, fazendo por se distrair.

No decurso da conversa ulterior falou-se em Daniel. O padre aludiu à entrevista, que tinha tido com ele, e procurou atenuar a culpa do rapaz, expondo as ideias que lhe ouvira em relação ao casamento e à escolha de uma esposa.

O resultado de tudo quanto disse foi deixar Margarida mais pensativa do que antes.

CAPÍTULO XXVIII

Passou todo o mês de agosto e parte do de setembro, sem que se celebrasse o casamento de Pedro e de Clara.

Pequenos estorvos, os quais será inútil referir aqui, baldaram a diligência, com que andara o reitor em obter os papéis necessários às duas partes contraentes.

O padre estava ansioso por proclamar, à missa conventual, os primeiros banhos, e não cessava de interrogar o lavrador sobre o andamento, em que iam os preparativos domésticos para as bodas do filho.

José das Dornas dava a entender que depois do São Miguel era a ocasião mais favorável para a solenidade, visto que a cobrança das rendas lhe permitiria então fazê-la com o esplendor devido.

A ansiedade na aldeia era imensa, porque todos conjeturavam já quanto teriam de memoráveis umas bodas em casa do abastado e liberal lavrador.

Achava-se terminada a principal colheita de milho e não se fixara ainda o dia, em que tão falada e prometedora festa deveria realizar-se.

Em consequência de tais delongas, à primeira esfolhada em casa de José das Dornas assistiu ainda Pedro, como rapaz solteiro.

Esta circunstância não foi sem influência na sucessão dos acontecimentos que temos para narrar.

Concorramos nós também a este serão campestre, que assim nos é necessário.

Julgo que pequeno será o número dos leitores, que não tenham assistido a uma esfolhada na aldeia ou que, pelo menos de tradição, não saibam a índole folgazã e traquinas deste gênero de trabalho, do qual ninguém procura eximir-se; pois antes espontaneamente correm de toda a parte a oferecer-lhe os braços.

É que não há outros serões mais divertidos também.

Ali todos riem, todos cantam, todos se abraçam, e se beijam até; e fala-se ao ouvido, e graceja-se e dança-se, e com franqueza se apontam defeitos, e sem ofensa se recebem censuras, e até são mal colhidas as lisonjas; e tudo isto então, toda esta apetecível desordem, todo este abandono de etiqueta, à vista da porção sisuda da companhia, à qual a tolerância fecha desta vez excepcionalmente os olhos; e, a alumiar uma tal azáfama, meio festiva, meio laboriosa, apenas a luz mortiça dum modesto lampião, pendurado de uma trave do teto ou, ainda melhor, a suave claridade do luar em campo descoberto!

Aquelas liberdades todas são permitidas, ordenadas até, pelo código das esfolhadas.

Cada espiga vermelha, cada espiga de *milho-rei* — como por lá lhe chamam — é a sentença promulgada contra o feliz, a cujas mãos ela chegou.

Cabe-lhe distribuir por toda a assembleia, ou receber de toda ela, um abraço mais ou menos apertado; sentença que ele de boa vontade cumpre, principalmente quando, entre tantos abraços, há um, pelo qual em vão suspira, nas outras épocas do ano.

Esta lei, digna das ordenações daquelas joviais "Cortes de amor" da Idade Média, é a alma das esfolhadas.

Dela provêm os risos, os arrufos, as recusas, as insistências, as queixas, as acusações, os despeitos, e os ciúmes que, ao mesmo tempo, desordenam o serão, excitam os trabalhadores e adiantam a tarefa.

Quando um dia a máquina agrícola fizer ouvir nas aldeias portuguesas o silvo estridente do vapor; quando a força prodigiosa de suas alavancas, o movimento de suas rodas gigantes e complicadas articulações dispensar o concurso de tantos braços, nestes trabalhos rurais; quando a musa pastoril, resignada, trocar as vestes primitivas, por a *blouse* do artista, e esquecer as antigas cantilenas para aprender a canção das fábricas; lembrar-se-ão com saudade das esfolhadas os felizes que as puderam ainda gozar.

A onda econômica adianta-se rápida; dentro em pouco inundará os campos. Deem-se pressa os que ainda quiserem conhecer as velhas usanças, para as quais está já a soar a derradeira hora.

De há muito gozavam de apregoada fama as esfolhadas em casa de José das Dornas.

A impulsos do seu gênio prazenteiro, o velho lavrador pusera em costume o observar-se pontualmente o rito destas festividades campestres.

Não havia ali isentar-se ninguém de cumprir a sentença a que a sorte o sujeitasse, sob pena de ignominiosa expulsão do grêmio e perpétua exclusão de festas semelhantes.

Homens e mulheres, crianças e velhos, amos e criados, todos fraternizavam, todos se nivelavam aquela noite para se abraçarem ou beijarem a até dançarem por fim.

Quem não gostava disto era o reitor, o qual todos os anos, por este tempo, mimoseava com uma longa pregação o seu amigo José das Dornas, mas sempre sem nada conseguir.

Os costumes populares, as práticas tradicionais encontravam no lavrador um apego, quase igual ao que tinha para as crenças religiosas. Parecia-lhe um sacrilégio o infringi-los.

Debalde o reitor lhe dizia:

— Acaba-me com essas folganças, José. Isso é a perdição de muita gente. Não sei como tu, homem sisudo, te pões assim a brincar com as crianças e com os moços em termos de te perderem o respeito.

José das Dornas limitava-se a responder-lhe:

— Ó Sr. Reitor, deixe lá. Uma vez é uma vez. Beijos e abraços, quanto mais às claras, menos perigosos são. Daqueles, que se dão às escondidas, é que é o ter medo. Enquanto ao respeito, sossegue que, quando for preciso, eu sei como ele se faz ter aos atrevidos. E depois, que quer? Eu fui criado nisto.

Este último argumento é sempre o mais irresistível da lógica do nosso homem dos campos.

Qual dos dois velhos tinha razão? Eu sei lá? A falar verdade, não acredito demasiado na inocência daqueles abraços e beijos e muito menos na de alguns que, por motivos particulares, se dão mais do coração e mais tempo se prolongam; mas é também certo que, evitando as esfolhadas, muitas ocasiões se oferecem ainda duma pessoa se perder, e alguma razão tinha José das Dornas ao dizer que estas coisas, na presença de espectadores, se despojam de grande parte da sua gravidade.

Desta vez deviam ser as esfolhadas em casa da família Dornas dignas da sua tradicional nomeada.

A pedido de Pedro, foi convidada muita gente. Encarregou-se ele mesmo de formar a lista, a qual naturalmente abriu com o nome de Clara.

Clara recebia sempre com alegria convites da natureza deste. Margarida quis dissuadi-la de aceitar.

— Que vais fazer, Clarinha? — disse-lhe ela. — Olha eu, se fosse a ti, não ia. Afinal, por mais que digam, sempre nessas esfolhadas há liberdades e costumes, que... que...

— Sabes, Guida? — respondeu-lhe Clara. — Se todos se fossem a levar por os teus conselhos, e a dar atenção aos teus medos, pode ser que o mundo andasse muito bem guiado — e andava decerto — porém morria-se de aborrecimento por aí. É ver que nem me queres deixar ir à esfolhada em casa de meu marido, e quando é ele mesmo que me convida!

— E quem sabe se mais estimaria que não fosses?

— Qual? Estás enganada. Supõe-lo como tu. Eu bem o digo! Olha, minha Guida, tu não servias para casada. Fazias-te ainda mais sisuda do que és, sisuda e séria que nem uma abadessa do convento, e depois havias de querer que o teu homem fosse sisudo e sério como tu.

— Vai, vai, Clarinha; nem eu to posso impedir. Mas, se queres que te fale a verdade, fico sempre a tremer, quando te vejo sair para estes serões. Às vezes, há por lá desordens, rixas...

— Ai, sossega. Eu te prometo que não me meterei em nenhuma.

— Promete-me também que não darás causa a nenhuma — tornou Margarida, sorrindo.

— Como queres que eu dê causa a uma desordem, doida?

— Como há de ser? Eu digo-te, mas não te arrenegues. Tu tens um bocadinho de ruindade, confessa; e, às vezes, para te divertires, gostas de fazer perder a paciência aos outros. Ora, Pedro tem um gênio assomado...

— Deixa-te disso. O Pedro não é homem para se finar por ciúmes só por ver receber ou dar um abraço, em noite de esfolhada. Era o que me faltava também!

— Pois Deus vá contigo, filha; mas lembra-te que dentro em pouco és mulher casada e que o teu noivo está ao pé de ti.

— Estás descansada. E depois, sabes o que o Pedro me disse em segredo? O irmão também faz tenção de ir à esfolhada.

— Quem? O Sr. Daniel?!

— É verdade. Que graça! Mas o Pedro não quer que isto se saiba, para que lhe não faltem as raparigas, com medo ou com vergonha. Estou morta por ver como elas ficam, assim que o virem lá. Ora diz tu, se isto se podia perder.

— Ainda pior.

— Que dizes? Ainda pior! Pois também és das que o pensam excomungado? Pobre rapaz! Quem ouvir falar a essa gente por aí há de fazer dele uma ideia!... Pois não tem nada do que dizem. É amigo de rir, isso sim, mas também sabe falar sério, quando é preciso. E não ouves o que muitas vezes o Sr. Reitor tem dito a respeito dele? Que é um excelente coração, afinal.

— Nem eu digo o contrário, mas...

— Mas és uma medrosa, é o que tu és; uma medrosa, que me andas por aí sempre a sonhar sonhos negros. Um dia hei de fazer-te falar com ele e verás...

— Ai, não, não — exclamou Margarida, quase assustada.

— E como dizes isso! Que medos! Estás como a outra gente, já vejo. Pois admira-me em ti, que não és dessas coisas. É uma cisma que te hei de fazer perder, assim como tu me fizeste perder a das bruxas, que eu dantes tinha. Lembras-te?

Horas depois, Clara despedia-se da irmã, dizendo-lhe:

— Então, Guida, até logo. Eu bem queria que viesses, mas fizeste voto...

— Bem sabes que não sinto alegria nessas festas.

— Como hás de tu senti-la, se nunca vais lá?

E Clara partiu e pulava-lhe o coração de contente, quando ia pelo caminho.

O gênio de Clara pedia-lhe isto. Era uma necessidade para ela as alegrias e as festas.

Não se lhe coadunavam com a índole as melancolias de Margarida. Quando só, saía-lhe dos lábios tão depressa o canto, como os suspiros do seio da irmã.

E a alegria duma, como a tristeza da outra, nem sempre tinham motivo definido.

Vinham-lhes do coração, que parecia espontaneamente exalá-las. Na natureza há fenômenos assim. O canto de algumas aves parece uma lamentação, repassada de profunda melancolia; o de outras soa brilhante, como hino festivo, nos coros da criação; e nem sempre as primeiras têm pesares, de que se carpirem, nem estas júbilos a celebrar. O canto sai-lhes assim modulado por uma disposição natural; pois, quase de igual forma, acudiam os sorrisos aos lábios de Clara e as lágrimas aos olhos de Margarida.

CAPÍTULO XXIX

A esfolhada fez-se na eira espaçosa e desafogada de José das Dornas e por formosíssima noite de luar claro como o dia.

O ser alumiada pelo luar é uma circunstância que redobra o valor da festa.

Eu creio nas influências planetárias — perdoem-me a fragilidade astrológica os homens da ciência positiva. Bem sei que passou já de moda esta crença, tão arraigada nos mais severos espíritos de outros tempos; mas, por mim, ainda me não pude resolver a romper com ela de todo.

Penso eu que o moral e o físico da humanidade andam sob o império de forças multiplicadíssimas, muitas das quais ainda estão por descobrir ou estudar, e não vejo que se possa desde já excluir do rol delas a luz desse planeta pálido, tão querido de amantes e de poetas.

Digam-me, por exemplo, se uma esfolhada ao meio-dia pode ter nunca a índole jovial das que se fazem à claridade da lua? — se nela se concedem beijos e abraços, com tão poucos escrúpulos? — se a gente se ri com igual vontade e franqueza? E não me venham explicar isto só pelo efeito da meia obscuridade, que serena as repugnâncias dos tímidos, e excita a audácia dos arrojados; porque nunca vi elevarem-se ao mesmo grau de intensidade essas ruidosas alegrias e folguedos, quando a luz, ainda menos limpa de sombras, duma só lâmpada ilumina o lugar do serão.

Forçosamente tem a lua parte nisto. Não sei o que há na atmosfera em uma noite assim!

O espírito, mais embotado para as suaves comoções da poesia, parece receber então um raio de lucidez e acreditar vagamente na existência de alguma coisa, acima dos prosaicos interesses da vida positiva; os corações, mais fechados a arroubamentos de amor, sentem-se embrandecer; e de mais de um consta haver infringido, em noites dessas, velhos e porfiados protestos de isenção.

E negam a influência da lua?! No coração dão-se fluxos e refluxos de sentimentos, cuja teoria pode ter alguma coisa de comum com a do fluxo e do refluxo dos mares. É uma vaga crença esta, que me leva a supor a lua favorável ao amor e indispensável à alegria das esfolhadas.

E do meu lado encontro José das Dornas, que esperou por uma noite de lua cheia para celebrar a sua festa.

O velho lavrador tinha dedo para dispor as coisas convenientemente.

Um monte enorme de espigas ocupava o meio de eira. Abertas, de par em par, as portas do cabanal aguardavam as amplas canastras, para onde se iam lançando as espigas esfolhadas.

Sentados em círculo, à volta daquela alta pirâmide, trabalhavam azafamados parentes, criados, vizinhos, amigos e conhecidos, que sempre afluem aos serões desta natureza, ainda quando não convidados.

Não havia lugares de distinção ali. Cada qual se sentava ao acaso ou, quando muito, conforme as suas secretas preferências.

A mais completa igualdade se estabelecera na companhia, desde os princípios dos trabalhos.

José das Dornas, que sabia, como ninguém, manter, nas ocasiões devidas, a sua dignidade de chefe de família, dava desta vez o exemplo de sem-cerimônia, praticando jovialmente, até com o mais novo dos seus criados; e estes usavam para com ele de liberdades que, fora do tempo, lhes sairiam caras. Pedro, rapaz sempre atencioso e grave no seu trato com os velhos, naquela noite, tendo por vizinha uma séria e madura matrona da aldeia, requebrava-se em galanteios para com ela e afetava rendidos extremos, com grande riso dos circunstantes e de Clara, a qual, pela sua parte, fingia uns ciúmes, igualmente aplaudidos da assembleia.

Uma velha, querendo aproveitar o tempo, tentou regular ali as suas contas com Nossa Senhora, rezando uma das muitas coroas, de que lhe estava em dívida; e, a cada passo, rompia em vociferações contra duas raparigas, entre as quais ficara, e cuja contínua palestra a fazia perder na fieira de Padre-Nossos e Ave-Marias da sua interminável reza.

Os arrufos da velha eram novo estímulo para risadas.

Às vezes saltava ao meio do círculo uma criança com grandes bigodes, feitos de barbas de milho, e a ideia era logo apoiada e imitada por todas as outras, com grandes embaraços ao bom e pronto andamento da tarefa do serão. As mães ralhavam, rindo; os pais faziam o mesmo; e, disfarçadamente, punham, ao alcance dos pequenos, novos instrumentos para idênticos delitos.

As raparigas e os rapazes atiravam uns aos outros o gorgulho, que por acaso encontravam nas espigas; o que introduzia grande alvoroço na assembleia e enchia os ares de gritos e de vozerias atroadoras.

E ia assim animado o serão, quando uma circunstância, para quase todos inesperada, veio subitamente esfriar esta fervura.

Esta circunstância foi a chegada de Daniel.

Eram nove horas quando ele apareceu na eira, ainda em trajos de jornada, pois voltava, naquele momento, de excursão distante.

Saudando alegremente a companhia, Daniel pediu para si lugar no círculo dos serandeiros.

José das Dornas, Pedro e Clara, que havia já muito o aguardavam com impaciência, sorriam entre si, ao verem o embaraço em que todos ficaram com aquele reforço.

A reputação que Daniel adquirira não era de fato para lhe preparar um lisonjeiro acolhimento.

Os homens franziam as sobrancelhas e exprimiam, em rosnados apartes, o seu desagrado; as mulheres de idade fitavam no recém-chegado um olhar, como o que lhes mereceria um lobisomem; as raparigas acotovelavam-se, cochichavam umas com as outras, sufocavam os risos e olhavam às furtadelas para Daniel; porém não houve quem se afastasse para dar lugar; antes se apertavam uns contra os outros, como para lhe evitarem a vizinhança.

Daniel repetiu a reclamação e, ao mesmo tempo, corria com os olhos as diferentes figuras, ali reunidas, como a procurar aquela cuja proximidade mais agradável lhe pudesse ser.

O tácito indeferimento do seu pedido continuou porém. Os risinhos mal abafados, as murmurações a meia-voz e o som do esfolhar das espigas, tarefa em que todos pareciam com dobrada vontade empenhados, era o que se ouvia, em seguida à requisição que ele pela segunda vez fizera.

— Então que é isso? — dizia José das Dornas meio a rir, meio despeitado. — Que diabo! Não haverá aí lugar para mais um? Olhem que o rapaz não está empestado.

Houve um movimento geral como para conceder o lugar requerido, movimento simulado porém, que, longe de abrir brecha no círculo, ainda mais o estreitou.

Daniel principiava a preparar-se para conquistar o terreno, que lhe negavam, e com esse intuito fitava já um espaço entre duas galantes raparigas, que naquele momento falavam ao ouvido e riam, quando escutou a voz de Clara, que lhe dizia do outro lado da eira:

— Venha para aqui, Sr. Daniel, se lhe agrada a companhia.

E, arredando-se de uma velha meio mouca e cega, que tinha à direita, Clara ofereceu a Daniel o lugar que ele pedia.

A este não desagradou a colocação e apressou-se a tomar assento, junto de sua futura cunhada.

Uma tal solução foi para todos satisfatória — a não termos de excetuar talvez muitas das raparigas, que mais repugnância tinham mostrado em conceder junto de si o lugar pedido, mas que não desestimariam vê-lo usurpado — contradições de natureza essencialmente feminina.

Daniel compreendeu a necessidade de angariar simpatias na assembleia, que o olhava desconfiada.

Principiou por distribuir cigarros por alguns dos circunstantes, que fumavam, e, chamando-os a cada um pelos seus nomes — para o que interrogava primeiro disfarçadamente Clara —, a todos dirigiu um cumprimento, que algum tanto os abrandou.

Às velhas ofereceu uma animada descrição vocal da procissão das Cinzas, no Porto; descrição modelo, embora não primasse em exatidão, nem no número dos andores, nem na designação dos santos. No fogo do seu *raptus* inventivo, chegou a falar em um certo São Macário, bispo, com grande espanto duma velha, cujas reminiscências da procissão dos franciscanos nada lhe diziam de tal santo. Daniel inventou-lhe uma biografia, digna de Ribadaneira. As velhas abrandaram a acrimônia dos seus olhares.

E os rapazes? Para com estes experimentou Daniel a receita de Orfeu, para brandar as pedras, tentou a música. Achou à mão uma viola e tirou alguns arpejos e executou umas variações sobre motivos da cana-verde, que atraíram a si as simpatias dos que tinham no coração verdadeiros instintos artísticos.

Para as raparigas não procurou arte de se fazer valer, porque estava ele persuadido — não sei se com fundamento — que quaisquer que fossem as aparências, não lhe deviam elas ter muito má vontade, sabendo-o um dos mais entusiastas admiradores do sexo.

Apesar de tudo, não se animava o serão. Reinava ainda certo constrangimento; a conversa fazia-se por grupos e em voz quase baixa, e mantinha-se, por assim dizer, desencadeada.

Os únicos a falarem alto, além de Daniel, que por muito tempo fez, como costuma dizer-se, a despesa da conversação, eram, às vezes, Pedro, José das Dornas e Clara.

Esta ria ao ver a dificuldade com que Daniel conseguia esfolhar uma espiga, enquanto ela aviava meia dúzia.

— Que desastrado! — dizia Clara. — Nesse andar tem que fazer.

— Então como é que se arranja esta coisa?

— Assim, ora repare. Pega-se num prego...

— Mas que é do prego?

— Então não sabia pedi-lo? Aí tem um. Mas pega-se num prego, e atravessa-se o folhido assim, e depois...

A execução substituiu o resto do preceito. Num momento estava a espiga esfolhada e na canastra.

— Está pronto — acrescentou Clara.

— Vamos a ver se eu sei — disse Daniel. — Seguro o prego; pronto... Atravesso o folhelho, ou folhido, ou lá o que é... Até aqui vai bem. E depois... e depois... e depois...

Esta repetição era devida à dificuldade que ele encontrou em executar a última parte da operação.

Clara não se fartava de rir e as outras raparigas riam também com ela. Algumas faziam ouvir o seu epigrama, com menos rebuços já.

Ainda assim, não se declarara abertamente a confiança, nem se generalizara a conversa. O que cada um tinha a dizer, comunicava-o ao vizinho mais próximo; este, se julgava a coisa digna de referência, transmitia-a ao imediato, de maneira que todos a vinham a saber, mas sucessivamente, e pouco a pouco, cada qual ria por sua vez, e sem aquelas súbitas, unânimes e estrepitosas manifestações de alacridade, desafiadas por um bom dito, ao soar imprevista e simultaneamente aos ouvidos duma assembleia inteira.

Havia em todos vontade de modificar esta feição séria e retraída do serão; mas ninguém tinha coragem de empreender a revolta.

De mais a mais, nem uma só espiga vermelha aparecia a oferecer pretexto à realização deste desejo tácito de todos.

Clara foi a única, nestas condições, a quem sobraram ânimos para fazer alguma coisa decisiva. Levantando a voz argentina e sonora, que todos os presentes conheciam bem, principiou a cantar:

Andava a pobre cabreira
O seu rebanho a guardar,

Todas as vozes de raparigas, como por impulso comum, juntaram-se em coro e terminaram na mesma toada a quadra:

Desde que rompia o dia
Até a noite fechar.

Clara continuou:

De pequenina nos montes,

E prosseguiu o coro:

Nunca teve outro brincar,
Nas canseiras do trabalho,
Seus dias vira passar.

A letra e a música desta cantiga ou xácara popular comoveram intimamente Daniel, despertando-lhe memórias amortecidas, avivando-lhe imagens, quase apagadas, entre as quais uma, mais suave que todas, o enlevava. Era a da pequena Guida, da sua companheira de infância, a que tantas vezes ouvira aquela simples canção, que falava também duma guardadora de rebanhos, como ela era. Na voz de Clara alguma coisa julgou Daniel descobrir da inocente criança, que recebera então as primícias do seu coração infantil, mas apaixonado já. Esta primeira analogia fez-lhe notar que no olhar também, no gesto e no rir a havia igualmente e isto obrigava Daniel a fitar em Clara olhos mais observadores que nunca.

Dentro em pouco esqueceu-se do que primeiro o levara à contemplação e, sem já pensar na pequena guardadora de rebanhos, continuava a olhar para Clara com uma atenção não encoberta.

No entretanto Clara continuava cantando:

Sentada no alto da serra
Pôs-se a cabreira a chorar.

E as raparigas todas seguiam:

Por que chorava a cabreira
Agora haveis de...

— Milho-rei! milho-rei! milho-rei! — rompeu de um lado uma voz, e esta tríplice exclamação tudo pôs em desordem; interrompeu o canto, e arrebatou Daniel à doce contemplação em que se deixara cair.

Aquele grito partira de José das Dornas, que fora o primeiro a cujas mãos concedera a sorte, enfim, uma espiga vermelha.

A festa mudou súbita e completamente de caráter.

À exclamação do lavrador respondeu grande alarido na assembleia. De todos os lados se pedia o cumprimento da lei das esfolhadas. Cabia pois a José das Dornas fazer a primeira distribuição de abraços.

O alegre lavrador não se fez rogar.

Seguiu-se então um espetáculo eminentemente cômico. José das Dornas ergueu-se do lugar onde estava, para correr, um por um, todos os outros e, com profusão de abraços, dar o exemplo de observância à lei reguladora da festa.

Todo este cerimonial foi acompanhado das gargalhadas dos espectadores e entremeado de observações jocosas do oficiante, o qual fazia valer sobremaneira o ato, graças ao gênio folgazão que Deus lhe dera.

A cada rapariga que abraçava, José das Dornas, prolongando mais o abraço, dizia com visagens e gestos, que faziam estalar de riso os circunstantes:

— Na minha idade, aos sessenta anos, só o *milho-rei* me podia dar destas fortunas! Ainda bem que a sorte mo trouxe às mãos.

Ao abraçar os homens, exclamava ele, com certo ar de desconsolação, comicamente expressivo:

— Que belo abraço desperdicei agora!

Passando pelos filhos, abraçou-os também, dizendo-lhes:

— Rapazes, tenham paciência. Eu sei que não são destes abraços que vós quereis. Mas é lei, é lei. Os outros virão a seu tempo.

A um criado, disse, meneando a cabeça:

— Ah! Maroto! Ser obrigado a abraçar-te, quando tanta vontade tinha de te apalpar de outra maneira as costas! Ora vá, que talvez te não gabes doutra.

O certo é que, depois disto, começou a animar-se a esfolhada. As espigas vermelhas, como se atraídas pelo bom acolhimento feito à primeira, apareceram sucessivamente a diferentes mãos e cada uma, que aparecia, dava lugar a episódios graciosos e a prolongada hilaridade.

Às vezes era uma rapariga tímida e acanhada, que não queria cumprir a sentença; e então todas as vozes se reuniam a exigi-la; e ela a recusar-se, e os vizinhos a empurrá-la, e todos a aplaudirem, e a rapariga, sorrindo e enleada de confusão, a correr a roda, e alta vozearia a celebrar com ovações a vitória sobre a rebelde; outras, era um velho ou velha, a quem faziam tropeçar, ou abaixar-se para dar o abraço, e que depois cobriam desapiedadamente de montes de folhelho, com aprovação e coadjuvação geral da parte jovem dos serandeiros; outras, um rapaz destemido, que, pela terceira vez reclamava abraços, e contra o qual se tramava uma conspiração mulheril, a contestar-lhe a legalidade das pretensões, acusando-o de fraude e de trazer de casa as espigas vermelhas, de que se valia; animava-se então a discussão, mas afinal sempre se davam os abraços.

Todos porém aceitavam as excepcionais liberalidades desta noite de tradicional folgança, com a consciência de que não poderiam nunca fazê-las valer a justificar ulteriores e mais arrojadas aspirações.

Havia porém um espectador e ator destas cenas noturnas que, por circunstâncias fáceis de prever, não estava muito de ânimo a receber com a mesma frieza as concessões do estilo.

Esse era Daniel.

Havia muitos anos que ele não tomara parte nestes serões, de forma que, ao participar dos privilégios, que, só em ocasiões tais, lhe podiam ser concedidos, não conservava, no mesmo grau que os seus companheiros, a tranquilidade de espírito e a frieza de ânimo, com que os outros contavam, ao sair dali, dormir um sono sossegado e livre de pesadelos.

Todos poderiam receber duma rapariga um abraço e esquecê-lo logo depois; Daniel é que dificilmente conseguiria afazer-se a isso.

Além de que, a noite era de luar; daquele luar de que falei, magnético, inebriante, que exalta a imaginação, que a inquieta, e nos predispõe a sonhar! E então uma imaginação como a de Daniel!

Havia de mais a mais outra circunstância, que concorria para produzir nele estes efeitos excepcionais.

As raparigas não lhe concediam os abraços, marcados pelos estatutos da festa, com a mesma pronta familiaridade, com que os outros os obtinham. Não obstante ter cessado já o constrangimento do princípio da noite, e não pesarem em ninguém as primeiras prevenções contra o cantor das trigueiras, contudo, na ocasião crítica, no momento do abraço, havia nas menos tímidas um ar de pudica hesitação, nas faces adivinhava-se-lhes um rubor, no baixar dos olhos uma eloquência, que centuplicavam o valor dos tais abraços e, forçoso é confessá-lo, alteravam-lhes também um pouco a significação.

Quando se concede ou recebe um abraço, corando, é porque palpita o coração; e cada palpitação do coração é um fenômeno cheio de grandes mistérios, que perturbam o pensamento de quem neles considera.

O de Daniel não estava muito sereno já, quando chegou a vez a Clara de cumprir a sentença também.

Levantou-se imediatamente a irmã de Margarida e, com o desembaraço, que lhe era próprio, começou pela esquerda a sua "via sacra" como ela, rindo, lhe chamou. Pela ordem que levava devia ser Daniel o último, a quem tinha de abraçar. Ao chegar junto dele, parte da natural audácia a abandonou.

Já antes notara ela alguma coisa de particular nos olhares e nas maneiras do irmão de seu noivo, que tinha diminuído a familiaridade, com que ao princípio o acolhera, e diminuído na proporção, em que nas outras crescia.

Foi quase a tremer, que ela o abraçou. Daniel percebeu-lhe a agitação e sorriu.

Clara, sentando-se outra vez junto dele, sentia-se constrangida, e não ousava erguer os olhos.

Daniel achava deliciosa aquela súbita timidez e começou logo a formar castelos no ar, quase esquecido de que era a prometida esposa de seu irmão, a mulher de quem nunca mais desviou os olhos, nem distraiu as atenções.

Apareceu afinal, a ele também, uma espiga de milho vermelho. Daniel mostrou-a, sorrindo, a Clara.

— Visitou-me enfim a ventura — disse-lhe ele. — Graças a Deus! Porém mais feliz seria se me fosse permitido cumprir da sentença só aquela parte, que me não obriga a levantar.

Clara quis responder-lhe, mas nada lhe ocorreu, que dissesse. Nisto uma criança, que estava próximo deles, denunciou à assembleia que o Sr. Daniel tinha achado um *milho-rei*.

Agora já todos foram unânimes a exigir, em grandes brados, que pagasse ele também o tributo estabelecido.

Daniel não procurou eximir-se; abraçou porém a todos à pressa e distraidamente, até chegar a Clara. A essa, apertou-a ao peito de maneira a redobrar o enleio, em que se achava já a rapariga.

Desse momento por diante, Daniel ficou inteiramente dominado por a sua irreprimível imaginação.

Felizmente as atenções de todos estavam atraídas pelas peripécias da esfolhada, que, a não ser isso, teriam dado que falar as maneiras do estouvado rapaz em todo o resto da noite.

Clara sentia um acanhamento nela pouco habitual; procurava vencê-lo, para refrear a imprudente exaltação do seu vizinho, mas todos os esforços eram baldados. Nem parecia a mesma, de tímida que estava.

Daniel, por mais de uma vez, serviu-se das fraudes usadas pelos serandeiros e frequentadores de esfolhadas, para renovar os abraços; e isto sem procurar ocultar-se de Clara.

Esta, não lhe denunciando o artifício, deixava assim imprudentemente estabelecer-se, entre ambos, certa cumplicidade, que estimulava Daniel.

A isto sucederam-se frases de galanteio, ditas a meia-voz, e olhares que a não deixavam; por acaso, encontravam-se-lhes às vezes as mãos, e Clara sentia que Daniel lhas apertava nas suas.

A pobre rapariga, inquieta, irresoluta, se não fascinada, nem tentava fugir-lhe, nem ousava repreendê-lo; sentia-se triste, no meio duma festa em que todos riam. Triste, ela!

Pela meia-noite terminou a esfolhada. Seguiram-se as danças. Clara não quis dançar; veio sentar-se junto de José das Dornas. Daniel sentou-se outra vez junto dela.

Dentro em pouco, o lavrador dormia. Daniel falava. Falou sem cessar, mas ele próprio dificilmente poderia dizer em quê. Clara escutava-o em silêncio, quase atordoada pelas comoções da noite.

Aquela maneira de conversar, o que ele lhe dizia, e as palavras, de que usava, tudo lhe era desconhecido; impressionavam-na e agradavam-lhe, como uma novidade. Ela mal poderia explicar o estado do seu espírito naquele momento.

Alguma coisa a obrigava a escutar Daniel, enquanto que outra a mandava desconfiar daquelas palavras, que lhe soavam bem, como música melodiosa.

— Mas, Clarinha, repare que ainda não teve uma só palavra que me dissesse! — segredou-lhe Daniel, por fim, com afetuosa inflexão de voz.

— E que quer que eu lhe diga?

— Pois não se lembra de nada?

— De nada. A minha cabeça não tem neste momento muito para me dar.

— Oh! Mas não lhe peça nada também; peça antes ao coração.

— Que posso eu pedir ao coração que lhe sirva? — perguntou Clara, procurando sorrir, mas com visível constrangimento.

— Se ele não tiver que dar, que se dê a si próprio — respondeu Daniel em voz mais baixa.

— Sr. Daniel! — exclamou Clara, conseguindo, enfim, por maior esforço, vencer o seu enleio, e pondo-se subitamente a pé.

Pedro que lhe escutara a voz aproximou-se dos dois.

A vista do irmão fez cair Daniel em si e alentou-lhe a razão no eterno combate, que sustentava com a fantasia.

Curvou a cabeça e sentiu quase uns assomos de remorsos por o seu estouvado procedimento naquela noite.

— Que tens, Clarinha? — perguntava neste tempo Pedro à sua noiva. — Pareceu-me que te ouvi...

Clara, ainda agitada, apertou o braço de Pedro, como se a procurar proteção, talvez contra si mesma.

— Que tens? Dize! — continuou Pedro, já mais inquieto.

— Não é nada.

— Mas tu gritaste.

— Não; é que... a falar a verdade, não sei o que sinto.

A inquietação de Pedro aumentava.

— Mas então... Dói-te alguma coisa?

— Não... Olha, sabes? Queria-me ver em casa. Se soubera nem tinha vindo.

— Nesse caso vamos acompanhar-te.

Daniel aproximou-se.

— Está doente, Clarinha?

A vista de Daniel exacerbou o estado nervoso, em que se achava Clara.

— Por amor de Deus! Deixem-me — exclamou ela com um grito, cheio de impaciência, quase febril.

Este grito chamou as atenções. Todos se aproximaram dela.

— Que é?

— Que foi?

— Deu-lhe alguma coisa?

— Está mal?

— Ó Clara, então isso que é?

— Que tens, filha?

E cada qual perguntava a seu modo, e cada qual a seu modo respondia e dava um conselho e fazia uma conjetura.

Amigas obsequiosas preparavam-se para desapertá-la. Houve algumas que a quiseram obrigar a beber água fria; outras esforçavam-se por lhe untar as fontes com vinagre.

— Aquilo são bichas — dizia uma velha, muito entendida em diagnósticos.

— É flato — sustentava, em divergência com esta, outra colega.

— Com vinagre passa-lhe — dizia a primeira.

— Um gole de chá de cidreira, e é um instante — emendava a segunda.

Clara sentia-se deveras mortificada e tanto que a viram chorar.

— O melhor é acompanharmo-la a casa — disse José das Dornas.

— Isso não há de valer nada. Se não puder por seu pé, o João que vá aparelhar a ruça.

A primeira parte do alvitre foi posta em execução.

Clara partiu, servindo-lhe de escolta Pedro, Daniel e um moço da casa.

E a festa da esfolhada acabou assim.

CAPÍTULO XXX

Ao voltar a casa, na companhia de Pedro e de Daniel, Clara caminhava silenciosa e triste. Os dois irmãos não se achavam com mais ânimo do que ela para tentar conversa. Pedro ia pensativo e desassossegado com o súbito incômodo da sua noiva, e Daniel, ainda sob o domínio das comoções recebidas aquela noite, que, entre memórias agradáveis, lhe deixara alguma coisa do amargor dos remorsos.

Sem terem trocado uma só palavra, chegaram assim à porta das duas irmãs. Uma luz no quarto de Margarida era sinal de que ela não dormia ainda.

Clara, erguendo para ali os olhos, suspirou. Parecia estar invejando o sossego daquele vigília, a paz da consciência que velava assim. Ao despedir-se de Clara, Pedro disse-lhe afetuosamente:

— Boas noites, Clarinha; amanhã espero encontrar-te melhor.

Daniel aproximou-se dela também.

— Sossegue — disse-lhe. — Não se assuste. Tenha confiança em mim; asseguro-lhe que pode estar tranquila.

E, como visse que a rapariga o fitava com um gesto de estranheza e de interrogação, acrescentou:

— Sim; então não vê que sou médico? Afirmo-lhe que pode estar descansada; adeus.

E separaram-se.

De todos três posso assegurar que nenhum teve bom sono. Pedro toda a noite lidou com o receio de que o incômodo de Clara fosse de gravidade; vieram-lhe à imaginação as mais negras apreensões a respeito do futuro do seu amor; a cada momento levantava a cabeça do travesseiro para espreitar se, através das frestas da janela, já aparecia a primeira luz do alvorecer. Em Daniel foi uma luta do senso íntimo que o não deixou repousar. Odiava-se e acusava-se com severidade, por haver de alguma sorte abusado deslealmente da confiança de seu irmão; mas, cedo, deixava de ouvir esta voz da consciência, como se distraído por um espírito maligno, que lhe recordava os encantos de Clara; e, a seu pensar, sentia-se às vezes quase desvanecido com esperanças, às quais ele próprio tentava cerrar o coração.

Alguma coisa semelhante perturbava também naquele momento o espírito de Clara. A cada passo se esquecia a pensar nos diversos episódios do serão e em tudo quanto Daniel lhe dissera; e logo se arrependia e acusava, como de uma traição feita a Pedro, de ter assim escutado e recordar agora as falas apaixonadas daquele louco imprudente.

Margarida, antes de deitar-se, veio ter com ela.

— Então divertiste-te? — perguntou-lhe.

— Não.

— E por quê?

— Por quem és, Guida, não me perguntes hoje nada, se és minha amiga. Estou doente.

Margarida assustou-se pela maneira, por que foram ditas estas palavras.

— Doente! — exclamou ela com verdadeira inquietação; e palpando-lhe a fronte que escaldava: — E tens febre, Clarinha! Bem me dizia o coração; antes não fosses!

— E antes! — disse Clara, suspirando. E calou-se, fingindo que adormecia.

Margarida não conseguiu mais serenar a turbação que lhe produzia o estado da irmã.

— Que sucederia lá? — perguntava ela a si mesma.

Foi mais uma que não dormiu aquela noite. Levou-a toda a cismar e a escutar se algum rumor chegava do quarto de Clara.

A madrugada, porém, opera milagres. Não há luz como a da manhã para dissipar as visões de uma imaginação preocupada. Como esses vultos sinistros, que os sentidos alucinados das crianças medrosas descobrem em cada canto escuro de um quarto de dormir, as criações do espírito aflito desvanecem-se aos primeiros raios da aurora.

Rimo-nos então das nossas apreensões da véspera, nem compreendemos os nossos terrores. As sombras duma floresta, que a noite nos representa pavorosas, tomam ao amanhecer um aspecto festivo, e mostram-se-nos recamadas de flores; é também a essa hora que uma transformação análoga parece operar-se nas sombras do nosso futuro; temos mais esperança na vida então; aclara-se-nos a nuvem cerrada, que caminha diante de nós, quando ouvimos cantar alvoradas às aves, que o dia desperta.

Este fenômeno íntimo do nosso espírito realizava-se em Daniel e em Clara.

O desgosto de si, os vagos remorsos da véspera, as inquietações mal definidas, dissipou-as o surgir da manhã.

Clara olhou para a irmã, que lhe espiava o despertar, com os lábios expressivos de desassombrada alegria.

Daniel vestiu-se, cantando jovialmente; e, sem vislumbres de pensamentos negros, preparou-se para sair.

Os acontecimentos da noite anterior eram já sem a menor importância aos olhos de ambos. E que importância podia ter uma noite de esfolhada? Quem se lembraria de atribuir valor às liberdades consentidas então?

Clara perguntava a si própria as causas daqueles seus excessivos terrores e não os podia justificar.

Quando Margarida, ainda cheia de cuidados, e olhando-a com solicitude, lhe falou nisso, Clara pôs-se a rir.

— Que queres tu que te diga? Nem eu mesma já sei o que me afligia ontem. Não te sucede às vezes isto?

— Em ti é que me admira. É tão pouco do teu gênio! — respondeu Margarida, olhando-a fixamente.

— E também te prometo que nunca mais me tornarás a ver assim.

— Deus o queira.

Margarida disse isto, como quem se não dava por satisfeita com a explicação ou com as palavras evasivas de Clara. Ela suspeitava ainda que alguma coisa se tinha passado durante a esfolhada, que a irmã lhe não queria revelar.

Mas Clara conservou tão bem, em todo o dia, a jovialidade do costume, que as apreensões de Margarida acabaram por dissipar-se de todo.

Correram alguns dias depois destes acontecimentos. Persistindo ainda os mesmos estorvos ao projetado e decidido casamento de Pedro, passava este o tempo em trabalhos campestres, e Clara, ocupando-se na feitura do enxoval, em que era ajudada pela irmã.

Daniel, ainda sem cuidado de clínica, prosseguia nas excursões venatórias pelos arredores. Havia, porém, muitas ocasiões em que ele voltava a casa sem ter disparado um tiro, o que não o afligia demasiadamente.

Pedro renovava então as suas preleções sobre a caça e instruía Daniel a respeito dos lugares da aldeia, mais abundantes nela.

Do que Daniel não se esquecia era de passar todos os dias à porta das duas irmãs, que ambas o viam e, pode-se até dizer, o esperavam já. Margarida ocultava-se, porém, mal o sentia; Clara, pelo contrário, inclinava-se no peitoril, e, sorrindo, correspondia à saudação do caçador.

Era mais outra inconsideração de Clara. Conseguiu persuadir-se esta boa rapariga que era obrigada àquilo, para compensar a demasiada severidade com a qual, no seu entender, tratara Daniel na noite da esfolhada e sem se lembrar que, não obstante o seu próximo parentesco com ele justificar estas familiaridades, a má reputação que Daniel gozava na aldeia e a fértil imaginação dos noveleiros locais, as faziam um pouco imprudentes.

De fato, já nos círculos da terra constava da predileção de Daniel pela rua em que moravam as duas raparigas; e falava-se disto com certos olhares, com certas reticências e sorrisos, mais malignamente eloquentes, do que murmurações explícitas.

Escusado será dizer que na loja do Sr. João da Esquina encontravam estas meias vozes eco admirável.

Daniel concorreu para exacerbar esses vagos rumores populares. Um dia, em que se entretivera meia hora conversando da rua para Clara, passou, ao retirar-se, por um jornaleiro, que trabalhava a pouca distância dali. Este homem, com aquele ar de simpleza velhaca, tão vulgar na gente do campo, pôs-se a cantar:

Caçador, que vais à caça,
Muito bem armado vais;
Os olhos levas por armas;
E, em vez de tiros, dás ais.

Ora esta era uma das vezes, em que Daniel voltava a casa sem uma vítima da sua espingarda, que nem chegara a descarregar.

A cantiga do aldeão irritou-o; pareceu-lhe que era uma alusão insolente; mas teve a prudência de se não dar por entendido e passou sem dizer nada.

No dia seguinte, porém, reproduziu-se o fato.

Voltando outra vez, e à mesma hora, de uma caçada, igualmente incruenta, ouviu de novo o jornaleiro cantar:

Singular caçada a tua,
Arrojado caçador,
Que, em lugar de penas de aves,
Só trazes penas de amor.

Era demasiada a ousadia, para que Daniel a sofresse. Parou e olhando para o homem, o qual, de atento que estava na tarefa, nem parecia dar por ele, dirigiu-lhe a palavra:

— Ó maroto!

O jornaleiro fingiu reparar então pela primeira vez em Daniel e, levando a mão ao chapéu, disse, cortejando:

— Nosso Senhor lhe dê muito boas tardes. O patrão quer alguma coisa?

— Quero avisar-te que andarás com juízo se deres outro jeito às tuas cantigas quando eu passar por aqui.

— Então que cantava eu? Já nem me lembra, se quer que lhe fale a verdade.

— Pois, se terceira vez te escutar, eu te prometo que to gravarei melhor na memória.

E dizendo isto, prosseguiu Daniel no seu caminho.

A prudência do homem aconselhou-o a que não cantasse mais; porém, em compensação, foi daí em diante um dos mais atendidos oradores dos diferentes círculos, onde a vida de Daniel era discutida, com aquele ardor de curiosidade e de bisbilhotice, própria da aldeia.

A Margarida não dava também pouco que pensar a frequência, com a qual Daniel lhe passava à porta. Sabia já que ele tinha tomado parte na esfolhada, e quase tudo o que sucedera então. O resto talvez que o adivinhasse, conhecendo, como conhecia, o caráter de Clara e os atos irrefletidos que por vezes a prejudicavam. Além disso, certos indícios, que não escapam à perspicácia de vistas de uma mulher que observa outra, começavam a dar-lhe canseira. E tinha razão para esses receios. Mais alguém os concebera já.

Um dia, o reitor, voltando para casa, encontrou Daniel, a cavalo, debaixo das janelas de Clara e conversando animadamente com ela. O padre não gostou muito disto; e logo lhe veio à ideia a primeira e as sucessivas proezas do seu antigo discípulo. Cortejou-os e passou para diante sem dizer palavra.

Encontrando-se, porém, a sós com Clara, pouco tempo depois, foi-lhe dizendo com diplomático ar de naturalidade estas palavras ambíguas:

— Escuta, ó Clarita, olha que um enxoval é uma coisa séria. Todos os cuidados e atenções são poucos, quando se está trabalhando nisso; e tu, minha filha, distrais-te algum tanto. Se eu estivesse no teu lugar, nem trabalhava à janela. É tão fácil a distração aí!

Clara respondeu de um modo galhofeiro, como costumava. Era-lhe difícil tomar alguma coisa a sério.

O padre procurou depois Margarida e disse-lhe:

— Lembras-te do que te recomendei há tempos, Margarida? Não tires as vistas de Clara. É uma espionagem necessária e para bem dela; por isso não deves ter escrúpulos em fazê-la.

— E por que me repete agora outra vez essa recomendação, Sr. Reitor?

— Eu cá me entendo. Faze o que eu te digo, Margarida.

E, ao retirar-se, dizia consigo o bondoso pároco:

— Também não sei que demoras são estas com o tal casamento! É preciso dar aviamento a isto.

As palavras do reitor aumentaram a preocupação de Margarida, parecendo vir justificá-la. Mas como aconselhar a irmã, se ela lhe furtava todos os ensejos de confidências? Margarida fez o que o padre lhe ordenara. Pôs-se a espiar Clara. Foi uma amarga prova para aquele caráter feminino e por dois motivos diversos: — repugnava-lhe o papel que se julgou obrigada a desempenhar, e depois, a execução dele a cada instante lhe estava valendo descobertas, que dolorosamente lhe rasgavam o coração.

Ela percebeu que em Clara se passava alguma coisa de singular. Ao aparecer Daniel, ou quando ao longe lhe soavam os passos, já os olhos de Margarida viam espalhar-se, pelas faces da irmã, uma turbação pouco discreta; era com não disfarçada vivacidade, que se curvava para o ver passar, e com voz alterada de sobressalto que lhe respondia e conversava com ele.

Todas estas observações inquietavam Margarida. Padecia pela felicidade de Clara, que via ameaçada assim, e por si, cujas antigas ilusões, cujo sonho oculto, que, apesar de não ter confiança na sua realização, ela acalentava ainda, se iam pouco a pouco desvanecendo — e em que desprestigiosa realidade!

CAPÍTULO XXXI

Uma tarde, estavam as duas irmãs sentadas a trabalhar, à janela do lado da rua.

A luz do sol apenas dourava já os cimos dos montes mais elevados e longínquos. Aproximavam-se as horas, às quais Daniel costumava passar ali.

Já por mais duma vez dirigira Clara a vista pelo o caminho que ele ordinariamente seguia; era uma vereda íngreme e tortuosa, que vinha do alto da colina à planura, onde estava situada a casa, e daí descia ao vale — centro principal do povoado.

Porém, sempre que os olhares de Clara tomavam aquela direção, encontravam-se com os da irmã e instintivamente se abaixavam logo.

Margarida não estava também tranquila naquela tarde. Em toda a fisionomia dela, em todos os gestos e palavras denunciava-se, por sinais evidentes, um violento desassossego interior.

De quando em quando, voltava-se para Clara, como se resolvida a falar-lhe, a comunicar-lhe alguma coisa que a preocupava; mas, num momento, parecia abandoná-la a resolução, e permanecia silenciosa.

O estado de espírito duma e doutra mal lhes permitia sustentar a conversa, a qual procedera frouxa e interrompida, a todo o instante, por frequentes pausas.

Duma vez, porém, a impaciência de Clara, ao observar o caminho, por onde era de esperar Daniel, desenhou-se-lhe tão expressiva na fisionomia, que isto deu ânimo a Margarida para vencer a hesitação, com a qual lutara até ali. Fixando a vista na costura em que trabalhava, principiou dizendo, em tom de gracejo:

— É na verdade uma pena, Clara, que tu, que tens tão bonitos olhos, teimes em os trazer assim fechados.

— Fechados! Que queres tu dizer, Guida?

— Que os fechas para muita coisa, que é sempre perigoso não ver, filha.

— Não te entendo — disse Clara sorrindo.

Margarida prosseguiu:

— Mas isso é gênio teu. Tu andas no mundo, como de noite, pelos caminhos da aldeia. Não te lembras quando, no outro dia, saímos mais tarde de casa do nosso pobre mestre? Fazia muito escuro. Eu, a cada passo, estava a parar; parecia-me por toda a parte ver fojos e barrancos, e tu rias-te de mim e seguias sempre para diante, com uma confiança naquela escuridade, como se realmente tudo fosse estrada direita.

— E olha que não caí! — acudiu intencionalmente Clara, que julgou principiar a compreender o sentido das palavras da irmã.

— Não; é certo que não. Parece que há alguma estrela que protege quem é assim animoso; como se todo esse ânimo não fosse outra coisa senão a mão do Anjo da Guarda a guiá-lo, sem se mostrar. Mas olha; lembras-te quando uma vez, voltando assim de noite a casa e sem escolher caminho, vieste dar aos lameiros dos Casais? Viste-te obrigada a tornar para trás, e, como se adiantava a noite, tiveste de ir ficar a casa de tua madrinha, nos Cabeços. Que susto que eu tive. Santo Deus! Se eram já altas horas, e tu sem chegares!

— É verdade. E por sinal, que me mandaste procurar.

— Mandei. Imagina lá como eu fiquei, como ficamos nós todos, quando, sendo quase madrugada, nos voltaram a casa com uma das tuas argolas das orelhas, que tinham encontrado meia enterrada nos lameiros.

— Tinha-me caído lá, tinha.

— Julgamos-te perdida, morta. Ainda não havia muito que lá morrera afogado aquele pobre cabreiro. Hás de estar certa? Que noite passei, Nossa Senhora! E tu...

— E eu a dormir muito descansada em casa de minha madrinha. Pudera não. Imagina tu que eu tinha andado... léguas talvez.

— Mas aí está como, sabendo-te salva tu, como dessa vez te sabias, os outros, por alguns sinais mentirosos, como aquele, te podem julgar... perdida.

E Margarida calou-se, depois de fazer esta reflexão.

Clara olhou algum tempo para a irmã, sem dizer palavra também; em seguida replicou, parando de trabalhar:

— Fala-me claro, Guida. Dize o que me tens a dizer. Que precisão tinhas de vir com isso, para me dares um conselho? Alguma coisa fiz eu, que te desagradou. Vamos, dize o que é. Acaso já deixei de escutar-te alguma vez como tu mereces?

— Tens razão, Clarinha. Eu devia ter mais ânimo para te falar... para te dizer certas coisas, vendo como tu me atendes sempre...

Mas, que queres? Ao mesmo tempo, tenho tanta confiança em ti, que pergunto a mim mesma se valerá a pena estar a mortificar-te assim...

— Mas então que mal tenho eu feito?

— Ora! Que responda a tua consciência, Clarinha; pergunta-lho.

— Não sei... — disse Clara, um pouco perturbada.

— Não é de nenhum pecado mortal que ela te acusará, de nenhum crime muito negro; sossega. Mas duma culpazita... duma fraqueza dessa cabeça, um pouco mais leve, do que para uma noiva se queria.

— Bom. É o sermão do costume. Já vejo — disse, sorrindo, Clara. — Sabes ao que acho graça? É a não ser o Pedro que o prega. Esse tinha mais desculpa. Mas então que fiz eu assim de maior?

— Ora vamos. Para que precisas que eu to diga? Ia afirmar que, agora mesmo, o estás a dizer baixinho a ti própria.

Houve um pequeno silêncio entre as duas. No fim dele, Clara ergueu a cabeça, dizendo:

— Sim; parece-me que sei o que é. O Sr. Reitor já no outro dia me deu a entender o mesmo. É por eu falar com o Sr. Daniel quando ele passa por aqui? Santo nome de Maria! Como há de ser isto então? Não me dirás, Guida? — continuava Clara jovialmente.

— Como hei de eu, depois de casada, deixar de conversar com o irmão de meu marido? Que ideia fazem de mim, tu, o Sr. Reitor e todos, os que nisso reparam?

— Bem vês, Clarinha, que não é de ti que eu receio. Conheço-te. Mas, tu bem sabes, o Sr. Daniel é... dizem dele... passa por...

E Margarida hesitava, ao procurar exprimir a opinião pública a respeito de Daniel, porque todas as frases lhe pareciam demasiadamente duras e severas para o caráter dele.

— Nem sei o que me parece ouvir-te dizer isso. Ainda que ele fosse o que por aí dizem, conserve-se uma pessoa no seu lugar, que nada pode temer. Querias talvez que eu fizesse como aquela gente, no outro dia, na esfolhada, que toda se encolhia quando ele chegou?

— Na esfolhada? — disse Margarida, ainda sem olhar para a irmã. — E tu que ainda me não contaste nada do que se passou lá nessa noite!

Esta alusão embaraçou manifestamente Clara, que se apressou a dizer, como se a não tivesse ouvido:

— E demais, não tens tu escutado todas, ou quase todas as conversas do Sr. Daniel comigo? Aí tens estado por dentro da janela e sem que ele o saiba. De que o ouves falar? Diz-me alguma coisa que eu não deva ouvir? Conta-me o que viu na cidade, o que leu, histórias, versos... — e como conta bem! — e queres que eu não me entretenha a ouvi-lo, quando tu mesma, às vezes, sim que eu bem tenho reparado, deixas de trabalhar e ficas quieta a escutá-lo também! Então que há nisto de mal?

— Mas então? Já se fala... Que se lhe há de fazer? O mundo tem maldades e nós vivemos no mundo... Há gente de tão más tenções, que, só pelo gosto de fazer mal, pode ir às vezes inquietar o espírito de Pedro com histórias mentirosas, e daí sabe Deus...

O ruído de um cavalo a trote, que vinha do lado dos montes, interrompeu o diálogo. Clara dirigiu para lá os olhos e viu um cavaleiro que se aproximava, saudando-a de longe.

Era Daniel.

— Olha; falai no ruim... — disse ela para Margarida, que instintivamente retirou a cadeira da janela.

— Vais ver — prosseguiu Clara — como eu sou amiga de fazer vontades. Vou acabar com isto, já que assim o querem... isto é, já que assim o queres; pois dos outros bem me importava a mim.

— O melhor é... — ia a dizer Margarida, quando a voz de Daniel, falando da rua para a janela, a obrigou a calar.

— Muito boas tardes, Clarinha — dizia ele. — Receava não a ver já hoje, por isso obriguei este pobre animal a um trote por estes caminhos de cabras abaixo, que muito pouco lhe agradou.

— Então tinha que me dizer?

— Nada. Era para não perder o meu dia. Quando vi fechadas as folhas da mimosa da Quinta da Freira, temi vir encontrar já fechada também a sua janela, Clarinha.

— Era pena! — disse Clara, sorrindo, e depois, debruçando-se ao peitoril, acrescentou, lançando com disfarce um olhar para a irmã: — Tenho a pedir-lhe um favor, Sr. Daniel.

— Que felicidade para mim! Diga.

— Quando, de hoje em diante, voltar para casa, não há de vir por este sítio.

— Clara! — disse Margarida em voz baixa, puxando pelo vestido da irmã.

Clara não a atendeu.

— Por que me faz esse pedido? — perguntou Daniel admirado.

— Porque, segundo me dizem, deram-lhe para reparar por aí nestes seus passeios e então, para não inquietar o mundo...

— Clarinha, que estás a dizer! — murmurava Margarida, escondendo-se por detrás da irmã.

Clara fingia não ouvi-la.

— Tenho-a ofendido por acaso alguma vez? — perguntou Daniel.

— Em coisa nenhuma. Bem vê que eu digo que é pelo mundo...

— Então deixe falar o mundo.

— Não é tanto assim. Talvez o fizesse se não fosse noiva; parece-me até que o fazia; mas assim...

— Esta vida da aldeia!... — exclamou Daniel, em tom de supremo enfado. — Esta vida de mexericos e de maledicências velhacas! Praga maldita das terras pequenas, onde faltam coisas sérias em que pensar! Ora vejam no que esta gente se ocupa! Em saber o que eu faço, como vivo, para onde vou, com quem converso; e isto entretém-na! Então repararam já em eu passar por aqui? Como se não fosse coisa muito natural, conversar consigo, Clarinha. Pois não somos nós parentes quase?

— Isso dizia eu à...

Um sinal de Margarida obrigou-a a interromper-se. Limitou-se a dizer, mutilando a frase e mudando de inflexão:

— Isso dizia eu.

— Afinal, não há como viver na cidade — continuava Daniel. — Lá pode um homem conversar com uma senhora, apertar-lhe a mão até, que ninguém repara nisso. Aqui, andam a espiar tudo o que se faz e a tomar tudo a mal. Que costumes estes!

E Daniel prosseguiu numa longa imprecação contra a vida campestre, exaltando a urbana, o que demorou, ainda por muito tempo, a conversa.

No fim dela, renovou Clara o pedido e conseguiu que Daniel, depois de alguma resistência, lhe dissesse a sorrir:

— Pois bem; esteja certa de que eu farei com que não falem de mim. Não me hão de ver mais aqui.

E partiu.

— Estás satisfeita? — perguntou Clara, voltando-se para a irmã, logo que o perdeu de vista.

— Não — respondeu esta.

— Por que não?

— Queria que fosses tu a que deixasses de aparecer e não lhe falasses assim.

— Por outra — tomou Clara, levemente despeitada — querias que eu fosse grosseira.

— Não — respondeu Margarida, abraçando-a —, queria que fosses prudente.

CAPÍTULO XXXII

Daniel cumpriu a promessa que fizera.

No dia seguinte, à hora costumada, não passou por casa das duas raparigas.

Era para admirar nele esta pronta condescendência às opiniões do público.

A própria Clara não tinha esperado encontrá-lo tão dócil; não ousamos dizer que também o não tinha desejado, ainda que dos frequentes olhares que dirigia para o sítio, donde todos os dias costumava vê-lo aparecer, alguém tiraria talvez essa ilação.

Cerrava-se a noite. Havia muito que o toque das Ave-Marias tinha ido perder-se nas mais distantes serras, que limitavam o horizonte. O fumo das choças e das herdades difundira-se sobre a aldeia. O zumbido dos ralos, essa incômoda sinfonia, com que rompem no estio as harmonias do crepúsculo, era atordoador.

Principiavam a cintilar as estrelas no céu; apenas, muito para o ocidente, uma estreita faixa luminosa restava ainda do dia que fenecera.

Clara saiu de casa, em direção a uma pequena fonte que havia nas proximidades dela, e ao fim da estreita rua, que acompanhava o muro do quintal.

De dia, era esta fonte muito procurada em virtude da excelência das águas, gabadas de tempos imemoriais, pelos clínicos da localidade, quase como milagrosas em infinitos casos de doenças, não obstante a quase absoluta carência de princípios medicinais não justificar a nomeada.

Depois das trindades, porém, o solitário e sombrio do lugar afugentava a gente supersticiosa do campo.

Clara, criada de pequena por aqueles sítios, e, desde então, costumada a não os temer, de propósito escolhia estas horas para mais à vontade fazer a sua provisão de água e demorava-se ali sem a menor sombra de terror, antes cantando sempre, com ânimo desafogado.

Como o leitor decerto prevê, não era nenhum monumento arquitetônico a fonte de que falamos.

Imagine-se uma boca de mina, aberta na base de pequeno outeiro, que, todo assombrado de pinheirais, se prolongava a distância, na direção do norte da aldeia; uma telha, meio quebrada, servindo de bica; e, a receber o abundante e inesgotável jorro de água límpida, uma bacia natural, por ele mesmo cavada, e onde à vontade vegetavam os agriões, ávidos de umidade.

Do pinhal sobranceiro descia-se à fonte por alguns degraus grosseiramente abertos, havia muito tempo, no terreno saibroso do outeiro, e aperfeiçoados pelo trilho cotidiano dos que se serviam dos atalhos do monte com o fim de encurtar distâncias dali a diversos pontos da aldeia.

Ao lado, e separado alguns passos da fonte, abria-se um desses enormes barrancos, rasgados pelas torrentes de sucessivos invernos e cuja entrada quase disfarçavam os troncos robustos dos fetos e das giestas que, crescendo livremente, haviam atingido proporções quase tropicais.

Quando Clara chegou à fonte, não havia ninguém.

A cantar, aproximou-se dela e, ajoelhando, principiou a encher o cântaro de barro que trazia.

A água caiu ao princípio ressoante no interior do vaso; depois amorteceu gradualmente o som, à medida que subia o nível do líquido; este dentro em pouco transbordava.

Clara ia levantar-se. Na posição em que estava, tinha voltadas as costas para a entrada do barranco. Neste momento pareceu-lhe ouvir algum rumor daquele lado.

Não foi superior a vago sentimento de susto. Voltou-se inquieta. Deu com os olhos numa forma escura, e em breve reconheceu mais claramente ser um vulto de homem, que se aproximava dela.

Soltando um grito, Clara ergueu-se de súbito para fugir.

Segurou-a a tempo um braço e falou-lhe uma voz conhecida:

— Que vai fazer? Não se assuste. Sou eu.

Era a voz de Daniel.

— Santo nome de Jesus! — exclamou Clara ao reconhecê-lo e ainda tomada de susto. — O que faz por aqui?

— Vim vê-la — respondeu Daniel, com a maior naturalidade.

— Então é assim que cumpre o que ontem me prometeu?

— Pois que prometi eu, senão fazer com que me não vissem? É o que faço vindo agora só e aqui.

— É pior, muito pior isto — disse Clara, lançando em volta de si olhares de inquietação.

— Não é — continuou Daniel. — Pois não me disse que não desconfiava de mim? Não foi só por condescender com os reparos tolos de meia dúzia de curiosos e de velhacos que me pediu... que exigiu de mim que não viesse? Falando-me assim, neste sítio e a esta hora, não pode recear de ninguém. Lembra-se de me haver dito que o povo tinha medo de passar de noite por aqui?

— Mas... apesar disso... Jesus, meu Deus! — continuava Clara, sobressaltada. — E para que havia de procurar falar-me? Que tem que me dizer?

Daniel sorriu.

— Que pergunta a sua, Clara! Imagina lá a minha vida na aldeia? Devoram-me desejos de conversar. Mas não tenho com quem. Privando-me de a ver, Clarinha, afastava-me da única pessoa, das que até agora tenho encontrado, com quem se pode sustentar uma conversa seguida e agradável. Veja se não seria crueldade proibir-me...

— Não diga isso — respondeu Clara. — Eu entendo-o às vezes, sim; mas é quando todos o entendem também; quando a sua conversação mais me entretém, tenho notado que muitos o escutam como eu, com atenção. Mas de outras vezes...

Neste ponto Clara reteve-se, como se recease terminar.

— De outras vezes?... — repetiu Daniel, sorrindo.

— De outras vezes não o entendo, e é sobretudo quando fala só para mim.

— Não me entende? — perguntou Daniel, com uma inflexão de voz, que fez estremecer Clara.

— Não, não o entendo, porque não posso... porque não quero... porque não devo acreditar na verdade do que me parece entender.

— E quando lhe falei eu assim, diz-me?

— Um dia, começava a falar-me desse modo em casa daquele doente que foi ver. De outra vez... — Oh! E dessa!... — foi naquela noite da esfolhada, em casa de seu pai.

— E não me entendeu nessa noite?

— E queria que o entendesse?

— Pois não deve ser o desejo de quem fala? — perguntou Daniel, com modo jovial.

— Eu ouço dizer que há muitas pessoas que falam a dormir; quanto dariam esses por não serem entendidos então?

— Mas eu nunca fui sonâmbulo, Clarinha.

— Tanto pior para si.

— Por quê?

— Porque então é mau.

— Mau!

— Mau, sim. Eu não sei de maior maldade do que a daqueles que andam por aí a inquietar o sossego das famílias, a alegria dos corações, e só por gosto de fazer infelizes.

— Então eu...

— Basta, Sr. Daniel. Se é homem de bem, retire-se ou deixe-me retirar — disse Clara, com um ar de seriedade e nobreza, que o impressionou.

Dando também às suas palavras mais grave tom, Daniel respondeu:

— Escute, Clara. Acredite que não fala com um homem de sentimentos perdidos; escute-me, e tranquilize-se. Eu reconheço em mim um princípio mau, é verdade; mas creia que lhe não ando tão sujeito, que nem compreenda já a força dos meus deveres. Conceda-me ainda um pouco de consciência. Às vezes, muitas vezes até, deixo-me arrastar por esta força, que me leva a loucuras, que chega talvez a aproximar-me duma vileza... mas, ao chegar aí, até hoje tenho resistido, e espero... Perdoem-me isto, por quem são. Cedo me verão arrependido.

— Cedo! E quando é cedo ou tarde? Sabe-o lá? Quem lhe há de dizer que é cedo? Cedo para si, poderá ser; e para os outros, também? Há poucos dias, que todos por aí falavam duma pobre rapariga, a quem, por divertimento, o Sr. Daniel trazia quase doida. Está arrependido, não é verdade? Mas arrependeu-se cedo para ela? Amanhã poderiam dizer de mim...

— Que hão de dizer, Clarinha? Essa rapariga, de que fala, não fui eu que a fiz doida; engana-se; encontrei-a já assim. Eu não trabalhei para a perder; também se engana; os seus é que se esforçaram por a darem por perdida. A Clarinha esquece que, a si, todos a respeitam e que...

— Não é assim. Em que sou eu mais do que as outras? Ninguém está acima das vozes do mundo. E se até agora tinha razão para não me importar com elas, por me não julgar culpada, teria de as temer, se continuasse a ouvi-lo aqui. Adeus.

— Vejo que me enganava ainda ontem, dizendo-me que tinha confiança em mim. Esses receios...

— Enganaria; mas enganava-me a mim mesma também. Eu não sei mentir. E a prova é que, sinceramente, lhe digo agora, que desconfio.

— De mim?!

— De si, sim; por que não? As suas ações não são leais. Vê que, vindo procurar-me aqui, me pode perder e não se importa fazê-lo; peço-lhe que se retire, e teima em ficar; peço-lhe que me deixe retirar, e impede-mo. Brinca assim com a minha reputação, sem se lembrar que sou quase já a mulher de seu irmão, quase a filha de seu pai, quase sua irmã também. Diz que sabe quais são os seus deveres... e como é que os cumpre então? Se Pedro passasse por si, neste momento, e lhe abrisse os braços, como a irmão que é, teria valor para o abraçar, diga? Não fugiria antes dele como um criminoso? Fale.

Daniel curvava a cabeça, sem coragem para responder.

Clara prosseguiu:

— Peço-lhe, pela alma de sua mãe, que nunca mais me procure aqui, que nunca mais me procure em parte nenhuma. Ontem ainda me ri eu dos avisos que recebia para me acautelar; hoje, já não sinto vontade de me rir. Tinham razão eles, tinham; agora o vejo; e este meu gênio é que me podia perder. Se por mim não é bastante pedir-lhe, peço-lhe por seu irmão, por seu pai, por si mesmo, que assim anda a perder o crédito de um nome, que nenhum dos seus nunca deixou de honrar.

— Está sendo muito cruel para mim, Clara. Concordo que fui imprudente, inconsiderado, mas... Confesso-lhe que a impressão que me causou e que me causa...

— Sr. Daniel, eu não quero saber os seus segredos. Deixe-me retirar.

— Pois bem, será esta a última vez que a procuro, que lhe falo até, que a vejo, se tanto exigir de mim; mas ao menos desta vez há de escutar-me.

— Mas para que preciso eu escutá-lo? — dizia Clara, assustada pelo tom de exaltação em que ele lhe falava.

Daniel continuou:

— Todos só têm palavras para me censurar, e ninguém há de ver um dia claro no meu coração? Ninguém, melhor do que eu, conhece a fraqueza ingênita deste caráter, que não sabe lutar; mas o que eu não sei, o que eu peço que me digam é o remédio para este mal. Clara, não procure fugir sem ouvir-me. Retirar-se-ia, supondo-me pior do que sou; como todos que me conhecem. Eu quero que ao menos uma pessoa saiba a verdade a meu respeito. Escute.

E, ao dizer isto, segurava no braço de Clara, que tremia de inquietação.

Neste momento, os passos de uma cavalgadura a trote rasgado soaram próximos, no caminho que vinha terminar defronte do lugar onde esta cena se passava.

Clara não pôde reprimir um grito de susto.

— Jesus, que estou perdida! — exclamou ela, e soltando o braço, que Daniel lhe segurava ainda, fugiu na direção de casa.

Antes, porém, de transpor a esquina, que a devia ocultar às vistas de quem quer que era que se aproximava, e de conseguir fugir pela porta do quintal, o cavaleiro, tendo-a avistado e conhecido, bradava rijo:

— Ó Clara! Clarita! Rapariga! Ó pequena! Psiu! Eh! Onde vais com essas pressas! Não são os franceses, sossega.

O homem, que bradava assim, era João Semana, que voltava àquela hora duma visita distante. Vendo Clara a fugir tão apressada, conjeturou que ela se assustara, supondo-o algum facinoroso ou mal-intencionado, e por isso berrava para lhe fazer perder o medo.

Mas, ao aproximar-se da fonte, o velho cirurgião descobriu alguma coisa, que lhe pareceu procurava ocultar-se dele.

— Hum! — murmurou consigo o velho. — Pelos modos, o susto da rapariga era de outra espécie... Há de ser o Pedro.

E acrescentou em voz alta:

— Olá, não fujas, rapaz; não é crime nenhum vir falar assim com uma noiva; ainda que, para dizer a verdade, escusava de ser tanto às escondidas, escusava.

E com isto foi dirigindo o cavalo para aquele vulto, que parara, desde que viu que não podia fugir sem ser percebido. À medida que se aproximava, João Semana principiou a duvidar que fosse Pedro o homem da entrevista noturna.

Parecia-lhe menos corpulento do que o primogênito de José das Dornas.

A esta suspeita, sulcou uma ruga profunda o longo da fronte do honesto celibatário, que decidiu consigo averiguar aquele mistério.

CAPÍTULO XXXIII

Tendo formado esta resolução, João Semana picou de esporas a sua égua, a qual, estranhando a insólita amabilidade, dum salto o apresentou junto de Daniel, que era, como o leitor sabe já, o vulto em questão.

Daniel, vendo-se descoberto, julgou que o melhor partido era entrar em jogo rasgado.

— Boas noites, colega — disse ele em tom prazenteiro e caminhando para João Semana.

Este deu uma estremeção na sela, ao reconhecer o seu jovem confrade. O não muito favorável conceito que ultimamente formava dele, em relação a certas qualidades morais, fê-lo agourar mal da sua presença naquele lugar.

— Ah! Ah! Você por aqui! Anda a fazer versos?

— Ou a inspirar-me para isso.

— Não é mau o sítio, não. E ao mesmo tempo pode dar-se a estudos de química também; a água dessa fonte...

— Já me disseram que era medicinal.

— É excelente.

— Para que moléstias?

— Para muitas. Agora o que não sei é se para certos esvaimentos de cabeça também servirá. Bom era que sim, que anda por aí muito disso.

Daniel fingiu não entender a alusão, e observou com modo natural:

— Está aqui muito agradável.

— Ai o sítio é bom, lá isso é. E para caça?! Não gosta de caçar?

— Alguma coisa.

— Pois por estes montes há caça famosa. Inda agora, quando eu vinha, fugiu daqui uma... *lebre* e com uma pressa admirável. Não a viu?

— Não, não vi.

— O que é ser poeta! Não se vê coisa nenhuma. Com os meus oitenta anos vejo eu melhor. Pois é verdade; atravessou neste mesmo instante por esta rua e... ia jurar até que se escondeu ali, no quintal; pareceu-me vê-la escapar através daquela porta.

— Tens boa vista, João; mas não tão boa que te não passe por alto um amigo velho.

A voz, que dissera estas palavras, parecia vir do ar.

João Semana levantou a cabeça e deu com os olhos no reitor, muito pachorrentamente estabelecido sobre o tronco de um pinheiro derrubado, no topo das escadas que desciam do outeiro.

João Semana ficou espantado com tal descoberta e só isso o impedia de notar que Daniel o não ficara menos. Quando, porém, desviou para este os olhos, encontrou-o já sem sinal de perturbação, e até anediando os cabelos, com toda a naturalidade.

As suspeitas, vagamente concebidas pelo cirurgião, desfizeram-se logo.

— Que diabo fazeis vós ambos aqui? E tu então de poleiro, abade?!

— É que isso aí embaixo é úmido como um charco, e eu não quero dar-te que fazer com o meu reumatismo, João. Mas eu desço, eu desço.

— Não, não, deixa-te lá estar, deixa. Lá por isso...

— Não, que vão sendo horas também de me chegar até casa. Pois é verdade — continuava o pároco, apoiando-se na bengala e descendo, com vagar e cautelosamente, os pouco suaves degraus, cavados no saibro do monte —, pois é verdade; estávamos nós aqui, eu com o Daniel e a Clarita, a conversar...

— Ah! Bem que pareceu que era ela.

— Era ela, sim. Então que dúvida? Olha que sempre fizeste uma descoberta!

— Mas para que diabo fugia a rapariga, então?

— Diz antes por que diacho não fugimos nós? Mas o meu reumatismo é que me não deixou. Quando me hás de tu dar um remédio para isto, homem?

— É pregar com os ossos nas Caldas, querendo. Mas, dizias tu, fugir? Para que haviam de fugir de mim?

— De todos. Quando se conspira...

— Então vocês?...

— Conspirávamos, sim, senhor. Aqui mesmo onde nos vês, estávamos a combinar uma coisa...

— Que diabo era o que combinavam?

— Combinávamos...

O reitor achava-se um pouco embaraçado por nada lhe ocorrer a propósito; por isso exclamou, para contemporizar:

— Que maldito costume que tu tens, João, de estar sempre com o nome do inimigo na boca! Perde-me esse jeito.

— Pois sim, sim; hei de fazer por isso, apesar de que já vou um pouco tarde. Eu digo agora como aquele franciscano, a quem repreendiam por, já de idade avançada, cair ainda na fraqueza, em que Noé caiu: "Já agora hei de morrer com isto, dizia ele; porque de duas uma: ou já estou condenado e então não sei que lhe faça; não vale a pena a emenda; ou não estou, e quem pode perdoar uma bebedeira de quarenta anos, não deve pôr dúvida em perdoar a de meia dúzia mais". Mas então em que combinavam vocês?

A renovação da pergunta, depois da referência do caso, fez perder ao reitor as esperanças de eximir-se a responder. Quando João Semana conservava uma ideia fixa, através da narração de qualquer anedota de frades, era para dificilmente a deixar.

Conhecendo isto por experiência, o reitor resignou-se, e ainda sem saber o que dizia, principiou a responder:

— Combinávamos...

E, fingindo arrepender-se, exclamou:

— Mas é boa essa! Não há senão perguntar. Tu não deves entrar no segredo. A coisa é entre nós três.

— Homem, diz lá o que é. Que diabo...

Um gesto do pároco obrigou João Semana a corrigir-se.

— Que São Pedro de escrúpulos são esses agora?

A substituição do nome do espírito maligno pelo do apóstolo não lhe valeu a resposta que pedia, e que o reitor de boa vontade lhe dera, se a tivesse para dar.

— E a teimar! — dizia o padre, ganhando tempo. — Sempre és um curioso!

Daniel interveio enfim.

— Olhe, Sr. João Semana, basta que saiba, e depois não pergunte mais nada, que estávamos preparando uma surpresa a meu irmão Pedro, para o dia do casamento dele.

O reitor franziu as sobrancelhas, ao ouvir Daniel. Apesar do auxílio que ele lhe viera dar, desgostou-o a presença de espírito que mostrava, quando devia estar enleado de confusão e de vergonha; foi por isso que acrescentou com um evidente tom de severidade e irritação:

— Casamento que, se Deus quiser, hei de brevemente abençoar. Estás agora satisfeito, João Semana? Pois é verdade, Daniel meditava grandes novidades para o dia do casamento do irmão, grandes festas por causa dele e da noiva, *et coetera*, *et coetera*. Mas o seu projeto não mereceu, nem merece, a minha aprovação.

Daniel baixou os olhos, ao ouvir aquelas palavras do padre.

Este prosseguiu:

— Clara pensa como eu, mas este homem é obstinado e, através de tudo, teima em seguir a sua vontade; mas eu protesto que...

— Vejo que não me entendeu, Sr. Reitor — disse Daniel, com vivacidade.

— Entendi, entendi, homem. E julgo que não acha a propósito entrar agora em maiores explicações.

Daniel guardou silêncio.

— Mas então não podiam tratar disso em casa? — teimou João Semana, que não largava assim facilmente a ideia, de que se tivesse apossado.

— E a dar-lhe! Não há que se lhe faça! — dizia o reitor. — Homem, nós não queríamos que a Margarida soubesse nada disto, porque... porque... Mas tu vais a cavalo e nós a pé. Segue o teu caminho e apressa-te, que a Joana já há de estar com cuidado pela tua demora.

— E eu com vontade à ceia.

— Então por que esperas? Vai com Deus, homem.

— Até amanhã, abade. Adeus, Daniel. Olhe lá você como se porta, rapaz. Juizinho!... Senão está mal servido com a sua vida. Lembre-se daquele frade...

— Ai, se pegas a contar histórias, não chegas a casa à meia-noite.

— Pois já não conto.

E, fustigando a égua, desapareceu cedo da vista dos dois.

Logo que ele se afastou, Daniel ia a dirigir-se ao padre.

— Sr. Reitor, foi providencial a sua vinda. Acredite, porém...

O gesto, cheio de severidade, com que o reitor o acolheu, não o deixou continuar.

— Basta. Não quero escutá-lo. Explicações não as preciso, porque ouvi tudo; justificações não as tem, não as pode ter, para dar. Boas noites.

E, colocando-se diante da porta das suas pupilas, à frente da qual haviam chegado, afastou-se para deixar passar Daniel.

— Mas... — ia este a dizer.

— Boas noites — repetiu secamente o reitor, e tão secamente que fez perder a Daniel a coragem para insistir. Curvando-se com respeito diante do velho, retirou-se dali.

O reitor, ficando só, entrou em casa das raparigas.

Depois de trocar algumas palavras com Margarida, chamou de parte Clara, e em tom um pouco desabrido, disse-lhe:

— Julgo que recebeste hoje um aviso do teu anjo da guarda, Clara. Olha agora se o aproveitas.

Quando a rapariga, levantando para ele os olhos, ia a interrogá-lo, o padre afastou-se, dizendo-lhe simplesmente:

— Adeus.

Dissera bem o reitor.

Clara ouvira de fato o seu anjo da guarda.

Aquela noite, conheceu o perigo do caminho que seguira, a sorrir; e resolveu fugir-lhe. E iria já a tempo? — pensava ela.

Da involuntária entrevista, que tivera com Daniel, sairia salva de todo? De todo livre de suspeitas?

A voz de João Semana, chamando-a de longe, mostrava-lhe que ela fora reconhecida. Mas que se passara depois? O reitor parecia também estar informado do sucedido. Como o teria suspeitado, ou previsto?

Mas, por outro lado, o tom moderado das palavras que lhe dissera levou-a a crer que ele conhecia a verdadeira extensão da sua culpa e não a exagerava.

No meio desta corrente de pensamentos, Clara às vezes estremecia.

Se no dia seguinte, lembrava-se então, se levantasse contra si um desses boatos surdos, rápidos a propagar-se, prodigiosos a crescer, que infamam, que mancham de lodo as mais firmes reputações e inoculam veneno sutil numa existência inteira?

A esta lembrança, Clara erguia as mãos com terror.

Aos pés duma imagem da Virgem, pedia então misericórdia e prometia evitar, dali em diante, todas as ocasiões de novos perigos.

Daquela condenação, cuja lembrança bastava só para a assustar assim, a salvara um acaso... ou antes a Providência.

O reitor, a cujos ouvidos continuavam a chegar todos os dias vozes desfavoráveis a respeito de Daniel, andava inquieto por causa da assiduidade com que o vira frequentar as proximidades da casa das suas pupilas.

Aquelas prolongadas palestras, da rua para a janela, podiam dar que falar, receava ele; e cedo viu que efetivamente iam já dando.

Qual não foi, pois, o seu desassossego, quando de casa dum pobre enfermo que fora confessar, viu, às trindades daquele dia, passar furtivamente, e meio disfarçado, um homem, que, apesar de todo o disfarce, o reitor logo conheceu ser Daniel!

Deu-lhe uma pancada o coração e, mal que pôde desobrigar-se da sua santa tarefa, saiu apressado, e correu a casa de Margarida, a quem perguntou pela irmã.

Sabendo que naquele momento tinha ela saído para a fonte, para lá se dirigiu também o velho, mas por outro caminho, que o levou ao próximo pinheiral.

Chegou ali justamente quando Daniel aparecia a Clara; e pôde, sem ser visto, assistir a todo o diálogo entre os dois.

Foi por esta forma que o reitor, a quem muitas vezes estava confiado o papel de Providência na sua paróquia, conseguiu salvar oportunamente a boa fama de Clara, no conceito de João Semana e, provavelmente, na opinião geral da terra.

Se as recordações desta noite agitavam o espírito de Clara, não deixavam mais indiferente e tranquilo o de Daniel.

Cruzando a passos largos o pavimento do quarto, velou grande parte da noite.

Poucas provações mais amargas há para os caracteres humanos do que a de se sentirem desprezados pela própria consciência.

Experimentava-o Daniel então.

— Têm razão os que desconfiam de mim — pensava ele —; conhecem-me melhor, do que eu próprio. Que sutis distinções ando eu a marcar por aí, entre o meu proceder e o de muitos miseráveis, que me causam tédio e desprezo? Que ridículas lamentações de homem não compreendido são as minhas? É no que se vingam sempre aqueles, cujos sentimentos inspiram aversão geral... Clamam que ainda não encontraram espírito ou coração de harmonia com o seu. Vejamos. Pois não é infame o meu procedimento? Que lhe falta para ser completamente infame? Que espero eu de Clara? Para que a persigo? Para que a procurei hoje? — Não hesitei em dar estes passos que, na aparência, a podem perder... E hesitaria em perdê-la na realidade? Quem mo assegura? Tenho acaso certeza disso?

E, passeando mais agitado ainda, conservou-se por muito tempo sob o domínio desta ideia. — Depois continuou com mais exaltação:

— Tenho, sim. Não rebaixemos também a tal ponto os nossos sentimentos. Eu sou volúvel, imprudente, inconsiderado; conheço-o; e odeio-me, quando me vejo assim; porém não sou perverso, porém não sou capaz duma traição infame... Queria que me acusassem de tudo, mas que não me suspeitassem disso, e muito menos Clara, essa generosa rapariga, e muito menos o reitor, esse homem honrado... Mas que importam as minhas intenções, se dou lugar a que se diga, a que se possa pensar uma calúnia? Se não fosse hoje o reitor, a quem a Providência parece haver inspirado, que se diria amanhã nesta mexeriqueira terra? — De mim, digam lá o que quiserem; mas daquela rapariga... — É tempo de me fazer outro homem. E poderei consegui-lo? Este meu temperamento é duma mobilidade! Pequenas causas fazem-lhe perder o equilíbrio, que por momentos a razão consegue dar-lhe. Será pois isto em mim um mal incurável? É verdade que os médicos falam de certos estados nervosos, que pequenas impressões sustentam e exacerbam, e que, muitas vezes, uma profunda comoção consegue serenar, dando a esses temperamentos a estabilidade que não tinham. O estado do meu coração é assim. Talvez ainda não experimentasse a têmpera, que tem de o fortificar; talvez. Em todo o caso, devo lutar comigo mesmo. Mas poderei resignar-me à má opinião que de mim conserva aquela rapariga? Não; preciso falar-lhe uma vez ainda, para que me perdoe e me restitua a sua confiança; serei depois para ela um amigo sincero, um verdadeiro irmão. Hei de falar-lhe.

Adormeceu, por altas horas, com esta resolução e com ela se levantou na manhã seguinte.

CAPÍTULO XXXIV

Uma noite, depois de dormido o primeiro sono, ergueu-se Pedro, como solícito proprietário, para ir rondar um pinhal, distante de casa, onde, segundo informações recebidas, se tinham ultimamente praticado alguns roubos de pinheiros.

Ao vê-lo sair, o criado mais velho da casa, o mesmo ao qual vimos Daniel disposto a fazer compreender a teoria dos eclipses, quis acompanhá-lo.

— Deixe-me ir consigo, Sr. Pedrinho.

— Vai-te daí, homem; eu não sou nenhuma criança, para precisar companhia.

— Mas...

— Deita-te; já te disse.

E o noivo de Clara saiu, de espingarda ao ombro, e assobiando uma toada popular.

Apesar da quase certeza que tinha de se não encontrar àquela hora com o principal e constante objeto dos seus mais gratos pensamentos, dirigiu o itinerário, com prejuízo da economia de tempo, pela rua em que morava Clara.

É que é já um prazer contemplar os muros, a cujo abrigo se sabe repousar a mulher que se ama; prazer inocente, entre os que mais o são, e que, desde tempos imemoriais, os amantes saboreiam.

Fique a leitora sabendo que, muitas vezes, enquanto dorme, se lhe estão fixando nas janelas, desapiedadamente cerradas e obscuras, os olhos amorosos de alguns desses tresnoitados passeadores.

À medida que se aproximava do lugar, que o obrigara a este rodeio, ia diminuindo Pedro a velocidade da marcha.

Chegou perto do muro do quintal e insensivelmente parou. Lembrou-lhe que bem podia ser que, apesar do adiantado da hora, Clara estivesse acordada, pensando nele talvez. Que amante deixaria de fazer, nas mesmas circunstâncias, iguais suposições?

Como meio de verificação, pôs-se a cantar:

Meia-noite, tudo dorme,
Só eu não posso dormir;
Pois não me deixa este amor,
Que me fizeste sentir.

Depois de pequena pausa, prosseguiu:

Este amor, que é minha vida,
Vida do meu coração,
Atrás do qual meus...

A interrupção foi devida a certo rumor, que Pedro julgou ouvir dentro do quintal. Calou-se por isso e pôs-se a escutar.

Tudo caiu em silêncio.

Aplicando, porém, o ouvido à fechadura, pareceu-lhe perceber o murmúrio de vozes abafadas.

— Quem anda aí dentro?! — perguntou em voz alta Pedro, batendo à porta.

Ninguém lhe respondeu.

Continuou a escutar e de novo julgou distinguir o mesmo som.

Ia a interrogar outra vez, mas, refletindo, mudou de plano. Continuou o seu caminho cantando:

Este amor, que é minha vida,
Vida do meu coração,
Atrás do qual meus suspiros,
E meus pensamentos vão.

E seguiu, cantando assim, até certa distância da casa; depois, retrocedendo, voltou, com todas as cautelas, para junto da porta donde viera o rumor que o estava inquietando.

— Se fossem ladrões — pensava Pedro — que haviam de fazer as pobres raparigas neste sítio solitário e sem braço de homem em casa para as defender?

E este pensamento decidiu-o a não sair dali, sem averiguar aquilo.

O seu estratagema prometia produzir efeito. Desta vez não era já possível a ilusão. As vozes percebiam-se distintamente e como em conversa acalorada, e entre elas, Pedro julgou reconhecer uma de mulher.

Então, sentiu ele um doloroso confrangimento de coração. Uma ideia terrível, súbita e sinistra, como a luz do relâmpago, lhe iluminou o espírito, e, pela primeira vez, concebeu suspeitas que o fizeram estremecer.

— Se Clara... — murmurou subjugado por aquela ideia. E um tremor convulso passou-lhe pelos membros com tal violência, que o constrangeu a apoiar-se à ombreira da porta, para não cair. Naquele estado a pulsação febril das artérias das fontes impediu-o de escutar mais nada; o coração palpitava-lhe tão agitado, que o ouviu bater.

O som das vozes tornava-se mais audível, como se se aproximassem da porta as pessoas que assim conversavam.

Pedro levou maquinalmente a mão ao gatilho da espingarda e ficou à espera, com a vista fixa e a respiração reprimida. Era terrível o seu olhar naquele momento!

Ouviu-se o voltar da chave na fechadura, a porta moveu-se lentamente e um diálogo, travado a meia-voz, chegou aos ouvidos de Pedro; mas a energia da vertigem, que lhe tomara os sentidos, não lho deixava perceber, senão de maneira confusa.

— Foi para lhe dizer isto, só para lhe dizer isto, que consenti em ouvi-lo aqui — dizia uma voz feminina. — Bem vê que seria uma loucura, se continuasse; mais do que uma loucura, seria um pecado até. Agora espero que cumpra a sua promessa. Mostre que é homem de bem. Adeus.

— Adeus — respondia-lhe outra voz. — E perdoe-me se não posso ainda dizer friamente esta palavra. Mas verá que saberei emendar-me. Obrigado pela confiança que teve em mim. Adeus.

E, depois disto, um homem, todo envolvido numa capa comprida, saiu da porta do quintal, tendo antes apertado a mão, que se lhe estendia de dentro.

Pedro mal tinha ouvido e mal conseguiu ver tudo aquilo; passava-lhe pelos olhos como que nuvens de fogo. Correu para este visitador noturno com a impetuosidade, de que o animava a raiva, e, apontando-lhe ao peito a espingarda, gritou com um rugido aterrador:

— Alto, miserável! Para, ou estás morto!

O homem ficou imóvel.

Dentro do quintal ouviu-se então um grito dilacerante e a porta fechou-se, violentamente impelida de encontro aos batentes.

Pedro rompeu para o desconhecido, que recuou diante dele.

— Quem és? Quero conhecer-te antes de te matar, infame.

E como o embuçado cada vez procurasse ocultar-se mais, Pedro lançou-lhe a mão, e, com um movimento rápido, descobriu-lhe o rosto, arrojando ao chão a capa, em que se envolvia. O luar bateu em cheio nas faces do outro.

Reconheceu Daniel.

É inexprimível em linguagem conhecida o que neste momento se passou no coração do pobre rapaz.

— Daniel! — bradou ele, sufocado pela intensidade da comoção que recebera.

Daniel conservava-se mudo e abatido. Dir-se-ia fulminado.

Houve longo espaço de silêncio.

Pedro sentiu que se lhe formava no coração uma tempestade medonha; um raio de razão, que lhe luzia ainda, inspirou-o para dizer em voz, já cava e abafada:

— Por alma de nossa mãe, Daniel, por alma de nossa mãe, sai daqui, se não queres que suceda alguma desgraça.

— Ouve-me, Pedro, escuta-me — tentou dizer Daniel, mas as palavras, a custo, se lhe articulavam e a voz prendia-se-lhe na garganta.

— Daniel, foge, foge daqui, se me não queres perder! Foge, irmão! — bradava Pedro e, como que já sem consciência, contraíam-se-lhe espasmodicamente os dedos sobre o gatilho da espingarda.

Daniel ia a falar-lhe ainda, quando sentiu uma mão pousar-lhe no ombro, e em seguida, um homem que, durante o ocorrido, se aproximara do lugar, veio interpor-se entre ele e o irmão.

— Retire-se — exclamou este homem com voz severa, voltando-se para Daniel. — Eu tinha previsto esta desgraça!

Era o reitor.

Ia a dirigir-se depois a Pedro, mas já não o encontrou ali.

O padre estremeceu.

— Meu Deus, é preciso evitar algum crime. O rapaz vai louco.

Pedro batia violentamente com a coronha da espingarda na porta do quintal, que pouco tempo lhe poderia resistir. Daniel, vendo-o, ia a correr em defesa da mulher, cujo futuro perdera talvez irremediavelmente.

O padre susteve-o com energia, pouco de esperar daquela idade avançada.

— Retire-se — bradou com voz vibrante e exaltada. — Não está ainda satisfeito com a sua obra? Quer acabar de perder aquela pobre rapariga?

— Mas ele vai matá-la.

— Estou eu aqui para velar por ela. Cabe-me esse direito, que me foi conferido por sua mãe no leito, onde agonizava. Retire-se!

O reitor naquele momento transformara-se; sublimara-se a ponto de exercer império completo na vontade de Daniel; no olhar do velho parecia haver não sei que influxo magnético, que obrigou Daniel a baixar a cabeça e a retirar-se, constrangido por irresistível impulso.

Pedro tinha arremetido contra a porta do quintal com verdadeira desesperação. Um pensamento sinistro o dominava; a raiva do ciúme e da vingança perturbava-lhe a razão.

Afinal a porta cedeu. Pedro penetrou no quintal como verdadeiro louco; empeceu-lhe porém os passos uma mulher, que lhe caía aos pés, bradando:

— Pedro, Pedro, não cause, não queira causar a minha perdição!

Este grito fê-lo recuar. À voz desta mulher, que o implorava assim, Pedro passou da agitação do delírio à imobilidade do letargo.

— Que é isto? — bradou enfim, como ao acordar dum mau sonho. — Margarida aqui?!

Era efetivamente Margarida a mulher, que de joelhos e mãos erguidas lhe jazia aos pés.

Desenhava-se no rosto da simpática irmã de Clara o mais violento desespero; e quem sabe o que lhe ia no coração!

Era pois Margarida a que tivera a entrevista com Daniel? Esta abençoada suspeita iluminou pela primeira vez as trevas do espírito atribulado do pobre Pedro! Abençoada lhe chamei, pelo conforto que gerou; porque, na horrível tortura de coração daquele desgraçado, foi um bálsamo consolador.

— Margarida — disse-lhe ele, trêmulo de incerteza e de esperança —, fale-me a verdade. Em nome de Deus, diga-me: quem estava aqui com Daniel? Diga-me, diga-me tudo, pelo Salvador!

Houve um momento de silêncio. Margarida parecia hesitar; por fora da porta apareciam já alguns rostos de curiosos, que chegavam atraídos pelo ruído.

— Quem estava aqui com Daniel? — repetia Pedro.

Na alma de Margarida alguma coisa se passou de terrivelmente doloroso, que quase a fez desfalecer.

Fechando os olhos, como quem adota uma resolução desesperada, como quem se despenha num abismo, respondeu com voz trêmula, mas perfeitamente inteligível:

— Era eu!

A turbação em que estava não lhe impediu de perceber o sussurro de vozes que, de fora da porta, acolheu esta resposta.

Pedro, alheio a tudo o que o rodeava, ergueu as mãos para o céu; e rebentando-lhe as lágrimas dos olhos, exclamou:

— Bendito seja Deus! Sirva de remissão dos meus pecados o tormento destes poucos instantes!

Quando o pároco chegou, encontrou-os nesta posição.

Caminhou com rosto severo para a mulher que via ajoelhada, mas recuou também, espantado, ao reconhecer Margarida.

— Margarida! Pois era?... — O reitor suspendeu-se, antes de concluir, como se um pensamento súbito lhe ocorrera. — Não pode ser, não pode ser. — E aproximando-se de Margarida, tomou-lhe o braço com energia, bradando-lhe: — Que quer dizer isto, minha filha? Que fazes tu aqui?

Margarida juntou as mãos e, olhando para o reitor com expressão particular, respondeu:

— Peço misericórdia!

— Para que culpa, minha filha?! — perguntou o padre, que não tirava os olhos dela.

— Para a minha...

— Para a... Entendo! — disse ele, como falando para si. — E devo eu consentir que?... Talvez que tenhas razão — continuou, fitando Margarida com olhar de bondade e quase de respeito, e acrescentou a meia-voz: — Seja como quiseste, como Deus to inspirou decerto. — Depois, voltando-se para Pedro: — E que tens mais que ver aqui, homem?

— Tenho que pedir perdão a todos.

O reitor empurrou-o amigavelmente pelos ombros, dizendo-lhe:

— Vai, vai. Deixa isso para outra vez. Não temos agora vagar para justificações.

— Mas, Sr. Reitor...

— Então! Vai para a tua vida, Pedro. E não me andes mais de espingardas, que são más companhias.

Dando depois com os olhos nos poucos espectadores desta cena, que se conservavam boquiabertos à porta, exclamou todo irritado:

— E vocês que fazem aí, pasmados? Quem vos chamou cá? Não sois tão prontos para o trabalho. Andar! E ter cautela com a língua. Ouviram?

Pedro saiu cabisbaixo. Os grupos dispersaram-se.

Logo que os viu retirar, o padre levantou Margarida, que se conservava de joelhos quase exânime, e disse-lhe comovido:

— Foi um sacrifício heroico, Margarida, para o qual poucas teriam fortaleza.

— Um sacrifício?!...

— Sim, não é a mim que iludiste, filha, que te conheço bem e há muito. Vai ter com a verdadeira culpada...

— Não a condene, Sr. Reitor; o seu anjo bom não a abandonou, ainda desta vez.

— Bem sei — respondeu o reitor. — Pois não te vejo eu aqui? Mas vai e acaba a tua obra abençoada, confortando-a e chamando-a ao caminho do arrependimento. Eu também tenho a minha tarefa. E dou graças a Deus por ter permitido que os meus deveres paroquiais me conservassem por fora até estas horas. Até amanhã, minha filha.

E o reitor saiu, mas em vez de tomar o caminho de casa, voltou em direção oposta.

CAPÍTULO XXXV

A cena a que, um tanto imprevistamente, fizemos, no último capítulo, assistir o leitor, exige de nós algumas palavras de explicação. Releve-se-nos portanto a rápida digressão retrospectiva, em que vamos entrar.

Daniel, como tínhamos dito, prometera a si próprio falar, uma vez ainda, a Clara, para atenuar a má impressão que a sua última entrevista pudesse ter deixado no espírito da rapariga, e inspirar-lhe de novo a confiança perdida.

Parecerá talvez um meio singular este de corrigir os efeitos de um passo imprudente por outro mais imprudente ainda; mas a razão humana, sofismando com a maior candura do mundo, concebe muitas vezes projetos assim.

Em Daniel, sobretudo, eram freqüentes estas resoluções irrefletidas. Inspirava-lhas um sentimento de mal fundado brio; mas nem sempre era bastante a força do seu caráter para briosamente as sustentar até ao fim.

Não aprendera ainda a desconfiar de si, a ponto de fugir, como devia, a essas ocasiões de tentação.

Foi por isso que, esquecido já das suas promessas a Clara, renovou outra vez os antigos passeios pelas circunvizinhanças da casa dela, sempre com esperança de obter a entrevista, que imaginara necessária à reivindicação do seu crédito.

Clara evitava porém todos os ensejos de se encontrar com ele; constrangendo-se até para isso a estreita reclusão. Depois da cena da fonte, prometera ela a sua irmã e ao reitor não falar mais com Daniel, até estar efetuado o casamento, que o pároco mais que nunca procurou acelerar. Assim, todas as tentativas de Daniel para vê-la e falar-lhe, ou na rua ou na janela, saíam-lhe baldadas.

Longe de o desanimar este mau êxito, antes o estimulou, e, irritado pelas dificuldades que encontrava, formou resolução mais audaz.

Um dia, entrando no quarto, Clara encontrou no chão e próximo da janela, que deixara aberta, um papel dobrado.

Abriu-o e leu. Era um bilhete de Daniel a pedir-lhe, nos termos mais respeitosos, uma entrevista — a última. Alegava, em favor da sua pretensão, o não poder resignar-se à desconsoladora ideia de ser mal conceituado de Clara; prometia e jurava respeitá-la como irmã, pois como tal a considerava já; e acrescentava que não deixaria de a perseguir, até que ela condescendesse a escutá-lo. Se receava, dizia ele no fim, que essa entrevista desse lugar a interpretações injuriosas, regulasse e impusesse ela as condições debaixo das quais a concederia.

Esta carta, que não primava em laconismo, parecia, em boa lógica, dispensar a entrevista requerida, e na qual, pouco mais restaria a fazer do que desenvolver o tema, já tão extensamente assim parafraseado por escrito. Mas a lógica não domina de ordinário situações daquelas.

Clara não respondeu ao bilhete e continuou, mais que nunca, a evitar Daniel.

Da parte deste continuaram pois as imprudências, às quais servia de novo estímulo o despeito, esse poderoso fermento de paixões nas almas mais sujeitas a elas.

Outro bilhete, recebido por Clara da mesma maneira, instava ainda com maior veemência pela entrevista pedida.

Clara esteve para referir tudo a Margarida, mas faltou-lhe o ânimo.

Este estado de coisas continuou por algum tempo mais; até que um dia Clara, animada da confiança em si, que não perdia nunca, e da boa-fé, que depositava nas promessas dos outros, resolveu consentir em escutar Daniel.

Não lhe prometia ele ser essa a condição indispensável para a não perseguir de novo!?

— Acabe-se pois este constrangimento em que vivo — dizia ela. — Que posso eu recear? A minha boa estrela não me abandonará.

Formada esta resolução, seguia-se a regular maneira de a levar a efeito.

A curiosidade pública trazia muito vigiada a casa das duas irmãs; era pois difícil iludi-la. Demais, a promessa feita ao reitor e a Margarida embaraçava Clara. Daí, diversos expedientes lembrados, pesados e postos de lado, até enfim terminar pela adoção do pior de todos.

O excesso de prudência e de cautelas conduz muitas vezes a imprudências mais perigosas.

Clara comunicou a sua resolução a Daniel; este, exultando pela confiança que nela via transluzir, agradeceu-lha com efusão e prometeu a Clara, e a si próprio, mostrar-se digno dela.

Assim se preparava a entrevista, cujos resultados o leitor conhece já.

Margarida porém que, observando as recomendações do pároco, continuara a espiar a irmã, não era de todo alheia ao que se passava.

Naquele dia sobretudo julgou perceber nos modos de Clara certa preocupação, que a fez mais vigilante.

Eram trindades quando Margarida ia, como costumava, fechar por suas próprias mãos a porta do quintal. Clara não lho permitiu; e com tal instância teimou em se encarregar desse cuidado, aquela noite, que Margarida teve pressentimento do que se estava preparando. Isto obrigou-a a ficar a pé, depois de se recolher ao quarto.

Apagou a luz, para que lhe não suspeitassem a vigília, e não abandonou a janela.

Passado tempo, viu — e com que amargor da alma! — confirmadas as suas suspeitas. Clara saía furtivamente de casa. Margarida não hesitou; e com passos incertos e o coração oprimido de tristeza, seguiu-a, sem ser sentida. Valeu-lhe para isso a espessura das árvores que orlavam os arruados do quintal.

Naquele momento, a mais comovida das duas não era decerto Clara.

Enfim ouviu-se o ruído de passos na rua exterior; a porta abriu-se e Daniel apareceu.

A impressão, que neste momento experimentou Margarida, foi tal, que quase a fez sucumbir.

Cedo porém a reação daquela vontade enérgica, apesar de feminil, dominou a luta. Margarida continuou a observar. Daniel, ao princípio, foi grave e mostrou-se fiel à promessa que fizera; mas, pouco a pouco, influíram nele as condições singulares daquela entrevista. As palavras ganharam fogo e, em breve, animava-as já o entusiasmo impetuoso dos vinte anos. Esquecia-se que viera para justificar-se, e ia agravando a culpa.

Clara, escutando-o, não conseguia disfarçar completamente a turbação que a dominava; mas foram sempre dignas da noiva de Pedro as palavras com que lhe respondia; assim a não traísse o tremor da voz, a ânsia do respirar e, mais que tudo, o fato de se achar ali, só, àquela hora da noite, embora lhe atenuasse o delito o pensamento de generosidade, que a animara a cometê-lo.

Mas os instintos nobres de Daniel só por momentos se deixavam adormecer com as insidiosas carícias da fantasia; pouco bastava para os acordar vigorosos.

Desta vez produziu esse efeito salutar a cantiga de Pedro.

Escutando-a, ambos se sentiram arrependidos de se acharem ali. Viram claro toda a futilidade de motivos que, momentos antes, para eles justificavam de sobra este passo irrefletido, e curvaram a cabeça.

— É meu irmão — murmurou Daniel —; que fará por aqui a estas horas?

— Trazido talvez pela mão de Deus para... — disse, quase para si, Clara, no mesmo tom de voz.

— Adeus, Clara; perdoe e esqueça mais esta imprudência minha. Prometo-lhe que será a última. E de hoje em diante...

— Adeus.

Foi neste momento que Pedro os interrompeu pela primeira vez.

O resto já é sabido.

Quando, no momento em que Daniel saía, Clara reconheceu a voz do noivo, soltou um grito de terror, e, fechando instintivamente a porta, caiu desfalecida na rua do quintal.

Foi então que Margarida correu, que a arrastou nos braços para longe daquele sítio, e depois, sacrificando a sua reputação ao futuro da irmã, veio cair aos pés de Pedro, como a verdadeira culpada.

O conceito que Pedro formava do caráter de Margarida não o tinha deixado imaginar sequer que pudesse ser ela a que aceitara a entrevista com o irmão. Apesar de todo o seu amor por Clara, era maior ainda a confiança que depositava em Margarida.

O que viu depois espantou-o, mas deu-lhe grande alívio.

Clara ignorou tudo quanto ultimamente se passara, pois, durante todo este tempo, não recuperara os sentidos. A noite toda levou-a num quase delírio, no qual imaginava ver Pedro e Daniel, travando uma luta fratricida.

Margarida, velando à cabeceira da doente, torcia as mãos de desespero.

— Meu Deus! Meu Deus! — dizia ela. — Se lhe não passa este delírio, tudo está perdido. Pedro saberá a verdade.

Pela madrugada, porém, Clara sossegou; um sono reparador acalmou-lhe a febre e, após ele, só lhe ficou o abatimento e a palidez geral, que denunciavam a crise terrível que tinha vencido.

Margarida, ao despertar do sono, também inquieto, por que mal passara, encontrou-a acordada e já aparentemente tranquila. Receando renovar-lhe a crise, em nada lhe falou. Clara olhava-a em silêncio, mas como que não ousava também interrogá-la.

Afinal fez um esforço, fitou na irmã os olhos, arrasados de lágrimas, e disse com desalento:

— Tudo está acabado! De hoje em diante, todos me apontarão ao dedo e me chamarão uma rapariga perdida.

Margarida não pôde também reprimir as lágrimas.

— Que estás a dizer, Clarinha? Foi mau o passo que deste, foi; mas sossega. Eu, que te ouvi, sei que estás inocente.

— Ouviste?

— Tudo. Eu sabia... Suspeitava a verdade.

— Mas ele...

— Ele... Pedro? Nada sabe ainda.

— Nada sabe! Queres enganar-me, Margarida? Pois não surpreendeu ele o... outro, quando...

— Mas ignora que fosses tu...

— Então quem julga que era?

Margarida calou-se embaraçada, e desviou a vista do olhar fixo da irmã.

— Não sei, mas... tenho a certeza de que ele não suspeita já de ti... E sabes? É preciso fazer agora por te levantares e alegrares-te para que, se ele vier por aí, não conheça, ao ver o estado em que estás, a verdade, ou suspeite mais do que a verdade, que é ainda muito pior. Vamos; veste-te; foi uma nuvem a de ontem; uma nuvem que passou. Hoje está um sol tão vivo — acrescentou, abrindo as portas das janelas — que dá força e alegria. Vê. Ora anda, levanta-te.

Enquanto Margarida assim falava, Clara parecia engolfada em profunda abstração. Afinal, como se nada tivesse percebido de quanto ultimamente Margarida lhe dissera, exclamou com vivacidade:

— Guida, eu quero saber como isto é. Pedro soube que estava uma mulher ontem à noite no jardim. Se, como dizes, ele não suspeita de mim, de quem pode pois suspeitar?

Margarida não respondeu e baixou os olhos perturbada.

— Guida, dize-me a verdade — continuou Clara mais inquieta já. — Pedro julga-me inocente?

— Julga.

— Quem é pois a seus olhos a culpada?

A confusão de Margarida serviu de resposta.

De pálidas que estavam, tingiram-se então de um rubor de indignação as faces de Clara. Meia erguida no leito, os olhos animados, os lábios trêmulos, exclamou:

— Ele suspeita de ti! De ti! Margarida? Pedro suspeitar de ti? E pôde ter um pensamento... e pôde imaginar que tu serias... Atreveu-se a acusar-te! Ele? Pedro! Mas, diz-me, Guida, diz-me. Como fez ele isso? Quem lhe deu esse direito?

— Fui eu.

— Tu!

— Sim, fui eu. Não lho poderei eu dar? — acrescentou Margarida, quase sorrindo e afastando os cabelos desordenados, que cobriam a fronte da irmã.

— Entendo. Perdeste-te para me salvar. Limpaste com os teus vestidos a lama dos meus, para me apresentares pura aos olhos do meu noivo, que com razão me supunha culpada! Entendo. Viste-me perdida, e fizeste como aquela criança que, há tempos, se afogou para livrar um irmão da corrente; salvaste-me, mas afundando-te. E havia eu de consentir isto, Margarida? Tão má ideia fazes tu de mim, para imaginares que eu te aceitaria nunca o sacrifício? Ó Guida, de mim aceitarias tu um sacrifício igual? Não: quero que o Pedro saiba tudo; que me perdoe ou que me despreze depois; a uma ou outra coisa me sujeitarei; mas a sacudir sobre a tua cabeça a vergonha que chamei sobre mim, oh! isso...

Margarida tomou-lhe afetuosamente as mãos e, em tom persuasivo, pôs-se a dizer-lhe:

— Ora escuta, Clarinha. Hás de primeiro ouvir-me com muito sossego e muito juízo, e depois dirás se eu tenho razão. Queres contar a verdade a Pedro, dizes tu. Que fazes com isso? Torna-lo infeliz, fazes com que entre ele e o irmão exista sempre, daí por diante, motivo para aversão; e a ti, que amas Pedro, apesar de uma leviandade de momentos, e a mim, que te amo, e a nós ambos e a todos, a todos vais fazer infelizes. Eu que posso perder em que Pedro continue na mesma suspeita? Se ninguém mais a tem? — forçou-se ela a dizer, mas baixando os olhos, porque bem sabia que mentia. — Ele não é capaz de a divulgar. E depois, olha, Clarinha, quem nunca pensou em grandes futuros, não tem que ter saudades de projetos desfeitos. Eu já não formo projetos, há muito; acredita. Cansei-me. Hoje recebo tudo da mesma maneira. E olha — continuou sorrindo — que, dentro em pouco, chego a não diferençar o que é bem do que é mal. Tenho-me feito assim. Que lhe hei de eu fazer? Mas tu, minha pobre irmã, que ainda fazes tantos projetos, não te custaria a perder o mais risonho de todos? De mais a mais, eu tenho uma dívida antiga a pagar-te, e não sossego enquanto a não pago. Lembras-te quando me vinhas ajudar nas tarefas, e repartias comigo a tua ração de merenda? São serviços que nunca mais esquecem. Deixa-me pagar-tos da maneira que posso. Se soubesses como é uma consolação para os pobres achar um meio de saldar as suas dívidas! Então, vamos, prometes não dizer nada?

— Guida, Guida! O que me pedes é impossível. Seria um grande pecado, se eu deixasse assim a outra expiar a falta que é toda minha.

— Clarinha, não vês que, doutra sorte, causas a desgraça de tantos?

Clara levou as mãos às faces e calou-se.

Neste tempo o reitor entrara de mansinho na sala. Pousara o chapéu e a bengala e pusera-se a contemplar as duas irmãs, que lhe não sentiram a entrada.

Passado algum tempo de silêncio, Clara levantou de novo a cabeça e, com voz lacrimosa, exclamou:

— Pois deverei aceitar este sacrifício, meu Deus?

— Deves — respondeu o reitor, adiantando-se. — É necessário respeitar inspirações dos anjos como este! — e apontava para Margarida. — Eu também hesitei, ao princípio, mas, depois que julguei melhor, resolvi obedecer-lhe. Minha filha, o que se passou na noite de ontem, tem-no por um aviso do céu. Dá graças a Deus, por te não haver abandonado a tua boa estrela e faz por nunca mais incorrer em um perigo daqueles. Mas aceita; não é só a tua felicidade que recebes do sacrifício de tua irmã, é a de Pedro e a de uma família inteira, é a da própria sacrificada; pois não é assim, Margarida?

— Se for preciso que lho peça de joelhos... — respondeu a bondosa rapariga.

— Não há de ser. Agora vou procurar Daniel. A Pedro já eu confortei. Consegui dissuadi-lo de vir aqui, porque suspeitei que a sua vinda podia ser funesta, enquanto se não desvanecessem naqueles olhos todos os sinais de lágrimas. Daniel não o pude encontrar ainda. O pobre rapaz errou toda a noite por esses caminhos e Deus queira...

— Jesus, meus Deus! — exclamou Margarida, fazendo-se pálida. — Acaso receia que ele?...

— Tenho fé que nenhuma desgraça sucederá; mas é mister olhar por isto. Adeus.

CAPÍTULO XXXVI

As vagas apreensões do reitor, em relação a Daniel, comunicaram-se a Margarida, e nela adquiriram maior intensidade. As feições arreigavam-se profundamente naquele bom coração; baldado era impedir que viessem a luz e florescessem; a cada momento, recebiam elas uma vida nova e desenvolviam-se, como estas árvores que, cortadas todos os anos, rebentam a cada primavera, brotando jovens renovos.

Vão lá cobrir de gelo um coração assim. Tem vida de sobra para todo o fundir em lágrimas e inflamar-se depois ainda.

Tendo salvado a irmã, a generosa rapariga só tinha, agora, orações para pedir ao Senhor a salvação de Daniel. De si esquecera-se! — sublime esquecimento!

Cumprindo o que dissera, pusera-se o reitor em caminho, a procurar Daniel. Levava o coração apertado o bom do pároco, ao atravessar lugares, onde, segundo os seus cálculos, mais provável seria encontrá-lo.

Muitos desses lugares eram os mesmos, que, havia anos, seguira com uma intenção análoga — a de espiar os passos do seu pequeno discípulo, que já então mostrava o que viria a ser.

Lembrava-se agora o reitor daquele dia, e de como fora encontrar o rapaz no mais remoto sítio da aldeia, em diálogo pueril com a pequena pastora, que hoje, por notável coincidência, tão intimamente se achava ligada outra vez ao seu destino.

Não sei que ideias associadas estas trouxeram consigo, que, muito contra o que era de esperar, o reitor pôs-se a sorrir.

Dir-se-ia que estava entrevendo um desenlace feliz a todo este enredo e que, a pensar naquilo, se esquecera das críticas circunstâncias presentes.

Mas as ideias negras voltaram cedo a assombrar-lhe o semblante.

— Que será feito do rapaz? — dizia o padre consigo. — Esta gente da cidade é tão sujeita a loucuras! É ver aquele infeliz de que falaram as folhas do Porto, que, não sei por que histórias de amores, se atirou das Virtudes abaixo. Quem me diz a mim que Daniel... num momento de desespero... Nossa Senhora nos valha! Mas tem-se visto coisas!... Que gênio aquele! A quem sairá este rapaz? A mãe, uma santa mulher, o Senhor a tenha em glória; o pai, um homem sério... Mas, na verdade, dá-me que pensar este desaparecimento! Ele não dormiu em casa... Não teve ânimo de se encontrar com o irmão talvez... Santo Antônio nos acuda! Quem sabe se iria para o Porto? Pode ser. Antes fosse.

Ia pensando nisto o velho pároco, quando, ao tomar por a ponte de madeira, que atravessava um despenhadeiro, de cujo fundo pedregoso chegava aos ouvidos o fragor medonho de uma torrente, se encontrou, face a face, com o objeto da sua pesquisa.

Passou um calafrio pelo reitor ao ver Daniel naquele lugar e ao reparar-lhe para as feições.

Daniel estava excessivamente pálido e com o rosto desfigurado pela vigília e, mais ainda, pelas angústias de espírito, que naquela noite o torturaram.

Olhava com a vista espantada e numa espécie de fascinação o abismo, a que ficava sobranceiro, e parecia atento a uma voz interior, que o impelia ao suicídio.

O reitor parou, fixando nele o olhar perscrutador.

— Que faz aqui? — perguntou-lhe, segurando-o com força pelo braço, como se pretendesse desviá-lo do precipício.

Daniel levantou para o padre os olhos entorpecidos e em seguida, baixando-os de novo para o fundo do despenhadeiro, respondeu com uma frieza, que fez estremecer o velho:

— Estava a fazer contas comigo mesmo; assistia ao meu julgamento.

— Ora vamos. Não seja criança. Deixe-se de loucuras. Venha-se embora. Não queira fazer a infelicidade dos mais, dos que o estimam, já que a sua lhe merece tão pouca importância. Lembre-se de seu pai, e veja lá se quer pagar-lhe assim os sacrifícios que tem feito por si. Venha comigo.

— Sr. Reitor, não se ocupe de mim. Repare que está falando com um miserável. Não creia que me pode regenerar pelo arrependimento. Eu sou relapso. A minha alma fraca sabe sentir, mas não sabe vencer-se. Sabe sentir, disse eu? Nem isso. Em mim já se apagou todo o sentimento moral.

— Não diga blasfêmias. Filho, não descreia assim. A fé é o primeiro passo para a regeneração de que fala.

— A fé? Agora?... Tenho-a na quietação da morte.

E outra vez fitou a vista na torrente.

— Chama quietação à morte? Engana-se; depois dela é que principia muitas vezes o maior movimento, o movimento sem fim, sem remissão, o eterno. Mas ouça, Daniel; eu concebo o desespero do seu coração neste momento. Pesa-lhe o que fez? Tanto melhor. Não o quisera ver tão endurecido, que dormisse tranquilo depois das cenas desta noite. Sente doloroso o pungir dos remorsos; pois é essa a porta aberta à expiação.

— Remorsos! E daqueles que só acabarão, quando este amaldiçoado coração deixar de bater.

— Que durem como preservativo de novas loucuras, e não virá mal daí. Mas escute: julga haver destruído o futuro de seu irmão, imagina que lhe espremeu a esponja do fel no copo, que o pobre moço preparava para levar aos lábios? E assim esteve para ser; e, se fosse, também eu não sei que vida se prepararia para esse seu coração incorrigível. Mas tranquilize-se; Deus foi misericordioso; enviou um dos seus anjos protetores. Tudo está salvo.

— Salvo?! Que salvação pode haver para mim? Como desviar a desgraça iminente sobre as cabeças deles?

— Então não lho estou eu a dizer? Esquece-se das asas do anjo? Clara foi protegida por elas. Pedro ignora que fosse a noiva dele a que esteve no jardim a noite passada.

— Não queira iludir-me; Pedro surpreendeu-me quando...

— Bem sei. Mas não a viu.

— Não se precipitou ele contra mim com a raiva do ciúme?

— A estas horas, está arrependido.

— Arrependido! Não o vi eu ainda correr, cego de paixão, para o quintal? Diga-me o que sucedeu depois; Clara?...

— Já não estava lá, quando ele entrou.

— Pedro?...

— Retirou-se passado tempo, manso e pesaroso.

— Mas...

— Numa palavra, Pedro julga haver-se enganado.

— Enganado? E como podia enganar-se?

— Sendo outra a mulher da entrevista.

— E quem mais podia ser?

— Margarida, a irmã mais velha de Clara.

— Mas ela pugnará pela sua inocência.

— Pelo contrário. Foi ela quem se acusou.

— Ela?! E levou-a a isso?

— A felicidade da irmã leviana, mas não criminosa, cujo futuro viu ameaçado.

— E existem ainda anjos assim neste mundo, Sr. Reitor?

— Existem, existem, homem descrente e desalentado, existem — respondeu o padre com gesto severo — e sirva-lhe esse exemplo heroico, para lhe dar crença e fortaleza.

— E há quem lhe aceite a abnegação?!

— Assim é preciso. Ninguém a pode recusar, sem sacrificar alguma coisa, além da própria felicidade.

Daniel calou-se. Olhou mais uma vez para a espuma da torrente; mas eram já menos poderosas as seduções do abismo. Levantou depois os olhos ao céu e, a meia voz, disse, quase só para si:

— Como me sinto pequeno e miserável, diante daquele exemplo! E há quem julgue em decadência moral o mundo, ao qual descem ainda almas assim!

E calou-se outra vez.

O reitor observava-o.

Depois de algum tempo de silêncio, o padre, pousando a mão no ombro de Daniel, disse-lhe afavelmente:

— E por que não pede a essa alma, que admira tanto, um pouco da sua angélica fortaleza? Por que não procura purificar a natureza, demasiado terrena, do seu malfadado coração, na abençoada influência dela?

— E ser-me-á concedido?

— É; siga-me — respondeu o reitor, não disfarçando o seu contentamento. E, dirigindo o caminho, prosseguiu: — Talvez que, vendo-a, tenha memórias a avivar. Mais ouça-me, Daniel, se, como diz, desconfia do coração — e tem razão para isso —, faça por o subjugar e deixe dominar a consciência, a consciência, que ontem mesmo, através da loucura — que foi loucura decerto aquilo —, que ontem mesmo lhe devia estar exprobrando o seu mau proceder. Agora veja também como se apresenta a seu irmão. Olhe que é necessário que ele viva na crença em que está, ou morre para a felicidade. Veja o que faz. Vamos.

Daniel, com a cabeça inclinada sobre o peito, seguiu maquinalmente o velho reitor.

CAPÍTULO XXXVII

Pelas dez horas da manhã desse dia estava Margarida na sala, onde ordinariamente trabalhava, tendo, à volta de si, uma turba de rapariguinhas, ocupadas em diversos trabalhos de costura.

Em pé, junto dela, dava uma destas lições de leitura. Margarida seguia o texto, olhando por cima dos ombros da criança, corrigindo-lhe os erros, às vezes com um sorriso de afabilidade, outras com uma inflexão de voz maternalmente severa. Era nos Evangelhos que a pequena lia.

O reitor recomendara o livro a Margarida, dizendo-lhe que o ensinasse às discípulas, que era guia seguro.

A criança lia naquele momento a parábola do filho pródigo, em São Lucas.

— "E o filho lhe disse: Pai, pequei contra o céu e diante de ti; e daqui em diante não sou digno de ser chamado teu filho.

"Disse, porém, o pai aos seus servos: Tirai o melhor vestido e vesti-lho e metei-lhe um anel no dedo e os sapatos nos pés;

"E trazei o bezerro gordo, e matai-o, e comamos e alegremo-nos:

"Porque este meu filho era morto e reviveu, e tinha-se perdido e achou-se. E começaram a alegrar-se."

O reitor, que não usava cerimônias em casa de suas pupilas, entrou neste momento com Daniel, na sala imediata. Percebendo que Margarida ainda estava ocupada com a tarefa, que tão de boa vontade tomara sobre si, disse a Daniel, convidando-o com um gesto a sentar-se e fazendo-lhe ao mesmo tempo sinal para que não interrompessem a lição:

— Esperemos. São perto de onze horas. Deve estar a acabar. — E acrescentou, suspirando: — Que rapariga esta, meu Deus! Depois do que se passou ontem, já hoje a cumprir as suas obrigações, com aquela santa serenidade do costume! É admirável, na verdade! E depois — continuou ele, falando ainda a meia-voz —, se soubesse, Daniel, como nobremente se votou ao trabalho, ela, a quem a irmã franqueava tudo quanto possuía? Outra que fosse... mas aquele coração é de um quilate! E que penetração de espírito, que luz de inteligência aquela! Fez quase só por si a sua educação.

— E foi esta a que se sacrificou? — perguntou Daniel.

— Foi.

Ambos de novo se calaram.

A criança concluía, neste momento, o texto bíblico.

— "Ele, porém, lhe disse: Filho, tu sempre estás comigo e todas as minhas coisas são tuas.

"Convinha-nos, porém, alegrar-nos e folgar: porque este teu irmão era morto e reviveu, e tinha-se perdido e achou-se."

Um beijo, que o reitor e Daniel ouviram distintamente, foi a recompensa concedida por Margarida à discípula, ao terminar a leitura, que ela fizera com inteligência e numa quase melopeia, perfeitamente adequada à poesia dos versículos.

Depois foi a voz de Margarida, que lhes chegou aos ouvidos; sonora, suave, melancólica, cheia de sentimento e bondade, ecoou saudosamente no coração de Daniel, que mal podia explicar a natureza da comoção que experimentava ao ouvi-la.

— Olha, Ermelinda — dizia ela —, hás de ver se decoras, para que nunca te esqueçam, aquelas palavras de Cristo: "Há mais alegria no céu sobre um só pecador, que se arrepende, do que sobre noventa e nove justos que não necessitam de arrependimento". Diz isto mesmo a história que leste. Jesus Cristo falava ao povo de maneira que o povo todo o entendesse; por isso lhe contou a história do filho pródigo. O céu é também a casa do pai onde se recebem, com festas e alegrias, os pecadores arrependidos, esses filhos pródigos do Senhor. É uma grande consolação o saber que não há pecados, que uma contrição sincera não possa remir; alma tão perdida do mal, que não possa ainda voltar-se com esperança para o céu.

O reitor trocou neste momento um olhar significativo com Daniel, que parecia recolher com avidez todas as palavras de Margarida. Estavam elas exercendo no seu coração o efeito de bálsamo salutar.

Margarida, depois de breve pausa, prosseguiu, como deixando-se levar pela corrente dos seus pensamentos, e, falando mais para si do que ainda para as crianças, que a escutavam:

— Cada alma perdida, que se arrepende, é uma vitória do nosso anjo da guarda sobre o espírito do mal. A paixão, que nos trazia cega, deixa-nos enfim, e calcamo-la então aos pés como aquela Nossa Senhora da Conceição faz à serpente tentadora. E nunca é tarde para o arrependimento. Quem caminhasse com os olhos tapados para um despenhadeiro, podia salvar-se ainda, abrindo-os junto da borda. Junto? Às vezes até um ramo, a que nos seguremos na queda, nos pode salvar. A fé na misericórdia de Deus é como este ramo. Seja o arrependimento sincero e um olhar do Senhor nos amparará. Uma oração bem sentida, bem de alma, à borda do túmulo, pode chamar sobre uma vida inteira de pecados a luz do perdão divino.

Margarida dissera estas palavras pausada, serenamente, e com tanta unção religiosa, que Daniel sentiu-se comovido. Olhou para o reitor, viu-o atento, imóvel; o padre parecia estar escutando ainda aquela voz, que o prendia, como se pregasse uma doutrina nova e diversa da que tantas vezes ele próprio proclamara do altar à leitura dos Evangelhos.

Daí a alguns instantes, Margarida despedia-se das suas pequenas discípulas com um beijo e uma palavra afetuosa para cada uma.

Seguiu-se o rumor que elas faziam ao saírem tumultuosamente e depois o silêncio.

Margarida ficara só.

— Agora chegou a nossa vez de sermos doutrinados — disse o reitor para Daniel. — E esteja certo que é sã a doutrina que vier daquela boca.

Aproximando-se da porta de comunicação entre as duas salas, abriu-a de mansinho e disse, metendo a cabeça pela abertura:

— Licença para dois.

Margarida, que estava sentada, com a cabeça entre as mãos, e absorta em profundo meditar, ergueu-se, de súbito, à voz do reitor e caminhou para ele, repetindo:

— Licença para dois? Pois quem nos traz consigo?

Mas, antes de receber resposta, divisou por entre a porta, meia aberta, o rosto pálido de Daniel.

Ao reconhecê-lo, Margarida estremeceu e voltou para o reitor o olhar interrogativo e inquieto.

O Padre entrara já na sala.

— Que foi fazer? — disse-lhe Margarida, a meia-voz e quase assustada.

— Deixe-me. Fiz o que entendia — respondeu o pároco, e, voltando-se para Daniel, que hesitava em entrar, acrescentou: — Entre, Daniel, entre. Aqui tem a santa, a corajosa rapariga, que...

— Senhor!... — exclamou Margarida, erguendo para ele as mãos, como a implorar piedade.

Daniel deu alguns passos na sala.

— O que há de dizer o irmão ingrato e perverso, à irmã sublime e generosa? — disse ele, fixando em Margarida um olhar de simpatia e de respeito, que a obrigou a desviar o seu.

Seguiu-se um silêncio, constrangedor para ambos.

Foi ela a que primeiro sentiu a necessidade de pôr termo a esta situação.

Para isso era-lhe preciso um esforço poderoso, enérgico, que rompesse todas as peias daquela timidez, que a enleava.

Não a abandonou ainda desta vez a força, com que sabia dominar-se. Foi já com aparente firmeza que, dentro em pouco, conseguiu responder:

— Sr. Daniel, esses cumprimentos não são de ocasião, nem eu sou para eles. Coisas mais sérias nos devem agora ocupar. A felicidade de duas pessoas está-nos confiada; está de alguma sorte nas nossas mãos. Uma palavra só a pode perder; bem o sabe. É preciso que nós todos três tratemos de segurar-lha. Por mim, fiz o que estava no meu alcance. Mas não dê ao sacrifício mais valor, do que o que ele tem. Eu pouco tinha a sacrificar, além da paz da consciência. Essa, já vê que a conservei; o mais...

— A paz da consciência! Foi essa mesma que eu perdi; e perdi-a para sempre! — disse Daniel, com abatimento.

— Não diga isso — continuou Margarida, com a presença de espírito que, passada a primeira turbação, pudera readquirir. — Não diga isso. Pedro ignora tudo. É o principal. Clara está arrependida da sua imprudência. Mais alguns dias, para esquecer de todo o abalo da noite de ontem, e tornará a ser alegre como dantes. Sossegue pois. O Sr. Daniel há de continuar a gozar da estima de todos, dos que mais ama e... ninguém haverá sacrificado.

— Esqueceu-se de si, Margarida. E julga que a devem ou que a podem esquecer os outros?

— Os outros? Quando eu me não queixo, ninguém tem o direito de me lamentar.

Estas palavras saíram-lhe dos lábios como irresistivelmente e com uma amargura, que o reitor julgou perceber.

— Ai, Margarida, filha — disse o velho meneando a cabeça dum modo expressivo e sorrindo entre afável e descontente —, olha que até aos infelizes, até na desventura, é um pecado o orgulho; sabes?

— Orgulho, Sr. Reitor? Ai, creia que não o sinto. Orgulho de quê? Mas é que de fato eu pouco tinha a sacrificar, e pouco sacrifiquei. As vozes do mundo... — será orgulho isto, será — mas é certo que não penso no que dirão. Além de que, quando me fosse mil vezes mais custoso o sacrifício, como havia de evitá-lo? Achava melhor que a sacrificasse a ela, que tem mais a perder? A ela, por quem prometi velar, quando, às portas da morte, mo pediu, chorando, sua mãe? Bem vê que não.

O reitor, de olhos no chão, alisava com a manga do casaco o chapéu, sem atinar palavras que respondesse.

— Mas não falemos em mim — continuou Margarida, com voz cada vez mais serena. — Clara está melhor; temo porém ainda que não possa receber com firmeza e a sangue-frio a visita de Pedro. Será possível, sem causar desconfianças nele, adiar para mais tarde essa primeira visita?

— É possível, é — respondeu o reitor, enquanto que Daniel, folheando maquinalmente um livro, parecia nem atentar no que se estava dizendo. — O pobre rapaz está com remorsos de ter suspeitado de Clara e treme só com a lembrança de a ver.

— É necessário que se lhe faça acreditar que minha irmã ignora e deve ignorar sempre tudo o que se passou, ou pelo menos que nada sabe das suspeitas que Pedro...

— Mas... — ia o reitor a dizer.

Margarida interrompeu-o, continuando:

— É indispensável. Eu conheço muito bem Clara; pode sujeitar-se a tudo, menos a ouvir Pedro, cheio de arrependimento, pedir-lhe perdão, a ela que é... que se julga ser a verdadeira culpada.

— Tens razão, Margarida — disse o reitor, depois de ter estado por algum tempo a ponderar o caso —, tens razão. E assim é melhor, até porque se evitam explicações, que não poderiam ter muito bons resultados. Mas...

— E agora permitam-me que vá ver Clara, sim?

— Pois vai; mas... — insistiu o reitor, seriamente embaraçado com alguma coisa, que ele queria dizer, sem encontrar maneira conveniente.

— Que é? — perguntou-lhe Margarida, percebendo aquela hesitação; e acompanhava a pergunta com um sorriso de habitual tranquilidade.

— Mas... isto como assim não me pode sair da ideia — continuava o padre.

— O quê?

— Sim, a falar a verdade... tu, minha filha...

— Eu... que tenho?

— Tu... assim... Valha-me Deus! Não se pode fazer nada...

— Por quem é, Sr. Reitor, não torne a falar nisso. Não vê que pouco se me importa? Não lho disse já tantas vezes?...

— Porém, Margarida, eu sou teu tutor, assim como de Clara; quero-te como pai e não posso, não devo consentir que o castigo caia sobre a cabeça inocente, sobre a tua cabeça, filha. É contra a justiça, é contra a religião.

— Inocente! — redarguiu Margarida a sorrir. — Que está a dizer, Sr. Reitor? Quem é inocente neste mundo? Deixe, deixe cair em mim isso, que chama castigo, que encontrará pecados a remir; e quisesse Deus que mos remisse todos.

— Ainda assim... Eu nem sei o que faça... Valha-me Nossa Senhora, valha! Sempre é uma esta!

E, ao dizer isto, o reitor olhava para Daniel, como que a ver se lhe viria auxílio dali.

Daniel, de braços cruzados e cabeça inclinada, parecia ainda alheio ao diálogo dos dois.

Margarida aproximou-se do reitor.

— Não sabe o que há de fazer? Digo-lho eu. Siga o seu primeiro pensamento, foi o de ajudar-me. Por que há de desconfiar agora daquilo, que parecia aceitar com tamanha fé esta manhã? Não tinha desculpa se assim me deixava só a salvar Clara. Mas é tempo de ir ter com ela. Adeus.

E, dizendo isto, tomou-lhe a mão, que respeitosamente beijou, e ia a retirar-se.

Diante da porta encontrou Daniel, que a fez parar.

— Margarida — disse-lhe ele com profunda agitação manifestada na voz e no gesto —, essa resolução não é tão unicamente de sua responsabilidade, como diz; sacrifica-se a sorrir, mas não repara que mais alguém pode sentir o sacrifício.

— Quem?

— Eu.

— Como?

— Que se dirá de mim, do meu caráter, vendo destruída por minha culpa a sua reputação, Margarida, e eu ocioso, tranquilo, descuidado... feliz?

— E que se diria, se se soubesse a verdade? Qual acha de preferir?

— Pois bem. Oculte-se muito embora a verdade. Não quer sacrificar sua irmã? Compreendo e admiro a nobreza dessa resolução, creia. Mas não posso consentir que uma indesculpável leviandade da minha parte seja a causa desse imenso sacrifício, sem que...

— Já lhe disse que não era imenso; mas que fosse, como queria evitá-lo?

O reitor repetia a interrogação com os olhos.

— Pois não vê que a única maneira, Margarida, é... Eu sei que sou indigno de aspirar a tanto, mas perdoe-me, a única maneira é não me recusar a reparação que lhe devo; permita-me que reúna ao seu o meu destino, já que a Providência...

— Bravo! — atalhou o padre, batendo com a bengala no chão. — Isso mesmo é que eu tinha aqui dentro a pesar-me; até que enfim respiro!

Margarida estremeceu ao ouvir Daniel, e instintivamente levou as mãos ao coração, como se fora ferida aí. Em poucos instantes, as faces, de ordinário pálidas, passaram-lhe por cambiantes rápidas de cor. Trêmula de ansiedade, sentiu vergarem-se-lhe os joelhos e enevoar-se-lhe a vista. Valeu-lhe o apoio de um móvel próximo para não cair. Por algum tempo tentou em vão responder; a voz não lhe saía da garganta.

Daniel olhava-a ansioso. O padre esfregava as mãos, exultando de júbilo.

Afinal, vencendo esta violenta comoção e assumindo outra vez a placidez habitual, respondeu com uma voz, onde sem dificuldade se podia descobrir ainda um indiscreto tremor:

— Obrigada. É generoso o oferecimento... mas não posso aceitá-lo.

— Que diz? — exclamou Daniel.

O padre passou do júbilo à estupefação.

— Pois queria que aceitasse? Aceitá-lo-ia, se estivesse no meu lugar? Diga. Qual será maior martírio: sofrer as murmurações, as injúrias, os desprezos até, de milhares de pessoas, que, afinal de contas, nos são indiferentes, ou aceitar a compaixão de quem nos é... de quem nos devia ser tudo no mundo? Daquele, a quem teremos de dar todos os afetos, todos os cuidados, todos os pensamentos? Imagina bem essa tortura?

— Mas, Margarida, quem lhe disse que é por compaixão que eu lhe faço o oferecimento? Se o aceitar, creia que o agradecido serei eu.

— Se essas palavras fossem sinceras, Sr. Daniel, era bem certo então que possuía um desgraçado caráter! Receie sempre de si, desses primeiros movimentos, a que obedece tão depressa. Já que é tão fácil em mudar, ao menos faça por ser mais forte contra si mesmo. Vença-se. Não está ainda vendo o mal que pode fazer assim?

— Tem razão em duvidar de mim. O meu passado condena-me, porém talvez seja injusta demais para comigo. Julga-me capaz de...

— Perdão; não julgo, não tenho direito para julgar, bem sei. Em todo o caso, não posso aceitar.

— Margarida! — disseram a um tempo o padre e Daniel.

— Não, não posso aceitar — repetiu Margarida, já com maior veemência. — Nunca me julgaria mais desonrada e perdida, do que quando aceitasse uma proposta como essa, feita por outro qualquer motivo, que não fosse a força do coração.

— Mas se eu lhe juro que o meu coração...

— Oh, não diga mais! — disse Margarida interrompendo-o. — Até me faz mal ouvir-lhe esses juramentos; lembra-me os que ainda ontem fazia a Clara. Repare no que ia a dizer; assim abre o coração, a quem, momentos antes, nem conhecia sequer?

— Não há tal — disse o reitor —; diz tu que, desde criança, já te conhece ele, e até...

— Oh! Por quem é! — atalhou Margarida que previu logo, onde o reitor queria chegar. — Por quem é! O que ia a dizer?

— Margarida — continuou Daniel —, perdoe se a consciência das minhas culpas... e acredite que a estou sentindo bem amarga, mas perdoe-me se ela me não constrange ainda ao silêncio. Eu vejo que tem razão para duvidar de mim; mas será só isso? Por que não confessa também que recusa porque, sentindo insensível o coração, desconfia dele igualmente?

— Desconfiar do meu coração! — disse Margarida, com uma leve inflexão de ironia na voz, a qual os dois não perceberam, e continuou: — Mas... é que não desconfio.

— Então?

— Conheço-o; e o que sei dele, como o que aprendi do seu, Sr. Daniel, levam-me a recusar.

— Quer dizer que me não pode amar?

— Sim... julgo que sim. Eu desconfio que nem tenho coração! Eu sei lá! Não o sinto bater, pelo menos. Bem vê que não devo aceitar. Adeus.

E, com um singular sorriso nos lábios, saiu da sala, onde ficaram os dois, atônitos e silenciosos.

Quem, naquele momento, pousasse a mão no coração de Margarida, como veria desmentidas as suas últimas palavras!

CAPÍTULO XXXVIII

— Chegou talvez para mim o momento do castigo — murmurou Daniel, passado algum tempo, depois de Margarida se retirar.

— Que está a dizer? — perguntou o reitor, olhando-o admirado.

— Que talvez àquelas mãos, das quais até hoje só tem saído o bem, vá Deus confiar a arma duma vingança cruel.

— De que maneira?

— Pois não ouviu a firmeza daquela resposta?

— E então?

— E então! É que eu tenho o pressentimento de que, se um dia se atear em mim uma paixão violenta e fatal e tiver de ser repelida assim, sucumbirá com ela este coração.

— Ora adeus! Sabe os objetos que se partem, batendo de encontro às rochas? São os fortes e rijos; porque os outros, os moles, o mais que podem é tomar nova forma; quebrar é que não quebram; e o seu coração é dumas branduras!

— Reconheço que o meu passado me não dá o direito de ofender-me da ironia; custa-me até entrar de novo em justificações, que só me valem sorrisos, mas...

— Mas, ainda assim, sempre vai tentar mais uma vez — disse o reitor, sorrindo. — Ora ande lá.

— Ouça-me. É uma triste confissão para o meu orgulho, a que vou fazer, mas é verdadeira. Há muito que tenho este pensamento; até no tempo em que mais procurava evitá-lo, ele me acudia. É por certo arriscado para qualquer mulher confiar de mim o seu amor, menos num caso, que até aqui se não dera ainda comigo.

— Então, qual é esse caso?

— É se ela conseguir dominar-me; se a meus olhos se conservar sempre a altura, que dê à paixão, que me inspirar, a natureza dum culto. Há caracteres para os quais é isto necessidade. De ordinário, todos os meus esforços são despojar desse prestígio, que me enleia, a mulher a quem amo; porém, desde que o consigo, já não respondo por mim. Sei-o por experiência. Mas, previa-o há muito tempo, se me encontrar com uma destas naturezas superiores, para as quais nunca se extingue o resplendor que as rodeia, há de fixar-se este coração volúvel, e não haverá para elas o risco, de que das minhas afeições lhes possam resultar lágrimas.

— E conclui daí? — perguntou o padre no mesmo tom, quase zombeteiro, em que sustentava o diálogo.

— Que Margarida não podia recear do meu amor. Eu, que duvidava já que viesse a amar seriamente, porque me julguei superior a todo o predomínio, hoje...

— Hoje, mudou de opinião.

— E mudei, creia-o. Nunca me conheci assim. Ainda antes de a ver, quando da sala imediata a estivemos escutando, não sei por que, sentia, ao ouvi-la, reviver todo o meu passado, a parte mais pura dele.

— Sei eu — resmoneou para si o reitor.

— Depois que a vi, foram sensações novas para mim, as que experimentei. Eu, que por tantas vezes e a sorrir tenho dado passos na vida, que fazem recear os mais audazes; eu que, para ser arrojado, não careci nunca do forte impulso duma paixão, pois me bastava o simples estímulo dum capricho; hesitei há pouco, como viu, ao fazer a proposta a que o dever e o coração me impeliam, hesitei de timidez, como se fosse um sacrilégio da minha parte. Depois, ao receber aquela recusa, pareceu-me sentir escurecer-se-me o futuro e, pela primeira vez na minha vida, senti-me desalentado com este mau êxito, em lugar de encontrar nele incitamento para persistir, como tantas vezes o tinha encontrado.

— Desconfie dessas impressões súbitas e violentas, desconfie. Margarida tem razão. Eu próprio já me não atreveria a aconselhar-lhe o contrário. É melhor deixarmo-nos guiar pelas inspirações daquela alma de anjo.

— Mas se eu a amo?

— Paixão de quinze dias! — disse o reitor, encolhendo os ombros.

— Ai, não, não. Sinto-me seguro desta vez a jurar-lhe...

— Não jure — atalhou o padre —, não jure nada, homem de Deus, que almas de outra têmpera, que não é a sua, têm falhado, depois de jurarem. Lembre-se do que diz o Evangelho: "Seja o vosso falar: sim, sim; não, não. Porque tudo o que daqui passa, procede do mal". Se não perder a ideia desse amor, trabalhe por merecê-lo; mas não faça juras. Que, se alcançar aquele coração, grande riqueza granjeia, isso lhe afirmo eu. E não tenha escrúpulos de se deixar dominar, que melhor é a cabeça de Margarida, do que... Mas que fazemos ainda aqui? Vá, vá ter com seu irmão. E veja como se porta. Não entre em grandes explicações. Abrevie-as, quanto puder, que é o mais prudente. E até logo.

Daniel saiu da sala vagaroso e triste. O reitor, ficando só, conservou-se por algum tempo pensativo.

Esta tácita meditação acabou-a ele, murmurando não sei que mal distintas palavras e depois em tom mais perceptível:

— Contudo é pena. Remediava-se este enredo assim, e bem. Seria talvez uma providência para o rapaz. E eu iria mais descansado deste mundo, a dar contas da minha tutela no outro aos pais das raparigas. Mas lá se Margarida tem os seus escrúpulos... e a falar a verdade com alguma razão; e depois, o que é mais e muito mais, se ela não se sente com inclinação para aí. Aquilo é uma santa. Coração possui ela, mas para caridade, que não para amores. Paciência!

E, falando assim, caminhava lentamente o reitor de sala em sala, de corredor em corredor, até se encontrar, quase sem saber de que maneira — tão distraído ia —, junto do quarto de Margarida, cuja porta viu meia aberta. Entrou.

Ao rumor dos seus passos, ergueu-se, de súbito, uma mulher, que estava de joelhos no chão, e debruçada sobre o leito, como num genuflexório.

Era Margarida.

Colhida de improviso, não teve tempo de enxugar as lágrimas, que em fio lhe corriam pelas faces descoradas. Em vão se esforçava por desvanecer com sorrisos o efeito daquelas lágrimas e da expressão de tristeza, que tinha profundamente gravada no semblante.

O reitor surpreendeu-a assim e olhou para ela inquieto.

— Que é isto? Lágrimas! Choros! — exclamou ele, levantando-lhe a fronte, que Margarida inclinava, para esconder dos olhos do seu velho amigo aquele indiscreto pranto. — Ai, filha, filha, que me dizias tu há pouco? Era então mentira a indiferença que asseguravas? Eu logo vi... Mas... valha-me Deus... neste caso... para que fui eu?... Então, Margarida! — então! — então...? Nossa Senhora te valha, filha! Não chores, olha que não sou teu amigo. Mas para que dizias tu?... Pois está bem de ver, sempre custa... Vamos, sossega, mais vale dizer a verdade. Isto assim não tem jeito. Sossega, rapariga, sossega. Vá o mal a quem toca. Nem todos podem ser santos. Os santos?... Os santos estão nos altares, ora adeus. Há coisas que são superiores às forças humanas. Não chores, filha; isso até é uma vergonha. Pedro é bom e perdoará Clara e, perdoando ele, quem tem direito de condenar? E se não perdoar... não sei que lhe faça. Quem mal a cama faz, nela se deita; ora é muito boa! Enquanto ao mundo... adeus, minha vida, o mundo é o mundo; importa lá o mundo. Era o que faltava se por causa dele te ias agora sacrificar. Na verdade, que valia a pena! Deixa estar que tudo se há de arranjar. Verás. Mas não chores; pareces-me uma criança. Então, então, Margarida? E aí estás chorando mais!

E o bom homem quase chorava também.

Efetivamente, como a todos nós sucede quando, dominados por a tristeza, encontramos um coração compadecido, uma voz amiga a pretender consolar-nos, quando reconhecemos verdadeira simpatia nas palavras de conforto que nos dirigem; cada vez era mais violenta a explosão de sentimento em Margarida, mais abundantes as lágrimas, mais sufocadores os soluços.

— Então, Margarida, filha, então!... — dizia o reitor, deveras aflito, e, tentando todos os meios de acalmar aquela dor, acrescentou contra o seu costume: — Guida! Guida! Isso não é bonito.

Só passados alguns momentos é que Margarida conseguiu falar, e ainda com a voz entrecortada de soluços disse para o reitor:

— Perdoe-me, perdoe-me por quem é. Mas não pude, não posso mais. Não julgue que me arrependo do que fiz, que me lembro de recuar. Creia-me, pouco me importa o mundo, o que dizem, o que virão a dizer. Pouco me importa.

— Mas então este choro?

— Nem sei por que choro, eu mesma não o sei. Mas faz-me bem o chorar. Deixe-me, deixe-me por piedade.

— Mas, minha orgulhosa, por que não aceitaste tu a proposta de Daniel?

— Isso é que nunca — exclamou com impetuosidade Margarida, e de novo lhe saltaram as lágrimas dos olhos.

— E aí estás a chorar cada vez mais! Mas isto não deve ficar assim. É preciso dar-lhe remédio. Tua irmã não pode querer...

— Mas se eu lhe juro que não choro por isso! Se eu lhe afianço que pouco me importa o mundo!

— Mas, então, ó Virgem Santa, então por que choras tu? Eu endoideço ainda hoje... endoideço. Sacrificas a tua reputação para salvar a de Clara e não choras por isso; tiveste na tua mão o meio de remediar tudo, aceitando o leal oferecimento de Daniel, e que afinal o pobre rapaz fazia do coração, e recusaste sorrindo. E agora venho encontrar-te neste estado e dizes-me, e juras que não é nada! Recusas confiar-me a causa! Margarida, é preciso saber, quero saber por que choras assim!

— Agora não posso, não sei até dizer-lho. Se me estima, se me quer, como diz, não me pergunte nada; não? Deixe-me só, peço-lhe por favor, por alma de minha mãe. Logo volte e, quando voltar, verá que me há de achar contente, prometo-lho. Que mais quer? Os abalos da noite passada causaram-me isto. Não sei que tenho. Vá, peço-lhe que vá. Então não vai?

O padre olhou por muito tempo para ela e depois, tomando o chapéu, saiu sem dar palavra, mas limpando uma lágrima também.

Margarida, vendo-o sair, deixou-se cair outra vez de joelhos sufocada pelo choro.

— Fraca! fraca! — dizia entre soluços — que não tive forças para me sustentar até ao fim! Vá, vá, acabem de correr por uma vez estas lágrimas; e que sejam as últimas; que ninguém mas veja mais nos olhos. A causa, a causa... oh! essa, ninguém a há de adivinhar.

— Enganas-te, Guida. Adivinhei-a eu já.

Margarida ergueu-se de repente ao escutar estas palavras, que lhe foram ditas quase ao ouvido. Voltou-se. Era Clara.

— Que dizes, Clara? Que estás a dizer, filha?

No rosto de Clara, onde uma pouco costumada tristeza se desenhava ainda, havia um ligeiro sorriso de malícia, da que se poderá chamar angelical, se alguma vez for lícito associar estas duas palavras.

— Digo que te adivinhei, Guida. Que mais queres? Estás descoberta, minha reservada. Não tinhas confiança em tua irmã, e assim te perdias por uma pessoa, de quem desconfiavas! É ação de santa, é; mas eu te prometo que isto não há de ficar assim.

— Clara, tu não sabes o que dizes.

— Escuta. Que promessas, que oferecimentos eram aqueles do... do Sr. Daniel? E por que os não aceitaste tu?

— Clarinha!

— Vamos. Eu ouvi tudo o que disse agora o Sr. Reitor. Não mo queres dizer? Digo-to eu. Daniel propôs-te...

— Basta, Clara, basta. Bem sabes que não aceitei.

— E por quê? Isso mesmo é o que eu mais quero saber.

— Porque... não devia aceitar.

— Não devias?

— Não, não devia. És tu a que me vens dizer que se pode, que se deve aceitar um esposo a quem...

— A quem? — interrogou Clara, fitando na irmã olhar inquisitorial.

— A quem não... amamos?

— E então é certo que não amas o Sr. Daniel? — perguntou Clara, conservando em Margarida o mesmo olhar e demorando intencionalmente a articulação de cada sílaba.

— Que pergunta! — disse Margarida, baixando os olhos confusa.

— E ainda não queres que te ralhe? Ora ouve, Guida. Desde hoje que o desconfio. Passaste a noite à minha cabeceira. Eram três horas quando dormias, e eu estava acordada então. Ora tu também tinhas febre, também sonhaste em voz alta e alguma coisa disseste...

— Que disse eu? — perguntou Margarida, com perturbação.

— Alguma coisa, algumas palavras soltas, certo nome, de que eu ao princípio fiz pouco ou nenhum caso, mas em que depois me deu para cismar. E tanto cismei, e tanto cismei, que afinal descobri, minha pobre Guida...

— O quê?

— Que esse teu coração não era, por fim, o que se supunha; não era o que eu, e o que todos supúnhamos. E olha que mais te quis por isso; porque eu gosto de quem tenha coração.

— Mas enfim que queres tu dizer?

— Quero dizer que tu amas, que tu amavas, e há muito, o Sr. Daniel.

— Estás louca, filha?

— Não o negues ou ficamos de mal. Eu depois recordei-me do que dizia o Sr. Reitor, de que Daniel fora em pequeno o teu conversado. Muitas vezes te vi corar ainda, quando o Sr. Reitor, a rir, te caçoava com isso. Ora eu sei como tu és... isto é, hoje é que me lembrei de que tens um gênio singular, tu. Eu podia esquecer-me da minha afeição de criança. Tu não, que tudo tomas a sério. É teu costume. Eu sei. Depois, certa maneira de falar... certo acanhamento... e as lágrimas de há pouco... e as palavras de agora... e essa má vontade com que me estás... e esse olhar que se não atreve a levantar-se para mim... é certo, ama-lo; e por isso pergunto: por que recusaste o seu oferecimento?

Margarida conservou-se por algum tempo silenciosa. Depois, por uma destas resoluções, que são raras em caracteres como o dela, mas enérgicas quando chegam a formar-se, disse com uma espécie de desespero, revelado nas palavras, no gesto, nos movimentos, e tomando com ímpeto as mãos da irmã, que apertou convulsivamente nas suas:

— Por quê? Queres sabê-lo? Porque o amo. Entendeste agora?

— Não — respondeu Clara que, surpreendida por aquela exaltação, não podia desviar os olhos do rosto de Margarida.

— Pois não vês, criança — continuou esta —, não vês, louca, que seria um martírio horrível, um tormento, que nem se imagina, aceitar a compaixão do homem, a quem se ama? Saber que só para generosamente nos salvar a reputação, só para isso, ele nos fez o sacrifício do seu futuro, das suas ambições; que se abaixou condoído, para do chão nos levantar até si! Há lá nada mais doloroso! Diz, desejas-me esse martírio? Conheces o coração da tua irmã, dizes tu; e pensas que ele não estalaria de angústias? E depois, se fosse só isso! Mas, quem sabe? Um dia sempre entraria uma suspeita naquela alma; se a delicadeza fechasse os lábios, lá estava o olhar talvez a revelar-lhe o pensamento secreto de que tudo isto em mim fora um propósito interesseiro e vil, de abusar dos seus brios... Ai, Clara, e cuidas que se resistiria a esta ideia? Cuidas que eu teria coragem para... Oh! Deixa-me, deixa-me; fizeste-me já dizer o que eu nem a mim mesma dissera ainda. Nunca mais me ouvirás falar nisto e, se és minha amiga, nunca mais me falarás também.

E, dizendo estas palavras, saiu arrebatadamente da sala.

CAPÍTULO XXXIX

Ao abrir as janelas do seu quarto de dormir e ao franquear os pulmões ao ar fresco da madrugada, a Sra. Teresa, a fiel esposa do nosso conhecido João da Esquina, recebera, de mistura com o perfume das flores, que andava nos ares, não sei que cheiro de escândalo, de lhe desafiar a curiosidade.

Para estas coisas tinha inquestionavelmente a Sra. Teresa um sexto sentido, apurado como nenhum dos outros.

Segundo era seu costume, quando percebia em si tais manifestações, pegou na cesta da meia, e veio tomar assento por detrás do mostrador e entre as sacas de arroz da loja de seu marido.

A menina Francisca, aquela mesma trigueira celebrada em octossílabos por Daniel, viera sentar-se também ao lado de sua mãe. Era a primeira vez que tal sucedia, depois dos episódios que terminaram as visitas do estouvado clínico.

Com os seus olhos travessos, e o sorriso malicioso já de volta aos bem talhados lábios, valeu naquele dia aos pais uma afluência maior de fregueses à loja.

A cada nova personagem que entrava, a Sra. Teresa dirigia, com um sorriso de afabilidade, a pergunta sacramental:

— Então que se diz de novo?

E de cada vez esperava achar justificada a voz do instinto de escândalo, que, naquela manhã, tão alta berrava em si.

Por muito tempo foram, porém, malogradas estas esperanças.

Mas, aí pelas nove horas, entrou na loja o sacristão da freguesia, a comprar cigarros — porque o Sr. João da Esquina, como é costume nas terras pequenas, vendia tudo, desde o doce de chá, até à vela de sebo; e os cigarros entravam também na lista dos objetos do seu negócio.

Era este sacristão um rapaz de cara rapada, e tipo de velhacaria, sempre em olhares e suspiros diante da menina Francisca, em quem estes sintomas de afeto não encontravam demasiado agrado.

— Ora aqui vem, quem nos traz novidades fresquinhas — exclamou, ao vê-lo entrar, a Sra. Teresa, que, apesar da opinião que lhe ouvimos sobre o poder nutritivo das aparas de hóstias e escorralhas de galhetas, não era, ultimamente, de todo desfavorável às pretensões do sacristão.

— A Sra. Teresa é que mas devia dar — disse este —; pois está mais perto do sítio, onde elas hoje ferveram.

— Não te entendo, Joaquim; então que há? — perguntou, já ralada de curiosidade e pousando a meia, a esposa do Sr. João; e os olhos daquela família toda convergiram para os lábios do homem da sacristia.

Este sentiu-se lisonjeado com as atenções e muito principalmente com as da menina Francisca, cujo olhar fixo por pouco lhe fazia perder a frieza de ânimo.

— Então deveras não sabem o escândalo desta noite?

— Não; que houve? Conta lá isso, Joaquim, conta lá.

E o Sr. João da Esquina, no ardor da curiosidade, e para fazer a boca doce ao orador, trouxe-lhe uma mão-cheia de figos secos duma seira enxertada e rejeitada por freguês pechoso; e a Sra. Teresa esfregou as mãos e agitou-se para ouvir melhor; e a menina Francisca puxou a cadeira, em que estava, para junto do mostrador.

O sacristão principiou:

— O filho aqui do seu vizinho... o doutor novo...

Neste ponto, despediu um olhar certeiro à menina Francisca, a quem um acesso de tosse acometeu; a Sra. Teresa espirrou, e o Sr. João deixou cair não sei o quê e abaixou-se para apanhar o que deixou cair. O orador prosseguiu:

— Pois o tal senhor doutorzinho... esteve para o levar o diabo esta noite.

— Que me dizes, homem? — perguntou a Sra. Teresa, já debruçada no mostrador.

— É verdade.

— Mas como foi isso?

— Foi o irmão, o Pedro, que esteve para o matar.

— Ora, contos! — disse o Sr. João da Esquina, encolhendo os ombros, a afetar uns ares de dúvida, mas dando um pau de canela ao sacristão, que era perdido por gulodices.

— É o que eu lhe digo — insistiu este, chupando a casca aromática.

— Mas então por quê?

— A mim, contou-me esta manhã a tia Brásia, à missa primeira, que o Pedro pilhou o irmão a sair da casa das do Meadas, e disparou contra ele a espingarda. A tia Brásia afirmou-me que tinha ouvido o tiro.

— Agora me lembra que também ouvi um tiro esta noite — disse a Sra. Teresa, e acrescentou com a maior fleuma do mundo: — E matou-o?

— Não, não o matou; mas julgo que o feriu.

— Não se perde nada — disse laconicamente o Sr. João da Esquina.

— E é de perigo? — perguntou, um tanto inquieta, a menina Francisca.

— Sossegue, menina — respondeu o sacristão, despeitado pelo tom de voz, em que ela dissera isto. — Sossegue, que, ainda que lhe tirasse um olho, ficava-lhe outro para ver as raparigas da terra, que todas lhe fazem conta.

A petulância foi repelida por a menina com um gesto de soberano desdém.

— Mas então... — continuou a mãe — diz-me cá, então o Daniel tinha assim entrada em casa das do Meadas? Como se entende isso?

— Ora como se entende isso? Pois não conhece ainda aquele melro?

— Mas era com a Clarita, então?

— Pelos modos, era com a Margarida, ao que dizem, mas... eu por mim, inclino-me a que era com ambas — respondeu o sacristão com a firmeza do historiador crítico, que decide ecleticamente entre duas versões de um fato controvertido.

— Com a Margarida?! — exclamou João da Esquina. — Pois com aquela cara de Nossa Senhora da Soledade... aqueles ares de santa... Eu sempre vejo coisas!

— São as piores — sentenciou a esposa. — Bem me fio eu em santidades.

— Não sei como se pode gostar daquilo — disse desdenhosamente a menina Francisca.

— Deixe lá, menina — notou com ironia o sacristão, ainda despeitado. — A Margarida não é para desprezar assim. É trigueirinha, mas nós todos sabemos que Daniel não desgosta delas, ainda mais trigueiras.

Francisca mordeu os beiços ao escutar a alusão e espetou a agulha no novelo das linhas; o pai lançou ao sacristão um olhar furibundo e descarregou com o martelo uma forte pancada nos pintos falsos, que, para escarmenta de velhacos, tinha cravados no mostrador; e a própria Sra. Teresa armou-se de um sorriso constrangido, pouco animador para o sacristão, e ao mesmo tempo apertou nervosamente uma orelha ao gato maltês, que dormitava acocorado junto dela, sobre uma saca de arroz.

Muda, mas expressiva linguagem simbólica, que se podia traduzir assim:

A menina Francisca: — Tinha alma de te atravessar o coração com esta agulha, maldito.

O Sr. João da Esquina: — Não sei o que me contém, que te não quebre com este martelo quantos dentes tens na boca, brejeiro.

A Sra. Teresa: — O que tu merecias era um puxão de orelhas, bem puxado, maroto.

No entretanto, o sacristão prosseguia imperturbavelmente:

— A tia Brásia disse-me que havia muito que o Daniel não largava a porta das do Meadas. E isso é fato. Pelos modos, o Pedro soube-o, e ontem, se lho não tiravam das mãos, dava cabo dele.

— Mas então sempre havia alguma coisa com a Clara também? — insistiu a Sra. Teresa, a quem a opinião crítica do narrador agradava, por mais escandalosa.

— Pois isso para mim é de fé — disse o sacristão.

Por este tempo tinha entrado na loja um jornaleiro, o qual, tendo ouvido as últimas palavras do diálogo, percebeu logo do que se tratava.

— Houve mosquitos por cordas esta noite lá para as minhas bandas, houve — disse o homem com sorriso malicioso.

— Ah! Também já sabe? — perguntou o sacristão.

— Ora se já sei! Pois eu não estive lá?

— Ai, pois viu?

E os quatro, que em comum fizeram esta pergunta, fitaram avidamente os olhos no jornaleiro.

— Eu lhe digo — disse o homem, tirando o chapéu e coçando na cabeça. — Eu tinha chegado de fora, havia meia hora. Tinha sido rogado para uns trabalhos aí para longe. Por sinal que me pagaram, como a cara deles. Sempre lhe digo, Sr. João, que isto de jornais está uma pouca-vergonha. Deu o que tinha a dar. Eu lembro-me dantes... Mas, vamos ao caso, eu chegara a casa e tinha dito lá, à minha patroa... que, coitada, também não tem andado lá essas coisas, não — mas tinha-lhe eu dito que me fritasse uns ovos com presunto — e, deixe-me dizer, que os ovos este ano também são uma peste. Parece que deu o arejo nas galinhas. Diabos as levem. Daqui a pouco, da maneira que isto vai, ficamos sem ter que comer e a fazer cruzes na boca. Mas estava lá a minha patroa a fritar-me os ovos... É verdade, ó Sr. João, que diabo de azeite me deu vossemecê, o outro dia, que nem à mão de Deus padre se pode levar?

— Homem, pois ninguém mais se me tem queixado dele. É você o primeiro.

As mulheres e o sacristão começavam a impacientar-se.

— Eu não sei que lhe acho, sabe-me a chapéu velho, o maldito. Mas estava lá a minha Quitéria ao lume, eis senão quando, eu ouço uns gritos de "Aqui del-rei".

— Então eles gritaram "Aqui del-rei"?

— Que os ouvi eu, sim, senhor, tal qual. Pus-me logo na rua. Porque eu cá sou assim. Olhe o Sr. João quando foi daquela espera que fizeram ao escrivão da fazenda, eu lá estava.

— Na espera? — perguntou o sacristão, em tom de zombaria.

— Não que eu não sou desses — respondeu o jornaleiro, carregando a sobrancelha —; quando quero fazer mal a alguém, não me escondo. Vou ter com ele, esteja onde estiver; na sacristia, que seja. Ora fique sabendo, que pode ser que lhe sirva.

— Então acaba ou não acaba a sua história, Sr. Manuel? — disse a Sra. Teresa, desfazendo a altercação nascente.

— Salto eu para a rua — continuou o jornaleiro — e, como o barulho vinha do lado dos Juncais, tomei por lá. Vi-me em calças pardas. Não fazem idéia como está aquilo nos Juncais. Uma coisa é ver, outra é dizer. Sempre temos uma câmara, louvado seja Deus! Deixa estar aquele mar nos Juncais... porque é um mar, sem tirar nem pôr. Eu queria que a Sra. Teresa passasse por lá de noite como eu, que sempre havia de dar ao diabo a cardada.

— Mas depois que viu? — perguntou a Sra. Teresa, exausta de paciência com as intermináveis digressões do orador, e acrescentou baixinho: — Sume-te, demo mau!

— Quando cheguei perto da casa das do Meadas, passou por mim um homem e eu meti-me num canto, para, se fosse preciso, agarrá-lo...

— Deixá-lo fugir — concluiu impertinentemente o sacristão, sorrindo.

O Manuel do Alpendre, que era a graça do jornaleiro, nem se dignou responder; continuou:

— Vi que era o Daniel ou o diabo por ele, mas pareceu-me que o homem levava alguma coisa quebrada. Ia assim como a mancar. Olhe que sempre se vai saindo o tal menino! Eu digo, que se ele escapa de tantas que faz! Mas há gente assim. Uns a cavar pés-de-burro por esse mundo, outros então a levar a vida com uma perna às costas. Este é um dos que parece ter nascido num fole, o tal Sr. Daniel... Bem fez cá o Sr. João, em lhe fechar a porta na cara, e pôr termo às visitas que ele fazia por aqui; já se sabe por que, sim, já à boca cheia se dizia...

— Vamos ao caso, vamos ao caso — interrompeu a Sra. Teresa. — Você que fez depois?

— Eu? Segui o caminho e cheguei à porta das raparigas. Estava já lá o Pedro do Abade, o João das Pontes, o tio Gaudêncio das Luzes... por sinal que anda escangalhado o velho. Perdigão perdeu a pena, não há mal que lhe não venha. Não sei que diabo aquilo é. Eu ponho as mãos numas horas, se o homem deita o ano fora. Quem viver, verá. Mas vai, chego-me a ele... "Ó tio Gaudêncio, digo-lhe eu, que é isto aqui?" — Olha, diz-me ele. — E vai, eu olho e vejo o Pedro das Dornas, com uma espingarda na mão, e o Sr. Reitor ao pé dele, e no chão uma mulher...

— Morta? — perguntou com vivacidade a Sra. Teresa.

— Morta não, senhora. A mulher estava viva.

— Mas o tiro que ele deu?

— Eu lá disso não sei!... Pois ele deu algum tiro?

— Pois eu não ouvi um tiro? — disse a Sra. Teresa. — E não fui eu só; houve mais quem ouvisse.

— Que ele tinha a espingarda, isso lá tinha.

— E deu o tiro; não tem dúvida que deu. Mas então era a Clara?

— Nada, não era; era a irmã, a mestra. Eu bem a vi. E vai ao depois, o Sr. Reitor não sei que disse e tal, sim senhores, e pega e vai ao Pedro e manda-o embora e volta-se para o povo, que por ali estava, e manda-o também embora, dizendo que não dessem à língua; e com razão, porque a rapariga é bem-afamada e, se se principiasse agora por aí a falar... Sempre me há de lembrar que quando minha mulher...

— Mas o Pedro que disse à saída?

— Não disse nada. Parecia nem dar por a gente. Ia assim a modo de estarrecido. Se lhe parece! Sempre um homem às vezes se encontra nelas boas! Uma ocasião tinha eu ido...

— Mas então está bem certo que era a Margarida a que...

— Ora se era! Pois eu não conheço a Margaridita? Ainda o pai era vivo, que eu, indo com ele um dia a uma patuscada... que nós dávamo-nos muito; aí está que, faz pelo São Martinho doze anos... Dantes é que o São Martinho era São Martinho... Lembra-se, Sr. João, daquela vez que nós fomos todos?... Que tempo! Ainda era vivo o tio André de Mortosa... Que homem tão divertido! Aquilo era uma coisa por maior... pois quando ele ia de serandeiro às esfolhadas! Dantes sim, é que se faziam esfolhadas!... Agora já se não fazem que prestem... Aí está que eu fui no outro dia à do Damião... pois, senhores, parecia-me um enterro... Ele também teve fraco São Miguel este ano... O homem não sabe dar amanho às terras... As terras querem-se bem tratadas, não há que ver... É como uma pessoa; quem não tem o sustento preciso, não pode medrar. Olhem aquela rapariga, filha do João ferreiro... Quem a viu e quem a vê...

E, de incidente em incidente, corria à vela cheia o pensamento do Manuel do Alpendre pelo vasto mar das suas recordações, afastando-se cada vez mais do assunto primitivo e cada vez desesperando mais a curiosidade do auditório.

O sacristão cortou o fio da digressão.

— Mas aí vem quem nos pode dar informações exatas — disse ele, vendo entrar na loja nova personagem.

Era uma mulher cor de cera, muito macilenta, de olhos meio fechados e sorriso de beatitude nos lábios. Usava o cabelo curto, penteado para diante da testa, a qual ficava coberta por ele até às sobrancelhas; cingia-lhe a cabeça um lenço branco, posto à maneira de barrete; sobre o primeiro, outro de cor escura, atado por baixo da barba e puxado para diante até deixar-lhe o rosto como no fundo de uma gruta, e, ainda por cima, a capa de baeta, sem cabeção.

Das mãos pendia-lhe constantemente um comprido rosário.

Era enfim um desses tipos de beata, comuns nas nossas aldeias; mulheres, cuja vida se passa em devoções contínuas, em novenas e vias-sacras e em perene confissão; obra dos gordos missionários, que deixam a outros o cuidado de desbravar a gentilidade das nossas possessões, para andar na tarefa mais cômoda de tolher o trabalho e a atividade na casa do lavrador.

Imbuindo o espírito das mulheres de preceitos de devoção absurda, afastam-nas do berço dos filhos, da cabeceira do marido enfermo, do lar doméstico, para as trazer ajoelhadas pelos confessionários e sacristias; com uma brava eloquência, perigosa para quem não tiver o senso preciso para a achar ridícula, incutem-lhes falsas doutrinas, desmentidas e condenadas em cada página do Evangelho, tão severo sempre contra fariseus e hipócritas.

Numa localidade, não muito distante do Porto, ainda há pouco um desses apóstolos, que andam por aí reformando escandalosamente a moral dos povos, pregou do púlpito "que a salvação de um homem casado era tão difícil, como o aparecimento de um corvo branco".

É triste e desconsolador o aspecto da terra, onde esta praga farisaica tem feito maiores estragos. A alegria do povo, esse reflexo da alegria das mulheres, porque das mães se reflete nos filhos, das esposas nos maridos, das raparigas nos amantes, desaparece pouco a pouco.

Com os trajos escuros, os cabelos cortados, os olhos baixos, as mulheres têm por pecado o rir; o cantar como um crime; ou se cantam, são certas cantigas ao Divino, ensinadas pelo missionário, nas quais a austeridade do conceito nem sempre é mais respeitada do que a eufonia da forma. Algumas ouvi eu, em que a vinda dos missionários era saudada com um *vigor* de imagens, quase oriental; eram arremedos grosseiros do *Cântico dos Cânticos*, que fariam rir, se se lhes não percebessem piores intenções.

E, no meio destas ostentações de ascetismo, quantas vezes se esconde folgada a devassidão, que não duvida ornar o pescoço de camândulas e bentinhos, e vê na excitação nervosa, produzida pelos jejuns, um alimento a favorecê-la?

O horror ao escândalo, eis o que caracteriza esta moral de Tartufo. Salvem-se as aparências, rezem-se as devoções todas, e a culpa será atenuada.

Traz-se, por exemplo, o pulso cingido por uma cadeia de aço, benzida de certa forma — distintivo das *escravas de Nossa Senhora* —, cadeia milagrosa, que, asseguram os missionários por lá, tem a propriedade de se alargar ou apertar de per si, de modo a andar sempre justa ao braço quer este engorde quer emagreça; pois já o diabo não se atreve, contra quem usa desse talismã.

Ora digam se, quando não seja senão para aperrear o diabo, não dá logo vontade de experimentar a eficácia da cadeia, cometendo um delito?

Era pois a Sra. Josefa da Graça a mais famigerada vergôntea deste viveiro de aspirantes a santas, que se estava organizando na aldeia. O reitor, que não era para imposturas, tratava-as a todas com aspereza, o que não lhe granjeava muitas simpatias neste beato congresso.

— Louvado seja Nosso Senhor Jesus Cristo — disse ao entrar na loja, e com voz dolentemente melodiosa, a santa de que falamos.

— Para sempre seja o Senhor louvado — respondeu-lhe, menos beatamente, a Sra. Teresa.

— Faz-me favor de me vender duas velinhas de cera para uma promessa que fiz ao Divino Coração de Maria, Sr. João, e que seja pelas Divinas Chagas de Nosso Senhor Jesus Cristo.

João da Esquina satisfez prontamente a requisição, mas, enquanto o fazia, perguntou:

— Então que houve esta noite lá pelas suas vizinhanças, ti'Zefa?

— Eu sei, filho? Eu, de portas para fora, nada posso dizer. Já não é pouco tratar cada um da sua alma e dirigi-la no caminho do céu. O Padre José ainda ontem o disse.

— Pois sim; mas, quando se faz muito barulho na rua, sempre se abre um cantinho da janela — disse João da Esquina, piscando o olho para o sacristão, que lhe sorriu em resposta.

— Abrir a janela? Para que há de uma pessoa abrir a janela? Para se meter em trabalhos? Não que eu, filho, todas as noites rezo ao meu devoto padre Santo Antônio, para que me livre de perigos e de trabalhos, de maus vizinhos de ao pé da porta e de ferros de el-rei.

— Mas pelos modos o santo não a tem ouvido, porque enquanto a maus vizinhos...

— Nem por isso a deixam dormir, não é assim, ti'Zefa? — perguntou a Sra. Teresa, entrando na conversa.

— Vizinhos... o que se diz vizinhos, não tenho eu; a casa mais perto é a das pequenas do Meadas e dessa à minha ainda é um bocadinho.

— Mas ouvia-se de lá o barulho? — perguntou o sacristão.

A beata fez um gesto afirmativo e acrescentou:

— Olhe, Sr. Joaquim, pecados deste mundo, sabe?

— Vamos lá. A ti'Zefa sempre tem inclinação pelas raparigas. São suas conhecidas há muito tempo, e por isso...

— Eu?! Olhe, ainda esta manhã o disse ao Padre José, aquilo são tentações do demônio; sabe o Sr. João da Esquina o que são tentações do demônio? Pois é aquilo. Não que dizem que não vale nada ser escrava de Nossa Senhora. Não, não vale. Lá se está a ver. As coisas estão a saltar aos olhos.

— Mas, afinal que houve? O caso foi com a Clara ou com a irmã?

A pergunta era feita pelo sacristão, por quem a beata tinha suas contemplações, e por isso respondeu:

— Foi com a Margarida, Sr. Joaquim. Aquilo estava de ver! Então admirou-se? Pois olhe, eu... A gente não deve murmurar do seu próximo, mas enfim... isto é por conversar e não passa daqui. Aquela rapariga vai mal; ainda hoje mo disse o Padre José; tirando lá a sua missa ao domingo, já ninguém a vê mais na igreja. Olhe a Sra. Teresa que, ali onde se vê, não quis pertencer à confraria do Sagrado Coração de Maria! Já viram? Mas, como o disse o Sr. Padre José, e é assim, a culpa não é dela.

— O nosso reitor é quem a aconselha — insinuou João da Esquina.

— Julgo que sim, Sr. João, e... Enfim cada um sabe de si, e Deus de todos, mas a falar a verdade... — isto não é agora por dizer mal do Sr. Reitor, que é muito boa pessoa, assim não fosse aquela zanga que ele tem ao Padre José e à confraria; mas que ele não as traz bem guiadas, isso não traz.

— Mas vamos a saber — disse, interrompendo-a, a Sra. Teresa, e tomando um tom de íntima familiaridade, que provou admiravelmente em soltar a língua à beata —; mas se o caso era com a Margarida só, como é então que o Pedro quis matar o irmão? Que tinha o Pedro com isso?

— Pelos modos — disse o jornaleiro que estivera calado — ele julgou ao princípio que era a Clara. Faz-me lembrar quando, há de fazer três anos...

— Nada, não, senhor, não foi isso — emendou a beata. — O que me disseram foi que a Margarida quis lançar as culpas à Clara, e que foi então que o Pedro espetou a navalha no irmão.

— Então ele espetou-lhe alguma navalha? — perguntou a menina Francisca.

— Pois não espetou? E diz que, por pouco, lhe chegava ao coração...

— Santo nome de Jesus! Isso é crime de degredo, pelo menos.

E, dizendo isto, a Sra. Teresa parecia satisfeita por o escândalo ir assumindo maiores proporções.

O jornaleiro notou do lado:

— Ó ti'Zefa, isto é que me não parece verdade. Eu julgo que ele nem o feriu.

— Pois eu não vi, Sr. Manuel?

— Com as janelas fechadas, ti'Zefa?!

A beata mordeu os beiços.

— Vi esta manhã o sangue, é o que eu queria dizer. E por sinal que não era tão pouco.

— Quem havia de dizer que aquela sonsinha da Margarida... — ponderou o tendeiro.

Neste ponto entraram na loja mais alguns fregueses, que, já informados do que se passara, prestaram logo ouvidos à conversa.

Entre eles achava-se também a criada de João Semana, a qual viera comprar arroz para o jantar de seu amo.

Não foi de todo o auditório a menos atenta esta nossa conhecida: mas uma contração de lábios e sobrancelhas e o olhar que fixou na beata mostravam que não era de ânimo satisfeito, que ela escutava os boatos daquela manhã.

A confessada do Padre José continuava:

— Olhe, Sr. João da Esquina, isto de viver assim ao deus-dará, não é lá grande coisa. Aquilo naquela casa é uma república, sabe? Falta ali uma pessoa de juízo e de temor de Deus. O Sr. Reitor... enfim, eu não quero dizer mais nada.

— Pois é pena — resmungou a Sra. Joana.

— É assim, ti'Zefa, é assim. O Sr. Reitor dá toda a liberdade àquelas raparigas. Aquilo mais tarde ou mais cedo estava para suceder — disse a Sra. Teresa.

— Melhor tu olhasses por o que te vai por casa — continuava a resmonear Joana.

— Olhem que mestra de crianças! — observou uma gorda oleira, que viera comprar uma quarta de sabão. — Não, filha minha não mandava eu lá.

— Deixa estar, que contigo havia de aprender boas prendas — comentava ainda Joana.

— Não há de ser a minha que há de lá voltar.

— Nem a minha — disseram algumas das mulheres presentes.

A Sra. Joana principiou a ser acometida de uma tosse seca, tão significativa, que desviou para ela as atenções.

Mas a Sra. Joana, na qualidade de governante do velho cirurgião, era na terra uma potência, com que poucos se atreviam a arrostar. Fizeram-se por isso desentendidos.

— E quem vê aquilo então! — disse João da Esquina. — Toda de mantos de seda, toda Santo Antoninho onde te porei.

— Tentações do inimigo mau, sabem? Tentações do inimigo mau, e é o que é. Não que dizem que não serve de nada confessar-se a gente a miúdo e rezar as orações dos missionários...

— Ai, serve para livrar de maleitas depois da morte — respondeu, já em voz mais alta, a Sra. Joana, preparando-se para sair.

A beata, fingindo não entender, continuou:

— Ainda esta manhã o Padre José...

— Oh! — disse expressivamente a criada de João Semana, já da porta.

A beata fitou nela uns olhos chamejantes de cólera. Aquela interjeição irritara-lhe os nervos.

— A Sra. Joana tem alguma coisa que dizer do Sr. Padre José?

— E você que lhe importa? — retorquiu-lhe Joana embespinhada, voltando para dentro.

— Eu sempre queria saber...

— Ora meta-se com a sua vida, que não é de muitas canseiras, e não tome tanto fogo pelo que se passa nas casas alheias. Não está mau o descoco? Olhem agora o estafermo!

— Não se zangue, Sra. Joana; lembre-se que a ira é o quarto pecado mortal.

— Dê conselhos a quem lhos pedir, que eu, quando precisar deles, sempre hei de ter, graças a Deus, outras barbas melhores que as suas, para mos dar.

— Presunção e água-benta, cada qual toma a que quer — disse a beata, com um sorriso de sarcasmo.

O nariz de Sra. Joana afogueou-se de vermelhidão, sinal de borrasca iminente.

— Ó Sra. Zefa da Graça, repare bem com quem se mete. Olhe que eu não sou das da sua igualha, para tomar comigo esses ares de confiança. Veja que lhe pode sair caro o risinho.

— Ninguém falava com a Sra. Joana. Quem não quer ouvir as coisas...

— Então, então, isso não vale nada — disse, intervindo pacificamente, a mulher de João da Esquina.

— Que não vale nada, sei eu — continuou Joana —, porque tenho bastante juízo para receber as coisas, como da mão de quem vêm. Mas na verdade que lá custa a uma pessoa estar a ouvir semiscarúnfias destas a porem a baba na fama de uma rapariga, de quem um só cabelo da cabeça vale por todas as beatas fingidas desta terra, por todas de cambalhota, e por o tal padre também.

— Veja o que diz! Depois não se queixe se ouvir...

— Que hei de eu ouvir, sua desavergonhada, sua papa--novenas, que hei de eu ouvir? — exclamava, já de punhos cerrados e olhar cintilante, a irascível Joana. — Eu não tenho medo das verdades, e para as mentiras tenho estas mãos desempenadas, graças a Deus. Diga o que sabe, diga para aí. Não, minha amiga, a mim não me engana você. Cuida que o rosário é fieira de alcatruzes que a há de levar ao céu? Está servida.

— Quem chega à missa depois do credo... não pode falar... — murmurou, já intimidada, a beata.

— E você, sua rata de sacristia, tem alguma coisa com isso? Que lhe importa se eu chego tarde, ou cedo? Não que eu não tenho a sua vida, sabe? Deus, que lê nos corações, bem conhece que não é de propósito que eu... Mas vejam esta santinha com que atenção está à missa, que repara para quem entra e quem sai. São todas assim. Estas e outras coisas é que elas vão dizer ao confessor. E há de ser isto que há de pôr a boca em Margarida?

— Então julga que é peta o que toda a gente sabe por aí já?

— Não, a verdade deve dizer-se — observou João da Esquina. — É fato que esta noite...

— Histórias! Isso não há de ser tanto como dizem. Sabem que mais? Eu só lhes desejo, aos que tiverem filhas, que Deus lhes dê a elas um bocadinho do juízo da Guida do Meadas. Adeus.

E a Sra. Joana ia a retirar-se.

— Espere, espere — exclamou a Sra. Teresa ofendida —, isso que quer dizer?

— Não posso estar a taramelar das vidas alheias, que tenho a olhar por a minha.

E saiu.

Não lhe ficaram fazendo muito boas ausências as mulheres, que se conservaram na loja.

A beata sobretudo espalhou todo o seu fel em palavras acerbas, apesar da costumada doçura de pronúncia, com que lhe saíam dos lábios.

Afinal retirou-se também da loja para ir contar a outra parte o escândalo da noite passada, já mais ampliado talvez.

Dentro em pouco, não se falava em outra coisa na aldeia. Cada imaginação se encarregava de variar o boato...

Houve quem desse Daniel quase morto e o irmão fugido; outros que pelo contrário ungiam Pedro e desterravam Daniel.

De Margarida dizia-se que tinha querido sacrificar a irmã e que esta a punha fora de casa, deixando-a assim a pedir esmola: e mil outras variantes, que o leitor pode conjeturar.

— Este rapaz não acaba bem. Ora verão — concluiu, no fim de tudo isto, o Sr. João da Esquina.

A Sra. Teresa apenas observou:

— Mas como lhe deu para olhar para aquela rapariga? Vejam agora as grandes bonitezas!

A menina Francisca, inclinada sobre o mostrador da loja, escrevia nele distraidamente, com um gancho do cabelo, diferentes palavras sem nexo, e no fim suspirou.

CAPÍTULO XL

A tarde desse dia empregou-a o reitor em casa de José das Dornas, onde, com a sua diplomacia, conseguiu evitar as dificuldades da primeira entrevista entre os dois irmãos.

Pedro, cheio de remorsos, abraçava Daniel, e este, que com mais razão os estava sentindo, a custo podia suportar essas provas de arrependimento de uma culpa imaginária.

Repugnava-lhe afetar maneiras de quem perdoa, quando força interior o impelia a ajoelhar, e a confessar-se culpado. Por mais de uma vez esteve para revelar tudo; susteve-o o olhar que o reitor, pressentindo esta tentação, nunca dele desviava.

— Mas — dizia Pedro, já em ponto adiantado da entrevista — se tu gostas da Margarida, por que não hás de casar com ela?

— E julgas que ela o consentiria? — perguntou Daniel.

— Por que não? Não te estima também? Eu julgo que bem claro to mostrou ainda ontem.

Daniel achava-se embaraçado. A observação do irmão era, na aparência, tão razoável, que ele não sabia o que havia de responder. Valeu aqui a tática do reitor.

— Ora que sabes tu dos outros, Pedro? — disse ele. — Tem graça! Cada um sabe de si, e é quando Deus quer, que, às vezes, nem de nós sabemos também. O melhor é falarmos de outra coisa, ou tratar cada qual da sua vida.

Daniel da melhor vontade seguiu o conselho do reitor, e a conferência terminou.

Porém, quando o padre ia a transpor o limiar da porta da rua, Daniel aproximou-se dele.

— E Margarida? — perguntou-lhe com certa ansiedade.

— Margarida? Margarida está boa.

— Falou-lhe depois que hoje nos apartamos?

— Falei.

— E persiste na sua resolução?

— Que resolução?... Na de salvar a irmã?... Pois está de ver que sim.

— Não falo disso.

— Então? — perguntou o reitor, com afetada simplicidade.

— Na recusa que esta manhã...

— Ah!... Já me nem lembrava... Não se falou mais em tal.

Daniel baixou a cabeça. O reitor julgou perceber-lhe no rosto sinais não simulados de tristeza e condoeu-se dele.

— E nós cá — disse, batendo-lhe no ombro — como vamos? A que paixão se traz agora aforado o coração? Aí nunca pode medrar coisa que preste; é um terreno movediço, como o das areias.

— As plantas de fundas raízes também as sabem prender.

— Mas levam um tempo!... E nem sempre vingam. Aí está que bem antiga foi a primeira sementeira dessa, que traz agora no coração, se é que a traz, mas não vingou dessa vez, ao que parece.

— Que quer dizer? — perguntou Daniel, olhando para o reitor, a quem não entendia.

— Homens que não têm sempre presentes os tempos de criança, os mais felizes e os mais inocentes tempos da vida... Deus me livre deles. Há de haver dez anos... — E de repente, parecendo interromper o pensamento, que ia exprimir, o reitor saiu e, já da rua, cantou a meia voz, e afastando-se lentamente:

Andava a pobre cabreira,
O seu rebanho a guardar,
Desde que rompia o dia,
Até a noite fechar.

— Ah! — exclamou Daniel, como se naquele instante lhe ocorrera um pensamento inesperado.

O reitor tinha já desaparecido.

Aquela exclamação abriu no espírito do antigo companheiro de Guida uma longa sucessão de memórias e de pensamentos, aos quais o deixaremos entregue.

Às dez horas da manhã do dia seguinte, o pároco, passando por casa de Margarida, resolveu entrar, não obstante saber serem aquelas horas de ocupação para a sua pupila.

O reitor muitas vezes gostava de assistir às lições das crianças e até de auxiliar Margarida, tomando algumas também.

Com esse projeto subiu vagarosamente as escadas; ao subi-las, estranhou o silêncio que havia em casa, de ordinário, àquela hora, ruidosa de vozes infantis.

— Isto será mais tarde do que supunha? — disse o reitor, parando no patamar e consultando o relógio. — Dez horas. Só se o relógio se atrasou; mas esta manhã ainda...

As pancadas sonoras da campainha de um pequeno relógio de sala interromperam-lhe o monólogo.

— Quatro, cinco, seis, são dez, não há que ver — dizia o reitor, contando-as —, sete, oito... é isso; nove, e dez. São dez horas, são. Mas então...

E subia, mais apressado já, um segundo lanço de escadas.

— Margarida estará doente? Porém, se fosse de cuidado, tinha-me mandado parte; e não sendo, não era ela a que por qualquer coisa...

E entrou na primeira sala. Escutou — o mesmo silêncio.

— Ou! Estou admirado!

Desta sala passou à do trabalho.

Estava deserta, postas de lado as pequenas cadeiras das crianças, arrumados os cestos da costura e os livros, e na sala aquele ar de tristeza que parecem ter, quando desertos, todos os lugares ordinariamente concorridos.

Sentiu esta impressão o reitor; foi agitado de secreto receio que atravessou os corredores e abriu a porta do quarto de Margarida.

Encontrou-a sentada, a ler, com a fronte encostada à mão, o semblante sereno, mas abatido, e nos olhos vestígios de lágrimas, enxugadas de pouco.

— Que significa isto? — disse o reitor, dando às suas palavras um tom jocoso, mas conservando no olhar a mesma vaga inquietação. — É hoje dia de sueto?

Margarida fechou o livro, ergueu-se para beijar a mão ao reitor e com uma voz, onde, quem estivesse exercitado a estudá-la, podia perceber ainda um desvanecido tremor, respondeu:

— As mães das minhas discípulas quiseram dar-me tempo para o arrependimento e para a penitência. Dispensaram-me dos meus serviços. E eu... aproveitei o conselho, que me deram, assim. Veja.

E mostrou o livro que lia. Era o dos *Salmos*.

O reitor bateu impetuosamente com a bengala no chão.

— Mas isso é indigno! Isso é... é... Ora deixa estar que eu lhes vou falar...

— Não vá. Eu já esperava por isso. De que se admira? Por que as censura? Então não era da sua obrigação fazer o que fizeram?

— Margarida, isto é demais! É preciso dar-lhe algum remédio, ou então...

— E aí voltamos à nossa demanda — disse Margarida, sorrindo. — Não sabe já que não há melhor remédio a dar-lhe?

— Há de haver; isso é que há de haver por força, que to digo eu. Tu estás a obrigar o teu coração a coisas, que não são para corações humanos. Hás de acabar por o esmagares. Sabe Deus o que ele padece já!

— Ora diga, quando o coração padece, pode-se estar a sorrir, como eu? Vê?

E Margarida obrigava-se a sorrir.

— E as lágrimas de ontem? — prosseguiu o reitor. — E as de hoje? Terás coragem para, olhando bem para mim, me afirmares que ainda hoje não choraste, quando eu tas estou a ver nos olhos?

— É certo. Chorei.

— Ah!

— Mas de saudades. Cerrou-se-me o coração de tristeza ao pensar que me separavam daquelas crianças, que todas me queriam, que eu via crescer, que eu ensinava a falar. Mas... paciência! A tudo se costuma o pensamento e dentro em pouco...

— Nada, nada — continuou o reitor —, não entendo eu isso de tal forma. Tudo tem seus limites. Isso agora bole-me com a consciência. Eu vou perguntar a essa gente...

— O que lhe vai perguntar?

— O que significa este desaforo! Quero lançar-lhe em rosto os seus escrúpulos patetas e estúpidos. Olhem as presumidas!

— Não faça isso.

— Margarida, é um pecado levar as coisas tão longe. E cuidas que tua irmã, sabendo disto...

— Clara não o saberá. Para que o há de saber? Tinha saído, quando eu recebi o recado dessa pobre gente. Eu lhe direi.

— Que lhe hás de tu dizer?

— Qualquer coisa... o que me lembrar. Dir-lhe-ei que estou cansada desta vida afinal; que lhe dou agora razão... e que aceitarei... a... caridade... de minha irmã.

E a estas palavras a comoção dominava outra vez Margarida.

— A caridade! Quem fala de receber caridades? Tu, que foste pródiga de benefícios? Tu, que te despojaste da tua capa para cobrires com ela os ombros nus de tua irmã? Ai, Margarida, que é isso menos abnegação, que orgulho já. Não, desta vez não cederei. Vem, filha, vem comigo.

— Eu?! Aonde?...

— Vem; encosta-te ao meu braço. Quero ver agora quem se atreve a murmurar daquela que passa apoiada ao braço do seu reitor. Sempre quero ver.

— Não me obrigue.

— Vem, Margarida; tens os pobres do costume a visitar e entre eles... e até, se queres ainda despedir-te do teu mestre, não deves adiar a tua visita, porque...

— Pois está pior?!

— Está próximo a obter o alívio de todos os seus males. Ora então vem, e veremos se eles também... se essa pobre gente, que socorres, recusa a esmola, que lhe ofereces, as consolações que lhe sabes dar.

— Mas... Jesus, meu Deus! Não sei se terei forças agora...

— Pede-as à consciência. Ela tas dará. Não me recuses o que te peço, Margarida; ou então Clara saberá tudo. Eu te prometo que isto não fica assim como está.

O pároco mostrou-se desta vez exigente. Margarida cedeu às reiteradas insistências dele.

Passados momentos iam ambos silenciosos pelos caminhos da aldeia.

A apreensão, de que se possuíra Margarida, fazia-lhe vacilar os passos. Teve de segurar-se por isso ao braço do seu velho amigo e protetor.

Chegaram assim ao largo, onde morava o enfermo.

À sombra das árvores brincava, a saltar e a dançar, um bando de crianças, a cujas vozes joviais respondiam da copa da alameda os gorjeios das aves escondidas.

As crianças, ao verem aproximar-se Margarida, mestra de quase todas, correram, soltando gritos de alegria, a beijar-lhe a mão.

As mães, porém, que estavam sentadas, fiando e conversando, nas soleiras das casas, que circundavam o largo, obrigaram-nas a parar a meio caminho.

— Vem cá, Luísa! — bradou uma delas.

— Ó Maria, onde vais tu? Para aqui, já; corra! — exclamava outra.

— Ó Ana, ó Ana! Então isso é o que eu te disse? Salte para casa. Ande!

— Ó Ermelinda, não ouves? Não ouves, Ermelinda? Olha se queres que eu vá lá?

E no mesmo sentido partiram de todos os lados vozes, que constrangeram as crianças a pararem irresolutas.

A significação injuriosa daquelas palavras, daquelas ordens maternas, foi logo compreendida por Margarida e por o reitor.

Aquela tremeu e instintivamente apertou o braço do seu velho tutor; este tremia também, mas de indignação.

— Olá! — bradou ele, não lhe sofrendo o ânimo mais reservas. — Olá, Luísa, Maria, Ermelinda, Ana; aqui já, já, todas aqui já! Então, não ouvem?

As crianças aproximaram-se tímidas. Ele continuou, com voz rija e alterada pela cólera:

— Já que as vossas mães vos ensinam a ser desobedientes e malcriadas, aqui estou eu para vos dar a educação. Beijem a mão à sua mestra, já. Ouvem-me?

— Senhor! — murmurou Margarida.

— Deixa-me — respondeu o reitor, desabridamente. — Então, vamos!

As crianças tomaram a mão de Margarida e beijaram-na com timidez. Margarida abraçou-as, soluçando.

— E vocês lá! — continuou o padre, dirigindo-se às mães. — Tudo a pé! Que modos são esses de estar diante do seu reitor?!

As mulheres levantaram-se respeitosas e mudas.

— Agora aproximem-se e venham aqui pedir por favor a esta rapariga, à minha pupila, entendem? — à minha pupila; venham pedir-lhe que lhes abençoe as filhas. Vamos!

O orgulho feminino revoltou-se contra a intimação.

— Essa agora!

— Era o que me faltava!

— Olhem os meus pecados!

— Não, que ele não há mais!

— Disso a livrará o Senhor!

— Não há de ser a filha de meu pai.

— Para longe a tentação...

— Que é? Que é? Que é lá isso? — exclamou o reitor, interrompendo este zunzum de má vontade e insubordinação. — Que virtuosíssimas criaturas sois vós todas? Olhem lá que não manchem os lábios a pedir! Não vos custa manchá-los a jurar em vão o santo nome de Deus, não se vos importa manchá-los a assoalhar as vidas alheias, a caluniar as amigas, a insultar as vizinhas; mas fazeis escrúpulos de os empregar, a pedir a bênção para vossos filhos, a quem, mais e melhor do que vocês todas juntas, lha pode e deve dar.

— Ora! — disseram algumas vozes.

— Ora! Ora o quê? Saibam então que todas, todas vocês, nem são dignas de lhe beijarem as bordas dos vestidos. O que sabeis é engrolar Padre-Nossos e roçar com a testa pelo chão das igrejas; mas não tendes coração para a doutrina do Senhor, não. Vós, as santas criaturas, envergonhais-vos de pedir, como se vos desonrassem com isso? Pois eu não me reconheço tão puro; sou um pobre pecador e por isso não devo ter essas soberbas de bem--aventurados.

E o padre, dominado pela exaltação que se lhe apoderara do espírito irritado, curvou-se, descobrindo-se; e tomando a mão de Margarida, levou-a respeitosamente aos lábios, apesar dos esforços daquela.

A assembleia feminina baixou toda os olhos de confusão.

As crianças rodearam a sua jovem mestra e desta vez espontaneamente lhe cobriram de beijos as mãos.

Margarida, banhada de lágrimas, baixou-se e uma por uma as apertou ao seio, sem poder falar de comovida.

— Bem, minhas filhas, bem — disse o reitor. — Dais assim um nobre e belo exemplo a vossas mães; é decerto a mão de Deus, que vos tocou os corações. Quem se recusará a imitá-las?

— Eu não — disse uma voz por detrás do reitor.

Este voltou-se e viu José das Dornas, que se aproximara havia alguns momentos e assistira à cena, que descrevemos.

O velho lavrador, depois de responder assim ao pároco, aproximou-se também de Margarida e, pegando-lhe na mão, disse:

— Minha filha, eu tenho sessenta anos. Desde que minha mãe morreu... há quarenta anos quase, nunca mais beijei a mão a ninguém. Pois digo-lhe que o faço agora ainda com mais respeito, do que o fazia então.

E o rude, mas generoso lavrador, baldando a resistência de Margarida, imprimiu-lhe na mão um beijo, em que ia toda a franqueza e lealdade daquele caráter.

Ao endireitar-se, achou-se nos braços do reitor.

— Bravo, José! Bravo, meu homem! Isso esperava eu de ti, que te conheço há muito. Bravo! Bravo! — dizia ele entusiasmado até às lágrimas.

O exemplo obrigava. Algumas mulheres aproximavam-se já de Margarida e houve uma, que lhe segurou a mão.

Margarida porém retirou-lha e, esquecida da injúria passada, recebeu-a nos braços.

As outras, livres assim da ação, que mais lhes magoava o orgulho de mulher, correram já de boa vontade a abraçarem a pupila do reitor.

Enquanto se passava esta cena, o padre, chamando à parte José das Dornas, perguntava-lhe:

— Então soubeste?...

— Esta manhã foi que mo disseram. Creia, Sr. Reitor, que não pus más suspeitas na rapariga. Eu sei de que diamante é feito aquele coração. Corri a procurá-la para lhe dizer isto mesmo; soube que tinha saído com o Sr. Reitor; vim-lhes na pista...

— E então que pensas tu de tudo isto, José?

— O que penso? Já o tenho dito por aí. Eu não sei lá como as coisas se passaram, porque, segundo o costume, cada um conta a história a seu modo; mas que a culpa é toda do Daniel, isso para mim é de fé. Tem diabo o rapaz! Já vejo que é impossível deixá-lo ficar aqui na terra. Lá me custa, que sempre é filho; mas não há outro remédio. Que vá para o Brasil.

Estas palavras chegaram aos ouvidos de Margarida, e fizeram-na estremecer.

— Para o Brasil? — disse o reitor, abanando com a cabeça em sinal de desaprovação. — Então que há de ir o rapaz fazer para tão longe?

— Pode enriquecer por lá, que é terra para isso. Que dúvida? E pelo menos escusa de andar por aqui a desacreditar as raparigas da aldeia. É sestro que não perde, ao que estou vendo. Escuso de me arriscar a mais desgostos.

— Mas...

— Para que diabo lhe havia de dar! Logo então esta, a mais sisuda, a mais santa das nossas raparigas!

— E se os casássemos? — disse em voz baixa o padre a José das Dornas.

— O quê?! — perguntou este, espantado com o alvitre.

— Sim, que dúvida? Pois que melhor noiva podes querer para teu filho, do que aquela, a quem já pensaste poder beijar a mão?

— Decerto, mas... Não conhece o rapaz, Sr. Reitor? Aquilo casado! Ó santo nome! E então com esta!... Pobre rapariga!

— Enfim pensaremos e conversaremos. Olhe que a dificuldade parece-me ainda mais dela, do que dele.

— Que diz?!

Apesar do elevado conceito, em que José das Dornas tinha o caráter de Margarida, não podia conceber como fossem possíveis as repugnâncias, da parte dela, para um casamento tão vantajoso.

— Então que queres? — disse o reitor. — Orgulhos de pobre... Não compreendes isto?

E tomando o braço do lavrador, como quem tinha a comunicar-lhe alguma coisa importante, afastou-se com ele um pouco para o lado.

Depois de darem assim juntos alguns passos, voltou-se de novo o reitor e, dirigindo-se a Margarida, disse-lhe:

— Olha lá; se queres, vai agora visitar o teu mestre, enquanto eu converso aqui com o José das Dornas. Quando saíres vem ter conosco à alameda, que lá andamos.

E caminhando na direção da alameda indicada, prosseguiu na sua conversa com o lavrador.

— Pois é o que te digo, José. Eu tenho pensado neste negócio, e tão embrulhado o vejo, que não sei de outra saída melhor, do que essa que te disse. Mas enfim, pensa tu e se te lembrares de alguma preferível...

Não obstante as tolerantes disposições de espírito, de que fazia assim ostentação, o reitor estava preparado para achar péssima toda a solução, que não concordasse com a sua.

Deixando-os no passeio da alameda e na conferência, tão prometedora de importantes resultados, que iam encetar, seguiremos antes Margarida, a qual, ainda sob o domínio das últimas e violentas impressões recebidas, entrou em casa do seu mestre.

CAPÍTULO XLI

Havia na sala grande obscuridade e um silêncio profundo. Parando, até habituar a vista àquela pouca luz, Margarida chamou, a meia-voz, a mulher, a quem ela e sua irmã pagavam para tratar do doente.

Ninguém lhe respondeu.

— Pois teria a crueldade de o deixar assim, neste estado! — pensou Margarida.

E apertava-se-lhe o coração só com a lembrança de tal abandono.

— Maria! — repetiu, elevando a voz.

O mesmo silêncio em resposta.

— Só! Coitado!... Só! Que coração o desta gente, meu Deus!

E, com as lágrimas nos olhos, encaminhou-se para a alcova.

Guiava-a o respirar ansioso do enfermo. Mais acostumada já à obscuridade da sala, conseguiu Margarida aproximar-se do leito, em que ele jazia.

Com a solicitude de filha, inclinou-se a observar o estado do pobre velho; e dando às suas palavras aquela inflexão carinhosa, que é o segredo sabido das mulheres ao velarem por um doente estremecido, disse-lhe, unido quase o rosto ao rosto macilento do moribundo:

— Deixaram-no aqui só? Como se sente? Dormia talvez, e eu vim acordá-lo.

E, ao examinar-lhe assim de perto as feições, estremecia de susto.

Naquela palidez, naquele olhar, no movimento dos lábios entreabertos, havia de fato uma significação de assustar.

— Então não se acha melhor? — repetiu Margarida no mesmo tom de voz e limpando-lhe compassiva a fronte, da qual um suor frio corria em abundância.

O velho volveu para ela um olhar que, apesar de amortecido, refletia ainda bem evidente a mais viva expressão do seu entranhado afeto e, por um movimento de cabeça, respondeu negativamente à pergunta.

— Coitado! — prosseguiu Margarida, ajeitando-lhe a roupa do leito. — Padece muito, não padece?

O doente moveu os lábios como para articular palavras, mas tão sumido lhe saía já o som, que não se podia distinguir dum suspiro.

Margarida palpou-lhe as mãos; estavam frias, dessa frialdade de cadáver, que desperta em nós repulsão instintiva. Apesar de toda a sua corajosa afeição a este velho, a compadecida rapariga, ao senti-las assim, ia a retirar as suas; mas impediu-a a contração violenta com que lhas segurou o agonizante.

Por pouco rompia um grito do seio de Margarida. Figurou-se-lhe, no primeiro momento, que um cadáver a ia prender ao sepulcro.

Venceu-se porém, e deixando a sua mão entre as mãos geladas do velho, e com a outra arredando-lhe da fronte os cabelos brancos, que em desordem a cobriam, continuou:

— Jesus, que soube o que é padecer, há de ter compaixão de si. Ele lhe dará o alívio.

O velho fez um esforço, e fitando Margarida com olhar, ao mesmo tempo de dor e de saudade, murmurou a custo e em voz cortada pela respiração:

— Sim... alívio na morte.

— Não diga isso — replicou Margarida, procurando sorrir, mas tremendo-lhe os lábios de compaixão. — Como perdeu assim a esperança? Pois não se lembra de, ainda há dias, combinarmos dar uns passeios, que lhe hão de fazer muito bem? Havemos de ir breve; vou eu, a Clara, e o Sr. Reitor também vai, que já mo prometeu. Há de ser à ermida da Senhora da Saúde. Se soubesse como lá é bonito! A vista segue, segue por cima de campos, de devesas, de aldeias, e tão longe, tão longe, que só pára no mar. Não se pode estar doente ali; verá.

Um sorriso, sorriso de gratidão e de amargura também, se desenhou nos lábios descorados do velho, sorriso como pode ser o dos agonizantes — triste, desalentado, desconsolador.

— Então parece-lhe que não há de gostar do passeio? — prosseguiu Margarida, a quem fazia mal vê-lo sorrir assim. — Que medos são esses agora? Quantas vezes tem já estado, como está hoje? Senão pior ainda; e depois melhora. Olhe, vou dizer-lhe uma coisa. Está para poucos dias o casamento de Clara. É preciso pôr-se bom para esse tempo.

O doente tomou uma expressão e agitou os lábios, como procurando falar.

Margarida inclinou o ouvido atenta, para conseguir percebê-lo. Entendeu-lhe estas palavras mal distintas:

— Não, nunca senti isto...

— Que o aflige então? — perguntou Margarida.

— Não sei... é aqui... — e com dificuldade elevou a mão ao peito; depois acrescentou: — É a morte.

E, dizendo isto, fechou os olhos, como se extenuado pelo esforço.

— Bem sei também do que há de ser isso — prosseguiu Margarida, depois de pequena pausa. — É de estar assim tão sumido pela cama abaixo. Quer que o levante?

O velho fez um sinal de assentimento.

Margarida segurou então por baixo dos braços aquele corpo enfraquecido e descarnado; e suavemente, com cuidado de mãe, com a arte instintiva na mulher, elevou-o para a cabeceira. Mas o aspecto que iam tomando as feições do doente, à medida que ela o levantava assim, intimidou-a e tanto, que precisou de fechar os olhos com medo de que lhe falhassem em meio as forças, a que a piedade dera alento.

A palidez aumentava naquele rosto desfigurado; afastavam-se-lhe os lábios para respirar; cada expiração era acompanhada dum gemido.

— Está pior? — dizia Margarida, sobressaltada com a mudança. — Sente-se mais mal? Fale. Por que está assim aflito? Estava melhor na posição que tinha? Quer que o ajude outra vez a descer?

E inquieta, aterrada por aquela agonia silenciosa, Margarida juntava as mãos, irresoluta no que devia fazer.

O moribundo parecia que a não escutava. Caiu pouco a pouco num abatimento extremo. A mão, que Margarida lhe tomara entre as suas, já não dava sinal de movimento, nem de vida.

Dissera-se, ao vê-lo agora desfalecer gradualmente, que a morte se aproximaria lenta, suave, sem paroxismos; como o adormecer, que se não pressente.

De súbito porém alterou-se esta placidez enganosa.

Animado duma energia, que contrastava com a depressão que, momentos antes, lhe paralisava os membros, tocados pelo dedo da morte, afastou impaciente a roupa e, elevando as mãos, cruzou-as sobre o peito, ao mesmo tempo que inclinava para trás a cabeça, como em espasmo violento.

Margarida julgou-o morto.

Apoderou-se então dela um terror súbito e profundo. Assustou-a aquela escuridade, aquele silêncio, aquela agonia, e, soltando um grito, correu à porta para pedir socorro.

Ao abri-la, achou-se inesperadamente em face de Daniel, que, por acaso, entrava ali também naquele momento.

Estava muito agitado o espírito de Margarida, para que a presença de Daniel produzisse nela a impressão, que, em outras quaisquer circunstâncias, produziria.

No homem, que mais pudera influir-lhe no coração, ela só viu, naquele momento, o médico, o socorro que lhe enviava talvez a Providência; e, com as lágrimas nos olhos e as mãos juntas, caminhou para ele, sem hesitação, sem timidez, cheia de confiança.

— Por amor de Deus, Sr. Daniel, acuda a este infeliz, que morre! — dizia ela comovida.

Daniel, surpreendido ao princípio pelo inesperado aparecimento de Margarida, num instante recebeu o contágio abençoado da generosidade daquela alma.

A mais leviana cabeça curva-se diante da manifestação sincera duma dor assim; o coração mais volúvel deixa-se penetrar do influxo misterioso da simpatia e cerra-se a outros motores menos desinteressados.

Daniel compreendeu toda a nobreza daquele sentimento e sentiu-se arrastado por ela.

— Que aconteceu, Margarida? — perguntou ele, olhando com atenção para aquelas feições, que recordava-se já ter conhecido na infância, e agora duplamente realçadas pela poesia dos vinte anos e pela poesia da tristeza. — O que a assusta assim?

— Venha, venha — respondeu Margarida —; foi Deus, que o trouxe aqui! — E tomando-lhe a mão por um movimento, ao qual a menor vacilação de suspeita não alterava a firmeza, conduziu-o à cabeceira do moribundo.

— Veja! — disse ela então, deixando a mão de Daniel. — E salve-o, se puder.

A agonia da morte, com que naquele momento lutava o ancião, não permitia conceber esperanças; um simples olhar revelou a Daniel toda a verdade.

— Salvá-lo?! — murmurou, sorrindo tristemente e apalpando-lhe o pulso, quase sumido.

— Aliviá-lo ao menos! — disse Margarida. — Pois não haverá nada, que lhe diminua esta ânsia?

— As suas orações, talvez, Margarida. Tente.

Margarida caiu logo de joelhos, e com as mãos erguidas e os olhos, donde lhe corriam as lágrimas, fitos no rosto do agonizante, murmurou uma prece fervorosa.

Daniel, em pé, do outro lado do leito, contemplava-a com afeto. Não havia muito tempo que, naquele mesmo lugar, ele tinha visto Clara; mas que diversa e mais profunda era a sensação que recebia agora!

A dor, a compaixão, a fé pareciam transfigurar o melancólico vulto de Margarida; dar vida àquelas feições de ordinário serenas; fulgor, àqueles olhos, languidamente cismadores; movimento aos lábios, que de costume a meditação contraía.

A vida latente dessa natureza delicada e sensível revelava-se em ocasiões destas. Como que um raio de luz divina descia então sobre aquela beleza, que a luz da terra iluminava mal.

Sentia-se vontade de ajoelhar diante dela; a alma toda ia nesta contemplação, quase extática. Nunca mais se apagava da memória a imagem da simpática rapariga, vista uma vez sob tão prestigioso aspecto.

Lutando entre a paixão e o respeito, entre o amor que sentia nascer em si, veemente como nunca, e um vago enleio da timidez, novo para ele, Daniel não podia tirar os olhos daquela saudosa figura de virgem em oração, que lhe parecia quase sobrenatural.

A agonia do velho acalmou, como se por efeito das preces de Margarida. Foi, pouco a pouco, decaindo da ansiedade num profundo abatimento; a respiração fazia-se a custo e com grandes intervalos; a cabeça pendia-lhe desfalecida. Depois os olhos, já embaciados, voltaram-se lentamente para o lugar, onde Margarida rezava ainda; agitaram-se-lhe os lábios como a balbuciarem um nome — o dela —; um sorriso de suave placidez cobriu aquelas feições como do reflexo da felicidade suprema, e uma lágrima, a última, rolou-lhe pelas faces, vagarosa, solitária.

— Veja, veja — disse em voz baixa Margarida para Daniel, sem desviar o olhar do rosto do velho, onde estas mudanças se sucediam rápidas.

Daniel inclinou-se sobre o peito do moribundo, e conservou-se por algum tempo assim.

Ao erguer de novo a cabeça, apenas disse:

— Está morto.

Ao ouvir esta fatal palavra, Margarida, sufocada de pranto, apoderou-se da mão do seu velho amigo, cadáver já, e cobriu-a de beijos e de lágrimas.

Reinou por algum tempo o silêncio na sala. Interrompia-o apenas o soluçar da afetuosa rapariga.

— Margarida — disse-lhe enfim Daniel, que estivera presenciando mudo aquela dor generosa —, é diante deste cadáver, que lhe vou falar agora. Foi Deus que me trouxe a esta casa. Disse-o há pouco, não disse? E foi; creio agora que foi. O lugar é para mim tão sagrado, como o interior de um santuário. Não é verdade que ninguém teria coragem para mentir aqui, Margarida? Não é verdade que ninguém pode recear do seu coração, quando o interroga em momentos como este, e o sente forte? É pois aqui, é neste momento, que eu lhe repito, que eu lhe venho jurar que a amo, Margarida.

— Oh! Cale-se, cale-se! — exclamou sobressaltada Margarida, sem levantar o rosto para ele.

— Para que me manda calar? Levará tão longe a sua desconfiança, que possa acreditar que até aqui lhe minto, que nem a promessa, feita sobre este leito, para mim consagrado pela sua generosidade, que nem essa saberei respeitar?

— Por compaixão, por misericórdia, cale-se — dizia, com maior veemência, Margarida, elevando agora para ele as mãos juntas e os olhos banhados de lágrimas.

— Margarida! — repetia Daniel.

— Não vê que é um sacrilégio quase isso que está a dizer? Repare, veja onde está; olhe o que nos espera. Oh! Cale-se!

— É a solenidade do lugar e do momento, que me anima a falar-lhe. Não duvide de mim, Margarida. Será preciso que lhe lembre o tempo passado? Será preciso que lhe fale da infância, Guida! Da infância que passamos juntos?

— A mim? Serei eu a que preciso de avivar lembranças? — disse involuntariamente Margarida, num tom quase de amarga exprobração; mas, reprimindo este movimento, que não soube disfarçar a tempo, acrescentou com desespero: — Que quer de mim?

— A sua confiança, a sua estima; juro-lhe que a mereço. Pela primeira vez, faço sem hesitar este juramento. Alguma coisa se passou no meu coração, que me fez outro homem. Acabou o louco sonho de dez anos, que andei sonhando. Despertei ontem. Agora sou o mesmo Daniel, que daqui partiu, deixando na aldeia alguém, que do alto dos montes olhava com tristeza para a estrada, que o constrangeram a seguir, estrada que, ele também, regou com lágrimas de saudades. Guida, não me perdoará as loucuras deste sonho mau? Não mas perdoará em nome do passado? Fale.

Margarida não respondia.

— Diga, que devo eu fazer para adquirir de novo esta estima, que perdi? Peça-me sacrifícios, peça-me provas; mas não me feche assim de todo o coração. É generosa para com todos, e só para mim...

— Que quer? — disse Margarida, afastando com as mãos trêmulas os longos cabelos negros, que se lhe haviam desprendido pelos ombros. — Que me vem pedir aqui? Para que vem lembrar-me o passado que, primeiro do que eu, deixou esquecer? Deseja a minha estima, a minha confiança... Confiança em quê? No seu caráter?... Bem sabe que não desconfio da nobreza dele; no seu coração? — e a voz tremia-lhe ao acrescentar: — Ai, no seu coração... para que deseja que eu me ocupe do seu coração, Daniel? Por piedade não me fale assim! Se soubesse o mal que me faz, se soubesse... Ó meu Deus! Eu a dizer isto e este cadáver a pedir-nos orações! Daniel... Sr. Daniel, peço-lhe que me deixe rezar.

— E vai rezar com a alma cerrada aos sentimentos de piedade, Guida?

— Daniel! — repetiu Margarida, quase suplicante.

Naquela posição, com aquele olhar, pronunciando-lhe assim o nome, tão sentida e singelamente, a simpática pupila do reitor acabou por dominar de todo o coração de Daniel.

— Margarida! — exclamava ele. — Não vê que essa desconfiança me mata? Por piedade!

Margarida julgou perceber não sei que de sentido e de apaixonado na voz e no gesto, que a imploravam assim.

Olhou algum tempo para Daniel, irresoluta; ia talvez estender-lhe a mão, ia revelar enfim o seu segredo de tantos anos; o mesmo pensamento porém, que a obrigara a guardá-lo até ali, fê-la recuar mais uma vez.

Mas Daniel tinha-lhe percebido já a hesitação; bastou-lhe um instante para convencer-se de que não era com a indiferença, que teria a lutar. Alentou-o esta ideia. Enquanto que Margarida recuava, ele, cada vez mais próximo, ia de novo repetir a súplica.

Neste momento as mãos, que o velho Álvaro conservava ainda cruzadas sobre o peito, desunidas agora pela morte, vieram cair inertes no leito, de cada lado do corpo.

A esta aparência de animação no cadáver, a este movimento inesperado como para separá-los, Daniel recuou, estremecendo, e Margarida soltou um grito, ocultando o rosto com terror.

Neste tempo abria-se com violência a porta da sala e aparecia no limiar a figura do pároco.

— Que é isto? — perguntou ele, ouvindo o grito de Margarida, e alternando o olhar inquieto entre ela, ajoelhada ainda, e Daniel, pálido e em pé, do outro lado do leito.

— É uma vida de tormentos que findou — respondeu Daniel, indicando o cadáver do velho.

Então o padre caminhou lentamente até junto do leito, onde um feixe de luz, entrando pela porta que ficara aberta, vinha iluminar a cabeça do morto; contemplou-a por algum tempo com tristeza; depois, ergueu os olhos e as mãos para o céu, e principiou com voz pausada e clara a recitar:

— *Requiem aeternam dona ei, Domine! Lux perpetua luceat ei. Requiescat in pace. Amen.*

Cedendo à influência da voz, do gesto e da sincera compunção do reitor, ao recitar a oração mortuária, Daniel ajoelhara.

O reitor continuou por algum tempo rezando ainda em voz baixa. Depois dirigiu melancolicamente os olhos outra vez para a fisionomia serena do morto; consolou-o aquele reflexo de felicidade, que julgou perceber nela. Em seguida, voltando-se para Daniel e Margarida, que se conservavam ainda ajoelhados, suspirou.

Cedo porém veio um sorriso desanuviar as feições do pároco. Ergueu novamente as mãos, como a invocar a influência do céu, e sem que os dois o pressentissem, cobriu-os com a sua bênção.

Quando, passado algum tempo, saiu com a sua pupila da casa, em que estas cenas se passaram, ia a sorrir de satisfação o reitor. É que lá lhe parecia que tinha sido inspiração divina aquela bênção dada ali, e que não podia deixar de ser eficaz, para o que ele meditava.

CAPÍTULO XLII

Muito antes da hora, à qual o reitor viera encontrar Margarida abandonada das suas discípulas e, possuído de indignação, a constrangera a acompanhá-lo em passeio pelos caminhos da aldeia, saía Clara do cemitério paroquial, onde fora visitar a sepultura de sua mãe. Caminhava, vagarosa e pensativa, a irmã de Margarida, por a alameda contígua, e tão distraída ia que, ao passar pela porta lateral da igreja, não reparou que uma sua conhecida, e nossa também, a estava observando de lá.

Era a Sra. Joana, que, achando-se com vagar aquela manhã, resolvera cumprir uma antiga promessa a Santa Luzia, que a livrara, havia meses, de impertinente doença de olhos. Outra causa porém além desta, e menos piedosa, a impelira a devoção tão matinal.

Depois da altercação, que valentemente sustentara na véspera com a tia Josefa da Graça, a criada de João Semana, de volta aos lares domésticos, lembrou-se de muita coisa, que lhe podia ter dito, e que na ocasião não lhe ocorrera.

Isto, que sucedeu a Joana, quer-me parecer que há de ter já sucedido também ao leitor; quase sempre as grandes, as boas lembranças, os argumentos mais felizes para fazer emudecer adversários, vêm-nos extemporâneos, quando a discussão findou; salteiam-nos à mesa do jantar, visitam-nos à cabeceira do leito, luminosos, mas tardios.

A Sra. Joana ganhou pois vontade de ter novo encontro com a sua contendora, para a mimosear com a formidável adenda de amabilidades, que lhe estavam ocorrendo, a todo o instante, e cada vez mais preciosas.

Frustrou-se porém este plano, porque a beata tinha sido chamada aquela manhã por suas devoções a outra igreja.

Joana ia já a retirar-se desconsolada, quando avistou Clara na alameda.

Vendo que não era percebida por ela, chamou-a.

— Fale à gente. Então que modos são esses agora? Passa por uma pessoa, como cão por vinha vindimada!

— Não a tinha visto — disse Clara, parando à espera dela.

E ambas continuaram depois por o mesmo caminho.

— Então que doidices foram aquelas lá por casa? — perguntou Joana, que não era para rodeios e ia logo direita ao fim que tinha em vista. — Aquilo é coisa que se faça? Ainda se fosse consigo não me admirava eu tanto, mas com a Guida!

Clara ficou surpreendida, com o que ouviu a Joana. Margarida, para acalmar à irmã os escrúpulos em aceitar o sacrifício, dera-lhe a entender que, à exceção de Pedro, ninguém mais na aldeia suspeitava a cena do quintal. Agora adquiriu ela a certeza do contrário.

— Então você sabe?... — perguntou timidamente, não ousando olhar para Joana.

— Se eu sei! E quem não o há de saber, filha, se por aí não se fala em outra coisa?

— Que diz, Joana?!

— Pois que cuidava? Ai, está bom, está! É o que eu digo! Aí tem que ontem... Mas a mim ainda me custa a crer!... Pois a Guida?...

— Joana! Por quem é, não fale dessa maneira. Se soubesse...

— Pois não falo, não... Ainda que de eu falar não é que vem o mal. Assim não andassem por aí outras línguas danadas...

— Então dizem?... Ó meu Deus! Meu Deus!

— Dizem tudo, e mais alguma coisa; é o costume. Pois ainda aí está? Bem o digo eu!

— Jesus Senhor! E falam de Guida?!

— Que dúvida! Há lá manjar mais doce para estas boquinhas cá da terra, do que uma novidade daquelas? Falam dela, e de modo, que já me fizeram ferver o sangue. Olhe que estive para obrigar uma das tais a engolir a língua peçonhenta, a ver se a envenenava com ela. Ora imagine a Zefa da Graça a contar a história e veja lá o que não diria!

Clara ocultou o rosto com as mãos; a dor e a desesperação estavam-na torturando.

— E então o pior não é isso — continuava Joana. — O pior é que a essas desalmadas meteu-se-lhes em cabeça que as filhas corriam perigo, continuando a ser ensinadas por a sua irmã; e é de crer que já hoje... Mas veja aquelas tolas, que o mais que sabem é estragar os filhos com maus exemplos e com más palavras, a fazerem-se agora de escrúpulos! Impostoras!

— Oh! Isto é demais! — bradou Clara, tremendo de indignação.

— A Rosa alfaiata, por exemplo — prosseguiu Joana. — Ora digam-me se não é mesmo de uma pessoa perder a paciência, ouvir aquela desbocada com medos de que lhe estraguem a filha? A filha, que se não sair das que nem o demônio quer, não há de ser por falta de diligências que faça a mãe para isso.

Clara não podia já reter as lágrimas.

— E a Joaquina do Moleiro? Pois não querem ver aquela senhora também com delicadezas? Ora isto! Isto é de uma pessoa morrer com riso. A Joaquina do Moleiro, que eu conheci... Cala-te boca.

E por esta forma continuou a Sra. Joana fazendo a severa crítica das suas escrupulosas patrícias e aumentando, sem o saber, a grande aflição, em que estava Clara.

Ao separar-se da velha governante de João Semana, ia Clara com uma resolução formada, a qual se lhe podia adivinhar na firmeza do olhar e na expressão do semblante.

— É demais — murmurava ela —; vou procurar Pedro; vou dizer-lhe tudo; quero que todos saibam...

Ia pensando nisto, quando se achou em frente dos dois irmãos, que se aproximavam, conversando afetuosamente. Daniel vinha pálido; voltava naquele momento da entrevista, que inesperadamente tivera com Margarida.

Ao vê-los assim de súbito, faltou a Clara a coragem para cumprir o que tinha resolvido.

Só com Pedro teria ânimo para a confissão, mas, diante de ambos!... Era demais para as suas forças. Calou-se.

Passadas algumas horas, voltou ela a casa e entrou na sala em que estava já Margarida, o reitor e José das Dornas.

Este último tinha ares meditabundos, como se estivesse ponderando ideias graves e não sei que misteriosos planos.

Clara foi direita à irmã. Trazia ainda no rosto toda a indignação causada por o que tinha ouvido a Joana e depois vira confirmado já. Tinham-lhe contado a ofensa que a irmã recebera aquela manhã, não lhe aparecendo discípulas; conservava ainda vermelhos os olhos de tanto que, por isso, havia chorado.

Chamando Margarida à parte, disse-lhe com voz trêmula de raiva:

— Margarida, estou resolvida a acabar com isto. Não devo, não posso, não hei de consentir que assim te percas por mim. Vou dizer tudo. Se tu és forte, eu também tenho forças; menos para isto, para te ver assim insultar, Guida, minha pobre Guida!

E as lágrimas saltavam-lhe dos olhos, ao abraçar a irmã.

— Cala-te, cala-te, não digas loucuras. Se soubesses?... Olha, já estou de bem com essa gente toda, essa pobre gente, que é boa no fundo afinal, coitada. Ainda agora...

E Margarida contou, com sorrisos, toda a cena do largo.

— Pois sim — disse Clara depois de ouvi-la —, mas ficarão suspeitosos; ouvirás ditos, viverás debaixo das desconfianças desses, que, todos juntos, te não valem, Guida; e isso não me deixaria sossegar. Ora diz-me se, por alguma coisa do mundo, aceitarias de mim um sacrifício tamanho?

— Quem sabe? — disse Margarida, fazendo por sorrir, e depois acrescentou: — Outra coisa me aflige neste momento mais, bem mais, que tudo isso. Não sabes que morreu o nosso pobre amigo?

— Sei; soube-o de Daniel, que vinha de lá.

— Pois falaste-lhe? — perguntou Margarida, baixando os olhos por se lembrar da cena, que no capítulo antecedente descrevemos.

— Falei. Foi ele que me disse que tinha morrido aquele infeliz. Fui-lhe rezar junto do leito. E lá, outra vez, aconselhou-me Deus que não abandonasse a minha ideia.

— Então que ideia tiveste tu? — perguntou Margarida.

Clara continuou:

— Guida, agora isto em mim é decidido. Ou tu aceitas o oferecimento de Daniel, ou eu digo tudo.

— Doida; nem me fales nisso.

— Agora, juro-te, pela salvação da minha alma, que é tenção firme, e que te não darei ouvidos, Guida.

— Clara!

— Juro-to.

— Queres fazer-me desgraçada?

— Quero fazer-te feliz.

— Matavas-me.

— À morte te estás tu a dar com esse teu gênio, Guida. Esse teu bom coração consome-se assim. Queres fingir-te mais forte do que és. Escondes-te para chorar. E olha, quando se não chora, parece que as lágrimas nos caem todas cá dentro e queimam; e o padecimento é então de morte.

— Estás enganada, Clara; a gente costuma-se afinal a tudo, até à tristeza.

— Para que estás tu a mentir-me assim? Aprendi mais de ti nestes dois dias, do que em tantos anos, que te conheço. Dantes eu dizia como todos: — Esta minha irmã é feliz no meio das suas tristezas; vai tanto sossego naquela alma, que a vida para ela deve ser como um dormir de criança, em que se não fazem sonhos maus; mas ontem, ó Guida, como te vi eu ontem! Eu, que tenho este gênio forte, nunca me senti assim. Imaginei o que ia pelo teu coração naquele momento, minha boa irmã, e assustei-me! Mas inda isso não era nada. Que horas terão havido na tua vida de vinte e três anos, minha pobre Guida? O que terá ido lá por dentro, nesse coração, que não abres a ninguém?! Nem a mim, Guida, que precisei de adivinhar-to, se quis. É mal feito. Mas cada vez que penso nisto, cada vez que me lembro de quanto terás chorado, escondida, de quanto terás penado, calada, sinto quase que terror. Não era sem causa essa distração, em que tantas vezes caías, e que me fazia rir. Que cega, que eu era, e que má, sem o querer ser, ao rir assim! Quantas vezes estarias tu sofrendo, como eu nem penso que se sofra, e eu a rir-me! Perdoa-me, Guida, perdoa-me aquela maldade; mas bem vês que eu não te conhecia bem. Não, tu não és de gelo, como dizias. Quem sabia perdoar, como tu, e desde bem pequena principiaste a fazê-lo! Quem sabia como tu estimar e proteger uma irmã, podia lá ter fechado o coração para o mais? Para o amor? E que amor que lá guardas, há tanto! E que ainda agora queres abafar; como julgas que o hás de fazer, doida? Que hás de tu pôr no lugar dele?

— A tua amizade, Clara — redarguiu Margarida, beijando-a sensibilizada. — Essa me bastará. Amava-te já muito, minha filha, mas agora sinto que inda hei de vir a amar-te mais. Até aqui, estremecia-te como a uma criança bonita, meiga, carinhosa e — acrescentou com um leve sorriso — com suas perrices também. Tudo o que nos agrada, que nos enfeitiça nas crianças, agradava-me, enfeitiçava-me em ti. Mas agora, Clara, apareces-me outra. Como se aquele momento de dor, que passaste, te fizesse de repente mulher, falas-me, como ainda te não ouvira; sentes, pensas, e... adivinhas até, como julguei que nunca o farias. Agora sim; vejo que terminou a minha tarefa de protetora, a tarefa de que tua mãe me encarregou. Estás uma mulher, Clarinha. Agora posso tomar-te por confidente e conselheira até. Tens direito a sê-lo, tu, a única pessoa, que me adivinhou. É teu o meu segredo... porque mo roubaste, vamos. Vê, que já me não envergonho de dizer-te que me adivinhaste. Sim, é certo que este... esta loucura viveu comigo, cresceu comigo e quem sabe até se comigo morrerá? É uma companhia a que me afiz, mas nunca deixei de a conhecer pelo que ela é, uma loucura. Estou como aquela viúva do Outeiro que rodeia de cuidados e amor o filho doido que tem. E queres agora que vá assim arriscar o meu futuro, o futuro do meu coração, que é o que eu mais prezo, para satisfazer esta loucura? Diz: não, tu não hás de exigir isso de mim. Promete-me sempre a tua amizade de irmã, e eu serei... feliz...

— Não serás; nunca o foste. Agora sou eu que devo ordenar. A minha tenção é firme.

— Então, Clara!

— Escolhe. Não sejas má contigo e com ele.

— Com ele! — repetiu Margarida, sorrindo amargamente.

— Com ele sim, que te ama.

— Para que afirmas o que sabes que é mentira?

— Não é. Há pouco vi-os, como te disse; vi-os, a Pedro e a Daniel, encontrei-os por acaso. Ai, Guida, que momento aquele! Se soubesses como tremia! Eu a ver Pedro constrangido diante de mim! Sem poder dizer-me uma palavra; ai, como me custou fingir! Não sei o que me não deixou lançar-me aos pés dele e pedir-lhe perdão. Depois o Pedro retirou-se para o lado. Daniel então falou-me de ti, disse que viera conversando com o irmão a teu respeito. Pedro teimava com ele para que casasse contigo; e Daniel respondia-lhe, comovido, que seria para o seu coração grande ventura, mas que tu recusaras. Que ele via agora a razão por que tão de repente te amara assim...

— Deve ser uma razão, bem conhecida dele, que tantas vezes a tem sentido com outras — observou Margarida, com a mesma expressão de amargura.

— Não digas isso, má. Daniel recordava-se de tu teres sido a sua companheira, em criança; lembrava-se que fora quem te ensinara a ler, quando te ia procurar ao monte, onde, sozinha, passavas os teus dias a guardar os rebanhos de nossa casa.

Margarida suspirou, ao ver assim avivadas as imagens daquele tempo.

— De tudo se lembrava Daniel, e tudo me repetia, o que cantavas, o que lhe dizias, os vossos projetos e até os vossos arrufos. E afligia-se o pobre rapaz tanto, que se o visses, Guida, se o visses... Depois, quando se recordava da maneira por que respondeste ao seu pedido, e de como havia pouco, dizia ele, o tinhas outra vez rejeitado; quando pensava em que o não amavas já, ficava tão triste, que metia pena. E eu então... disse-lhe...

— O que, meu Deus!

— Disse-lhe... que tu o amavas.

— Ó Clara! Que foste fazer? — exclamou Margarida, juntando as mãos.

— O que devia. De que servem esses fingimentos? Pois não o amas tu deveras?

— Ai, Clara, Clara; não te perdoo isso, não.

— Nem eu quero que mo perdoes, hás de agradecer-mo. Se visses como ele ficou quando eu lhe contei tudo; porque eu contei-lhe tudo. O teu choro de ontem de manhã, como eu te fui achar, o que te disse, o que me respondeste, tudo enfim. Parecia-me um louco, o rapaz; abraçava-me, ria... Depois eu propus-lhe que viessem, ele e o irmão...

— Que viessem?...

— Que viessem comigo.

— Aonde?

— Aqui.

— Aqui e então?...

— E então vieram. Estão naquela sala, esperando.

— Ó Clara!

— Pois não fiz bem? Agora vais dizer que sim, quando ele de novo te propuser...

— Não, nunca o direi.

— Como quiseres. Mas lembra-te do que eu te jurei.

— Clara!... Clara!... Minha irmã!... Minha amiga!... Repara ao que me queres obrigar. Pois força-se alguém a uma coisa assim? Dize: queres que eu me abaixe a...

Neste ponto foram interrompidas por José das Dornas e pelo reitor, que, depois de muito conferenciarem, se aproximaram delas.

— Vocês perdoem, se eu lhes interrompo a conversa, raparigas; mas é que tenho que falar a Margarida — disse José das Dornas, afagando com as mãos a copa do chapéu, e dando mostras de embaraçado.

As duas irmãs olharam atentas para o velho lavrador, que prosseguiu:

— Margarida, o meu filho Daniel é um estouvado.

Margarida desviou os olhos, perturbada.

José das Dornas, vendo isto, julgou que teria principiado mal, e dirigiu ao reitor uma interrogação muda. O padre fez-lhe sinal que continuasse, e ele continuou:

— Desde criança o conheci assim. A quem saiu é que eu não posso saber. Lá que com os seus estouvamentos e as suas estroinices desse cabo da saúde e da legítima materna, era uma pena, mas enfim... — acrescentou, encolhendo os ombros — entre Deus e ele se decidisse esse negócio. Mas agora, que venha perder e inquietar os outros com as suas asneiras, isso é que é muito feio; e eu não estou resolvido a sofrer-lho. Muito menos então, quando essa outra pessoa é a pérola cá da nossa terra... Todos o dizem. Escusa a menina de fazer esse sinal com a cabeça; que não se precisa cá do seu consentimento para nada.

E, ao dizer isto, José das Dornas olhava, sorrindo, para o reitor, em cujo semblante havia também um sorriso de satisfação.

O lavrador prosseguiu:

— Ora muito bem. Mas o rapaz é que não entendeu isto assim e pelos modos...

— Bem, bem; adiante. O que aconteceu todos nós sabemos, vamos adiante — atalhou o reitor, que vira formar-se na fronte de Clara uma ruga, que ele julgou prudente alisar a tempo.

— É verdade; pois agora de duas uma, ou ele, para remediar o mal que fez, lhe vem aqui pedir para a menina o aceitar por marido e, se a menina lhe quiser fazer esse favor, tudo se remedeia e eu recebo por filhas, logo de uma assentada, as duas melhores moças da terra, ou então... ou então, ao poder que eu possa, parte-me já o rapaz para o Brasil ou para fora daqui pelo menos; porque já não estou para ver por causa dele alguma desgraça cá na terra.

Clara inclinou-se ao ouvido da irmã para lhe dizer:

— E lembra-te que o culpado, que tens de sentenciar, não está longe daqui.

— Ora é preciso que se saiba — acrescentou o lavrador — que isto não é só lembrança minha; não, senhores. Deus me livre de lhe querer dar à força um noivo, que a não estimasse, como merece; mas, pelos modos, o rapaz tem sua inclinação para a menina, porque enfim... — e aproveitou esta reticência para um sorriso benevolente — foi jeito que tomou em pequeno. Amores antigos... Lembra-se, Sr. Reitor, que por causa desta é que o rapaz não nos canta hoje missa? Porque dizia ele, já então, que havia de casar com a menina.

— É verdade, é verdade — respondeu o reitor em tom igualmente jovial —; tinha coisas o rapaz!

E os dois velhos desataram a rir, com todas as veras do coração.

— Pois enfim — disse em seguida o lavrador — às vezes são coisas talhadas por Deus. Deixe lá. O casamento e a mortalha... lá diz o rifão. Eu cá tenho o meu palpite, que, se a menina aceitar, o rapaz toma emenda, o que para ele era uma felicidade, porque, a Margaridinha bem o sabe, isto de cirurgiões e médicos quer-se gente séria, ou não fazem nada. Por isso, resta saber se a menina aceita, porque se não, adeus! Faço uma figa ao amor de pai e não descanso sem pôr o rapaz fora daqui. Pense nisto a menina, e quando Daniel voltar...

— Nada de pensar mais tempo — exclamou Clara, não podendo já reprimir a alegria, que lhe tinham causado as palavras do lavrador. — As coisas querem-se decididas depressa; também é mau pensar demais. Vêm-nos de Deus às vezes certas lembranças, que se perdem, se pensamos muito... Eu vou buscar o noivo.

E aproximando os lábios do ouvido de Margarida, a qual se conservava ainda calada e com os olhos fitos no chão, disse-lhe:

— Vê lá agora o que vais fazer; olha que tu a dizeres que não e eu a contar tudo, como foi. Ouviste?

E, sem esperar resposta, correu à porta e fez sinal para dentro da sala imediata.

Daí a pouco tempo, entraram Pedro e Daniel.

— Ah! Estavam aí?! Pois melhor!... — disse José das Dornas, ao vê-los.

O reitor sorria de esperanças.

Daniel aproximou-se de Margarida, que tremia sobressaltada.

— Margarida — disse Daniel com timidez —, venho renovar um pedido, que ontem lhe fiz aqui mesmo e que já hoje lhe repeti; peço-lhe...

— Ai, pois ele já?... — disse José das Dornas para o reitor.

— Já, já; mas cala-te, homem — respondeu este, ansioso por ouvir a resposta da sua pupila.

Durante esta interlocução dos dois, havia Daniel acabado de formular o seu pedido.

Margarida ficou por algum tempo silenciosa. Ergueu lentamente os olhos para Clara, viu-a pálida e notou-lhe no rosto um ar de firmeza, que a assustou. Conheceu que era inabalável a resolução, que ela formara. Margarida dirigiu-lhe ainda um gesto de súplica; Clara respondeu-lhe com um movimento de recusa, ambos tão rápidos e tão sutis, que só por ambas podiam ser percebidos.

— Então... minha filha? — disse, quase a medo, o reitor, já pouco tranquilo com a hesitação de Margarida.

Enfim, com voz trêmula e mal percebida, ela respondeu:

— Que direito tenho eu de recusar uma proposta... tão... generosa? Aceito.

Na maneira de dizer aquele — *generosa* — ia toda a censura.

— Ainda bem! — exclamaram os presentes, menos Daniel, porque este apoderara-se da mão de Margarida e, apertando-a na sua, beijou-a com paixão.

Margarida estremeceu e... — vão lá agora acreditar na firmeza do coração humano, quando jura cerrar-se às branduras do sentimento e às explosões da paixão! — e, por um desses movimentos irresistíveis, por uma dessas soluções, com que se dá no amor o passo tremendo e decisivo das confidências, correspondeu a Daniel, apertando-lhe também a mão.

Neste momento passou na rua uma rapariga, cantando:

De pequenina nos montes
Nunca tive outro brincar.
Na canseiras do trabalho
Meus dias via passar.

Daniel olhou para Margarida, que desta vez não desviou também o olhar.

E agora como que o passado inteiro, aquele passado de ambos, lhe apareceu com o prestígio da saudade e dourou--se-lhe o futuro com o fulgor das esperanças.

— Estes pensamentos trouxeram-lhe o sorriso aos lábios, e a confiança ao coração.

Margarida, alvoroçada com as novas sensações recebidas, voltou-se para a irmã, que sorria, porque lhe estava a ler na alma.

Margarida corou, e retirando a sua da mão de Daniel, foi esconder a fronte entre os braços de Clara.

— Então? — disse-lhe esta ao ouvido. — Devo pedir perdão, ou alvíssaras, minha teimosa? Ora dize-me se o que sentes agora no coração te causa grande dor e se te obriga a querer-me muito mal, por o que fiz?

Margarida respondeu-lhe, apertando-a ao seio.

Era feliz naquele momento.

Nisto ouviu-se uma voz que bradava da rua:

— Ó reitor! Ó abade! Ouves? Ó Padre Antônio! Ó homem!

O reitor chegou à janela, a verificar quem era; conquanto tivesse já, pelo estilo, quase reconhecido o homem.

— Ah! És tu, João Semana? Sobe.

— Nada, nada; desce tu, que tenho que te falar.

E João Semana dizia isto com a voz sobressaltada e o gesto assombrado de inquietação.

— E eu digo-te que subas.

— Não subo tal; o que tenho a contar-te não se pode contar aí.

— Ah! Já vejo que ouviste também a história do dia! — disse o reitor, que suspeitou do que se tratava.

— Ouvi, ouvi e o que me parece é que tu a não sabes toda, abade; se a soubesses, não estavas aí com tantas pachorras.

— Achas? Pois eu não me sinto hoje de maré para me afadigar. Sobe, João Semana, sobe.

— E se eu te disser, que enquanto tu aí estás, muito descansado, talvez esteja a correr sangue...

— Então deixaste alguma sangria mal vedada, João Semana? Ah! Ah!...

E o reitor achava deliciosa a mortificação em que via o seu velho amigo.

— Uma figa para a graça! — disse o cirurgião contrariado. — Estás hoje muito contente da vida!

— Que queres! Deu-me para aqui.

— Talvez não leves assim o dia todo. Queres saber o que há, ou não queres?

— Quero, mas sobe.

— Pois com os diabos, eu subo e, se a notícia estourar aí dentro como uma bomba, a culpa é tua.

E, dizendo isto, enfiou pelo portal dentro.

Enquanto ele sobe as escadas, direi ao leitor o motivo do desassossego, em que nos aparece o velho clínico.

João Semana só aquela manhã soubera do acontecido no quintal das duas irmãs, na noite de antevéspera.

No dia antecedente andara o cirurgião por longe, aonde a fama ainda não tinha levado a notícia do escândalo. De volta a casa, Joana, mortificando o desejo que sentia de falar, foi duma discrição admirável a este respeito. Duas causas a moveram a isto; primeiro, o não saber ainda como poderia contar o fato, sem grande prejuízo do seu afeiçoado Daniel; depois, parecendo-lhe quase impossível que João Semana não soubesse já alguma coisa, deu-lhe para tomar à má parte o silêncio que o via guardar, e resolveu, despeitada, não ser mais expansiva do que ele.

O resultado foi sair João Semana, no dia seguinte, ainda em completa ignorância do ocorrido. Ficou portanto surpreendido ao receber à queima-roupa, em casa dum freguês, a notícia e sob uma das feições mais pavorosas, que ela havia revestido.

Falaram-lhe em projetos sanguinários da parte de Pedro, na fuga de Daniel, no desespero de Clara, sobre cuja culpabilidade havia ainda grandes dúvidas na mente do narrador.

João Semana acreditou tudo aquilo e correu a casa de José das Dornas. Perguntou pelo lavrador, tinha saído; perguntou por Daniel e depois por Pedro, obteve a mesma resposta.

Pareceu-lhe também ver nos criados um ar de susto e de perturbação, que acabou de lhe fazer perder a frieza de ânimo. Correu, em vista disto, a casa do reitor, também o não encontrou. Calculou que estaria em casa das pupilas e dirigiu-se para lá.

Imagine-se pois se o não irritaria a presença de espírito, o ar de gracejo, com que lhe respondeu o reitor! Subiu as escadas, disposto a pôr de parte todas as cautelas, e a dar a novidade sem lhe importar as consequências.

Ao entrar na sala ficou porém imóvel de admiração, com o que viu.

José das Dornas, sentado, limpava uma lágrima de satisfação; a uma janela, Pedro e Clara entretinham-se, conversando amigavelmente; a outra, Margarida escutava Daniel, que lhe estava falando do passado e do futuro, da maneira desordenada por que se fala, em ocasiões assim.

O velho cirurgião olhava boquiaberto para uns e para outros, sem saber o que pensar daquilo tudo; afinal olhou para o reitor, que lhe pregou uma risada.

— Isto que quer dizer? — perguntou João Semana, conseguindo enfim fazer uso da língua.

— Quer dizer que estás convidado, desde já, para duas bodas — respondeu o reitor, designando com os olhos os dois grupos, tais como os últimos acontecimentos os tinham formado.

— Então, que diabo me tinham dito?...

— Ora! E tu dessa idade ainda a engolir todas as pílulas que te impingem! É bem feito, que também às vezes as receitas de calibre de granada. Então contaram-te coisas horrorosas? Eu logo vi. Estava a ler-tas na cara; pois agora conta tu o resto da história a essa gente e que façam o favor de se calarem por uma vez com isso.

— Melhor foi assim — disse João Semana, um pouco envergonhado da sua credulidade —; já vejo que não faço nada aqui; adeus!

E ia a retirar-se.

— Espera, onde vais tu com tantas pressas? Então não se te alegra o coração com estes espetáculos?

— Alegra, alegra... mas os meus oitenta anos é que são demais para a alegria dos noivos. Eu, tu e José das Dornas devíamo-nos retirar, porque eles estão agora persuadidos que nunca envelhecem nem morrem, e nós estamos aqui a bradar-lhes com os nossos cabelos brancos: *Memento... et coetera*, *et coetera*. Diz tu o resto do latim, se quiseres.

— Isso era bom se eles se lembrassem de nós. Mas parece-me que nem deram por ti ainda. Demora-te pois, João, demora, que me hás de acompanhar, e mais ao José das Dornas, em uma saúde aos noivos.

— Pois vá lá — respondeu João Semana —, ainda que saúdes aos noivos, feitas por velhos... Sabes o que dizia o prior de São Domingos?

Não podemos saber o que era, porque João Semana disse-o só ao ouvido do reitor, o qual não pôde suster o riso, ainda que, com um gesto de má vontade, observou ao jovial clínico:

— Valha-te Deus, homem... quando te deixarás dessas histórias?

E o reitor, usando da familiaridade que tinha em casa, foi, ele próprio, buscar a garrafa e os copos, para a saúde combinada.

Neste ponto, ouviram-se passos apressados na escada, e à porta da sala assomou a figura ofegante da Sra. Joana, a quem não sofreu o ânimo, que não viesse procurar Margarida.

Encontrando tanta gente na sala e o seu amo incluído no número, a boa mulher parou embasbacada.

— Aí vinha outra às vozes, como tu — disse o reitor a João Semana.

— Você que faz por aqui, mulher? — perguntou este à criada.

— Eu?

E Joana não sabia o que dissesse.

— Esturro tenho eu hoje no arroz — disse João Semana, rindo.

— Não há de ter, se Deus quiser.

Clara correu a Joana e abraçando-a com alegria, disse-lhe:

— Fez bem em vir. Margarida vai ser feliz; olhe.

Joana olhou e compreendeu tudo.

— Ora, sim, senhor; teve juízo uma vez aquela cabeça — disse ela, referindo-se a Daniel, de quem se aproximou, e depois em tom de familiaridade perguntou-lhe: — Então a tal senhora, que havia de mandar vir da cidade, de vestido a arrastar e não sei que mais? Olhe que esta não tem os cem mil cruzados que queria.

— Mas não vale mais que todas as outras, Joana?

— Ora, boa pergunta! A falar a verdade, não a merecia muito, não.

E, afastando-se um pouco de Daniel e Margarida, pôs-se Joana a olhar para eles ambos, com ar de contentamento — dizendo depois em voz alta:

— Não que parece que foram mesmo talhadinhos um para o outro.

Os três velhos e Pedro, Clara e Daniel riram da observação de Joana; Margarida sorriu também, mas corando.

E a saúde projetada entre o reitor, João Semana e José das Dornas, fez-se, conforme o estilo, tomando também parte nela Joana, cujo *toast* não foi o menos eloquente.

— Nunca fiz um casamento com tanta vontade! — disse o padre, esfregando as mãos.

— E fica tudo numa família — observou José das Dornas, todo satisfeito.

— Isso é que é o diabo; se as duas me dão agora as avenças de uma só! — resmungou João Semana, de maneira que todos o ouvissem, fingindo-se apreensivo com isto.

José das Dornas, conquanto bem conhecesse que era aquilo um gracejo do cirurgião, assegurou-o que as avenças redobrariam.

Pedro, achando-se perto de Daniel, abraçou-o com expansão de alegria.

— Ou a noite de antes de ontem, ou o dia de hoje, irmão — dizia ele, quase lacrimejando.

— Agora sim! — exclamou o reitor, vendo aqueles contentamentos. — Agora, quando Deus me chamar a si, posso dar contas limpas aos pais destas raparigas. Estou certo que deixo felizes as minhas duas pupilas.

O leitor concordará por certo em que devemos fechar por aqui a narração.

As suaves alegrias das núpcias imaginem-nas, pelo que sentiram, os felizes, que na vida as gozaram já; os outros fantasiem-nas pelo que tantas vezes sonham, ao pensarem no futuro.

APÊNDICE

GUIA DE LEITURA

O ROMANTISMO DE JÚLIO DINIS

CRISTINA GARÓFALO PORINI*

O Romantismo nasceu, na Europa, como a representação dos ideais burgueses de arte (iniciado em 1790, na Alemanha e na Inglaterra; em 1825, na França e em Portugal; e, finalmente, em 1836, no Brasil). Com a Revolução Francesa, ocorrida em 1789, essa classe social passou a deter não apenas o poder econômico como também o político, e a substituição de parâmetros artísticos foi uma das maneiras de legitimar seu domínio e encerrar definitivamente os ideais clássicos em diversos aspectos. Em consequência, defendendo a Igualdade, a Fraternidade e a Liberdade, o nacionalismo tornou-se um elemento essencial para a elite de cada país incentivar a própria identidade — principalmente aqueles recém-independentes, como o Brasil.

O cenário em Portugal, no entanto, foi bastante tumultuoso ao longo do século XIX. Consequência da invasão francesa, a Família Real transferiu-se para o Brasil, de modo que a Metrópole se tornou colônia do território

* Graduada em Letras pela Universidade de São Paulo e em Relações Públicas pela Faculdade de Comunicação Social Cásper Líbero, professora de Língua Portuguesa, Literatura e Redação para o ensino médio na rede particular de ensino e em cursos pré-vestibulares, redatora e revisora de textos.

que, até então, fora sua colônia. Aliada, a Inglaterra impedia o avanço francês, situação que se estendeu até 1820, inclusive com um general inglês regendo Portugal. Como reação a essa presença estrangeira, os liberais lusitanos conseguiram elaborar uma Constituição — fato que obrigou D. João VI a retornar a seu país. No entanto, a Revolta Liberal de 1820 estabeleceu uma situação conflituosa para a própria Família Real: absolutistas, a rainha Carlota Joaquina e o príncipe D. Miguel tornaram-se oposição à crescente força liberal personificada no Rei. O cenário seguinte é desolador: se a perda do Brasil como colônia indicava um forte problema econômico, a questão política não era animadora, uma vez que uma série de golpes e contra-golpes ocorreram até a morte de D. João VI, em 1826. Estabeleceu-se, então, uma crise dinástica: D. Pedro IV (o imperador do Brasil) defendia a Constituição; seu irmão, D. Miguel, o Absolutismo. O impasse quanto à sucessão ao trono culminou em uma Guerra Civil entre 1828 e 1834, seguida de — novamente — um cenário extremamente conflituoso, situação que veio a ser superada apenas em 1851, com o governo da Regeneração. A partir de então, o cenário lusitano progrediu, mesmo que não como as potências europeias: o governo preocupou-se com a questão agrícola e o escoamento de tais produtos, deixando de lado a questão educacional.

Mesmo com imenso número de analfabetos, Portugal viu florescer o Romantismo e seus folhetins que, assim como em outras nações, tanto agradavam o incipiente público leitor. O poema narrativo *Camões* (1825) é considerado o marco inicial do estilo literário em terras lusitanas. Didaticamente há três gerações de autores: a primeira, nacionalista, volta-se ao passado glorioso do país, à Idade Média; grandes nomes, como o próprio Almeida Garrett e Alexandre Herculano, tornaram-se clássicos da literatura. A segunda fase, ultrarromântica, segue o modelo de Lord Byron, e Camilo Castelo Branco foi o autor de maior sucesso nesse momento, com a impressionante marca de 260 títulos publicados. Simultânea a essa fase, ocorreu a terceira, caracterizada como "transitória" para o Realismo, uma vez que seus enredos gradativamente abandonam os exageros ultrarromânticos.

Júlio Dinis foi um destes autores, responsável, inclusive, por iniciar em Portugal os romances de costumes. Situava-os em geral no campo — caso de seu grande sucesso, *As Pupilas do Senhor Reitor*, adaptado para o cinema (1924, 1935, 1961) e como telenovela (1994). Sua grande característica é a influência que recebera dos clássicos ingleses, como Jane Austen e Charles Dickens, retratando o cotidiano afastado dos grandes centros; Fidelino de Figueiredo, crítico literário português, consagrou-o como criador do "romance campesino".

De fato, é o que se encontra em *As Pupilas do Senhor Reitor*: o clima de conciliação e equilíbrio prevalece mesmo com os pares de irmãos tão diferentes, como Clara / Margarida e Daniel / Pedro. A heroína da obra, Margarida, órfã, sofreu com os maus tratos da madrasta, porém cuidou desta até sua morte; Clara, mesmo sendo herdeira, zelava por sua meia-irmã e com ela se preocupava. Responsável por ambas havia o Reitor, singelo pároco aldeão, capaz de tirar dos mais favorecidos para dar esmolas aos pobres. Ele também é responsável por fazer de Daniel um médico que, após seus anos de estudo em Porto, resgata a felicidade singela na aldeia em que sua família vive. Aliás, esta é uma de suas temáticas recorrentes: o campo regenerador dos males. Assim, em meio às toadas cantadas pelos personagens, aos moldes da típica novela romântica, o final da narrativa é feliz.

SOBRE *JÚLIO DINIS*

Nascido em 1839, na cidade do Porto, Portugal, Joaquim Guilherme Gomes ficou órfão aos 6 anos de idade, quando sua mãe, de origem anglo-irlandesa, falecera de tuberculose. Seu pai, cirurgião, pôde lhe proporcionar bons estudos, de modo que também se formou em Medicina aos 22 anos. Sua saúde, no entanto, já mostrava fragilidade, o que lhe direcionou à Literatura; adotou, então, "Júlio Dinis" como pseudônimo.

Em busca de cura para a tuberculose, viajou por inúmeras regiões do país; enquanto isso, publicou quatro obras: *As Pupilas do Senhor Reitor* (folhetim, 1866), *Uma Família Inglesa* (folhetim, 1867), *A Morgadinha dos Canaviais* (1868) e *Serões da Província* (1870). Suas outras quatro obras são póstumas, uma vez que fora vitimado pela tuberculose aos 31 anos, assim como seus outros oito irmãos.

QUESTIONÁRIO[1*]

1. Quem são as personagens a que se refere o título da obra? Caracterize cada um deles.

2. Qual tempo prevalece na narrativa, cronológico ou psicológico? Justifique a escolha do autor, relacionando à fase do Romantismo a que a obra pertence.

3. Comente a presença das toadas ao longo da narrativa.

---

[1] Sugere-se ao professor, ao utilizar alguma das questões em atividades, que trechos mais específicos do enredo sejam indicados aos alunos, a fim de lhes orientar a resolução dos exercícios.

* Professores podem obter o gabarito desta seção entrando em contato com nosso departamento editorial.

4. Em que medida Margarida é considerada uma heroína romântica?

5. Caracterize o foco narrativo de *As Pupilas do Senhor Reitor* e o recorrente emprego da metalinguagem.

6. Cite uma personagem que corrobora para a classificação da obra como "romântica de transição". Justifique sua resposta com elementos do texto.

7. Considerando a data de publicação do romance e o contexto social de então, o que se pode afirmar a respeito de José das Dornas?

8. A que conclusão pode-se chegar ao comparar as personagens Daniel e Pedro, considerando a trajetória de vida de cada um deles?

9. Explique como o embate entre cidade e campo encontra referência nas figuras dos dois médicos de *As Pupilas do Senhor Reitor*.

10. Qual comportamento social é responsável pelo momento de desonra que Margarida sofre? Comente com base em elementos do enredo.

Relação dos Volumes Publicados

1. Dom Casmurro
Machado de Assis
2. O Príncipe
Maquiavel
3. Mensagem
Fernando Pessoa
4. O Lobo do Mar
Jack London
5. A Arte da Prudência
Baltasar Gracián
6. Iracema / Cinco Minutos
José de Alencar
7. Inocência
Visconde de Taunay
8. A Mulher de 30 Anos
Honoré de Balzac
9. A Moreninha
Joaquim Manuel de Macedo
10. A Escrava Isaura
Bernardo Guimarães
11. As Viagens - "Il Milione"
Marco Polo
12. O Retrato de Dorian Gray
Oscar Wilde
13. A Volta ao Mundo em 80 Dias
Júlio Verne
14. A Carne
Júlio Ribeiro
15. Amor de Perdição
Camilo Castelo Branco
16. Sonetos
Luís de Camões
17. O Guarani
José de Alencar
18. Memórias Póstumas de Brás Cubas
Machado de Assis
19. Lira dos Vinte Anos
Álvares de Azevedo
20. Apologia de Sócrates / Banquete
Platão
21. A Metamorfose/Um Artista da Fome/Carta a Meu Pai
Franz Kafka
22. Assim Falou Zaratustra
Friedrich Nietzsche
23. Triste Fim de Policarpo Quaresma
Lima Barreto
24. A Ilustre Casa de Ramires
Eça de Queirós
25. Memórias de um Sargento de Milícias
Manuel Antônio de Almeida
26. Robinson Crusoé
Daniel Defoe
27. Espumas Flutuantes
Castro Alves
28. O Ateneu
Raul Pompeia
29. O Noviço / O Juiz de Paz da Roça / Quem Casa Quer Casa
Martins Pena
30. A Relíquia
Eça de Queirós
31. O Jogador
Dostoiévski
32. Histórias Extraordinárias
Edgar Allan Poe
33. Os Lusíadas
Luís de Camões
34. As Aventuras de Tom Sawyer
Mark Twain
35. Bola de Sebo e Outros Contos
Guy de Maupassant
36. A República
Platão
37. Elogio da Loucura
Erasmo de Rotterdam
38. Caninos Brancos
Jack London
39. Hamlet
William Shakespeare
40. A Utopia
Thomas More
41. O Processo
Franz Kafka
42. O Médico e o Monstro
Robert Louis Stevenson
43. Ecce Homo
Friedrich Nietzsche
44. O Manifesto do Partido Comunista
Marx e Engels
45. Discurso do Método / Regras para a Direção do Espírito
René Descartes
46. Do Contrato Social
Jean-Jacques Rousseau
47. A Luta pelo Direito
Rudolf von Ihering
48. Dos Delitos e das Penas
Cesare Beccaria
49. A Ética Protestante e o Espírito do Capitalismo
Max Weber
50. O Anticristo
Friedrich Nietzsche
51. Os Sofrimentos do Jovem Werther
Goethe
52. As Flores do Mal
Charles Baudelaire
53. Ética a Nicômaco
Aristóteles
54. A Arte da Guerra
Sun Tzu
55. Imitação de Cristo
Tomás de Kempis
56. Cândido ou o Otimismo
Voltaire
57. Rei Lear
William Shakespeare
58. Frankenstein
Mary Shelley
59. Quincas Borba
Machado de Assis
60. Fedro
Platão
61. Política
Aristóteles
62. A Viuvinha / Encarnação
José de Alencar
63. As Regras do Método Sociológico
Emile Durkheim
64. O Cão dos Baskervilles
Sir Arthur Conan Doyle
65. Contos Escolhidos
Machado de Assis
66. Da Morte / Metafísica do Amor / Do Sofrimento do Mundo
Arthur Schopenhauer
67. As Minas do Rei Salomão
Henry Rider Haggard
68. Manuscritos Econômico-Filosóficos
Karl Marx
69. Um Estudo em Vermelho
Sir Arthur Conan Doyle
70. Meditações
Marco Aurélio
71. A Vida das Abelhas
Maurice Materlinck
72. O Cortiço
Aluísio Azevedo
73. Senhora
José de Alencar
74. Brás, Bexiga e Barra Funda / Laranja da China
Antônio de Alcântara Machado
75. Eugênia Grandet
Honoré de Balzac
76. Contos Gauchescos
João Simões Lopes Neto
77. Esaú e Jacó
Machado de Assis
78. O Desespero Humano
Sören Kierkegaard
79. Dos Deveres
Cícero
80. Ciência e Política
Max Weber
81. Satíricon
Petrônio
82. Eu e Outras Poesias
Augusto dos Anjos
83. Farsa de Inês Pereira / Auto da Barca do Inferno / Auto da Alma
Gil Vicente
84. A Desobediência Civil e Outros Escritos
Henry David Toreau
85. Para Além do Bem e do Mal
Friedrich Nietzsche
86. A Ilha do Tesouro
R. Louis Stevenson
87. Marília de Dirceu
Tomás A. Gonzaga
88. As Aventuras de Pinóquio
Carlo Collodi
89. Segundo Tratado Sobre o Governo
John Locke
90. Amor de Salvação
Camilo Castelo Branco
91. Broquéis/Faróis/Últimos Sonetos
Cruz e Souza
92. I-Juca-Pirama / Os Timbiras / Outros Poemas
Gonçalves Dias
93. Romeu e Julieta
William Shakespeare
94. A Capital Federal
Arthur Azevedo
95. Diário de um Sedutor
Sören Kierkegaard
96. Carta de Pero Vaz de Caminha a El-Rei Sobre o Achamento do Brasil
97. Casa de Pensão
Aluísio Azevedo
98. Macbeth
William Shakespeare

99. Édipo Rei/Antígona
Sófocles

100. Lucíola
José de Alencar

101. As Aventuras de Sherlock Holmes
Sir Arthur Conan Doyle

102. Bom-Crioulo
Adolfo Caminha

103. Helena
Machado de Assis

104. Poemas Satíricos
Gregório de Matos

105. Escritos Políticos / A Arte da Guerra
Maquiavel

106. Ubirajara
José de Alencar

107. Diva
José de Alencar

108. Eurico, o Presbítero
Alexandre Herculano

109. Os Melhores Contos
Lima Barreto

110. A Luneta Mágica
Joaquim Manuel de Macedo

111. Fundamentação da Metafísica dos Costumes e Outros Escritos
Immanuel Kant

112. O Príncipe e o Mendigo
Mark Twain

113. O Domínio de Si Mesmo Pela Auto-Sugestão Consciente
Émile Coué

114. O Mulato
Aluísio Azevedo

115. Sonetos
Florbela Espanca

116. Uma Estadia no Inferno / Poemas / Carta do Vidente
Arthur Rimbaud

117. Várias Histórias
Machado de Assis

118. Fédon
Platão

119. Poesias
Olavo Bilac

120. A Conduta para a Vida
Ralph Waldo Emerson

121. O Livro Vermelho
Mao Tsé-Tung

122. Oração aos Moços
Rui Barbosa

123. Otelo, o Mouro de Veneza
William Shakespeare

124. Ensaios
Ralph Waldo Emerson

125. De Profundis / Balada do Cárcere de Reading
Oscar Wilde

126. Crítica da Razão Prática
Immanuel Kant

127. A Arte de Amar
Ovídio Naso

128. O Tartufo ou O Impostor
Molière

129. Metamorfoses
Ovídio Naso

130. A Gaia Ciência
Friedrich Nietzsche

131. O Doente Imaginário
Molière

132. Uma Lágrima de Mulher
Aluísio Azevedo

133. O Último Adeus de Sherlock Holmes
Sir Arthur Conan Doyle

134. Canudos - Diário de uma Expedição
Euclides da Cunha

135. A Doutrina de Buda
Siddharta Gautama

136. Tao Te Ching
Lao-Tsé

137. Da Monarquia / Vida Nova
Dante Alighieri

138. A Brasileira de Prazins
Camilo Castelo Branco

139. O Velho da Horta/Quem Tem Farelos?/Auto da Índia
Gil Vicente

140. O Seminarista
Bernardo Guimarães

141. O Alienista / Casa Velha
Machado de Assis

142. Sonetos
Manuel du Bocage

143. O Mandarim
Eça de Queirós

144. Noite na Taverna / Macário
Álvares de Azevedo

145. Viagens na Minha Terra
Almeida Garrett

146. Sermões Escolhidos
Padre Antonio Vieira

147. Os Escravos
Castro Alves

148. O Demônio Familiar
José de Alencar

149. A Mandrágora / Belfagor, o Arquidiabo
Maquiavel

150. O Homem
Aluísio Azevedo

151. Arte Poética
Aristóteles

152. A Megera Domada
William Shakespeare

153. Alceste/Electra/Hipólito
Eurípedes

154. O Sermão da Montanha
Huberto Rohden

155. O Cabeleira
Franklin Távora

156. Rubáiyát
Omar Khayyám

157. Luzia-Homem
Domingos Olímpio

158. A Cidade e as Serras
Eça de Queirós

159. A Retirada da Laguna
Visconde de Taunay

160. A Viagem ao Centro da Terra
Júlio Verne

161. Caramuru
Frei Santa Rita Durão

162. Clara dos Anjos
Lima Barreto

163. Memorial de Aires
Machado de Assis

164. Bhagavad Gita
Krishna

165. O Profeta
Khalil Gibran

166. Aforismos
Hipócrates

167. Kama Sutra
Vatsyayana

168. Histórias de Mowgli
Rudyard Kipling

169. De Alma para Alma
Huberto Rohden

170. Orações
Cícero

171. Sabedoria das Parábolas
Huberto Rohden

172. Salomé
Oscar Wilde

173. Do Cidadão
Thomas Hobbes

174. Porque Sofremos
Huberto Rohden

175. Einstein: o Enigma do Universo
Huberto Rohden

176. A Mensagem Viva do Cristo
Huberto Rohden

177. Mahatma Gandhi
Huberto Rohden

178. A Cidade do Sol
Tommaso Campanella

179. Setas para o Infinito
Huberto Rohden

180. A Voz do Silêncio
Helena Blavatsky

181. Frei Luís de Sousa
Almeida Garrett

182. Fábulas
Esopo

183. Cântico de Natal/ Os Carrilhões
Charles Dickens

184. Contos
Eça de Queirós

185. O Pai Goriot
Honoré de Balzac

186. Noites Brancas e Outras Histórias
Dostoiévski

187. Minha Formação
Joaquim Nabuco

188. Pragmatismo
William James

189. Discursos Forenses
Enrico Ferri

190. Medeia
Eurípedes

191. Discursos de Acusação
Enrico Ferri

192. A Ideologia Alemã
Marx & Engels

193. Prometeu Acorrentado
Ésquilo

194. Iaiá Garcia
Machado de Assis

195. Discursos no Instituto dos Advogados Brasileiros / Discurso no Colégio Anchieta
Rui Barbosa

196. Édipo em Colono
Sófocles

197. A Arte de Curar pelo Espírito
Joel S. Goldsmith

198. Jesus, o Filho do Homem
Khalil Gibran

199. Discurso sobre a Origem e os Fundamentos da Desigualdade entre os Homens
Jean-Jacques Rousseau

200. Fábulas
La Fontaine

201. O Sonho de uma Noite de Verão
William Shakespeare

202. Maquiavel, o Poder
José Nivaldo Junior

203. Ressurreição
Machado de Assis

204. O Caminho da Felicidade
Huberto Rohden

205. A Velhice do Padre Eterno
Guerra Junqueiro

206. O Sertanejo
José de Alencar

207. Gitanjali
Rabindranath Tagore

208. Senso Comum
Thomas Paine

209. Canaã
Graça Aranha

210. O Caminho Infinito
Joel S. Goldsmith

211. Pensamentos
Epicuro

212. A Letra Escarlate
Nathaniel Hawthorne

213. Autobiografia
Benjamin Franklin

214. Memórias de Sherlock Holmes
Sir Arthur Conan Doyle

215. O Dever do Advogado / Posse de Direitos Pessoais
Rui Barbosa

216. O Tronco do Ipê
José de Alencar

217. O Amante de Lady Chatterley
D. H. Lawrence

218. Contos Amazônicos
Inglês de Souza

219. A Tempestade
William Shakespeare

220. Ondas
Euclides da Cunha

221. Educação do Homem Integral
Huberto Rohden

222. Novos Rumos para a Educação
Huberto Rohden

223. Mulherzinhas
Louise May Alcott

224. A Mão e a Luva
Machado de Assis

225. A Morte de Ivan Ilicht / Senhores e Servos
Leon Tolstói

226. Álcoois e Outros Poemas
Apollinaire

227. Pais e Filhos
Ivan Turguêniev

228. Alice no País das Maravilhas
Lewis Carroll

229. À Margem da História
Euclides da Cunha

230. Viagem ao Brasil
Hans Staden

231. O Quinto Evangelho
Tomé

232. Lorde Jim
Joseph Conrad

233. Cartas Chilenas
Tomás Antônio Gonzaga

234. Odes Modernas
Anntero de Quental

235. Do Cativeiro Babilônico da Igreja
Martinho Lutero

236. O Coração das Trevas
Joseph Conrad

237. Thais
Anatole France

238. Andrômaca / Fedra
Racine

239. As Catilinárias
Cícero

240. Recordações da Casa dos Mortos
Dostoiévski

241. O Mercador de Veneza
William Shakespeare

242. A Filha do Capitão / A Dama de Espadas
Aleksandr Púchkin

243. Orgulho e Preconceito
Jane Austen

244. A Volta do Parafuso
Henry James

245. O Gaúcho
José de Alencar

246. Tristão e Isolda
Lenda Medieval Celta de Amor

247. Poemas Completos de Alberto Caeiro
Fernando Pessoa

248. Maiakósvski
Vida e Poesia

249. Sonetos
William Shakespeare

250. Poesia de Ricardo Reis
Fernando Pessoa

251. Papéis Avulsos
Machado de Assis

252. Contos Fluminenses
Machado de Assis

253. O Bobo
Alexandre Herculano

254. A Oração da Coroa
Demóstenes

255. O Castelo
Franz Kafka

256. O Trovejar do Silêncio
Joel S. Goldsmith

257. Alice na Casa dos Espelhos
Lewis Carrol

258. Miséria da Filosofia
Karl Marx

259. Júlio César
William Shakespeare

260. Antônio e Cleópatra
William Shakespeare

261. Filosofia da Arte
Huberto Rohden

262. A Alma Encantadora das Ruas
João do Rio

263. A Normalista
Adolfo Caminha

264. Pollyanna
Eleanor H. Porter

265. As Pupilas do Senhor Reitor
Júlio Diniz

266. As Primaveras
Casimiro de Abreu

267. Fundamentos do Direito
Léon Duguit

268. Discursos de Metafísica
G. W. Leibniz

269. Sociologia e Filosofiia
Émile Durkheim

270. Cancioneiro
Fernando Pessoa

271. A Dama das Camélias
Alexandre Dumas (filho)

272. O Divórcio / As Bases da Fé / e outros textos
Rui Barbosa

273. Pollyanna Moça
Eleanor H. Porter

274. O 18 Brumário de Luís Bonaparte
Karl Marx

275. Teatro de Machado de Assis
Antologia

276. Cartas Persas
Montesquieu

277. Em Comunhão com Deus
Huberto Rohden

278. Razão e Sensibilidade
Jane Austen

279. Crônicas Selecionadas
Machado de Assis

280. Histórias da Meia-Noite
Machado de Assis

281. Cyrano de Bergerac
Edmond Rostand

282. O Maravilhoso Mágico de Oz
L. Frank Baum

283. Trocando Olhares
Florbela Espanca

284. O Pensamento Filosófico da Antiguidade
Huberto Rohden

285. Filosofia Contemporânea
Huberto Rohden

286. O Espírito da Filosofia Oriental
Huberto Rohden

287. A Pele do Lobo / O Badejo / o Dote
Artur Azevedo

288. Os Bruzundangas
Lima Barreto

289. A Pata da Gazela
José de Alencar

290. O Vale do Terror
Sir Arthur Conan Doyle

291. O Signo dos Quatro
Sir Arthur Conan Doyle

292. As Máscaras do Destino
Florbela Espanca

293. A Confissão de Lúcio
Mário de Sá-Carneiro

294. Falenas
Machado de Assis

295. O Uraguai / A Declamação Trágica
Basílio da Gama

296. Crisálidas
Machado de Assis

297. Americanas
Machado de Assis

298. A Carteira de Meu Tio
Joaquim Manuel de Macedo

299. Catecismo da Filosofia
Huberto Rohden

300. Apologia de Sócrates
Platão (Edição bilingue)

301. Rumo à Consciência Cósmica
Huberto Rohden

302. Cosmoterapia
Huberto Rohden

303. Bodas de Sangue
Federico García Lorca

304. Discurso da Servidão Voluntária
Étienne de La Boétie

305. Categorias
Aristóteles

306. Manon Lescaut
Abade Prévost

307. Teogonia / Trabalho e Dias
Hesíodo

308. As Vítimas-Algozes
Joaquim Manuel de Macedo

309. Persuasão
Jane Austen

310. Agostinho - Huberto Rohden

311. Roteiro Cósmico
Huberto Rohden

312. A Queda dum Anjo
Camilo Castelo Branco

313. O Cristo Cósmico e os Essênios - Huberto Rohden

314. Metafísica do Cristianismo
Huberto Rohden

315. Rei Édipo - Sófocles

316. Livro dos provérbios
Salomão

317. Histórias de Horror
Howard Phillips Lovecraft

318. O Ladrão de Casaca
Maurice Leblanc

319. Til
José de Alencar

320. Pequenas tragédias
Alexandr Púchkin

321. Diário do subsolo
Fiódor Dostoiévski

322. Orientando para a autorrealização
Huberto Rohden

323. Deus
Huberto Rohden

324. O Banquete
Platão

325. Antígona
Sófocles

326. A Abadia de Northanger
Jane Austen

327. Diálogo do amor
Plutarco

328. O Garimpeiro
Bernardo Guimarães

Série Ouro
(Livros com mais de 400 p.)

1. Leviatã
Thomas Hobbes

2. A Cidade Antiga
Fustel de Coulanges

3. Crítica da Razão Pura
Immanuel Kant

4. Confissões
Santo Agostinho

5. Os Sertões
Euclides da Cunha

6. Dicionário Filosófico
Voltaire

7. A Divina Comédia
Dante Alighieri

8. Ética Demonstrada à Maneira dos Geômetras
Baruch de Spinoza

9. Do Espírito das Leis
Montesquieu

10. O Primo Basílio
Eça de Queirós

11. O Crime do Padre Amaro
Eça de Queirós

12. Crime e Castigo
Dostoiévski

13. Fausto
Goethe

14. O Suicídio
Émile Durkheim

15. Odisseia
Homero

16. Paraíso Perdido
John Milton

17. Drácula
Bram Stoker

18. Ilíada
Homero

19. As Aventuras de Huckleberry Finn
Mark Twain

20. Paulo – O 13º Apóstolo
Ernest Renan

21. Eneida
Virgílio

22. Pensamentos
Blaise Pascal

23. A Origem das Espécies
Charles Darwin

24. Vida de Jesus
Ernest Renan

25. Moby Dick
Herman Melville

26. Os Irmãos Karamazovi
Dostoiévski

27. O Morro dos Ventos Uivantes
Emily Brontë

28. Vinte Mil Léguas Submarinas
Júlio Verne

29. Madame Bovary
Gustave Flaubert

30. O Vermelho e o Negro
Stendhal

31. Os Trabalhadores do Mar
Victor Hugo

32. A Vida dos Doze Césares
Suetônio

33. O Moço Loiro
Joaquim Manuel de Macedo

34. O Idiota
Dostoiévski

35. Paulo de Tarso
Huberto Rohden

36. O Peregrino
John Bunyan

37. As Profecias
Nostradamus

38. Novo Testamento
Huberto Rohden

39. O Corcunda de Notre Dame
Victor Hugo

40. Arte de Furtar
Anônimo do século XVII

41. Germinal
Émile Zola

42. Folhas de Relva
Walt Whitman

43. Ben-Hur — Uma História dos Tempos de Cristo
Lew Wallace

44. Os Maias
Eça de Queirós

45. O Livro da Mitologia
Thomas Bulfinch

46. Os Três Mosqueteiros
Alexandre Dumas

47. Poesia de Álvaro de Campos
Fernando Pessoa

48. Jesus Nazareno
Huberto Rohden

49. Grandes Esperanças
Charles Dickens

50. A Educação Sentimental
Gustave Flaubert

51. O Conde de Monte Cristo (Volume I)
Alexandre Dumas

52. O Conde de Monte Cristo (Volume II)
Alexandre Dumas

53. Os Miseráveis (Volume I)
Victor Hugo

54. Os Miseráveis (Volume II)
Victor Hugo

55. Dom Quixote de La Mancha (Volume I)
Miguel de Cervantes

56. Dom Quixote de La Mancha (Volume II)
Miguel de Cervantes

57. As Confissões
Jean-Jacques Rousseau

58. Contos Escolhidos
Artur Azevedo

59. As Aventuras de Robin Hood
Howard Pyle

60. Mansfield Park
Jane Austen

RENOVA GRAF
www.renovagraf.com.br